Küstengier

SALIM GÜLER

Küstengier

Ostseekrimi – Küstenkrimi

PAHLBERG

Salim Güler
www.salim-gueler.de
https://www.facebook.com/salim.gueler.autor
https://www.instagram.com/salimgueler

Newsletter des Pahlberg Verlags
https://www.pahlberg-verlag.de/newsletter

Alle in diesem Buch geschilderten Handlungen und Personen sind frei erfunden. Ähnlichkeiten mit lebenden oder verstorbenen Personen wären zufällig und nicht beabsichtigt.

Lizenzausgabe des Pahlberg Verlags, ein Imprint des Belle Époque Verlags, G. Pahlberg, Wiesenstr. 7, 72135 Dettenhausen, mit freundlicher Genehmigung des Autors.

Lektorat: Christiane Saathoff, www.lektorat-saathoff.de

Innenlayout und Schriftsatz: Hans-Jürgen Maurer
Covergestaltung: Umschlaggestaltung: Simone Holland, hollanddesign@gmx.de, https://bit.ly/3HHlXxt

Herstellung: Custom Printing, Wał Miedzeszyński 217/1, 04-987 Warszawa, Polen

ISBN: 978-3-98845-120-0

1

20. Mai, Niendorf

»Möchtest du noch ein Bier?«, fragte Jule an Celine gewandt. Die Freundinnen hatten sich mit ihrer Clique an den Ostseestrand gesetzt und genossen den lauen Frühlingsabend.

»Klar«, antwortete Celine.

Jule öffnete eine Flasche, reichte sie ihr und stieß dann mit Celine an.

»Ich glaube, der Luca mag dich«, stellte Jule fest.

»Meinst du?«

»Klar, ist dir nicht aufgefallen, dass er immer wieder zu dir rüberschaut?«

»Ehrlich gesagt nicht.«

Jule grinste. »Aber mir. Er ist halt zu schüchtern, um dich anzusprechen.«

»Kann sein. Jemand wie der hängt doch eh die ganze Zeit am Computer ab«, entgegnete Celine und warf Luca, der mit seinen Freunden etwas weiter rechts nach hinten versetzt saß, einen kurzen Blick zu.

»Vielleicht. Soll ich nicht mal vorfühlen?«, fragte Jule.

»Lieber nicht. Im Moment genieße ich einfach nur mein Singledasein«, antwortete Celine.

Seit zwei Monaten war sie wieder Single, nachdem ihre fast dreijährige Beziehung damit geendet hatte, dass ihre große Liebe sie betrog. Celine hatte sehr daran zu knabbern gehabt, und noch heute gab es Augenblicke, in denen sie sich die Schuld dafür gab, dass Rune fremdgegangen war. Das war selbstverständlich Unsinn, dennoch konnte sie sich gegen diese Zweifel nicht wehren.

»Habt ihr noch ein Bier für uns?«, hörte Celine eine weibliche Stimme, die sie aus ihren Gedanken holte.

»Schön, dass du es geschafft hast«, sagte Jule erfreut. Sie stand auf und begrüßte Emma Falk, ihre enge Freundin, die Celine erst vor Kurzem kennengelernt hatte.

Neben Emma stand ihr schwuler Freund und Kollege Amir. Celine mochte Amir, auch wenn sie ihn eine Spur zu feminin für einen Mann fand und ihn daher nicht besonders ernstnehmen konnte.

Die Runde begrüßte sich.

»Wo sind Marla und Paula?«, fragte Amir.

»Marla sitzt da drüben, sie flirtet mit den beiden Schnuckis, und Paula ist kurz auf Toilette«, antwortete Jule.

Amir folgte ihrem Blick. »Marla lässt auch nichts anbrennen«, bemerkte er dann lachend.

»Du kennst sie. Sie ist Single, warum sollte sie das nicht dürfen?«

»Das war ja gar kein Vorwurf, Schätzchen«, entgegnete Amir und verdrehte dabei die Augen, seine Stimme klang eine Spur heller als sonst. »Sie sieht gut aus. Wäre ich keine Schwuppe, würde ich bei ihr auch nicht Nein sagen.«

Genau dieses Verspielte, Überdrehte nervte Celine an Amir, aber ihre Freundinnen mochten das.

Manchmal hatte Celine den Eindruck, dass Amir sich absichtlich so aufspielte, weil er die Aufmerksamkeit der Frauen genoss.

»Was ist mit den Jungs da drüben? Die schauen auch ständig her«, sagte Emma und nippte an ihrem Bier.

»Ich glaube, Luca hat ein Auge auf Celine geworfen«, erwiderte Jule.

»Hab nur gerade kein Interesse«, ergänzte Celine.

»Hängst du noch so sehr an Rune?«, erkundigte sich Amir.

»Ganz sicher nicht. Dieser Idiot soll mir bloß nicht mehr unter die Augen kommen«, reagierte Celine gereizt.

Es gab Dinge, über die sie nicht sprechen wollte, und sie hoffte, dass Amir nicht weiter nachbohrte. Immerhin warf er ihr nur einen skeptischen Blick zu, als könnte er ihren Worten nicht glauben.

»Du weißt, um einen Mann zu vergessen, ist flirten die beste Lösung«, beharrte Jule.

»Du kannst ihn gerne haben«, konterte Celine.

»Jule schwärmt doch immer noch von Mads«, hörte sie Marla sagen, die zusammen mit Paula wie aus dem Nichts wieder bei ihnen aufgetaucht war.

»Das stimmt überhaupt nicht«, ereiferte sich Jule, was Celine ihr wiederum nicht abnahm.

»Ich verstehe gar nicht, warum ihr alle so von Mads angetan seid«, erklärte Amir und verdrehte erneut theatralisch die Augen.

»Als ob du ihn von der Bettkante schubsen würdest, wenn er schwul wäre«, konterte Marla.

»Würde ich, weil ich mit Pietro den schönsten und tollsten Mann der Welt an meiner Seite habe, der mich niemals betrügen würde. Bei jemandem wie Mads muss man da ja ständig in Sorge sein.«

»Also gibst du zu, dass er attraktiv ist?«, stichelte Paula. »Ich für meinen Teil würde nicht Nein sagen.«

»Wer könnte diesen blauen Augen schon widerstehen«, bekräftigte Marla. »Trotzdem würde ich so einen Schönling nicht an meiner Seite haben wollen. In einer Beziehung sollte ich im Mittelpunkt stehen, nicht mein Freund.«

Celine fiel auf, dass Emma während des Geplänkels auffallend ruhig geblieben war, dabei hatte sie als Journalistin eigentlich zu jedem Thema etwas zu sagen.

»Kannst du dir denn eine erneute Beziehung mit Mads vorstellen? Ihr seid ja beide Single«, fragte Celine an Jule gewandt.

Jule hob abwehrend die Hände. »Nein, ganz sicher nicht. Mads macht einem nur Kopfschmerzen.«

»Das glaube ich dir nicht«, gab Marla spöttisch zurück.

»Ist aber so. Mads ist Mads. Ich glaube, der ist kein Mann für eine Beziehung. Freundschaft Plus könnte ich mir mit ihm vorstellen. Im Bett war er echt gut.«

Kaum hatte Jule das ausgesprochen, hustete Emma, als hätte sie sich beim Biertrinken verschluckt.

»Das solltest du dir lieber gleich aus dem Kopf schlagen. Du würdest dich nur wieder in ihn verlieben«, bemerkte Amir.

»Würde ich nicht. Es wäre nur Sex.«

Amir wackelte tadelnd mit dem erhobenen Zeigefinger. »Ich kenne dich, Schatzi, so bist du nicht drauf, nicht bei Mads. Er ist ein Player, aber du nicht.«

Jule machte einen Schmollmund, doch dann lächelte sie und gestand kleinlaut: »Vielleicht hast du recht.«

»Nimm dir ein Beispiel an Emma«, fuhr Amir fort, »sie ist mit Stefan zusammen, einem lieben, bodenständigen Kerl, bei dem du nicht ständig Kopfkino haben musst, wenn er mit seinen Jungs um den Block zieht.«

Also ein Langweiler, ergänzte Celine in Gedanken, sie kannte Stefan nur flüchtig.

»Wenn ich denn mal einen lieben Kerl wie Stefan finden würde. Die Auswahl an attraktiven und vernünftigen Männern ist in Niendorf leider sehr begrenzt.«

»Als Kellnerin trifft man doch ständig auf nette Jungs«, sagte Paula.

»Schön wär's. Die Netten sind alle vergeben und die ganzen Touris hier wollen nur vögeln.«

»Du findest schon deinen Deckel«, tröstete Emma.

Jule presste schweigend die Lippen zusammen, in ihrem Blick lag Zweifel, und Celine ahnte, dass sie noch immer Gefühle für Mads Johannsen hatte, das jedoch nicht zugeben wollte.

»Wenn man vom Teufel spricht«, entfuhr es ihr.

»Die sieht aber verdammt jung aus«, stellte Marla fest. »Kennt die jemand?«

Celine drehte sich um und sah, wie Mads mit einer jungen Frau, höchstens Anfang zwanzig, auf sie zusteuerte. Auch Emma hatte sich umgewandt, doch sie wirkte bei dem Anblick wie versteinert.

»Moin, ich sehe schon, die Mädels machen einen Frauenabend«, grüßte Mads in die Runde und zwinkerte Amir dabei zu.

»Unser lieber Mads, immer für einen dummen Spruch zu haben.« Amir grinste und stand auf, um Mads zu begrüßen.

»Möchtest du uns nicht deine süße Freundin vorstellen?«, fragte Jule. Ihre Worte kamen kleinen Giftpfeilen gleich.

»Das ist Jil. Wir wollen die Frauenrunde aber nicht weiter stören«, antwortete Mads, hob die Hand zum Abschied und ging mit Jil weiter.

Celine beobachtete, wie Emma den beiden nachschaute, ihr Blick wirkte seltsam.

»Was der immer an diesen jungen Dingern findet?« Jule schüttelte den Kopf.

»Was wohl? Die himmeln ihn an, weil sie noch gar nicht eigenständig denken können. Jemand wie Mads möchte sicherlich keine emanzipierte Frau an seiner Seite«, stichelte Paula.

In Gedanken gab Celine ihr recht. Auch ihr Ex hatte sie mit einem jungen Ding betrogen, wobei sie mit ihren achtundzwanzig Jahren nur vier Jahre älter war als Runes neue Freundin.

»Geht eigentlich eine von euch zum Konzert von Apache?«, fragte Amir.

»Klar doch. Wann ist jemand wie Apache schon mal in Timmendorfer Strand«, antwortete Jule.

»Ich lasse ihn mir nicht entgehen und Celine auch nicht. Wir haben noch Karten ergattert«, sagte Marla.

»Was haltet ihr davon, wenn wir gemeinsam hingehen und vorher im *Café Wichtig* vorglühen?«

»Gute Idee«, stimmte Marla zu.

»Jemand noch ein Bier?«, fragte Amir.

Jule und Paula meldeten sich.

Den Rest des Abends unterhielten sie sich über Belanglosigkeiten, was Celine nur recht war, denn ihre Gedanken kreisten gerade viel zu sehr um ihren Ex und die Frage, was er in diesem Moment tat.

Das mit gestern war wohl nichts, huschte ihr ein Gedanke durch den Kopf.

Jule und Paula waren die Ersten, die sich verabschiedeten, kurz darauf gingen Emma und Amir.

»Schatz, ich lasse dich jetzt auch allein, ich bin müde«, sagte Marla und umarmte Celine. »Willst du nicht los?«

»Gleich«, antwortete Celine.

Gemeinsam packten sie die leeren Bierflaschen in Marlas Stoffbeutel, dann verabschiedete sich Marla.

Celine schloss kurz die Augen und lauschte den Wellen, sie konnte sogar ihren Atem hören, so ruhig war es.

»Keine Lust, nach Hause zu gehen?« Eine männliche Stimme riss sie aus ihrer Träumerei. Luca stand plötzlich vor ihr.

Celine rappelte sich auf. »Doch, ich gehe jetzt.«

»Wir auch«, sagte Luca, seine zwei Freunde nickten nur. »Vielleicht sieht man sich ja die Tage.«

»Vielleicht«, antwortete Celine, nahm ihre Flipflops in die Hand und setzte sich am Strand entlang Richtung Niendorfer Hafen in Bewegung.

Der leichte Wind und das sanfte Wellenrauschen, dazu der feine Sand unter den Füßen brachten sie auf andere Gedanken.

Sie liebte die Ostsee, die Lübecker Bucht, sie war hier großgeworden und konnte sich ein Leben woanders nicht vorstellen. Hier wollte sie bleiben und eine Familie gründen.

Eigentlich!

»Aber du musstest mich mit dieser jungen Schlampe betrügen. Was hat sie, was ich nicht habe?«, schimpfte Celine leise. »Was?«

In ihren Augen sammelten sich Tränen, sie war machtlos dagegen, auch wenn ihr Verstand ihr noch so eindringlich sagte, dass Rune keine einzige dieser Tränen wert war. Aber wann kam der Verstand schon gegen die Gefühle an?

Sie nahm ihr Handy, öffnete Instagram und suchte das Profil von Rune. Sie hatte sich extra ein zweites Profil angelegt, um ihn heimlich stalken zu können.

»Schau dir nicht seine Storys an. Wofür? Warum willst du dich quälen?«, ermahnte sie sich, doch auch gegen diesen Drang war sie machtlos. Sie öffnete Runes Storys und gleich in der ersten konnte sie verfolgen, wie er und diese Schlampe es sich in der *Buddle Bar* gutgehen ließen.

Die nächste Story war noch unerträglicher. Sie stammte von dem Flittchen, er hatte sie auf seinem Profil verlinkt und zeigte, wie sie sich küssten.

»Bitch«, entfuhr es Celine und vor Wut ließ sie ihr Handy fallen.

»Wir wollten doch eine Familie gründen«, schluchzte sie und wischte sich die Tränen vom Gesicht, weil es ihr einfach nicht in den Kopf gehen wollte, dass diese Schlampe ihre wunderbare Beziehung kaputt gemacht hatte.

Ein böser Gedanke schoss ihr durch den Kopf.

Sie wusste, wo Runes Freundin wohnte. Vielleicht sollte sie mal zu ihr gehen und ihr die Hölle heißmachen, weil sie eine Traumbeziehung zerstört und deshalb nichts weniger verdient hatte, als zu sterben. Ein Messer hatte sie in ihrer Handtasche.

Sie wird nicht damit rechnen, stich sie ab, flüsterte ihr eine gemeine innere Stimme zu.

»Du hast dein Handy verloren«, hörte sie da jemanden sagen.

Celine drehte sich um und sah die Person an, die ihr Handy in der Hand hielt.

»Danke, muss mir aus der Hosentasche gefallen sein, ohne dass ich es bemerkt habe«, log sie. »Was machst du hier?«

Die Person reichte ihr das Handy.

Celine nahm es und bedankte sich erneut, doch im selben Moment spürte sie, wie sich etwas Kaltes in ihren Bauch bohrte.

»Spinnst du«, konnte sie noch sagen, ehe sie zu Boden stürzte.

2

21. Mai, Niendorf

»Wo ist Gustav?«, fragte Mads Johannsen, als er das *Café Wichtig* betrat.

»Es gab einen Notfall«, antwortete Jutta, seine Großmutter. »Er hat mich vor zehn Minuten angerufen.«

»Einen Notfall? Hat er seine Ration Espressokekse nicht gefunden?«, erlaubte sich Mads einen Scherz.

»Sei nicht immer so gemein zu deinem Onkel. Es geht um Albert.«

»Um Albert? Dann kann es kein Notfall sein.«

Jutta runzelte tadelnd die Stirn. »Mensch, Mads, Albert ist gestürzt, er hat sich vermutlich das Sprunggelenk gebrochen. Dein Onkel fährt ihn gerade ins Krankenhaus nach Neustadt.«

»Wirklich?«

»Ja, wirklich.«

Mads konnte sich ein Schmunzeln nicht verkneifen.

»Was ist so lustig daran?«, fragte Jutta streng.

»Nichts, Oma, aber der Gedanke, dass Albert in der nächsten Zeit nicht jeden Tag auf der Dienststelle erscheint, ist zu schön, um wahr zu sein.«

Gustav war der Leiter der Ostseekriminalpolizei in Timmendorfer Strand, wo auch Mads und seine Schwester Lena als Kripobeamte arbeiteten. Gustavs bester und langjähriger Freund Albert besuchte ihn dort häufig und konnte es nicht lassen, sich in ihre Kriminalfälle einzumischen.

»Bitte sei nicht so gehässig. Du weißt, wie sehr Albert dich liebt.«

»Ich glaube, Albert liebt niemanden mehr als sich selbst,

danach kommt das Wohl seiner Gemeinde, dann du und irgendwann vermutlich auch Onkel Gustav.«

»Ich hoffe, dass es nicht so schlimm ist. Die Gemeinde braucht ihn.«

»Ein paar Wochen werden wir schon ohne ihn auskommen«, entgegnete Mads, doch er sah, dass seine Oma sich ernsthaft Sorgen um Albert Lange, den Bürgermeister der Gemeinde Timmendorf machte.

Sie hatte ein sehr inniges Verhältnis zu Albert, was sicher der Tatsache geschuldet war, dass er, nachdem er als Kind seine Mutter verloren hatte, eine Zeit lang bei Jutta und Opa Mikkel gelebt hatte. Sie waren eine Ersatzfamilie für Albert geworden und noch immer verband Jutta und Albert fast ein Mutter-Sohn-Verhältnis. Daher war sie vermutlich auch der einzige Mensch, den Albert wirklich respektierte und dem er seine Interessen unterordnete.

»Ich erinnere mich noch sehr gut daran, wie du Albert als Kind nicht von der Seite gewichen bist«, fuhr Jutta fort. »Du warst schon immer Alberts Liebling.«

Bevor Mads etwas erwidern konnte, leuchtete sein Handydisplay auf. Er hatte eine Nachricht erhalten.

»Möchtest du nicht lesen, was dir Jil geschrieben hat?«, fragte Jutta.

»Kann warten. Jetzt möchte ich mit meiner Lieblingsoma das Frühstück und die Sonne genießen«, antwortete Mads und gab seiner Oma, die zwei Köpfe kleiner war als er, einen Kuss auf die Wange.

Jutta ließ sich das gern gefallen, doch dann wurde sie ernst. »Mein Schatz, ist sie nicht zu jung für dich?«

»Sie ist zweiundzwanzig.«

»Du weißt, was ich meine. Ich möchte endlich Uroma werden. Willst du denn diese Affären haben, bis du vierzig bist?«

»Noch bin ich keine vierzig und Jil tut mir einfach gut. Sie ist so herrlich unkompliziert.«

Jutta zog eine Augenbraue hoch. »Ich liebe dich, Mads, das weißt du, aber ich wünsche mir eine Frau auf Augenhöhe für dich. Eine, die dich erdet.« Sie berührte seine Hand. »Eine wie Emma.«

Mads schüttelte den Kopf. »Emma ist mit dem Langweiler Stefan zusammen und wird sich garantiert nicht auf eine Affäre mit mir einlassen.«

»Sie ist auch keine Frau für eine Affäre«, mahnte Jutta, als Mads jedoch grinste, merkte sie, dass er nur scherzte. »Deswegen solltest du dir eine wie Emma suchen. Du willst doch eine Familie gründen und kleine freche Jungs in die Welt setzen.« Juttas Augen leuchteten auf.

»Bis vierzig habe ich eine Menge Zeit«, gab Mads zurück. Er wollte mit seiner Oma nicht über sein Liebesleben sprechen, so sehr er sie liebte und ihre Ratschläge schätzte. Denn dass er sich ernsthaft in Jil verlieben könnte, nahm er nicht an, deswegen antwortete er ihr auch nicht sofort, sie sollte nicht das Gefühl bekommen, dass sie ihm so wichtig war.

»Du weißt, dass Jil ihr Herz an dich verlieren wird, so wie es die arme Daniela getan hat.«

»Was kann ich dafür, dass ich so ein toller Typ bin. Muss an meinen Genen großmütterlicherseits liegen«, verteidigte sich Mads.

»Du Schlingel. Mir tun die Mädels leid.«

»Ich zwinge niemanden, sich in mich zu verlieben oder mit mir zusammenzusein.«

»Dir ist nicht zu helfen, liebster Enkel.« Jutta griff nach ihrer Tasse Tee. »Was macht eigentlich Lena?«

»Die ist mit Christian unterwegs, sonst wäre sie gern dazugestoßen.« Bei dem Namen Christian verdrehte Mads kurz die Augen.

»Lass das bloß nicht Lena sehen«, sagte Jutta.

»Tue ich nicht, aber warum sollte ich mich vor dir verstellen? Ich kann den Freund meiner Schwester eben nicht leiden.«

»Musst du auch nicht. Trotzdem ist er Lenas große Liebe, und gerade jetzt, wo sie es alles andere als leicht hat, ist er eine große Stütze für sie.«

Mads gab ein abwertendes Geräusch von sich. »Menschen wie der ändern sich nicht. Ich werde sein böses Spiel noch aufdecken.«

»Doch, Menschen können sich ändern, das weißt du nur nicht«, beharrte Jutta.

»Nicht Leute wie Christian«, wiederholte Mads.

Er war der Jugendfreund seiner Schwester und sie hatten sich vor einigen Jahren getrennt, weil Christian stark alkoholabhängig gewesen war und Lena geschlagen hatte. Angeblich war er jetzt trocken, da er eine Therapie gemacht hatte, doch Mads glaubte das nicht. Allein aus Liebe zu seiner Schwester hatte er sich bisher zurückgehalten.

Juttas Handy klingelte. Am Display erkannte Mads, dass Gustav sie anrief.

Das Gespräch dauerte keine zwei Minuten.

»Na, was sagt mein Onkel?«, erkundigte er sich, nachdem Jutta aufgelegt hatte.

»Komplizierter Bruch oder so. Sie werden Albert im Krankenhaus behalten. Gustav wird es nicht mehr zum Frühstück schaffen. Der arme Albert.«

Mads' Mitleid mit dem Bürgermeister hielt sich in Grenzen, auch wenn er ihm natürlich keine Verletzung wünschte.

»So, wie ich Albert kenne, steht er morgen eh wieder in Gustavs Büro und nervt uns alle.«

»Lass doch diese schnippischen Bemerkungen, tief in deinem Inneren schätzt du Albert auch.«

»Das halte ich für ein Gerücht.«

»Deine Augen verraten dich.« Jutta lächelte und berührte die Hand ihres Enkels.

Ihr warmer Blick, dazu der herzliche und friedliche Ton ihrer Stimme ließen Mads immer weich werden.

»Na gut, etwas«, gestand er schließlich ein.

»Fährst du mich nach dem Frühstück ins Krankenhaus?«

»Ich dachte, du müsstest gleich weiter?«

»Mads, mein Liebling, lass diese Scherze. Albert ist im Krankenhaus, er war und ist wie ein Sohn für mich. Natürlich lasse ich alle anderen Termine sausen und besuche ihn dort, und ich möchte, dass du mich begleitest.«

»Als hätte ich's geahnt«, erwiderte Mads mit einem schelmischen Grinsen, und bevor seine Oma etwas sagen konnte, beugte er sich vor und gab ihr einen Kuss auf die Wange.

»Du Schelm, du wusstest schon immer, wie du deine Oma um den Finger wickeln kannst.«

»Soll ich Lena Bescheid sagen?«

»Nein, sie hatte es die letzte Zeit nicht einfach, sie soll ihren Tag mit Christian genießen. Gustav soll sie später anrufen.«

»Dein Wunsch ist mir Befehl«, sagte Mads, dabei hätte er nichts dagegen gehabt, seine Schwester von diesem Idioten loszureißen.

Nach dem Frühstück fuhren sie gemeinsam in die Klinik nach Neustadt.

»Der Herr Oberbürgermeister wurde gerade auf sein Zimmer gebracht«, sagte die Dame am Empfang und nannte ihnen die Station.

»Als normaler Patient musst du erst mal Stunden in der Notaufnahme verbringen, aber Albert …«, konnte sich Mads einen Spruch nicht verkneifen.

»Sei nett zu Albert. Ich möchte keine Sticheleien hören.«

»Bin ich, Oma, versprochen. Ich reiß mich zusammen.«

Sie erreichten die Station und gingen zu dem genannten Patientenzimmer, nach kurzem Anklopfen traten sie ein.

»Was musst du es auch gleich übertreiben?«, sagte Gustav gerade.

»Übertreiben? Wer hätte denn ahnen können, dass da ein Schlagloch ist?«

»Vielleicht solltest du die Mittel für den Straßenbau nicht kürzen.«

»Ich? Das ist Ländersache«, schimpfte Albert.

»So schlecht kann es ihm nicht gehen, wenn er und Gustav sich schon wieder zoffen«, flüsterte Mads seiner Oma zu.

»Mama, du hier?«, fragte Gustav, als er und Albert die Besucher bemerkten.

Er stand sofort auf und auch Albert wollte sich erheben, doch Jutta hob die Hand.

»Du bleibst schön liegen«, sagte sie streng, dann begrüßte sie ihren Sohn und trat anschließend ans Bett von Albert.

»Schön, dass du hier bist.« Die Stimme des Bürgermeisters hatte all die Schärfe verloren, die Mads vorhin noch herausgehört hatte. »Ich wünschte, du würdest mich nicht so sehen.«

»Red keinen Unsinn. Du bist Familie, wir kümmern uns umeinander.«

Alberts Augen leuchteten, er schaute verlegen zur Seite.

Für Mads war es immer wieder erstaunlich, zu beobachten, dass Albert in Juttas Gegenwart wie ausgewechselt war. Nicht ein Mal hatte er Jutta kritisiert oder sich mit ihr gestritten. Etwas, was ihm und seinem Onkel untereinander wohl nie passieren würde.

»Mads, schön, dass du hier bist«, sagte Albert, als dieser an sein Bett trat.

»Was sagen die Ärzte. Wie lange musst du hierbleiben?«

»Willst du mich loswerden?«, fragte Albert und lachte kurz, verzog jedoch sofort schmerzerfüllt das Gesicht. »Ehrlich gesagt, weiß ich es nicht. Ich werde morgen operiert, zumindest nach dem bisherigen Plan.«

»Lass dir Zeit. Nicht, dass du die Heilung behinderst.«

»Du hörst dich schon wie dein Onkel an, der kann seine Freude kaum verbergen, dass er mich eine Weile nicht im Büro sehen muss.«

»Das hast du nicht im Ernst zu Albert gesagt, in seinem Zustand?« Jutta warf ihrem Sohn einen strafenden Blick zu.

»Wieso kriege immer ich einen auf den Deckel? Ich habe das überhaupt nicht so gemeint, sondern ihn ermahnt, sich vernünftig auszukurieren. Wie Mads gesagt hat, man darf solche komplizierten Brüche nicht unterschätzen«, verteidigte sich Gustav, was bei Albert für ein Schmunzeln sorgte.

»Was genau ist denn passiert?«, fragte Jutta.

»Zu blöd zum Fahrradfahren«, schoss es aus Gustav heraus, aber Mads sah seinem Onkel an, dass er sich um Albert sorgte. Egal wie oft sie sich fetzten, am Ende waren sie beste Freunde.

»Gustav, sei nicht so biestig«, ermahnte Jutta ihren Sohn.

»So unrecht hat der sture Däne nicht«, antwortete Albert. »Ich war abgelenkt und habe das Schlagloch übersehen, das Fahrrad hat sich überschlagen und ich mich gleich mit. Ein Auto hat scharf vor mir abgebremst. Eine Sekunde später und ich wäre unter die Räder gekommen.«

»Sag so was nicht. Gott bewahre«, rief Jutta erschrocken. Dann strich sie Albert über den Arm. »Du wirst wieder gesund. Wenn du was brauchst, ruf mich an oder einen von uns. Wir sind immer da, um dir zu helfen.« Mit diesen Worten gab sie ihm einen Kuss auf die Stirn.

Albert schluckte. »Ich liebe dich, und es bedeutet mir sehr viel, dass du mit Mads hier bist.«

»Wir lieben dich auch.«

Mads steckte verlegen die Hände in die Hosentaschen. Es war einer der seltenen Momente, in denen er den Bürgermeister so sensibel erlebte, ansonsten war Albert eher der Elefant im Porzellanladen, der nur an sich dachte und dabei gar nicht mitbekam, wie viel Porzellan er zerstörte.

In diesem Moment wurde die Tür geöffnet und eine Krankenschwester trat ein.

»Ich muss kurz Fieber und Blutdruck messen«, sagte sie.

»Das sollten Sie bei ihm hier auch mal machen, er wirkt ein wenig blass«, scherzte Albert und zeigte auf Gustav, der das mit einem Brummen quittierte.

»Na, na, er sieht in meinen Augen sehr fit aus für sein Alter«, reagierte die Krankenschwester schlagfertig.

Mads musste schmunzeln. »Für sein Alter«, flüsterte Mads seinem Onkel zu, der darauf den Kopf schüttelte.

»Testen Sie lieber auch das Hirn des Patienten. Möglich, dass es beim Sturz ein paar Schäden davongetragen hat«, grummelte Gustav.

»Ich sehe schon, Sie sind ein Herz und eine Seele«, erlaubte sich nun die Krankenschwester einen Spruch.

»Sie sagen es. Sie können nicht ohneeinander«, bestätigte Jutta.

»In einer Stunde kommt der Chefarzt«, sagte die Krankenschwester, nickte ihnen zu und verließ das Patientenzimmer.

»Was geht dir durch den Kopf?«, fragte Jutta.

»Die Saison geht gerade so richtig los, eigentlich kann ich es mir nicht erlauben, hier rumzuliegen«, antwortete Albert.

»Mein Schatz, jetzt denkst du mal nur an dich und deine Gesundheit. Die Gemeinde hat dir sehr viel zu verdanken und wird die paar Tage auch ohne dich auskommen. Mute dir nicht zu viel zu. Versprichst du mir das?«

Albert schaute von Jutta zu Gustav, der sich bemühte, nicht zu grinsen, dann zu Mads und schließlich wieder zu Jutta. »Ich verspreche es.«

»Mads, du bist Zeuge«, sagte Gustav, doch Mads hob abwehrend die Handflächen.

»Haltet mich bitte aus eurem Kindergarten raus.« Er hatte keine Lust, bei den beiden Sturköpfen zwischen die Fronten zu geraten.

Gustavs Handy klingelte. Er fischte es aus der Hosentasche und sah aufs Display.

»Da muss ich kurz ran«, sagte er.

Es schien die Zentrale zu sein, so viel konnte Mads heraushören, da Gustav das Gespräch nicht auf laut gestellt hatte.

»Wir fahren gleich los«, hörte er seinen Onkel sagen, dann beendete er das Telefonat und sah ihn an. Sein Gesichtsausdruck verriet, dass er keine guten Neuigkeiten hatte.

»Was ist los?«, fragte Albert, der nicht weniger besorgt schien.

»Wir haben eine Frauenleiche«, antwortete Gustav.

»Wo?« Alberts Augen sprangen fast aus ihren Höhlen.

»In Niendorf am Strand, kurz vor dem Hafen.«

»Mist«, fluchte Albert. »Ausgerechnet jetzt muss ich mir das Bein brechen.«

»Mads, wir fahren los.«

»Ich komme mit.« Albert schob sich im Bett hoch.

»Du fährst nirgendwohin!«, bremste Jutta den Bürgermeister. »Du siehst zu, dass du gesund wirst. Denk an dein Versprechen.«

Albert kapitulierte und ließ sich wieder in die Kissen sinken. »Meldet euch, sobald ihr was in Erfahrung gebracht habt, und verscheucht diese schreckliche Journalistin, falls sie ihre neugierige Nase in eure Ermittlungen steckt.«

»Ich weiß, was ich zu tun habe«, erwiderte Gustav.

Albert schien eine Erwiderung auf der Zunge zu liegen, aber er verkniff sich die Bemerkung, da Jutta ihn ansah.

Mads hätte ebenfalls beinahe einen Spruch gebracht, doch auch er riss sich aus Rücksicht auf seine Oma zusammen. Dass Albert wieder einmal gegen Emma stichelte, die bei der Ostseezeitung arbeitete, gefiel ihm überhaupt nicht.

»Oma, sollen wir dich zu Hause absetzen?«, fragte Mads.

»Ich bleibe noch bei Albert und nehme mir dann ein Taxi. Fahrt ohne mich.«

»Sicher?«

»Ganz sicher, liebster Enkel.«

»Mach mir keine Dummheiten hier im Krankenhaus, wir haben die Sache im Griff«, sagte Gustav an Albert gerichtet.

»Wie sollte ich das denn tun? Ich habe nur eine Bitte: Sprecht nicht mit der Presse. Presse nur über mich.«

Gustav schnaubte. »Albert, ich bin nicht erst seit gestern Polizeichef.«

»Ist angekommen.« Albert verzog die Lippen und verkniff sich offenbar einen weiteren Kommentar.

»Ich hoffe, dass sie Albert ein paar Tage länger im Krankenhaus behalten«, schimpfte Gustav, als Mads sein Auto vom Parkplatz lenkte und dann das Gaspedal durchtrat.

»Du hast Oma gehört, du sollst nicht so bissig sein.«

Gustav winkte ab. »Als ob die Welt nicht ohne ihn auskommen würde.«

»Schon morgen wird er dir fehlen, weil er dich im Büro nicht nervt«, gab Mads grinsend zurück.

»Ganz sicher nicht«, entgegnete Gustav.

»Ich kenne dich und ich kenne ihn.«

»Im Gegensatz zu Albert mische ich mich aber nicht in seine Arbeit als Bürgermeister ein«, hielt Gustav dagegen.

»Das tut er nur, weil du ihm so viele Freiheiten lässt.«

»Tue ich gar nicht. Das ist allein Papas Schuld, er hat ihm damals diese Freiheiten eingeräumt, als er noch Polizeichef und Albert gerade zum Bürgermeister gewählt worden war.«

»Ich kann mich nicht daran erinnern, dass Albert Opa Mikkel je auf der Nase herumgetanzt ist. Da war Albert noch richtig zahm.«

»Wer nicht? Mikkel war ein anderes Kaliber. Ich bin zu freundlich und nachsichtig mit euch.«

Mads warf ihm einen erstaunten Blick zu. »Mit euch? Was habe ich denn jetzt wieder getan?«

»Du hast auch so einen Dickschädel«, erwiderte Gustav und sah aus dem Beifahrerfenster. Vermutlich dachte er an seinen Vater, der vor ihm lange Zeit Polizeichef gewesen war. Mads hatte ein sehr gutes Verhältnis zu seinem Großvater gehabt, der zwar streng, aber in Mads' Augen immer fair gewesen war. Eine echte Autorität.

»Was wissen wir über die Leiche?«, fragte Mads, glaubte er doch, dass es besser war, das Thema zu wechseln.

»Nicht viel. Es handelt sich um eine Frau Ende zwanzig, Anfang dreißig. Sie wurde von einem Spaziergänger, oder besser gesagt, von dessen Hund in den Dünen gefunden. Die Kollegen von der Streife haben den Strandabschnitt bereits abgesperrt.« Gustav legte die Stirn in Falten.

»Glaubst du, sie ist eine Touristin?«

»Das ist unerheblich. Jeder Mord in meiner Gemeinde ist einer zu viel. Wollen wir hoffen, dass wir es nicht mit einem Serientäter zu tun haben.«

Mads nickte. Es war nicht zu übersehen, dass Gustav sich Sorgen machte, doch im Gegensatz zu ihm war es für Mads viel zu früh, überhaupt an einen Serientäter zu denken.

Sie erreichten den Strand und Mads parkte seinen Wagen in der Nähe des Niendorfer Hafens.

Als sie ausstiegen, empfing sie milde Frühlingsluft, es waren angenehme 24 Grad und kaum eine Wolke war am strahlend blauen Himmel zu sehen. Der malerische Hafen lag verträumt und friedlich da, einige Passanten genossen die Sonne, lauschten den sanften Wellen und schauten den Möwen hinterher.

Ein perfekter Tag, wenn sie nicht auf dem Weg zu einem Tatort gewesen wären.

Sie gingen zum Strand und sofort sah Mads den abgesperrten Bereich.

»Moin. Wo ist die Leiche?«, fragte er einen Streifenbeamten.

»Moin«, antwortete der und zeigte auf die Stelle.

Sie nickten und gingen in die angegebene Richtung. Einige Sträucher und hohes Gras auf der Düne verhüllten den Blick auf die Leiche, doch als Mads das Gesicht der Toten sah, wurde ihm eiskalt.

3

Ich fühle mich, als wäre ich unter die Räder gekommen. Die ganze Nacht habe ich kein Auge zugetan.

Als ich einmal aufgewacht bin, wäre ich vor Panik fast aus meiner Wohnung gerannt, weil mich dort, wo ich mich sonst wohl und sicher gefühlt habe, plötzlich diese Enge erfasst hat.

»Was für ein Scheiß«, murmele ich, strecke mich und steige aus dem Bett.

Mein Gang führt mich ins Bad, zuerst auf die Toilette, dann unter die Dusche.

Als das warme Wasser meinen Körper umfließt, atme ich erleichtert aus. Es ist, als würde jede Sünde, jeder Vorwurf von mir abgewaschen. Als würden die bösen Dämonen, die mich gestern im Schlaf heimgesucht haben, von mir weichen.

Es fühlt sich verdammt geil an.

Ich bleibe noch eine ganze Weile unter der Dusche und genieße die Wärme des Wasserstrahls.

Später setze ich mich angezogen auf die Couch und ziehe mir eine selbstgemachte Bowl rein.

Nebenbei schaue ich mir auf dem Handy ein paar Videos auf Instagram und TikTok an, einige davon bringen mich zum Schmunzeln.

Doch immer wieder holen mich kleine Erinnerungsfetzen der gestrigen Nacht ein.

Ich versuche sie wegzuwischen, so wie ich auf Instagram von einer Story zur nächsten wische.

»Keine Sau wird sie vermissen«, sage ich zu mir, um mir einzureden, dass es okay war, was ich letzte Nacht getan habe.

Mir war überhaupt nicht klar, dass man sich danach so viele

Gedanken machen würde, denn jemanden zu töten, ist gar nicht so schwer, wie ich befürchtet hatte. Ich hatte es mir weitaus schlimmer vorgestellt, aber so in der Dunkelheit war es fast zu einfach.

»Lüg nicht, du hast kurz gezögert«, ermahne ich mich und plötzlich erscheinen die Bilder der Nacht gestochen scharf vor meinem geistigen Auge.

Ich sehe, wie ich das Messer halte, die tödliche Klinge blitzt in der Dunkelheit auf und dann steche ich sie ihr in den Körper.

Das alles ging so schnell, dass ich in dem Moment gar nicht realisieren konnte, was ich getan habe, dass ich tatsächlich einen Menschen getötet habe.

»Unglaublich, das war irgendwie zu leicht«, sage ich vor mich hin.

Ich bin noch daneben stehen geblieben, habe zugeschaut, wie sie zu Boden gestürzt ist und mich mit ihren großen fragenden Augen angeschaut hat, weil sie nicht verstehen konnte, was da gerade passiert ist.

Sie hat die Hände auf die Wunde gepresst, aber kaum einen Laut von sich gegeben, dann hat sie die Augen geschlossen und ihr Körper wurde ganz schlaff.

»Ein komisches Schauspiel.« Nachdenklich puste ich meine Wangen auf und lasse die Luft wieder entweichen.

Würdest du es noch mal tun?, drängt sich eine Frage in mein Bewusstsein.

»Warum nicht? Das erste Mal ist immer das schwierigste, sagt man, oder?«, antworte ich mir.

Aber es müsste sich dann schon lohnen, dass ich erneut einem Menschen das Lebenslicht auspuste.

Das Klingeln an der Wohnungstür holt mich aus meinen Gedanken. Ich schrecke auf und springe von der Couch, um die Tür zu öffnen, schließlich bin ich verabredet.

»Moin«, grüßt mich die Person und ich bitte sie in die Wohnung.

Als mein Besuch die Schuhe auszieht, wandert mein Blick zur Kommode und bleibt an meiner leichten Jacke hängen. Für eine Millisekunde scheint mein Herz auszusetzen.

Die blutverschmierte Klinge des Messers, mit dem ich gestern meine erste Tat begangen habe, blitzt daraus hervor.

Der Blick meines Besuches folgt meinem und mir ist im selben Moment klar, dass ich diese Person wohl töten muss, um mein Geheimnis zu schützen.

4

22. Mai, Niendorf

Nur er und die Welle. Nirgends fühlte sich Mads freier als auf seinem Surfbrett.

Er glitt bereits seit einer knappen Stunde über das Wasser, doch nun musste er leider zurück. Das Surfbrett unter den Arm geklemmt, ging er durch das seichtere Wasser an den Strand.

Noch immer jagte Adrenalin durch seinen Körper und er fühlte sich bereit für die Woche mit all ihren Herausforderungen, und die würden kommen, denn die Leiche, die sie gefunden hatten, bereitete ihm große Kopfschmerzen.

»Moin, Mads«, grüßte ihn Jörn, der ebenfalls am Strand unterwegs war.

»Moin, Jörn. Was machst du hier so früh?«

»Du weißt doch, der frühe Vogel und so«, antwortete Jörn, der fast zwei Köpfe kleiner war als Mads und sich ständig irgendwo am Strand herumtrieb.

»Na, dann noch viel Spaß«, sagte Mads und wollte weiterziehen, aber Jörn sah ihn bittend an, also blieb Mads stehen. »Was ist los?«

»Du hast nicht vielleicht zwei, drei Euro für mich?«

»Wofür brauchst du die denn?«

»Ich wollte mir ein Fischbrötchen holen.«

Mads griff seufzend in das Reißverschlussfach seines Rucksacks, zog seine Geldbörse heraus und klappte sie auf.

»Der Fünfeuroschein da lacht mich echt an«, bemerkte Jörn, dabei grinste er spitzbübisch.

»Aber nur, weil heute Montag ist, Jörn. Wie kann man immer so pleite sein wie du?« Mads gab ihm den Schein.

»Inflation, Thor, Inflation.«

»Sieh zu, dass du Land gewinnst, bevor mir ein Spruch rausrutscht.«

»Ich habe zu danken, o großer Thor«, sagte Jörn, verbeugte sich und ging weiter.

Ein Schmunzeln huschte Mads über die Lippen. Er mochte den jungen Mann, auch wenn er chronisch knapp bei Kasse war und keine Hemmungen hatte, sich bei anderen durchzuschnorren. Zugegeben, er hatte es nicht leicht, denn es lag eine geistige Beeinträchtigung bei ihm vor, daher war Mads bei ihm deutlich nachsichtiger als bei anderen. Trotz seiner Behinderung meisterte Jörn seinen Alltag selbständig und hatte Freude am Leben. Dass er Mads öfter »Thor« nannte, lag daran, dass Mads dem Thor-Darsteller Chris Hemsworth von Statur und Aussehen her ähnelte.

»Moin! War das eben Jörn?«, hörte er da eine weibliche Stimme.

Er drehte sich um und blickte Emma Falk direkt in die Augen. Sie trug Joggingklamotten und wischte sich eine Strähne ihres blonden Haars aus der Stirn, das sich offenbar aus ihrem Zopf gelöst hatte.

»Wer schnorrt sich sonst so frech bei mir durch?«, antwortete Mads. Er freute sich, Emma zu sehen.

»Du bist einfach zu lieb«, sagte sie lächelnd.

»Ich zu lieb? Das von dir zu hören, muss was heißen«, frotzelte Mads.

»Na, ich sehe schon, zu nett darf man nicht zu dir sein. Dabei hatte ich angenommen, deine neue Freundin hätte dich gebändigt.«

»Mich muss niemand bändigen, weil ich immer freundlich zu den Menschen bin, die es verdient haben«, gab er zurück.

Emma verzog spöttisch den Mund. »Da ist er wieder, der Mads, den wir alle kennen. Aber wie es scheint, bleibst du deinem Beuteschema treu.«

Mads verdrehte die Augen, er wollte mit Emma ganz bestimmt nicht über Jil sprechen, dennoch konnte er diese Bemerkung nicht auf sich sitzen lassen.

»Jil ist für ihr Alter sehr reif.«

»Hattest du das nicht auch über Daniela gesagt?«, stichelte Emma weiter.

»Möchtest du mir den Montag verderben? Ich habe schon genug um die Ohren«, sagte Mads und schulterte seinen Rucksack.

»Was ist los?«, fragte Emma. Ihre Stimme klang plötzlich besorgt.

»Du weißt es noch nicht?«

»Nein, was?«

Mads atmete durch. »Celine Bock wurde Samstag Nacht ermordet.«

Emma schlug sich erschrocken die Hand vor den Mund. »Wo?«, brachte sie dann hervor.

»Hier am Strand, ganz in der Nähe vom Hafen.«

»Wir waren doch am Samstagabend noch mit ihr zusammen.«

»Ich weiß. Kurz darauf wurde sie erstochen.«

Emma schluckte. »Weiß Jule davon?«

»Ich vermute nicht, ich wollte nach der Besprechung in der Dienststelle zu ihr. Kannst du sie vielleicht vorwarnen?«

»Vorwarnen?« Emma sah ihn zweifelnd an.

»Nein, mit ihr sprechen, meinte ich. Ich weiß, dass Jule und Celine gut miteinander befreundet waren.«

»Du verdächtigst sie doch wohl nicht?«

»Nein, warum sollte ich?«

Als Polizist durfte er grundsätzlich niemanden als Verdächtigen ausschließen, und da viele Morde im Bekanntenumfeld geschahen, musste er natürlich alle Personen, die an dem Abend Kontakt mit Celine gehabt hatten, befragen – einschließlich Jule und Emma. Aber dass seine Ex oder Emma in den Mord verwickelt sein könnten, schloss er aus, so gut kannte er sie beide.

Emma schien aufzuatmen. »Gut, das Ganze wird schon schwer genug für sie. Die Arme. Was habt ihr an Informationen?«

»Nicht viel. Wir stehen noch am Beginn der Ermittlungen. Sicher ist nur, dass Celine aus nächster Nähe erstochen wurde.«

»Glaubst du, dass sie den Täter kannte?«

»Woher soll ich das wissen?« Mads warf Emma einen kritischen Blick zu. »Ich hoffe, du fragst das nicht als Journalistin.«

»Nein, tue ich nicht, keine Sorge. Ich bin gerade an einem anderen Artikel dran. Es interessiert mich nur, weil ich sie kenne und ich mir Sorgen um Jule mache. Was, wenn es ein Psycho war, der noch mehr Frauen umbringen wird?«

»Du musst dir keine Sorgen machen, sei nur etwas vorsichtiger und meide abends den Strand, jedenfalls alleine. Sag das bitte auch Jule.«

Emma nickte.

»Ist dir an dem Abend irgendetwas aufgefallen?«, fragte Mads.

»Was meinst du?«

»Na, ob sich einer von den Leuten am Strand komisch verhalten hat. Hatte Celine Ärger mit jemandem?«

»Nein, war alles sehr entspannt. Sie war ganz gut drauf, vor allem wenn man bedenkt, dass sie gerade solchen Stress mit dem Ex hatte.«

»Mit welchem Ex?«

»Sie hat sich vor zwei Monaten oder so getrennt, weil ihr Ex sie mit einer Jüngeren betrogen hat«, erklärte Emma. »Wenn du das genauer wissen willst, musst du Jule fragen, so dicke war ich mit Celine nicht.«

Mads nickte. »Wenn dir noch was einfällt, ruf mich bitte

an, und frag auch Amir und Jule. Möglich, dass Jule mir nicht alles erzählt.«

»Warum sollte sie das nicht?«

»Weil sie Jule ist. Sie ist manchmal komisch. Könnte sein, dass sie ihre Freundin schützen möchte.«

»Also soll ich sie für dich ausspionieren?« Emma zog die Brauen hoch.

»Vergiss es. Ich finde das selbst heraus.«

»Entspann dich, ich frage sie. Musst nicht gleich so giftig reagieren.«

»Ich bin nicht giftig, ihr Frauen seid nur manchmal echt anstrengend.«

»Deine Jil vermutlich nicht«, gab Emma zurück.

Diese kleine Spitze passte Mads gar nicht. »Wenigstens ist sie nicht so ein Langweiler wie Stefan«, konterte er daher.

»Stefan ist nicht langweilig, kein bisschen«, ereiferte sich Emma. »Er ist ausgesprochen höflich und verlässlich. Eigenschaften, die ich sehr an ihm schätze.«

Also langweilig, dachte Mads, wollte sich jedoch nicht länger mit Emma darüber streiten.

Streng genommen wollte er sich überhaupt nicht mit ihr streiten, weil er sie noch immer viel zu gernhatte, obwohl Stefan ihr Freund war. Trotzdem konnte er seine Gefühle für sie nicht einfach abschalten, so sehr er sich das auch wünschte.

»Ich muss weiter«, sagte er. »Sei bitte die nächste Zeit abends etwas vorsichtiger.«

»Das bin ich.« Sie sah ihn aus ihren blauen Augen lange an. »Solange du in meiner Nähe bist, fühle ich mich sicher.«

Diese Worte überraschten ihn.

»Egal was ist, ich werde dich immer beschützen, ich hoffe, du weißt das«, erwiderte er. Es war sein voller Ernst.

Diesmal wirkte Emma nicht minder überrascht, sie schaute ihn fragend an, dann berührte sie seinen Unterarm. »Das mit Jil hätte ich nicht sagen sollen.«

Mads nickte nur, anschließend verabschiedete er sich von ihr.

Während Emma zurück in ihren Trab verfiel und den Strand entlanglief, schaute Mads ihr nach.

Dreh dich bitte um, dachte er und keine Sekunde später wandte sich Emma tatsächlich kurz zu ihm um und er hob die Hand zum Abschied.

Warum muss das mit dir nur so kompliziert sein?

Kopfschüttelnd packte er sein Surfbrett, um nach Hause zu gehen.

»Wo bist du mit deinen Gedanken?«, fragte Lena.

Mads hatte seine Schwester mit dem Auto abgeholt, um mit ihr gemeinsam zur Dienststelle nach Timmendorfer Strand zu fahren.

»Bei dem aktuellen Fall. Wie gut kanntest du Celine?«, erwiderte Mads ausweichend. Er wollte ihr nicht sagen, dass er an Emma dachte, und wie gern er sie um sich hatte, selbst wenn sie stritten.

»Nur oberflächlich. Sie war doch mit Rune zusammen. Und du?«

»Genauso. Rune kenne ich vom Gym. Celine hat sich vor zwei Monaten von ihm getrennt.«

»Das wusste ich gar nicht. Warum?« Lena sah ihn erstaunt an.

»Weil er sie betrogen hat.«

»Dann hat er es nicht anders verdient. Sie war doch eine ganz Hübsche und von ihrer Art her echt lieb.«

»So habe ich sie auch in Erinnerung. Mal sehen, was die Ermittlungen alles zutage fördern werden«, antwortete Mads. Der Gedanke daran bereitete ihm Magenschmerzen, denn er kannte viele der Freunde von Celine. Dass einer von ihnen der Mörder sein sollte, fiel ihm schwer, zu glauben.

»Erzähl mir lieber, wie dein Wochenende war«, lenkte Mads erneut ab.

Auf der Dienststelle würden sie genug Zeit haben, um über den Fall zu sprechen, viel brennender interessierte ihn, wie es seiner Schwester ging und ob Christian sich eine Dummheit erlaubt hatte.

Lenas Miene hellte sich auf, ihr Blick bekam etwas Verträumtes. »Das Wellnesswochenende auf Rügen war wunderschön, wir hatten eine tolle Zeit. Ich habe ein ganz schlechtes Gewissen, dass ich noch nicht bei Albert im Krankenhaus war.«

»Das musst du nicht, Schwesterherz. Du warst erst gegen 22 Uhr zu Hause, da darf er eh keinen Besuch mehr haben.«

»Wenigstens habe ich ihn angerufen. Er hat jetzt schon einen Krankenhauskoller«, berichtete Lena lachend.

»Wenn es nach Albert ginge, würde er sich am liebsten selbst entlassen oder das Krankenbett mitnehmen. Ich sehe es quasi vor mir – unser Bürgermeister bei uns im Besprechungsraum auf dem Bett mit Infusion im Arm.« Mads grinste.

»Du bist echt fies. Stell dir vor, er wäre wirklich unter die Räder gekommen.«

Mads winkte ab. »Jemand wie Albert ist wie eine Katze, er hat sieben Leben und kommt immer auf die Beine.«

»Ich glaube, Gustav belastet das Ganze doch mehr, als er mir am Telefon eingestehen wollte«, sagte Lena nachdenklich.

»Du sprichst von unserem Onkel, ernsthaft?« Mads warf seiner Schwester einen skeptischen Blick zu. »Der tanzt doch Salsa, weil Albert ihm endlich mal nicht auf den Keks geht.«

»Onkel Gustav und Salsa?« Nun lachte Lena, weil Gustav in Wahrheit die letzte Person war, die gerne oder gut tanzte.

»Du hast recht«, erwiderte Mads schmunzelnd, »das war übertrieben. Im Vergleich zu Gustav ist jeder Baum beweglicher.«

Lena sah ihren Bruder an und Mads las wie so oft eine Mischung aus Bewunderung und Fürsorge darin. Es war dieser Blick, der ihm sagte, wie sehr seine Schwester ihn liebte, und der ihn gleichzeitig daran erinnerte, dass er für Lena da sein musste, immer. Für Mads war das selbstverständlich, allerdings machte es ihm gerade deswegen Sorgen, dass Lena und ihr Ex-Freund wieder ein Paar waren.

»Wie geht's Christian?«, fragte er dennoch, um Lena das Gefühl zu geben, dass er ihn nicht komplett ausgrenzte, auch wenn ihn das Wohlergehen dieses Kerls überhaupt nicht interessierte.

»Echt gut. Er fängt im Juli einen neuen Job an.«

»Was ist mit dem alten?«

»Sein Chef hat ständig Ärger gemacht«, erklärte Lena und fügte schnell hinzu: »Bei dem neuen verdient er auch mehr.«

Mads hatte da so seine Zweifel. Er ging eher davon aus, dass Christian die Probleme gemacht hatte und nicht dessen Chef. Aber gut, wenn er jetzt mehr verdiente, sollte es ihm recht sein.

Dann kann er dich wenigstens mal einladen, wäre es ihm fast herausgerutscht, da er von seiner Oma wusste, dass Lena das Wellnesswochenende allein bezahlt hatte. Für Mads war das nur ein weiteres Indiz dafür, dass Christian seine Schwester ausnutzte. Es war nicht das erste Mal, dass Lena für ihn mitbezahlte.

»Das ist schön, wollen wir hoffen, dass er es da länger aushält«, sagte Mads und parkte den Wagen vor der Dienststelle.

Lena berührte seine Hand und drückte sie. »Bruderherz, ich weiß, dass du dich mit Christian schwertust, aber das Wochenende war wirklich unglaublich schön. Er gibt mir das Gefühl, dass ich eine begehrenswerte Frau bin, dass ich es wert bin, geliebt zu werden, dass wir zusammen alt werden.«

»Christian kann sich glücklich schätzen, dass er dich hat, so wie jeder Mann sich glücklich schätzen könnte, dich zur Freundin zu haben, weil du eine Traumfrau bist«, gab Mads zurück und spürte, wie erneut leichte Wut in ihm aufstieg.

Er wusste, dass Lena das im positiven Sinn gemeint hatte,

doch in seinen Ohren klang es so, als würde Christian auf subtile Weise auf ihre Gehbehinderung anspielen und ihr versichern, dass sie trotzdem eine achtens- und liebenswerte Person sei. Seit der schweren Verletzung, die Lena bei einem Einsatz erlitten hatte, war sie auf den Rollstuhl angewiesen. Zwar hatte sich ihr Zustand nach langen Mühen für einen Moment gebessert, doch nachdem sie bei einer Festnahme vor über einem halben Jahr ihre Nervenstränge und Gelenke überlastet hatte, konnte sie sich kaum ohne Rollstuhl fortbewegen.

Entspann dich, du musst Christian gegenüber wirklich etwas lockerer werden, ermahnte sich Mads.

»Ich hoffe, dass du irgendwann auch deine Traumfrau findest. Eine Frau, bei der du das Gefühl hast, dass du angekommen bist. Ich selbst glaube nämlich, ich bin es, und das fühlt sich richtig gut an.« Lenas Augen leuchteten und Mads war im selben Moment klar, dass sie hoffnungslos in Christian verliebt sein musste. Ein Gedanke, der ihm gar nicht schmeckte.

»Das wird schon klappen«, sagte Mads, stieg aus, öffnete den Kofferraum und hob den Rollstuhl heraus.

»Danke«, sagte Lena und setzte sich, dann begaben sie sich zur Dienststelle.

Im Büro angekommen, startete Mads seinen Rechner.

»Wir haben noch eine halbe Stunde«, ließ sich Lena vernehmen. »Wollen wir uns kurz abstimmen, bevor wir zur Besprechung gehen?«

»Gute Idee«, antwortete Mads. Er hatte ihr am vergangenen Abend zunächst nur in groben Zügen von dem Fall berichtet. »In meinen Augen ist es am besten, wenn wir zusammenfassen, wer von uns wen aus Celines Freundeskreis kennt und ob von denen einer weiß, ob Celine mit jemandem Probleme hatte.«

»Rune«, antwortete Lena. »Mehr fallen mir gerade nicht ein.«

»Mir ehrlich gesagt auch nicht.« Mads stand auf und

schrieb Runes Namen auf das Whiteboard an der Wand, dann zeichnete er einen Strich zu dem Foto von Celine, das er in der Mitte des Whiteboards positioniert hatte. »Die Anwohner und die Gewerbetreibenden in der Nähe sind von den Kollegen von der Streife gestern befragt worden. Niemand hat etwas gesehen, was allerdings nicht verwundert. Es war schon dunkel und um die Zeit tummelt sich kaum jemand am Strand.«

»Vielleicht ist es zwischen ihr und Rune zu einem Streit gekommen und die Sache ist eskaliert?«, überlegte Lena laut.

»Möglich. Wir müssen auf jeden Fall mit Rune sprechen«, antwortete Mads und sah, wie im selben Moment sein Handydisplay auf dem Tisch aufleuchtete.

Er ging hin und sah nach.

»Wenn man vom Teufel spricht«, bemerkte er.

»Albert?«

»Nein, Rune.«

5

Timmendorfer Strand

»Wie geht es dem Herrn Bürgermeister?«, erkundigte sich Gustavs Sekretärin Petra Wiese, als sie ihm seinen morgendlichen Espresso brachte.

»Den Umständen entsprechend ganz gut. Heute wird er vermutlich operiert.«

»Dann wollen wir mal hoffen, dass er schnell wieder auf die Beine kommt. Ich kann mir dich ohne unseren lieben Gemeindevorstand gar nicht vorstellen.«

Gustav hob eine Augenbraue. »Lieb? Reden wir beide von Albert?«

»Er scheint der Einzige zu sein, der dein Temperament zügeln kann«, erwiderte Petra augenzwinkernd, was Gustav mit einem missbilligenden Blick quittierte. Sie war seine Sekretärin, seit er denken konnte, und der trockene Schlagabtausch zwischen ihnen gehörte zu ihrem Alltag. Gustav konnte sich hundertprozentig auf sie verlassen.

»Wenn du was brauchst, weißt du, wo du mich findest«, sagte sie und verließ das Büro.

Gustav lehnte sich zurück und gönnte sich den Espresso, danach griff er sich den Keks, der für ihn fast wichtiger war als das Koffein. Während er ihn im Mund verschwinden ließ, schloss er die Augen und schaltete für einen Moment ab von dieser Welt und all ihren Problemen.

Das Klingeln seines Bürotelefons riss ihn jäh aus seiner heilen Welt.

»Moin, Albert«, nahm Gustav das Gespräch an.

»Woher weißt du, dass ich es bin?«, fragte Albert. »Moin.«

»Wer sonst sollte mich zu so einer unchristlichen Zeit aus den Gedanken reißen?«

»Hast du gerade deinen Espresso getrunken?«

»Ja, habe ich. Wirst du heute operiert?«

Man hörte es rascheln, offenbar richtete sich Albert in seinem Bett neu ein. »Der Chefarzt war vorhin zur Visite. Heute Mittag ist die OP, scheint ein sehr komplizierter Bruch zu sein, ohne OP geht es leider nicht. Es sind wohl auch Sehnen in Mitleidenschaft gezogen.«

»Heißt das, du musst länger im Krankenhaus bleiben?«

»Höre ich da etwa Schadenfreude in deinen Worten?«

»Ach was, mein alter Freund. War nur eine Frage«, erwiderte Gustav schnell, dabei kam es ihm nur gelegen, dass Albert für ein paar Tage mal nicht in der Dienststelle auftauchte.

»Alter Freund? Das ist mein Spruch, den kannst du nicht zweckentfremden, weil du der Ältere bist«, sprang Albert sofort auf die Anspielung an.

»Ein knappes Jahr.«

»Ändert nichts daran, dass du älter bist. Erzähl mir lieber, was eure Ermittlungen machen.«

»Wir stehen noch ganz am Anfang. Deine einzige Sorge sollte es sein, gesund zu werden.«

»Du machst wohl Witze. Wie soll ich gesund werden, wenn ich nicht weiß, was in meiner Gemeinde passiert?«, empörte sich der Bürgermeister und Gustav rollte mit den Augen.

»Albert, lies ein gutes Buch, schau fern oder aus dem Fenster und genieß den Ausblick auf die Ostsee. Ich muss jetzt zur Besprechung.«

»Willst du wirklich auflegen?«

»Ich möchte nicht, ich muss. Ich rufe dich heute Abend an«, antwortete Gustav und unterbrach Alberts einsetzende Schimpftirade, indem er einfach auflegte.

Ein Schmunzeln umspielte seine Lippen. Albert musste

endlich lernen, dass nicht alle nach seiner Pfeife tanzten, erst recht nicht der Polizeichef.

Nach einem Blick auf die Wanduhr stand er auf und verließ sein Büro.

»Ich bin im Besprechungsraum, falls was sein sollte«, sagte er auf dem Weg zu Petra.

»Ist mir bewusst, ich bin die Person, die deinen Terminkalender verwaltet«, erwiderte sie trocken.

Gustav schüttelte nur kurz den Kopf und ging zum Besprechungsraum.

Als er eintrat, saßen Mads und Lena bereits an ihren Plätzen, neben ihnen drei weitere seiner Mitarbeiter, die in die aktuellen Ermittlungen involviert waren.

Die Runde grüßte sich. Gustav fiel auf, dass seine Nichte Lena gut gelaunt zu sein schien, was ihn erfreute. Das Wochenende mit ihrem Freund hatte ihr augenscheinlich gutgetan.

»Wie geht's Albert?«, fragte sie.

»Er wird heute operiert. Seiner Stimme nach zu urteilen, geht es ihm gut«, antwortete Gustav, dann wandte er sich an Mads. »Hast du die Leitung zu Tim und Ole aufgebaut?«

»Bin gerade dabei«, erwiderte der, während Lena ihrem Onkel Kaffee einschenkte. Kurz darauf erschien das Bild der Kollegen aus der Lübecker Direktion über den Beamer auf der Leinwand.

»Moin, könnt ihr uns hören und sehen?«, fragte Gustav.

»Klar und deutlich, jede Falte«, bestätigte Ole und lachte.

Gustav sah, dass Mads sich ebenfalls ein Lachen nicht verkneifen konnte, doch er nahm den trockenen Humor des Leiters der KTU gelassen hin.

»Gut, dann fangen wir an«, sagte er. »Zunächst ein kurzer Überblick von mir. Gestern um 11:50 Uhr ging bei der Polizeizentrale ein Anruf ein, dass am Strand in der Nähe des Niendorfer Hafens eine Leiche gefunden wurde. Mads und ich haben den Fundort gegen 12:30 Uhr erreicht. Bei der Toten handelt es sich um die achtundzwanzigjährige Celine Bock aus Niendorf. Alles Weitere soll euch Ole aus Sicht der Spurensicherung skizzieren.«

»Danke für die Einleitung«, übernahm Ole. »Die Obduktion der Leiche ist für morgen zwölf Uhr angesetzt, daher ist alles, was ich jetzt sage, unverbindlich.« Er machte eine kurze Pause. »Die Tote ist weiblich, achtundzwanzig Jahre alt und stammt, wie Gustav eben erwähnte, aus Niendorf. Sie wurde mit einem vermutlich handelsüblichen Taschenmesser aus nächster Nähe erstochen, der Fundort dürfte auch der Tatort sein. Ich gehe von mindestens drei Einstichen aus, alle in der Bauchregion, aber das nur unter Vorbehalt. Wie gesagt, wir müssen die Obduktion abwarten.«

»Das würde ja bedeuten, dass das Opfer den Täter kannte«, warf Nils Schüler ein, ein Polizeibeamter aus Gustavs Team, der zusammen mit seinem Kollegen Carsten Meinke vor allem Gustav zuarbeiten sollte.

»Nicht unbedingt. Kann auch ein Fremder gewesen sein, der sie angesprochen und in ein kurzes Gespräch verwickelt hat«, entgegnete Ole und strich sich über die Glatze.

»Gab es denn Spuren eines Kampfes?«, wollte Carsten wissen.

»Am Fundort selbst haben wir keine entdeckt, aber da möchte ich mich nicht festlegen, wir müssen die Obduktion abwarten. So ein Einstich in der Bauchgegend ist auf alle Fälle sehr schmerzhaft und kann dazu führen, dass das Opfer schnell unter Schock steht und kaum zu einer Reaktion fähig ist.«

»Wann wurde sie ermordet?«, fragte Lena.

»Aufgrund der Leichenstarre und unter Berücksichtigung der aktuellen Temperaturen würde ich sagen zwischen 22 und 2 Uhr morgens. Aber auch hier müssen wir die Obduktion abwarten.«

»Also muss es auf dem Rückweg passiert sein, nach 22 Uhr«, ergänzte Mads.

»Wie kommst du darauf?«, fragte Gustav.

»Ich war an dem Abend auch am Niendorfer Strand, etwas nach 22 Uhr rum, nagelt mich aber nicht auf die genaue Zeit fest. Dort habe ich Celine mit Freunden gesehen. Es schien ein geselliger Abend mit Alkohol zu sein. Sie muss sich auf dem Heimweg befunden haben, als der Täter sie überrascht hat.«

»Oder der Täter wusste, dass sie am Strand war, und hat nur darauf gewartet, dass sie nach Hause geht«, gab Lena zu bedenken.

»Das würde heißen, dass die Tat geplant und keine Affekthandlung war. Der Täter dürfte sich demnach nicht mit ihr gestritten und sie anschließend aus Wut erstochen haben«, schlussfolgerte Gustav.

Dieser kleine, feine Unterschied beunruhigte ihn sehr, denn das würde bedeuten, dass sie es möglicherweise mit einem Täter zu tun hatten, der weiter morden würde.

6

Niendorf

»Arme Jule«, bemerkte Amir, als er und Emma am Niendorfer Hafen auf einer Bank saßen. Sie hatten sich zur Mittagspause ein Fischbrötchen geholt.

»Ich treffe mich in einer Stunde mit ihr.«

»Das ist gut. Soll ich mitkommen?«

»Nein, ich denke, ich rede zuerst mit ihr allein. Mal schauen, wie sie das alles wegsteckt. Sie war gut mit Celine befreundet.«

»Ich weiß. Sie kennen sich ja seit der ersten Klasse, wenn ich mich nicht irre.«

»Oh, das wusste ich nicht«, sagte Emma erstaunt. »Wie gut kanntest du Celine?«

»Niendorf ist ein noch kleineres Kaff als Timmendorfer Strand und vor zwanzig Jahren war es noch kleiner. Inzwischen weißt du es ja selbst, hier kennt jeder jeden.«

»Stimmt.« Emma schmunzelte. »Ich verfalle immer wieder in meine Mannheimer oder Kölner Denkmuster. Weißt du, ob Celine Probleme hatte?«

Amir zuckte die Schultern. »Kann ich mir schwer vorstellen. Celine war eine ganz Liebe, sie ist Streit aus dem Weg gegangen, war eher der Typ liebes Mauerblümchen. Aber so gut kannte ich sie auch wieder nicht, um in der Hinsicht objektiv zu sein.«

»Ich frage mich, wie da ausgerechnet Rune in ihr Leben gepasst hat«, sinnierte Emma. Sie kannte Rune und Celine eher flüchtig, weil man sich in Niendorf eben häufig über den Weg lief, aber dass die beiden sehr verschieden waren, war ihr dennoch aufgefallen. Celine hatte sie erst vor Kurzem etwas näher kennengelernt, nachdem sie sich von Rune getrennt hatte. Stefan kannte Rune besser.

»Ich habe das auch nie verstanden«, bestätigte Amir. »Rune ist so ganz anders. Ich habe dem Braten nie getraut, aber Celine schien blind vor Liebe.«

»Vielleicht war sie doch nicht so brav, wie alle glaubten.«

»Du meinst, stille Wasser sind tief?«

»So ungefähr.«

Amir nickte. »Möchtest du einen Artikel über den Mord schreiben?«

»Ganz sicher nicht«, wehrte Emma sofort ab.

»Warum?« Amir sah sie skeptisch an und ließ den letzten Bissen von seinem Fischbrötchen im Mund verschwinden.

»Ich schreibe schon an einem anderen Artikel.«

»Dir ist wohl Mads über den Weg gelaufen«, mutmaßte Amir.

»Das hat mit Mads überhaupt nichts zu tun.«

»Maus, du kannst mir nichts vormachen.«

»Wirklich nicht.« Sie knüllte das Papier ihres Fischbrötchens zusammen. »Na gut, du hast recht, ich habe Mads am Strand getroffen, aber das hat nichts mit ihm zu tun. Ich kann meine Recherchearbeit nicht abbrechen, um mich um den Mord zu kümmern. Ich weiß auch nicht, ob es so clever wäre, darüber zu schreiben.«

»Warum? Celine ist eine waschechte Niendorferin. Wenn du nicht über diesen Mord schreiben solltest, worüber dann?«

»Weil Personen beteiligt sein könnten, die ich kenne und schätze. Was, wenn eine davon der Täter ist?«

»Jule?«

Emma machte eine wegwerfende Handbewegung. »Ganz sicher nicht Jule. Für sie lege ich meine Hand ins Feuer.«

»Wo ist dann das Problem? Ich sehe doch, dass es dich in den Fingern juckt.«

»Ich habe wirklich keine Zeit, ich bin mit meinem aktuellen Artikel voll ausgelastet.«

»Wie du magst.«

Kurz trat Stille ein, dann fragte Emma: »Möchtest du nicht über Celine schreiben?«

»Ich bin noch voller.«

Da hatte Amir recht. Zugegeben, Emma war äußerst interessiert an dem aktuellen Fall. Es reizte sie, darüber zu schreiben, denn sie glaubte wie Amir, dass es für die Bewohner an der Lübecker Bucht wichtig war, über den Fall informiert zu werden – allerdings nicht so, wie es die Polizei über ihre Pressestelle tun würde, sondern journalistisch neutral mit allen notwendigen Informationen. Nur hatte sie tatsächlich alle Hände voll zu tun mit ihrem aktuellen Artikel.

Lüg nicht, wenn du dich reinkniest, ist der Artikel in drei Tagen fertig, ermahnte sie sich. Trotzdem wollte sie jetzt keine Entscheidung übers Knie brechen.

»Ich muss los. Sehen wir uns nachher noch in der Redaktion?«, fragte sie und klemmte ihre Tasche unter den Arm.

»Ganz sicher, ich muss heute eine Extraschicht schieben«, antwortete Amir und umarmte Emma zum Abschied.

Vom Hafen zur *Seaside Lounge*, wo sich Jule und Emma treffen wollten, war es nur ein Katzensprung. Niendorf war überschaubar, aber gerade das gefiel Emma. Es war ein verträumtes Örtchen an der Lübecker Bucht mit dem romantischsten Hafen, den sie kannte, einer schönen Promenade, flankiert von tollen Restaurants und Cafés, und einem Strand, der weitläufig und feinsandig war. Konnte man sich mehr wünschen?

Emma glaubte nicht.

Als sie die Terrasse betrat, saß Jule bereits an einem freien Tisch. Sie trug eine dicke Sonnenbrille, vermutlich damit niemand ihre verweinten Augen sah.

»Schön, dich zu sehen, mein Schatz, und vielen Dank, dass du Zeit für mich hast«, sagte Jule, als sie Emma bemerkte.

Sie stand auf, beide umarmten sich und nahmen anschließend Platz.

»Wie geht's dir?«, fragte Emma vorsichtig.

Jule atmete tief durch. »Ich kann es noch immer nicht fassen, dass sie ermordet wurde. Wir saßen erst Samstagabend alle zusammen am Strand und haben das Leben gefeiert, da wirkte sie endlich wieder glücklich, mit sich im Reinen.«

Die Kellnerin kam und beide gaben ihre Bestellung auf, dann setzte Emma das Gespräch fort.

»Es fällt mir auch schwer, das zu begreifen. Die Welt kann manchmal ein sehr grausamer Ort sein.«

»Manchmal?« Jule schnaubte leise. »Celine war so ein liebes Mädchen. Sie hat nie Streit gesucht. Ich kann mir einfach nicht erklären, warum ausgerechnet sie ermordet wurde.«

»Mads und Lena werden das herausfinden«, versicherte Emma.

»Das möchte ich hoffen. Celine war eine Niendorferin, also ist es das Mindeste, was ich von Mads erwarten kann, dass er den Täter findet. Er wollte sich in einer Stunde mit mir unterhalten.«

»Celine hatte demnach keinen Streit mit jemandem, der es deswegen auf sie abgesehen haben könnte?«, wagte Emma einen Vorstoß.

»Nein, sie ging Auseinandersetzungen aus dem Weg, nur die Trennung von Rune hat sie komplett aus der Bahn geworfen. Ansonsten war sie immer freundlich und hilfsbereit. Warum sollte jemand wie sie Feinde haben?«

»Gute Frage.« Emma sah auf ihre Hände. »Es ist immer noch möglich, dass es jemand war, den sie nicht kannte, der ihr zufällig am Strand aufgelauert hat.«

Jule schüttelte den Kopf. »Glaube ich nicht.«

Die Kellnerin kam, servierte die Getränke und entfernte sich.

»Warum nicht?«, fragte Emma.

Jule gönnte sich einen Schluck von ihrem Latte macchiato.

»Weil ich weiß, dass Rune und Celine sich noch mal aussprechen wollten.«

Emma merkte auf. »Etwa am Samstagabend?«

Sie spürte, wie dieser Fall sie plötzlich in seinen Bann zog.

7

Die zweite schlaflose Nacht. Was für ein Scheiß!

Mein Bauch grummelt und eben habe ich mich auf dem Klo übergeben, obwohl ich gestern kaum etwas gegessen habe. Zum Glück habe ich diese Woche Urlaub.

Dass mich ihr Tod so beschäftigen würde, hätte ich niemals für möglich gehalten, es war doch so leicht, ihr die Klinge in den Bauch zu rammen, immer wieder.

»Tja, so leicht«, sage ich zu mir, meine Stimme klingt spöttisch. »Wieso kann ich dann nicht schlafen? Wieso fühle ich mich so beschissen?«

Plötzlich wird mir kalt, ich zittere am ganzen Körper. Das ist alles komplett verrückt.

Warum war es so einfach, sie zu töten, und warum stresse ich mich jetzt so deswegen? Das passt doch nicht zusammen. Niemand hat mir gesagt, dass es diese krassen Nebenwirkungen geben würde. Ich bin fast bereit, zu bereuen, was ich getan habe.

»Mach dich nicht verrückt. Du hast es nicht ohne Grund getan, und wenn du ehrlich bist, war dieser Adrenalinkick schon geil, als du ihr das Messer noch mal und noch mal in den Bauch gerammt hast«, sage ich zu mir und nicke dabei, wie um meine Worte zu bestätigen.

Das Ganze war schon Hammer, ich habe mich mächtig gefühlt, wichtig, und als sie mich mit ihren fragenden Augen angeschaut hat, war das echt geil. Ich sollte auf jeden Fall dazu stehen, auch wenn der Kick nicht der Grund für diese Tat war. Trotzdem war es erhebend.

Endlich gelingt es mir, zu lächeln, und ich kann das Gefühl, dass mir immer noch übel ist, ignorieren.

Fast hätte ich gestern noch jemanden getötet. Mein Besuch sah aus, als hätte er die Tatwaffe gesehen, aber glücklicherweise lag ich damit falsch, sodass wir einen schönen, friedlichen Tag hatten.

»Ob es mir jetzt noch beschissener gehen würde, wenn ich es gemacht hätte?«, frage ich mich. Vielleicht würde es mir auch besser gehen, weil meine Psyche damit klarkommen würde, dass töten nichts ist, wofür man sich schämen muss, weil es einem Zweck dient.

Ich schüttele den Kopf, das war Quatsch. Welchen Sinn hätte es haben sollen, zweimal zu töten?

Um mich abzulenken, wasche ich mir das Gesicht und gehe anschließend in die Küche, um mir einen Kamillentee zu kochen. Der soll gegen Übelkeit helfen.

Während das Wasser kocht, mache ich mir Haferflocken mit Milch und esse ein paar Löffel voll, bis der Wasserkocher sich abschaltet, dann gieße ich den Tee auf und esse weiter.

»Geht doch«, sage ich zu mir. Ich fühle mich etwas besser, die Haferflocken scheinen auch gegen Übelkeit zu helfen.

Nachdem ich aufgegessen habe, nehme ich meinen wohlduftenden Kamillentee und mache es mir auf der Couch bequem. Ich nippe an dem heißen Getränk, schalte den Fernseher ein und zappe durch die Kanäle.

Mit jedem Schluck geht es meinem Magen besser.

Wunderbar, denke ich, als ich den Tee ausgetrunken habe. Ich sollte ein wenig rausgehen.

Den leeren Becher in der Hand, betrete ich meine offene Wohnküche, wasche den Becher, den Löffel und die Schüssel ab, danach trockne ich das Geschirr und gehe ins Badezimmer, um mich frischzumachen. Nachdem ich mich angezogen habe, nehme ich mein Handy und schaue, ob ich neue Nachrichten bekommen habe, aber da ist nichts.

»Komisch«, murmele ich, dabei erwarte ich doch die ein oder andere Nachricht, vor allem die eine.

»Kommt noch. Jetzt gehst du erst mal raus und genießt das schöne Wetter«, ermuntere ich mich, denn es hat ja keinen Sinn, sich wegen Kleinigkeiten zu ärgern.

Ein paar Minuten später radele ich bereits Richtung Timmendorfer Promenade.

Dort angekommen, schließe ich mein Fahrrad an und betrete die *Buchhandlung Belletrist*, die vor allem bei den Einheimischen sehr beliebt ist. Ich schaue mich ein wenig um und kaufe mir schließlich ein Buch, das ich gerne an der Promenade lesen möchte. Es ist genau das richtige Wetter, um draußen einen spannenden Roman zu lesen.

Ich schlendere die Promenade entlang, hole mir ein Eis und setze mich nach einer Weile an dem kleinen Teich auf eine der Bänke. Während ich mein leckeres italienisches Eis genieße, beobachte ich zwei Möwen, die es sich vor dem Teich gemütlich gemacht haben.

Als würden sie sonnenbaden, denke ich belustigt.

Als sie sich mit einem heiseren Schrei in die Lüfte schwingen, schaue ich ihnen nach, dann wandert mein Blick über die Promenade und weiter zum Park mit den vielen schönen großen Bäumen, die vor allem im Sommer angenehmen Schatten spenden.

Auf der übernächsten Bank rechts von mir sehe ich noch jemanden, der gerade in ein Buch vertieft ist. Als die Person kurz den Kopf hebt und das Buch etwas höher hält, erkenne ich, dass es das gleiche Buch ist wie das, das ich mir eben gekauft habe. Lustig.

Ich stehe auf und beschließe, woanders zu lesen. Aus Gründen.

Über den Weg zwischen den Bäumen erreiche ich den Strand. Mein Blick wandert über den Horizont, doch ich beschließe, dem Pfad weiter zu folgen, um eine Bank zu finden, wo ich in Ruhe lesen kann. Also gehe ich Richtung Niendorf, wohlwissend, dass mein Fahrrad an der Promenade auf mich wartet, aber da ich Urlaub habe, gibt es für mich keinen Grund, mich zu stressen.

Nach fünfzehn Minuten finde ich eine Bank und nehme Platz.

Bevor ich das Buch aufschlage, wandert mein Blick erneut über die Umgebung. Rechter Hand, in kurzer Entfernung, liegt das *SEA LIFE*, das große Fischaquarium in Timmendorfer Strand, das ich schon öfter besucht habe. Es gefällt mir, man lernt dort einiges über die Bewohner unserer Meere, insbesondere natürlich über die der Ostsee.

Nach einer Weile schlage ich das Buch auf und möchte die erste Seite lesen, als mich eine ältere Frau anspricht, sie hat die siebzig sicherlich längst überschritten.

»Moin, darf ich mich zu Ihnen setzen?«, fragt sie.

»Nehmen Sie gern Platz«, antworte ich.

»Vielen lieben Dank. Ich heiße Christel«, sagt sie.

Ich verrate ihr auch meinen Namen und sie fängt einen kleinen Plausch an. Sie scheint sehr freundlich zu sein und stellt mir ein paar Fragen, die ich zwar beantworte, aber irgendwann finde ich sie dann doch zu neugierig, nur habe ich keinen Plan, wie ich mich der Situation entziehen soll. Ich denke noch über eine gute Lösung nach, als sie plötzlich etwas sagt, was meine Neugierde weckt.

»Wovon gehört?«, frage ich sie.

»Na von dem brutalen Mord am Niendorfer Hafen, eine junge Frau wurde da von einem Psycho umgebracht.«

Der Satz macht mich sprachlos und für einen Moment bin ich zu keiner Reaktion fähig. Ich wusste nicht, dass sich die Sache bereits herumgesprochen hat. Das ist nicht gut, überhaupt nicht gut.

»Alles in Ordnung?«, fragt Christel.

»Woher wollen Sie wissen, dass es ein Psychopath war?«,

bricht es aus mir hervor. Der Vorwurf, ich wäre ein Psycho, trifft mich unvorbereitet und besonders hart.

»Wer sollte denn sonst zu so etwas fähig sein? Welcher normale Mensch sticht in unserer friedlichen Gemeinde eine junge Frau ab? Das kann nur jemand von außerhalb sein, ein gewalttätiger Psychopath, vielleicht jemand, der aus der Irrenanstalt entflohen ist.«

Es reicht. Stumm stehe ich auf und gehe mit schnellen Schritten zurück zu meinem Fahrrad.

»Ich bin kein Psycho. Es hatte seinen Grund, dass ich getan habe, was ich getan habe«, murmele ich dabei immer wieder vor mich hin.

8

Mads konnte ihr nichts vormachen. So sehr er auch versuchte, es sich nicht anmerken zu lassen, dass er Christian noch immer nicht mochte, spürte Lena, dass ihr Bruder sich schwer damit tat, ihn zu akzeptieren.

Dabei war sie sicher, dass er Christian völlig falsch einschätzte, weil er zu sehr von den Gespenstern der Vergangenheit eingenommen war.

Ja, Christian war eine Zeit lang alkoholsüchtig, spielsüchtig, launisch und leider auch gewalttätig gewesen, aber da war er nicht er selbst, der Alkohol hatte diesen Menschen aus ihm gemacht. Mittlerweile hatte er eine Therapie hinter sich und war endlich wieder der Christian, in den sie sich in jungen Jahren verliebt hatte. Seit sie denken konnte, war es immer nur er gewesen, den sie heiraten und mit dem sie eine Familie gründen wollte.

Dazu passte die Nachricht, die er ihr eben übers Handy geschrieben hatte:

Vermisse dich gerade ganz doll, mein Schatz.

Und ich dich,

antwortete Lena und fügte ein Kuss-Emoji hinzu.

Das Wochenende war unglaublich, ich wünschte, es wäre nie zu Ende gegangen.

Nicht nur du.

Hast du heute Abend Zeit?

Sicher, ich weiß nur nicht, wie lange die Ermittlungen dauern.

Was glaubst du denn?

Bin bestimmt nicht vor 21 Uhr zu Hause.

Ich warte gern. Ich muss nämlich mit dir reden.

Worüber?

Das möchte ich dir persönlich sagen.

Du weißt doch, dass ich neugierig bin.

Nichts würde ich lieber tun, als es dir jetzt zu schreiben, da ich keine Geheimnisse vor dir haben möchte. Aber ich möchte es dir persönlich sagen.

Gut. Bin schon gespannt,

antwortete Lena. Gleichzeitig fragte sie sich, warum er es ihr nicht gleich per Whatsapp verriet.

»Er wird mir doch keinen Heiratsantrag machen?«, sagte Lena leise zu sich.

»Habe ich da das Wort Heiratsantrag gehört?«, fragte Mads, der gerade das Büro betrat.

Lena zögerte kurz.

»Hat er dir einen Heiratsantrag gemacht?«, wiederholte Mads.

»Nein, hat er nicht. Wäre das denn so schlimm?«

Jetzt zögerte Mads einen Moment, aber seine Miene wurde sanfter, als er neben ihr stand und ihre Schulter berührte.

»Ich möchte nur, dass du glücklich bist.«

»Christian macht mich glücklich.«

»Dann zieht doch erst einmal zusammen und schaut, wie es funktioniert. Eine Hochzeit muss man ja nicht gleich übers Knie brechen.«

»Ich kenne Christian schon mein halbes Leben.« Lena streckte sich und lächelte ihn an. »Keine Sorge, er hat mir keinen Antrag gemacht, du kannst wieder durchatmen.«

»Wie gesagt, ich möchte nur, dass du glücklich bist«, wiederholte Mads.

»Und ich, dass du Christian eine echte Chance gibst. Er hat sich wirklich geändert, ich weiß das besser als jeder andere. Wir sehen uns fast täglich und verbringen viel Zeit miteinander.«

Mads zuckte die Achseln. »Es ist deine Entscheidung und ich werde immer hinter dir stehen. Es ist nur ein Rat: Zieht erst mal zusammen und schaut, ob es passt.«

»Ich weiß, dass es passt. Außerdem ist mein Kinderwunsch in den letzten Wochen noch stärker geworden.« Verlegen strich sich Lena eine Strähne hinters Ohr.

Auch wenn ihr die Gehbehinderung viel mehr zu schaffen machte, als sie es Mads gegenüber je zugegeben hätte, das mit dem Kinderwunsch war nicht gelogen. Sie wollte Mama werden, weil Christian ihr das Gefühl gab, dass ihre Einschränkung kein Grund war, nicht Mama zu sein, und weil er zu ihr stand, komme, was wolle. Wieso konnte Mads das nicht erkennen?

»Du wirst eine tolle Mama sein, davon bin ich überzeugt. Komm, lass uns gehen«, sagte Mads.

»Wohin?«

»Ich möchte mir den Tatort noch mal anschauen und mich danach mit Jule unterhalten, sie war ja am Samstagabend mit Celine zusammen.«

»Was ist mit Rune?«

»Den suchen wir später auf. Er soll sich gedulden.«

»Glaubst du, es war Taktik, dass er dich angerufen hat?«

Kurz vor der Dienstbesprechung hatte Celines Exfreund Mads angerufen. Er wusste von ihrem Tod und wollte mit Mads sprechen, allerdings nicht am Telefon. Es gehe um Celine, hatte er erklärt.

»Ganz sicher. Rune ist nicht dumm, er weiß, dass er in den Fokus der Ermittlungen geraten wird.«

»Was ihn nicht zwangsläufig zum Täter macht.«

»So ist es. Es ist viel zu früh, um sich auf irgendetwas festzulegen.«

»Warum wollte Gustav dich nach der Besprechung eigentlich noch allein sprechen?«, fragte Lena.

»Wegen Albert.«

»Wieso?« Lena sah ihn verständnislos an.

»Er meint, ich solle mich etwas zurücknehmen. Albert liegt mit einer schweren Verletzung im Krankenhaus, da wäre er wohl ziemlich empfindlich.«

»Gustav muss ihn wirklich gernhaben, wenn er dir deshalb einen Maulkorb verpasst«, sagte Lena lachend.

»Die Beziehung zwischen den beiden versteht eh niemand. Wie dem auch sei, ich habe ihm versprochen, keine dummen Sprüche rauszuhauen, auch wenn Albert eine Steilvorlage nach der anderen serviert.« Mads grinste breit.

»Gilt das genauso, wenn er gegen Emma stichelt?«

»Logisch. Ich stehe zu meinem Wort. Nur, wenn er gegen Oma …«

»Albert?«, fuhr Lena dazwischen. »Hast du ihn je ein schlechtes Wort über Oma sagen hören?«

»Nein, habe ich nicht. Ich möchte ihn auch nicht schlimmer dastehen lassen, als er ist, der alte Egoist. Warum kann er Emma gegenüber nicht genauso freundlich sein?«

»Weil sie Journalistin ist und sich von ihm nicht in ihre Arbeit reinreden lässt«, erklärte Lena achselzuckend.

»Emma ist halt auch ein sturer Esel.«

»Das war jetzt gemein, Bruderherz.«

»Das trifft es aber.«

Lena legte den Kopf schräg. »Ist sie dir heute über den Weg gelaufen?«

»Wie kommst du darauf?«

»Du haust meistens nur dann einen Spruch gegen Emma raus, wenn ihr euch begegnet seid und sie nicht einer Meinung mit dir war.«

»Ist das wirklich so?« Mads schien überrascht.

»Also hast du sie getroffen und ihr einen Spruch reingedrückt.«

»Nein, ich war nett. Das Gespräch war ganz gut, aber ich finde es nicht okay, dass sie Jil kritisiert.«

»Weil sie so jung ist?«, riet Lena.

»Genau. Das Alter hat doch nichts mit Reife zu tun. Ich verstehe wirklich nicht, warum ihr Frauen euch immer darüber aufregt, wenn ein Mann eine jüngere Freundin hat. Am Ende ist das ja wohl eine Sache zwischen zwei erwachsenen Personen.«

»Reg dich nicht auf, das macht nur Falten«, versuchte Lena ihren Bruder zu besänftigen.

»Du hast recht, das ist es nicht wert. Nervt nur. Zum Glück bist du nicht so.« Er lächelte ihr zu.

»Komm, Bruderherz«, sagte Lena und lenkte ihren Rollstuhl Richtung Tür, ohne weiter darauf einzugehen. Sie kannte Jil nicht gut genug, um sich ein Urteil über sie zu erlauben. Zwar fand sie sie ganz nett, aber Emma hatte nicht unrecht, auch Lena fand sie zu jung für ihren Bruder.

Zwanzig Minuten später hatten sie den Niendorfer Hafen erreicht und begaben sich zum Tatort.

Die Promenade war erstaunlicherweise gut besucht, vermutlich weil um diese Zeit viele ihre Mittagspause bei dem schönen Wetter draußen verbrachten. Die touristische Hauptsaison hatte in Niendorf noch nicht begonnen.

»Mit dem Rollstuhl wird es schwer im Sand«, bemerkte Lena.

»Wir brauchen einen anderen Bezug für deine Reifen, darüber habe ich schon mit Gustav gesprochen. Es gibt da diese Gecko-Traxx-Reifenbezüge aus Australien, damit sinken die Reifen nicht in den Sand ein. Petra hat sie bestellt, sie sollten nächste Woche ankommen.«

»Das ist sehr lieb von dir.« Lena wurde warm ums Herz. Es fühlte sich gut an, zu wissen, dass Mads und Gustav alles taten, damit sie als echtes Teammitglied bei der Ermittlungsarbeit helfen konnte.

»Warte kurz hier, ich schaue mir den Abschnitt allein an«, sagte Mads und das schöne Gefühl verflog.

»Okay«, sagte Lena und verwarf sofort die Idee, ihm mit Krücken zu folgen, weil sie wusste, dass sie es damit nicht bis in die Dünen schaffen würde. Ob es ihr überhaupt je wieder möglich sein würde, richtig zu gehen?

Sie sah ihrem Bruder nach und spürte, wie die Ängste und Sorgen zurückkamen, weil sie sich in diesem Moment kein bisschen mehr wie eine vollwertige Polizistin fühlte.

9

Mads hatte bei dem Wort Heiratsantrag einen kleinen Schreck bekommen, und er hoffte inständig, dass seine Schwester nicht so blind sein und Christian heiraten würde, bevor sie nicht wenigstens einige Monate, besser noch Jahre, mit ihm zusammengelebt hatte.

Egal wie sehr Lena davon überzeugt sein mochte, dass sich Christian geändert hatte, Mads wollte es nicht glauben. Er kannte Männer wie Christian, sie würden sich im Kern ihrer Persönlichkeit niemals ändern.

Verbissen stapfte er durch die Dünen, bis er am rot-weißen Absperrband der Spurensicherung angekommen war. Wie es schien, hielten sich die Strandgäste an die Abgrenzung. Mads ließ den Blick über den Strand schweifen. Hier und da hatten sich Menschen niedergelassen, um das schöne Wetter zu genießen, manche sonnten sich auf dem Sand, andere in den Strandkörben. Insgesamt war aber noch nicht viel Betrieb.

Mads betrat den abgesperrten Bereich und ging zu der Stelle, wo der Mörder Celine erstochen haben musste. Hier hatten die Kollegen von der KTU das meiste Blut gefunden. Mads ging davon aus, dass die junge Frau an dieser Stelle ermordet und später zu den Dünen getragen worden war.

Langsam kniete er sich hin und betrachtete den Boden, dann stand er wieder auf und schaute sich um.

Nach 22 Uhr ist es dunkel, um die Zeit ist kaum jemand am Strand. Der Täter wird ihr also gefolgt sein. Celine ist betrunken und sie geht nicht über die Promenade nach Hause, sondern am Strand entlang, überlegte Mads und tippte sich gegen das Kinn.

Das Wetter an dem Abend war mild, die Mädels hatten sich

unweit von hier getroffen, Bier getrunken und einen netten Abend verbracht. Es gab also keinen Grund für Celine, nicht am Strand nach Hause zu gehen.

Mads ließ seinen Blick zur Ostsee wandern und folgte der Weite des Meeres, bis er einige Möwen über dem tiefen Blau kreisen sah, am Horizont konnte er ein Boot erkennen. Für einen Moment hielt er inne, um den friedlichen Anblick in sich aufzunehmen, dann sammelte er sich.

Der Täter folgt ihr, führte er seinen Gedanken fort, *er ist sich seiner Sache sicher, weil die Dunkelheit ihm Schutz bietet und Celine betrunken ist. Sie nimmt ihre Umgebung nicht so aufmerksam wahr wie eine nüchterne Person, deshalb hört sie ihren Mörder nicht und der feine Sand schluckt die Gehgeräusche zusätzlich. Das alles spielt dem Täter in die Hand.*

Mads wandte sich um und sah auf den Boden.

Hier hat er Celine erstochen, und als sie bereits tot oder aufgrund des hohen Blutverlustes bewusstlos war, hat er sie zu den Dünen getragen.

Um sich besser in den Täter hineinversetzen zu können, spielte Mads die Szene weiter in Gedanken durch und ging in die Dünen. Sie waren auf dieser Höhe mit Sträuchern und hohem Gras durchsetzt.

»Eine Leiche findet man hier nicht so schnell«, sagte Mads zu sich und blickte prüfend über die Umgebung. Einige Äste der Sträucher waren geknickt oder abgerissen. Hier hatte der Täter die Leiche abgelegt und sich anschließend aus dem Staub gemacht.

Von dieser Position aus hatte man einen schlechten Überblick, doch genau dieser Umstand hatte dem Täter guten Schutz geboten. Wenn ihn schon unten am Strand niemand beobachtet hatte, würde ihn auf der Düne erst recht niemand gesehen haben.

Nachdenklich sah Mads auf einen der abgerissenen Zweige.

Wenn man jemanden im Affekt tötet, weil es zuvor zu einem Streit kam, würde man den Kontrahenten einfach abstechen und dann das Weite suchen, statt sich die Mühe zu machen, die Leiche noch irgendwo zu verstecken. Das wiederum kann nur bedeuten, dass der Täter geplant hatte, Celine zu ermorden.

Die Herleitung des Verbrechens klang für Mads so weit schlüssig, dennoch war es zu früh, um sich darauf festzulegen.

Ob die von der KTU gesicherten Schuhspuren sie zum Täter führen würden, konnte nicht abschließend beantwortet werden, da es in der Nacht geregnet hatte und Ole nicht ausschloss, dass die Spuren erst am nächsten Morgen durch Strandbesucher entstanden waren.

Ein letztes Mal ließ Mads seinen Blick über den Strand wandern, dann kehrte er zu Lena zurück.

»Und?«, fragte sie.

»Nichts, was uns weiterhilft. Aber mein Gefühl sagt mir, dass der Mörder die Tat geplant hat«, fasste Mads seine Gedanken zusammen.

»Das denke ich auch. Warum sollte der Täter sonst die Leiche in den Dünen verstecken?«

»Genau. Es sei denn …« Mads ließ das Ende des Satzes offen, doch Lena ergänzte ihn sofort.

»Er möchte uns glauben lassen, dass er den Mord geplant hat.«

»Exakt. Vielleicht möchte er, dass wir davon ausgehen, es wäre jemand gewesen, der keinen Bezug zu Celine hatte?«

Lena nickte. »Wir müssen uns unbedingt mit Celines engsten Freunden und den Personen von Samstagabend unterhalten. Hat Jule dir die Namensliste geschickt?«

»Nein, aber wenn wir sie gleich treffen, werden wir die Namen bekommen.«

»Hast du ihr Bescheid gegeben, wann du kommst?«

»Habe ich nicht. Sicherlich wird sie in der *Seaside Lounge* sein.«

Lena wiegte zweifelnd den Kopf. »Meinst du nicht, dass sie sich freigenommen hat nach diesem Schock?«

»Werden wir gleich sehen, die *Lounge* ist doch um die Ecke«, erwiderte Mads.

»Scheint nicht da zu sein«, sagte Lena, als sie sich auf der Terrasse der Seaside Lounge umsahen.

»Hallo, Mads, Lena. Wollt ihr euch setzen?«, fragte eine Kellnerin sie.

»Wir suchen Jule«, antwortete Mads.

»Sie hat heute frei. Die Arme ist komplett durch den Wind. Schlimme Sache, das mit Celine.«

»Kanntest du sie?«

»Nein, nur vom Sehen.«

»Weißt du, wo Jule jetzt ist?«

»Ja, in Timmendorfer Strand. Sie wollte sich mit Paula im *Gosch* treffen. Vorhin war sie mit Emma hier«, berichtete die Kellnerin.

»Mit Emma? Weißt du, was sie von Jule wollte?«

»Ich schätze mal, sie wollte einfach für ihre Freundin da sein. Jule geht es echt beschissen.«

Klar, deswegen ist sie auch den ganzen Tag unterwegs, dachte Mads, laut sagte er nur »Danke«, danach verabschiedeten sie sich und verließen die Terrasse.

»Soll ich Jule anrufen?«, fragte Lena.

»Ja, bitte. Paula soll bei ihr bleiben, dann können wir die zwei in einem Rutsch abfrühstücken. Sie war an dem Abend auch auf der Strandparty.«

Lena zückte ihr Handy und rief Jule an, während Mads sich kurzentschlossen den Rollstuhl griff und Lena zurück zu seinem Auto schob. Auf dem Weg kam ihnen Jörn entgegen.

»Moin, Lena! O großer Thor«, grüßte Jörn sie.

»Moin, Jörn, wie geht es dir?«, fragte Lena, die ihr Handy wieder eingesteckt hatte.

»Den Umständen entsprechend, dank Thor jedenfalls nicht mehr so hungrig.«

»Das ist schön. Wohin des Wegs?«

»An die Seebrücke, wollte mir einen Berliner und einen Tee bei *Junge* gönnen. Oli war so lieb und hat mir fünf Euro gegeben.«

»Wie wäre es mit einem Nebenjob, damit du dich nicht immer durchschnorren musst?«, fragte Mads.

»Du hast leicht reden, mächtiger Thor. Du warst doch Zeuge, als ich es versucht habe, aber bei meiner schmächtigen Statur ist es nicht leicht, den richtigen Job zu finden«, erklärte er mit theatralischer Geste.

»Du hast der Sache keine Chance gegeben«, entgegnete Mads. Er erinnerte sich noch sehr gut daran, dass Jörn für ein paar Tage in Olis Imbiss ausgeholfen, aber schnell die Lust daran verloren hatte. Zudem hatte Jörn keine schmächtige Statur, sondern eher das eine oder andere Pfund zu viel auf den Rippen. Er übertrieb eben gern.

»Das stimmt nicht, mein Rücken hat mich leider gezwungen, aufzuhören. Ihr sucht nicht vielleicht einen Aushilfspolizisten, der am Strand für Recht und Ordnung sorgt? Ich bin den ganzen Tag hier, wäre eine Win-Win-Situation.« Jörn lachte schief und vergrub beide Hände tief in den Hosentaschen.

»Sei froh, dass du kein Polizist bist, lieber Jörn«, antwortete Lena. »Du findest bestimmt noch einen Nebenjob, der zu dir passt.«

»Ich gebe nicht auf.«

»Wie kann man aufgeben, wenn man nicht mal sucht?«, rutschte Mads nun doch ein Spruch heraus.

»Ich suche, ich suche wirklich. Aber ich muss jetzt weiter.« Er hob die Hand zum Gruß und drehte sich um, da hatte Mads eine Idee.

»Warte«, rief er Jörn hinterher und ging ihm nach.

»Was ist los? Hast du ein paar Euro für mich?«

»Ganz sicher nicht, ich habe eine Frage. Warst du am Samstagabend am Strand?«

»War ich. Warum?« Jörn sah ihn mit großen Augen an.

»Hier am Hafen?«

»Ja, wieso?«

»Auch nach 22 Uhr, möglicherweise um 23 Uhr rum?«

»Auf die Uhrzeit habe ich nicht geachtet, aber ich war lange draußen.«

»Ist dir an dem Abend etwas aufgefallen?«

»Was meinst du?«

»Hast du jemanden vom Strand kommen sehen, der es vielleicht sehr eilig hatte oder sich merkwürdig verhalten hat?«

Jörn überlegte, dabei sah er zu Boden und schob die Unterlippe nach vorn.

»Ich glaube nicht«, sagte er schließlich.

»Überleg bitte«, ermahnte Mads ihn, sich anzustrengen. Er kannte Jörn, der junge Mann dachte nicht gern nach und verdrängte manchmal Dinge, wenn er sie nicht wichtig fand.

»Samstag Abend ist schon lange her.«

»Das war vor zwei Tagen.« Mads schüttelte verständnislos den Kopf.

»Na ja, es war dunkel.«

»Hast du jemanden gesehen oder nicht?«

»Ich glaube nicht.« Wieder schaute Jörn zu Boden.

»Mensch, Jörn, konzentrier' dich bitte. Eine junge Frau ist ermordet worden.«

Jörn riss die Augen auf. »Echt? Hier am Strand?«

»Ja, würde ich dich sonst fragen?«

»Schon komisch.«

»Was?« Langsam kamen Mads Zweifel, ob es so clever gewesen war, Jörn zu befragen.

»Ist dir mal aufgefallen, dass wir ziemlich viele tote Menschen hier haben, seit du vom Militär zurück bist?«, antwortete Jörn.

»Das Militär nennt sich Bundeswehr und das hat sicherlich nichts mit mir zu tun, sondern damit, dass die Polizeikollegen dich sonst immer außen vor gelassen haben«, erklärte Mads. Auch wenn bei Jörn eine geistige Behinderung vorlag, hieß das nicht, dass Mads ihm alles durchgehen ließ.

»Okay, stimmt wohl. Kann ich jetzt gehen?«

»Ja, du kannst. Falls dir was einfällt, weißt du ja, wo du mich findest.«

»Klar doch, Thor.« Jörn lachte und entfernte sich.

»Komischer Vogel«, murmelte Mads, als er zu Lena zurückging.

»Bist du wieder sauer auf Jörn?«

»Und zwar zu Recht. Da ist er doch so frech, zu behaupten, dass Samstag Abend zu lange zurückliegt, um sich daran zu erinnern.«

»Du musst nachsichtiger mit ihm sein, du weißt, dass er aufgrund seiner geistigen Behinderung …«

»Schwesterherz, ich glaube, er spielt uns was vor. Wenn es um Kohle geht, kann er sich sehr gut erinnern, oder wenn du mit ihm über die Avengers sprichst. Manche Dinge kann er richtig gut behalten.«

»Du sagst es, manche«, wiederholte Lena.

»Lass uns nicht mehr über Jörn sprechen, sonst kriege ich nur schlechte Laune.«

Lena berührte seine Hand und sah ihn mahnend an. »Egal wie frech er zu dir ist oder er dich nerven mag, du weißt, dass er dich nicht nur gernhat, sondern regelrecht bewundert.«

»Bringt mich bei meinen Ermittlungen auch nicht weiter. Er war Samstag Abend hier in der Nähe, will aber nichts gesehen haben, jedenfalls kann er sich nicht mehr daran erinnern.«

»Wenn du so sehr auf Jörn setzt, musst du ziemlich verzweifelt sein, dabei stehen wir erst am Anfang unserer Ermittlungen.«

»Du hast recht«, antwortete Mads und atmete tief durch. Lena hatte den Nagel mal wieder auf den Kopf getroffen.

Zwanzig Minuten später waren beide auf der Timmendorfer Promenade und gingen zum Fisch Restaurant Gosch. Mads schob Lenas Rollstuhl.

»Da sitzen die beiden«, sagte Lena, die Jule und Paula als Erste sah. Mads steuerte den Tisch an und die Runde begrüßte sich.

»Mein Beileid«, fügte Lena hinzu.

»Danke dir.« Jule lächelte traurig. »Möchtet ihr auch was essen? Ich hole euch was.«

»Wir sind im Dienst«, antwortete Mads.

»Seit wann hindert dich das daran, was zu essen?« Jule wirkte nicht überzeugt.

»Wir müssen noch ein paar andere Personen befragen, für Essen reicht die Zeit da leider nicht. Sagt mir lieber, wie es euch beiden geht«, erwiderte Lena.

»Beschissen«, antwortete Jule, »und das ist noch untertrieben. Trotzdem ist es natürlich kein Vergleich zu den Eltern von Celine, die sind völlig durch den Wind.«

Mads nickte. Da Celine nicht mehr bei ihren Eltern wohnte, hatte er noch nicht mit ihnen gesprochen. Er ging nicht davon aus, dass sie viel zu den Ermittlungen beisteuern konnten.

»Celine hatte keine Geschwister, oder?«, erkundigte er sich.

»Nein, sie war Einzelkind. Ich glaube, das trifft die Eltern deswegen noch härter«, antwortete Jule.

»Eltern sollten nie ihre Kinder zu Grabe tragen«, bekräftigte Lena. »Möchtet ihr uns erzählen, wie der Samstagabend verlaufen ist?«

»Eigentlich sehr entspannt. Es war eine schöne Runde, und zum ersten Mal hatte ich das Gefühl, dass Celine nicht mehr an Rune dachte, dass sie wirklich mit ihm abgeschlossen hatte.«

»Wisst ihr, ob Celine in letzter Zeit mit jemandem Ärger hatte oder mit jemandem aneinandergeraten ist?«

Jule runzelte die Stirn. »Celine? Die kann doch niemandem ein Haar krümmen. Ich habe jedenfalls nichts in der Richtung mitbekommen.«

»Ich auch nicht. Celine war einfach zu lieb, um sich Ärger ins Haus zu holen«, ergänzte Paula.

»Hat sie sich in den letzten Wochen mit Rune getroffen?«, wollte Mads wissen.

»Sie wollte sich am Freitag noch mal mit ihm treffen. Hat sie dir was davon erzählt, Jule?« Paula sah die Freundin fragend an.

»Die beiden wollten sich am Freitag aussprechen. Genaueres weiß Marla vielleicht.«

»Die Marla vom Strand? Wie gut war sie mit Celine befreundet?«, hakte Mads nach.

»Genau. Sie war Celines beste Freundin, sie kennen sich seit dem Kindergarten. Celine hat ihr alles anvertraut.«

»Hast du ihre Kontaktdaten? Außerdem brauche ich noch die Namen und wenn möglich die Kontaktdaten der anderen, die an dem Abend dabei waren.«

»Du verdächtigst doch nicht etwa einen von uns?«, fragte Jule. Ihre Augen wurden schmal und sie verschränkte die Arme vor dem Oberkörper.

»Nein, tun wir nicht. Trotzdem müssen wir uns mit allen unterhalten, um zu verstehen, was an dem Abend passiert ist. Vielleicht weiß einer von Celines Freunden etwas, was uns zu dem Täter führt.«

»Glaubt ihr denn, es war jemand, den Celine kannte?« Jule wirkte erschrocken.

»Wir glauben gar nichts, wir ermitteln. Beantworte bitte nur unsere Fragen«, entgegnete Mads.

Jule warf ihm einen bösen Blick zu, es war offensichtlich, dass sie es schwer ertragen konnte, so von Mads angegangen zu werden. Da sie seine Ex war, war sie für ihn wie ein offenes Buch. Sie konnte ihre Gefühle selten zurückhalten, doch dass sie etwas mit dem Mord zu tun hatte, schloss Mads aus. Das war für ihn unvorstellbar.

»Cooles Buch«, bemerkte Lena mit einem Blick zu Paula. Es schien, als wollte sie die Wogen glätten.

»Hast du es gelesen?«, fragte Paula.

»Vor einigen Monaten. Habe es in drei Tagen durchgehabt, so spannend fand ich es.«

»Ich habe es gerade erst angefangen, aber ich finde es auch megaspannend«, bestätigte Paula.

»Habt ihr jetzt die Kontaktdaten von allen Personen, die am Samstagabend am Strand waren?«, kam Mads zum Geschäftlichen zurück.

»Die haben wir, nur nicht von allen der drei Jungs, die in unserer Nähe am Strand waren. Etwas weiter weg waren noch zwei Jungs, aber die kenne ich nicht«, antwortete Jule.

»Was für Jungs?« Mads konnte sich nicht an eine solche Gruppe erinnern, vermutlich hatte er sie am Strand nicht bemerkt, weil er aus der entgegengesetzten Richtung gekommen war.

»Luca und seine Freunde«, erwiderte Jule.

»Wer ist Luca?«

»Ein harmloser, schüchterner Typ, der ein Auge auf Celine geworfen hat. Seine Handynummer habe ich.«

Mads zog die Brauen hoch. *Verschmähte Liebe?*, schoss es ihm durch den Kopf.

10

»Vermisst du den Bürgermeister schon?« Die Stimme seiner Sekretärin holte Gustav aus seinen Gedanken.

»Das soll wohl ein schlechter Witz sein.«

»Ich wünschte es, aber ich kenne meinen bockigen Chef mit dem Herzen aus Gold.«

Bei dem Wort »bockig« hatte Gustav bereits zu einer bissigen Erwiderung angesetzt, doch der zweite Teil des Satzes entwaffnete ihn.

»Nur fürs Protokoll, ich vermisse Albert nicht«, entgegnete er daher. »Ehrlich gesagt, ist es gerade wie Urlaub, dass er nicht einfach in mein Büro platzt und den stellvertretenden Polizeichef raushängen lässt.«

Petra winkte ab. »Vor mir brauchst du dich wegen deiner Gefühle zu deinem besten Freund nicht schämen.«

»Möchtest du in Alberts Fußstapfen treten und mich ärgern? Hast du gerade nichts zu tun?«, schimpfte Gustav, dabei schätzte er den humorvoll trockenen Schlagabtausch mit seiner Angestellten.

»Jede Menge, nur macht es mir ein wenig Angst, dass mein Chef gar nicht mehr so oft Zähne zeigt wie sonst.«

»Bring mir lieber einen Espresso, bevor ich etwas sage, was man mir als frauenverachtend auslegen könnte. Heutzutage muss man ja auf der Hut sein, bei diesem ganzen Genderwahn.«

Petra lachte und verließ Gustavs Büro, worauf dieser wieder in Grübeleien versank, denn so unrecht hatte Petra nicht. Sie arbeitete schon sehr lange für Gustav und kannte ihn besser als viele andere, daher war es ihr nicht entgangen, dass er sich

Sorgen um Albert machte. Der Bruch war komplizierter als angenommen, und wie die Heilungschancen standen, wusste Gustav nicht. Er hoffte nur, dass sein Freund aus Kindheitstagen wieder ohne Probleme würde laufen können. Ein trauriges Beispiel dafür, dass nichts wie vorher sein könnte, war seine Nichte, die nach der schweren Verletzung vor zwei Jahren noch lange nicht zu ihrer alten Form zurückgefunden hatte.

Es klopfte kurz an der Tür und für einen Moment hatte Gustav erwartet, dass es Albert sein könnte, tauchte er doch häufig unerwartet in seiner Dienststelle auf.

»Espresso mit zwei Keksen für den besten Chef der Welt.«

»Vergiss die Gehaltserhöhung.«

»Was du mir immer unterstellst«, tat Petra pikiert und verließ grinsend das Büro.

Gustav zog die Tasse zu sich heran und nahm sich Zeit, diesen besonderen Espresso zu genießen. Die Bohnen kamen von keinem Geringeren als Katsuyuki Tanaka aus Tokio, der aus Gustavs Sicht den weltbesten Espresso braute. Er war ein Gourmet und als großer Espressofan gönnte er sich auch im Büro diese sündhaft teuren Bohnen, die er selbstverständlich aus eigener Tasche bezahlte. Selbst die Espressomaschine in Petras Büro, die speziell für die Bohnen von Tanaka optimiert war, hatte er privat bezahlt, denn er wollte sich nicht nachsagen lassen, dass er staatliche Gelder veruntreute.

Zufrieden setzte er die Tasse an die Lippen und leerte den Espresso in einem Zug, danach nahm er den Keks, schloss für einen Moment die Augen und konzentrierte sich nur auf seinen Atem. Diese Momente des Glücks genoss er in vollen Zügen, auch wenn sie nur von kurzer Dauer waren.

»Es sind die kleinen Dinge, die zählen«, sagte er zu sich, als er die Augen wieder geöffnet hatte und nach dem zweiten Keks griff.

Anschließend rief er Lena an, um ihr zu sagen, dass er selbst den Eltern von Celine Bock einen Besuch abstatten würde.

»Gut, ich sage Mads Bescheid«, sagte Lena.

»Wenn ihr was habt, meldet euch bitte.«

»Machen wir«, antwortete Lena und Gustav beendete das Gespräch.

Eigentlich hätten Mads und Lena die Eltern aufsuchen sollen, aber Gustav wollte gerade nicht untätig im Büro herumsitzen.

Er wählte Petras Durchwahl.

»Kannst du mir bitte die Anschrift der Eltern von Celine Bock schicken?«

»Hast du in zwei Minuten.«

»Danke.«

Kaum hatte er aufgelegt, klingelte sein Bürotelefon.

»Moin, Tim. Was gibt es?«

»Moin, Gustav«, antwortete Tim, der die IT in der Lübecker Zentrale leitete und sich in der Welt von 1 und 0 besser auskannte als jeder andere.

»Ich habe eben die Durchsuchung des Laptops abgeschlossen«, begann er.

»Hast du was gefunden?«

»Leider nichts, was auf den Täter schließen lässt. Auf ihrem Laptop war auch ihr Instagramprofil aktiv.«

»War sie darüber hinaus bei Facebook oder TikTok?«

»Soweit ich das beurteilen kann, hatte sie keinen Account bei den Anbietern. Wenn doch, könnte sie beide Apps auf dem Handy installiert und sie nur dort genutzt haben, was viele junge Menschen heute so machen. Von ihrem Laptop aus kann ich nicht erkennen, welche Apps auf dem Handy installiert sind.«

»Gab es auf dem Instagramprofil irgendetwas Auffälliges, was uns helfen kann, zu verstehen, warum sie sterben musste?«

»Nicht wirklich, jedenfalls keinen Stalker, den wir genauer unter die Lupe nehmen sollten. Sie hat das Profil nicht so aktiv genutzt wie andere, hat nur hier und da was gepostet, eher Storys, die sie dann auch in ihrem Profil gespeichert hat.«

»Gibt es Fotos und Videos von Rune Peters auf ihrem Profil?«, erkundigte sich Gustav.

»Nein, die hat sie alle gelöscht. Auf ihrem Laptop habe ich aber einige Fotos und Videos von Rune und ihr gefunden. Die hat sie nicht gelöscht.«

»Interessant. Könnte ein Indiz dafür sein, dass sie noch nicht endgültig über die Trennung hinweggewesen ist.«

»Wäre möglich«, erwiderte Tim.

»Mads hatte in der Besprechung erwähnt, dass Celine seit zwei Monaten Single war. Schick mir mal bitte den Namen und die Kontaktdaten der aktuellen Freundin von Rune Peters und leite die Info auch gleich an Mads und Lena weiter. Vielleicht hat Celine ihren Ex ja kontaktiert.«

»Mach ich.«

»Hast du sonst noch was?«, fragte Gustav.

»Nein, das war's. Das Handy konnten wir leider nicht tracken. Natürlich habe ich wie immer die Verbindungsnachweise vom Provider angefordert, aber es dürfte dauern, bis wir die haben.«

»Immer das gleiche Spiel. Abkassieren können sie alle, aber liefern scheint ein Fremdwort für diese Anbieter zu sein«, grummelte Gustav, dann bedankte er sich und legte auf.

Als er den Blick zum Bildschirm wandte, sah er, dass Petra ihm bereits die Anschrift der Eltern gemailt hatte: Birkenweg 14 in Niendorf.

Da er selbst in Niendorf wohnte, kannte er dort jede Straße, der Birkenweg gehörte dazu.

Gustav stand auf, nahm seine Waffe, steckte sie ins Holster und verließ sein Büro.

»Brauchst du noch was von mir?«, fragte Petra.

»Glücklicherweise nicht«, antwortete Gustav augenzwinkernd. »Warum?«

»Wenn es genehm ist, würde ich dann gerne etwas früher Feierabend machen. Eine gute Freundin aus Hamburg kommt zu Besuch.«

»Für so was musst du mich nicht fragen, mach dir einen schönen Nachmittag«, antwortete Gustav, da er wusste, wie viele Überstunden Petra angehäuft hatte.

»Das gehört sich aber so.«

»Du kannst gern jetzt schon gehen«, bot Gustav ihr an.

»Willst du mich loswerden?«

Gustav machte eine nachdenkliche Miene, dann sagte er: »Erinnere mich daran, dass ich nicht so freundlich zu dir sein sollte.«

Petras Mundwinkel hoben sich. »Danke.«

Gustav nickte und verließ den Raum.

»Du weißt nicht, was du an Petra hast. Eine loyalere und aufmerksamere Mitarbeiterin kann man sich nicht wünschen«, sagte Albert in diesen Momenten immer zu ihm. Er würde sie gern abwerben, doch das würde Gustav niemals zulassen, denn ihm war klar, dass er kein einfacher Chef war. Petra allerdings kam seit all den Jahren sehr gut mit ihm aus, sie gehörte zu den Mitarbeitern, die er am meisten schätzte.

Zu den beruhigenden Klängen des Klassiksenders, der gerade ein Stück von Mozart spielte, fuhr Gustav über die Strandallee nach Niendorf. Das dauerte zwar länger als über die Bundesstraße, doch er mochte diese Strecke lieber, ebenso die Strandstraße, auf die er kurz vor Niendorf abbog. Zu seiner Linken erschien wenig später der Niendorfer Hafen und am liebsten hätte er einen Stopp bei Olis Imbiss eingelegt, um sich ein Krabbenbrötchen zu gönnen, aber die Arbeit rief.

»Nach dem Gespräch kann ich das immer noch machen«, sagte er zu sich und fuhr weiter in den Birkenweg, wo er vor dem Haus der Eltern parkte.

Ein Mitarbeiter von der Streife hatte den Bocks am Sonntag bereits die schreckliche Nachricht überbracht und ihnen ein paar Fragen gestellt, sie hatten jedoch keine relevanten Auskünfte geben können. Gustav hoffte, dass sie nun mit etwas Abstand doch ein paar Hinweise zu dem Fall beisteuern könnten, auch wenn Celine nicht mehr bei ihnen gewohnt hatte.

Ein bisschen Abstand? Ein Tag? Wie würde es dir gehen, wenn es Lena wäre?, relativierte Gustav seine Gedanken sofort und bekam eine Gänsehaut. Lena, Mads, Jutta und sein Hund Meiko waren seine gesamte Familie, mehr gab es nicht.

»Doch, Albert«, murmelte er und ein Lächeln stahl sich auf seine Lippen.

Die Eltern von Celine wohnten in einem gepflegten Einfamilienhaus. Auf sein Klingeln wurde ihm rasch von einer schwarz gekleideten Frau Ende fünfzig geöffnet. Sie sah Celine auffallend ähnlich.

»Ja, bitte?«, sagte sie.

»Moin. Gustav Johannsen von der Ostseekriminalpolizei. Sind Sie die Mutter von Celine?«

»Das bin ich.« Sie senkte den Blick. »Kommen Sie doch bitte rein.«

»Mein Beileid«, sagte Gustav und folgte der Mutter schweigend in die Wohnung.

Das waren die Momente, die Gustav an seinem Beruf, den er sonst so liebte, besonders hasste. Momente, in denen er sich extrem hilflos fühlte, weil keine Mutter ihr Kind zu Grabe tragen sollte.

Kaum hatte Gustav das Wohnzimmer betreten, kam ein Mann von der Terrasse zu ihnen.

»Moin, Herr Johannsen«, sagte Celines Vater, er war ebenfalls schwarz gekleidet.

Gustav hatte ihn einige Male am Niendorfer Hafen gesehen, aber nicht gewusst, dass der großgewachsene Mann Celines Vater war.

»Moin, Herr Bock. Mein Beileid«, sagte Gustav und reichte dem Vater die Hand.

Dieser kämpfte bei den Worten mit den Tränen, die Mutter wirkte gefasster.

»Wer hat unserer Tochter so etwas angetan? Sie hat doch niemandem je ein Leid zugefügt«, sagte der Vater heiser.

»Genau das möchten wir herausfinden.«

»Haben Sie noch keinen Verdächtigen?«, fragte die Mutter. Ihr Blick erinnerte Gustav an den eines Raubvogels, der nur darauf wartete, sich auf sein Opfer zu stürzen.

»Wir stehen noch am Beginn unserer Ermittlungen.«

»Was ist mit Rune?«

»Sie meinen den Exfreund von Celine?«

»Genau. Haben Sie schon mit ihm gesprochen?«

»Ich darf über die Ermittlungsarbeit nicht reden«, erwiderte Gustav.

»Also haben Sie es nicht getan.« Vorwurf lag in der Stimme der Mutter, sie verschränkte ihre Arme vor dem Oberkörper. »Ich habe zu Celine immer gesagt, dass Rune nicht zu ihr passt.«

»Schatz«, begann der Vater.

»Nichts, Schatz. Die Polizei soll wissen, was für ein Mensch Rune ist.«

»Was für ein Mensch ist er denn?«, fragte Gustav. Er wollte wissen, was die Mutter über Celines Exfreund dachte, auch wenn ihm klar war, dass er nicht jedes ihrer Worte ernst nehmen durfte, da sie durch den Schmerz über den Verlust ihrer Tochter sehr mitgenommen war.

»Er war toxisch«, antwortete die Mutter. »Von Anfang an hat er Celine für sich eingenommen und versucht, ihr Leben zu kontrollieren.«

»War er Ihrer Tochter gegenüber gewalttätig oder hat er ihr Gewalt angedroht?«

»Er hat sie mehrmals geschlagen.«

»Das weißt du doch gar nicht«, fuhr der Vater dazwischen.

»Natürlich weiß ich das. Oder was glaubst du, woher die blauen Flecken kamen?«

»Celine hat das immer bestritten.«

»Ich kenne meine Tochter, nur weil sie blind vor Liebe war, hat sie es nie zugegeben, dabei hat er sie geschlagen, dieser verdammte Drogenjunkie, und jetzt hat er sie ermordet«, brach es aus der Mutter hervor.

»Gab es vielleicht noch einen anderen Mann, der nach der Trennung in Celines Leben getreten ist?«, wagte Gustav einen Vorstoß.

»Nein«, antwortete die Mutter. »Verhaften Sie Rune. Er war es. Sie können Marla fragen, sie wird es Ihnen bestätigen.«

»Wer ist Marla?«

»Die beste Freundin von Celine. Sie weiß alles.«

Gustav machte sich einen gedanklichen Vermerk, dass er dringend mit ihr sprechen musste.

»Hatte Celine in letzter Zeit Streit?«, fragte er.

»Unsere Tochter war viel zu lieb, um sich mit irgendjemandem zu streiten«, erwiderte die Mutter.

Gustav nickte. »Danke für Ihre Zeit. Wenn Ihnen noch was einfällt, rufen Sie mich bitte an.« Er reichte ihr seine Visitenkarte.

»Verhaften Sie Rune. Er hat meine Tochter ermordet«, wiederholte die Mutter. »Wenn Sie es nicht tun, kümmere ich mich selbst darum.«

11

Mads und Lena waren gerade auf dem Weg zu Rune, da klingelte Mads' Handy, es war Gustav.

»Moin. Wo seid ihr?«, fragte ihr Onkel.

»Auf dem Weg zu Rune«, antwortete Mads.

»Bin ich auf Lautsprecher? Ist Lena bei dir?«

»Ich höre mit«, meldete Lena.

»Gut. Ich hatte ein Gespräch mit den Eltern von Celine. Außer mit Rune scheint sie mit niemandem Ärger gehabt zu haben.«

»Das Gefühl haben wir langsam auch. Wir haben mit Jule und Paula gesprochen, einer weiteren guten Freundin von Celine. Sie haben ebenfalls ausgesagt, dass Celine keine war, die mit anderen schnell aneckte«, bestätigte Lena.

»Glaubt ihr den beiden?«

»Ich neige dazu. Jule hat keinen Grund, uns zu belügen.«

»Was denkst du, Mads?«, fragte Gustav.

»Ich sehe das wie Lena. Jule war übrigens an dem Abend am Strand dabei, aber ich würde sie von der Liste der Verdächtigen streichen.«

»Weil sie deine Ex ist?«

»Nein, weil Jule keinen Grund hat, jemanden umzubringen«, reagierte Mads etwas giftiger als beabsichtigt.

»Was haben die Eltern über Rune gesagt?«, hakte Lena rasch ein.

»Der Vater hat kaum was erzählt, dafür die Mutter umso mehr. Angeblich sei Rune Celine gegenüber handgreiflich geworden, was der Vater nicht bestätigen wollte, nur Marla, Celines beste Freundin soll darüber etwas wissen. Bitte sucht sie auf.«

»Werden wir machen. Gibt es sonst noch etwas, was wir wissen sollten?«, fragte Mads.

»Nein, allerdings ist die Mutter ziemlich durch den Wind. Wenn wir Rune nicht verhaften, würde sie die Sache selbst in die Hand nehmen, hat sie gedroht.«

Mads zog die Brauen hoch. »Glaubst du ihr?«

»Ach was. Ich habe ihr nur zu verstehen gegeben, dass sie keine Dummheiten machen soll. Grundsätzlich gehe ich nicht davon aus, dass die Eltern unseren Ermittlungen dienlich sein werden, viel wichtiger sind die Leute vom Strand. Habt ihr die Namen?«

»Die haben wir. Wir werden sie nach und nach kontaktieren. Die guten Freunde suchen wir persönlich auf«, antwortete Mads.

»Macht das. Behaltet trotzdem im Hinterkopf, dass der Täter auch eine unbekannte Person sein kann.«

»Das sowieso. Die Kollegen von der Streife haben die Gastro und die Anwohner im Umkreis des Tatortes ja schon befragt, aber keiner will etwas gesehen haben.«

»Was nichts über den Täter aussagt. Wir ermitteln ergebnisoffen«, mahnte Gustav.

»Natürlich. Wir sind gleich bei Rune«, erwiderte Mads und beendete das Gespräch, dann sah er kurz zu Lena. »Manchmal gibt mir unser Onkel das Gefühl, er würde uns nicht viel zutrauen.«

»Er ist nur besorgt. Du darfst nicht alles auf die Goldwaage legen, was er sagt, Du kennst ihn doch.«

»Recht hast du, Schwesterherz«, gab Mads zurück und parkte den Wagen, da sie mittlerweile in der Seestraße in Scharbeutz angekommen waren, wo Rune wohnte, ganz in der Nähe der Promenade und des Kurparks.

Mads stieg aus, holte den Rollstuhl für Lena aus dem Auto und gemeinsam begaben sie sich zur Eingangstür des Mehrparteienhauses. Es hatte drei Stockwerke. Auf der Klingelanlage fand er rasch den Namen Rune Peters in der obersten Reihe und kaum hatte er geklingelt, ertönte eine männliche Stimme aus der Gegensprechanlage.

»Moin. Wer ist da?«

»Mads und Lena«, antwortete Mads.

»Im dritten Stock«, sagte Rune und der Türsummer surrte.

Mads drückte die Tür auf. Zu seinem Erstaunen gab es keinen Fahrstuhl.

»Das tut mir leid«, sagte Mads an seine Schwester gewandt.

Sie konnte ihre Enttäuschung kaum verbergen, dennoch sagte sie: »Muss es nicht. Ich schnappe einfach ein bisschen frische Luft und warte an der Seebrücke auf dich.«

»Soll ich dich dorthin begleiten?«

»Das kriege ich schon hin«, entgegnete Lena und verließ den Hausflur.

Mads sah ihr kurz nach, er konnte sich gut vorstellen, was Lena gerade durch den Kopf ging: dass sie sich nicht als vollwertige Polizistin fühlte. Für Mads war sie das aber, und zwar nicht, weil sie seine Schwester war, sondern weil er von ihren Fähigkeiten absolut überzeugt war.

Die Tür fiel ins Schloss und Mads sprintete mehrere Stufen auf einmal nehmend in den dritten Stock, wo bereits eine Wohnungstür offen stand.

»Moin«, grüßte er Rune, als dieser in der Türöffnung erschien.

»Moin. Wo ist Lena?«

»Sie wartet am Strand. Wieso habt ihr keinen Fahrstuhl?«

»Das musst du den Bauherren fragen«, antwortete Rune achselzuckend. »Braucht sie noch immer den Rollstuhl?«

»Leider.«

Rune verzog bedauernd den Mund, dann sagte er: »Komm rein.«

Mads konnte ganz gut mit Rune, er kannte ihn schon länger. Im Gym liefen sie sich regelmäßig über den Weg, aber viel miteinander gesprochen hatten sie bisher nicht. Mads wusste somit recht wenig über Runes Privatleben.

»Schöne Wohnung«, bemerkte Mads aufrichtig.

Die Räume wirkten modern und hatten tiefe Fenster, die viel Licht hereinließen.

»Danke. Bevor das *Bayside Hotel* gebaut wurde, konnte ich vom Balkon sogar die Ostsee sehen«, erwiderte Rune.

»Hast du mit Celine hier gewohnt?«

»Nein, aber sie hat oft hier übernachtet.«

Mads nickte. »Das mit Celine tut mir sehr leid.«

»Sagst du das, weil du es so meinst, oder aus Höflichkeit?«

»Weil ich es so meine.«

»Bin ich also kein Verdächtiger?« Rune sah Mads skeptisch an. Er war etwas größer als Mads, der mit seinen knapp einen Meter neunzig nicht gerade der Kleinste war, wirkte aber hagerer als er. Mads hatte deutlich mehr Muskelmasse und war viel definierter als Rune.

»Du wolltest mit mir sprechen«, gab Mads zurück, ohne auf Runes Frage einzugehen.

»Ja, es geht um Celine und ihre Mädels.«

»Inwiefern?«

»Ich bin nicht dumm. Die Mädels werden jetzt bestimmt über mich herziehen und mich belasten.«

Mads legte den Kopf ein wenig schräg. »Warum die Sorge, wenn du nichts getan hast?«

»Habe ich auch nicht, aber du weißt doch, wie Mädels ticken. Vor allem Marla hat nie verstanden, warum Celine mit mir zusammen war, ganz zu schweigen von Celines Mutter. Ich möchte nur mit falschen Gerüchten aufräumen, dass ich Celine etwas antun könnte, weil sie sich von mir getrennt hat und weil ich mal eine Dummheit begangen habe.«

Mads' Blick wanderte kurz durch das Wohnzimmer. Auf dem Couchtisch lag eine Bong, eine Wasserpfeife, mit der Cannabis geraucht wurde. Dass Rune Drogen gegenüber offen eingestellt war, war Mads bekannt. In diesem Moment wirkte er allerdings nüchtern.

»Was denn für eine Dummheit?«

»Ich habe mich längst dafür bei ihr entschuldigt«, wich Rune aus.

»Was für eine Dummheit?«, wiederholte Mads.

»Das war nach einer Party, ich war betrunken und auf Koks und Celine wollte mich einfach nicht in Ruhe lassen.«

»Weswegen?«

Rune atmete tief durch. »Sie hat mir unterstellt, dass ich sie betrügen würde, und ich habe ihr gesagt, dass sie mich nicht reizen soll, aber sie hat nicht gehört. Irgendwann hat es mich so genervt, dass mir die Hand ausgerutscht ist.«

»Ist dir das noch mal passiert?«, hakte Mads nach und musste an das Gespräch mit Gustav denken.

»Nein, nur das eine Mal und ich habe mich tausendmal bei ihr dafür entschuldigt. Du kennst mich, Mads, ich schlage keine Frauen. Ich hatte Celine wirklich sehr lieb, nur hat es mit uns beiden halt nicht geklappt, sie hat zu stark geklammert. Deswegen würde ich sie aber nicht töten, das wäre geradezu lächerlich.«

»Hast du sie betrogen?«, fragte Mads. Er spürte, dass die Sache Rune deutlich mehr belastete, als er zeigte.

Rune antwortete nicht sofort, er biss sich auf die Unterlippe.

»Ja, verdammt, ich habe sie betrogen. Keine Ahnung, woher sie das wusste. Aber ich habe einen sauberen Schnitt gemacht.«

»Ich dachte, sie hätte sich von dir getrennt?«

»Hat sie auch. Ich wollte ihr das Gefühl geben, dass es ihre Entscheidung war«, sagte Rune und fuhr sich mit der Hand über die kurzgeschnittenen braunen Haare.

»Wie meinst du das?«

»Wie gesagt, sie war wie eine Klette, deshalb war das für

mich die Gelegenheit, die Beziehung sauber zu beenden. Ich hatte ja schon ein neues Mädel kennengelernt, Klara, meine aktuelle Freundin. Sie ist herrlich entspannt und locker und will wie ich nur Spaß, während Celine an Heirat und Kinder dachte.« Er grinste verlegen. »Du kennst das doch, du bist da wie ich. Wir beide stehen eher auf junges Gemüse.«

»Ich bin ganz sicher nicht wie du«, widersprach Mads.

»Lüg doch nicht, als ob du noch nie eines deiner Mädels betrogen hättest. Du hast doch auch ständig eine Neue am Start.«

»Habe ich nicht, weil ich immer Achtung und Respekt vor den Frauen habe und hatte, mit denen ich zusammen war. Auch wenn die Sache nur zwei Wochen lief, ich habe niemals eine Frau betrogen«, stellte Mads klar.

Rune schien überrascht, aber nicht wirklich überzeugt. »Kommst du mir jetzt mit der Moralkeule?«

»Nein, das alles interessiert mich auch überhaupt nicht. Ich möchte nur verstehen, was Samstag Abend passiert ist.«

»Woher soll ich das wissen?«

»Wo warst du am Samstagabend ab 22 Uhr?«

»Also verdächtigst du mich doch, ich wusste es, und das nur, weil ich mich ein Mal vergessen habe.« Rune atmete schwer, seine Augen stachen hervor und sein gesamter Körper zeigte Nervosität und Anspannung.

»Beantworte nur meine Frage«, erwiderte Mads ruhig.

»Ich war zu Hause, und nein, ich habe keine Zeugen dafür. Bist du zufrieden?«

»Rune, hast du was genommen oder was stimmt mit dir nicht? Warum bist du plötzlich so aufgekratzt?« Noch bis eben hatte Mads geglaubt, dass Celines Exfreund aktuell keine Drogen konsumiert hatte.

»Ich hab nix genommen und ich habe Celine nicht getötet.«

»Dann hast du nichts zu befürchten.«

Rune knetete seine Hände. »Ich habe aber kein Alibi.«

»Wenn du unschuldig bist, musst du dir deshalb keine Gedanken machen«, erwiderte Mads arglos.

»Wenn«, fiel Rune ihm ins Wort.

»Hast du gekokst oder bist du auf Pille?« Mads sah ihm prüfend in die Augen.

»Nein!« Rune befeuchtete seine Lippen.

»Lüg mich nicht an. Am Wochenende?«

»Fuck«, schoss es nun aus Rune heraus. »Ja, ein, zwei Lines am Wochenende. Vielleicht schiebe ich deswegen solche Panik.«

Das erklärte einiges. Gerade bei Kokain schoben viele Konsumenten noch Tage später einen Film oder konnten plötzlich in ein tiefes mentales Loch fallen.

»Du solltest mit dem Scheiß aufhören.«

»Möchte ich ja, aber mir war danach.«

»Ich dachte, du kokst nur auf Partys?«, fragte Mads. Er kannte Runes Ruf, gerade auf Partys war er Drogen gegenüber nicht abgeneigt, dass er jedoch schon so weit war, dass er auch allein zu Hause kokste, war ihm neu.

»Willst du mich deswegen einbuchten?«, fragte Rune angriffslustig.

»Nein, will ich nicht. Das sage ich dir als Mads, nicht als Polizeibeamter. Lass den Scheiß.«

»Was wird jetzt mit Celine?«

»Wann hast du sie das letzte Mal getroffen?«

Rune überlegte und fuhr sich wieder über die Haare. »Ist schon etwas her. Sie wollte nichts mehr mit mir zu tun haben, seit sie mit mir Schluss gemacht hat.«

»Bist du dir sicher?«

»Ja, bin ich. Ich bin nicht immer auf Drogen.«

»Rune, wir haben es mit einem Mord zu tun. Wenn du möchtest, dass ich dir glaube, musst du mir die Wahrheit sagen«, erklärte Mads eindringlich.

»Das tue ich. Welchen Grund sollte ich haben, dich zu belügen?«, beharrte er. Mads hörte den aggressiven Unterton deutlich heraus.

»Weil ich weiß, dass Celine und du euch am Freitag getroffen habt, um euch auszusprechen.«

»Woher weißt du das?«, brauste Rune auf.

»Ist doch scheißegal. Ich weiß es eben, und ich möchte wissen, warum du mich anlügst.«

»Weil das eine Lüge ist. Das hat dir bestimmt Marla erzählt.«

»Bleibst du also dabei, dass ihr euch nicht getroffen habt?«

»Natürlich, ich habe keinen Grund, dich anzulügen. Wir wollten uns treffen, aber Celine hat kalte Füße bekommen«, antwortete Rune.

12

Ehrlich gesagt fühle ich mich gerade verarscht.

»Entspann dich, sich aufregen bringt doch nichts«, versuche ich mich zu beruhigen, was alles andere als einfach ist, weil tausend Dinge durch meinen Kopf schwirren und vieles davon komplett sinnfrei ist.

Lesen Sie die Packungsbeilage, denke ich sarkastisch.

Das hätte ich vielleicht machen sollen, oder zumindest einen Leitfaden lesen, der sich mit den Stunden und Tagen nach so einer Tat beschäftigt.

Im Kino wird immer der Moment megadramatisiert, in dem der Täter sein Opfer tötet, dabei ist das Danach viel entscheidender. In Filmen hat man dagegen das Gefühl, dass der Täter sich anschließend geil und erhaben fühlt und einfach zur Tagesordnung übergeht, als wäre nichts gewesen, oder dass er es nicht abwarten kann, die nächste Tat zu planen.

Aber in der fucking Realität ist das nicht so, jedenfalls nicht bei mir. Ich versuche meinen Alltag zu leben, nicht an die Tat zu denken, und trotzdem werde ich immer wieder davon eingeholt, von dem Opfer. Von ihrem Gesicht.

»Mann, Celine, kannst du mich nicht in Ruhe lassen?«, platzt es aus mir heraus, und sofort bemerke ich, welchen Kardinalfehler ich begehe.

Ein Profi erwähnt niemals den Namen seiner Opfer, weil das nur Stress bedeutet. Dummerweise bin ich kein Profi. Es sollte doch nur bei diesem einen Mal bleiben.

Unruhig kaue ich auf meiner Unterlippe.

»Das Vernünftigste wird sein, sein Leben weiterzuleben, auf Durchzug zu schalten«, sage ich mir vermutlich zum tausendsten Mal. »Jeden Tag wird es ein Stück besser, glaub mir. Das ist so wie damals, wenn man eine schlechte Note geschrieben hat und Angst hatte, es den Eltern zu sagen.«

Ich lache kurz. Meine Tat mit Schulnoten zu vergleichen, kann auch nur mir in den Sinn kommen.

Mein Magen knurrt, der Hunger meldet sich, ich habe heute nur gefrühstückt und am Strand vorhin bloß eine Kleinigkeit zu mir genommen.

Solange man Hunger hat, ist noch nicht alles verloren, denke ich, und überlege, ob ich mir etwas kochen oder eine Pizza bestellen soll.

»Geh raus, lenk dich ab. Triff dich mit Freunden«, sage ich zu mir, das würde helfen, mich ein wenig abzulenken, allerdings kann ich gerade keinen anderen Menschen in meiner Nähe ertragen. Also beschließe ich, mir eine Pizza zu bestellen. Über die Lieferapp ist das schnell erledigt, angeblich soll mein Essen in dreißig Minuten ankommen. Da bleibt mir genug Zeit, um ein bisschen im Internet zu surfen.

Als Erstes öffne ich die Seite der Ostseezeitung, weil ich wissen möchte, was über meine Heldentat berichtet wird.

Gut, auf der Titelseite ist nichts davon zu lesen, was mich beruhigt. Meine Tat steht offenbar nicht im Mittelpunkt des Interesses. Ich scrolle weiter runter und bleibe an einer Schlagzeile hängen, die mich plötzlich lähmt:

Brutaler und feiger Mord am Niendorfer Hafen, Täter bald gefasst?

Meine Hand zittert, als ich auf den Link klicke. Kann es sein, dass ich das alles komplett falsch eingeschätzt habe und die Polizei mich bald verhaftet?

»So kurz vor dem Ziel? Das darf ja wohl nicht wahr sein. Ich habe das doch nicht ohne Grund gemacht, verdammt«, werde ich laut und atme schwer.

Ich will nicht eine dieser Ratten auf der Flucht sein.

Ob ich mich stellen sollte? Würde ich dann möglicherweise nach ein paar Jahren wieder auf freiem Fuß sein?

Der Gedanke hat was. Es wäre zwar nicht schön, aber es könnte interessant sein.

Vielleicht sollte ich mit einem Anwalt sprechen, denn momentan kann ich überhaupt nicht mehr klar denken.

13

Niendorf

Emma und Amir saßen wie gewohnt an ihren Schreibtischen im Großraumbüro der Redaktion der Ostseezeitung, als Tobias Wichmann, der Herausgeber und Chefredakteur, das Büro betrat.

»Moin«, grüßte er die beiden. Er wirkte nachdenklich.

»Moin«, antwortete Amir. »Alles gut?«

»Albert Lange hatte einen Unfall.«

»Ist er auf seiner eigenen Schleimspur ausgerutscht?«, spottete Amir.

»Das möchte ich überhört haben. Er hatte einen Fahrradunfall, komplizierter Bruch, er muss operiert werden.«

»Das heißt, wir haben ein paar Wochen Ruhe?«, stichelte Amir weiter.

»Albert ist wichtig für die Gemeinde, unsere Zeitung und er sind meine Baustelle. Wie ihr wisst, habe ich einen kurzen Artikel über den Mord am Hafen geschrieben.« Nun wandte er sich an Emma. »Wenn ich mich nicht irre, bist du doch richtig dicke mit Jule?«

»Stimmt. Warum?«

»Möchtest du nicht über den Fall schreiben? Ich muss morgen leider in einer anderen Angelegenheit nach Köln.«

»Hat denn der Herr Bürgermeister nichts dagegen, dass wir über Morde in seiner beschaulichen Gemeinde berichten?«, warf Amir ein.

»Warum bist du heute so bissig? Albert ist im Krankenhaus. Er hat andere Sorgen als einen Mord am Niendorfer Hafen.«

»Wieso habe ich da meine Zweifel.«

»Ich übernehme den Artikel«, meldete Emma. »Aber unter eine Bedingung.«

»Die wäre?«

»Ich lasse mir nicht reinreden.«

»Hast du dir je reinreden lassen?«

Emma wiegte den Kopf. »Manchmal hast du es mir nicht leicht gemacht, vor allem wenn der Bürgermeister seine Finger im Spiel hatte.«

»Wenn ich euch so reden höre, wundert es mich nicht, dass Albert euch auf dem Kieker hat, ihr provoziert ihn ja die ganze Zeit.«

»Tun wir nicht. Er legt uns dauernd Steine in den Weg, dabei wollen wir nur seriösen Journalismus betreiben«, hielt Emma dagegen.

»Ist ja gut. Wenn ich nicht dringend nach Köln müsste, hätte ich die Ermittlungen selbst begleitet. Du hast alle Freiheiten, Emma. Trotzdem möchte ich jeden Artikel vorher absegnen. Kriegst du das hin?«

»Kein Problem.«

»Gut. Was ist mit deinem anderen Artikel?«

»Den habe ich morgen fertig. Ich bin selbst überrascht, wie flott das jetzt ging.«

Tobias nickte. »Ich bin in meinem Büro, wenn was ist.« Damit ließ er die beiden wieder allein.

»Ich stelle mir gerade unseren Bürgermeister vor, wie er beim Radfahren über die eigenen Füße fällt«, sagte Amir mit einem breiten Grinsen. »Herrlich, irgendwie tut er mir gar nicht leid.«

»Mir schon«, erwiderte Emma. »Er hätte unter ein Auto geraten können. Auch wenn er mich nervt, einen Unfall gönne ich niemandem.«

»Ich ihm schon.« Amirs Grinsen wirkte wie eingefroren. »Mads sicherlich genauso.«

»Das glaube ich nicht. Auch wenn Lange gefühlt jeden Tag

auf der Dienststelle zu sein scheint, so erzählt es Mads jedenfalls, ist er für die Johannsens ein Teil der Familie.«

»Ich sehe schon, du gönnst mir keinen Spaß«, maulte Amir.

»Doch, jeden, aber nicht, wenn es dabei um jemanden geht, der im Krankenhaus ist.«

»Wie kommt es, dass du nun doch über den Mord schreiben möchtest? Das hatte sich vor Kurzem noch ganz anders angehört.«

»Es ist so ein Gefühl, außerdem kenne ich einige der Freunde von Celine. Das könnte mir in die Karten spielen.«

»Glaubst du, der Täter kommt aus dem näheren Umfeld?«

»Das weiß ich nicht, da muss ich Mads fragen.«

»Jetzt verstehe ich.« Amir zwinkerte ihr zu.

»Was?«

»Na, du suchst Kontakt zu Mads.«

»So ein Quatsch«, entrüstete sich Emma. »Er leitet halt die Ermittlungen.«

»Nervt es dich, dass er diese junge heiße Jil aufgegabelt hat?«

»So heiß ist sie gar nicht«, korrigierte Emma ihren besten Freund.

»Hast du Tomaten auf den Augen?« Amir rückte mit seinem Bürostuhl näher zu Emma heran und fuhr im Flüsterton fort: »Auf ihren Arsch bin ich meganeidisch. Keine Ahnung, wie sie den trainiert, aber in der Leggins am Samstagabend sah der phänomenal aus.«

»Findest du? Ich fand ihn ehrlich gesagt viel zu groß, als hätte sie nachgeholfen.«

»Ganz sicher nicht Süße, das ist ein Booty der Extraklasse«, konstatierte Amir.

»Wenn Mads auf solche Ärsche steht, ist das sein Problem. Ich dachte, er hätte mehr Klasse. Na ja, Jil wird sicherlich nur eine kurze Affäre sein. Mads und die Liebe, das passt nicht.«

»Das glaube ich auch. Ich kenne Jil zwar nicht, aber ich

kenne Mads, und der lässt nichts anbrennen. Trotzdem, Jil ist nicht Daniela.«

»Was meinst du damit?«

»Daniela war naiv, lieb und Mads hörig. Jil ist da deutlich selbstbewusster, die nimmt sich, worauf sie Bock hat. Vielleicht sieht sie in ihm ja genauso nur eine Affäre.«

»Dann passt es ja«, erwiderte Emma und versuchte, sich nicht anmerken zu lassen, dass sie Amir im Stillen recht gab. Sie konnte diese Jil nicht einschätzen und irgendwie wurmte es sie, Mads mit ihr zu sehen, obwohl sie in einer Beziehung mit Stefan war. Sie und Mads, das war seit jeher kompliziert. Sie fühlte sich zu ihm hingezogen und in seiner Gegenwart geborgen, auch wenn sie sich stritten und sie wusste, dass er sich mit einer ehrlichen Beziehung vermutlich schwertun würde. Amir war der Einzige, der sie in dieser Hinsicht bisher durchschaut hatte und der sie deswegen gerne aufzog.

»Nicht, dass sich Mads am Ende noch in Jil verliebt und Jil ihn um den Finger wickelt«, witzelte Amir weiter.

»Das glaubst du doch selbst nicht?«

»Ehrlich gesagt nicht, aber you never know.« Amir hob die Handflächen. »Ich weiß eh nicht, warum wir immer wieder über diesen eingebildeten Schönling reden. Du hast Stefan und ihr seid so ein tolles Paar.«

»Du hast damit angefangen«, erinnerte Emma ihn. »Ich bin die Letzte, die Mads zum Thema macht.«

»Stimmt, verzeih, Maus. So langsam neige ich wohl zur Paranoia, wenn du Mads erwähnst. Ich möchte halt nicht, dass du die tolle Beziehung zu Stefan wegen einem Womanizer wie Mads aufs Spiel setzt. Der ist kein Beziehungsmensch.«

»Ich weiß. Trotzdem bin ich alt genug, um zu wissen, was gut für mich ist.«

Amir öffnete seine Schreibtischschublade, holte zwei Riegel Kinderschokolade heraus und reichte einen Emma. »Dafür ist man nie zu alt.«

»Stimmt.« Sie lächelte.

Natürlich hatte Amir nur ihr Bestes im Sinn und wollte verhindern, dass sie sich unglücklich in Mads verliebte. Etwas, was vor einigen Monaten sehr gut möglich gewesen wäre, aber seit sie mit Stefan zusammen war, war Mads kein Teil ihrer Gefühlswelt mehr.

Lüg wenigstens dich nicht an, meldete sich eine innere Stimme.

Im selben Moment vibrierte ihr Handy, Jule hatte ihr geschrieben.

Hast du Zeit für einen Kaffee?,

las Emma und antwortete sogleich:

Klar. Wäre jetzt frei.

Super. Ich bin am Hafen. Kann gerne hier auf dich warten.

Bin in zehn Minuten da,

schrieb Emma und steckte das Handy ein. »Ich treffe mich mit Jule«, sagte sie anschließend an Amir gewandt.

»Das ging ja flott«, antwortete der.

»Sie möchte mit mir sprechen.«

»Wegen Celine?«

»Möglich. Vielleicht beschäftigt sie das Ganze doch mehr, als ich angenommen habe.«

»Ich würde gern mitkommen, nur leider muss ich den Artikel noch zu Ende schreiben.«

»Das ist wirklich lieb, aber das kriege ich schon allein hin«, antwortete Emma und drückte Amir einen Kuss auf die Wange, dann nahm sie ihre Tasche und verließ die Redaktion.

Ihr Büro lag nur wenige Gehminuten vom Hafen entfernt,

sodass sie rechtzeitig ankam. Jule saß auf einer Bank und schaute auf die Boote, die ruhig im Wasser dümpelten.

»Hallo, Schatz«, machte sich Emma bemerkbar.

»Schön, dass du Zeit gefunden hast. Was möchtest du trinken?«, fragte Jule. Sie war sogleich aufgestanden, um Emma zu umarmen.

»Setz dich ruhig, ich lade dich ein. Was magst du?«

»Einen Cappuccino.«

Emma nickte und ging die paar Schritte zur *Ahoi Kaffeerösterei*, die am Hafen ein süßes kleines Café betrieb. Während sie den Kaffee holte, telefonierte Jule, doch als sie an der Bank zurück war, hatte sie das Telefongespräch gerade beendet.

»Du bist ein Schatz«, sagte Jule. Sie nahm ihr einen Becher ab und Emma setzte sich neben sie.

»Lass es dir schmecken.«

Einen Moment schwiegen sie und schauten zu, wie ein kleiner Kutter am Kai anlegte.

»Weswegen wolltest du mit mir sprechen?«, fragte Emma schließlich.

»Es geht um Mads und den Fall.«

»Was ist mit Mads?« Emma konnte Jule nicht folgen.

»Er hat Paula und mir so komische Fragen gestellt.«

»Wie meinst du das?«

»Wegen Celine und unserem Verhältnis zu ihr.« Jule drehte gedankenverloren ihren Pappbecher in der Hand, dann sah sie zu Emma auf. »Glaubst du, dass er mich verdächtigt?«

»Warum sollte er das?«

»Keine Ahnung, aber du weißt, dass Mads und ich nicht immer das beste Verhältnis hatten und dass ich am Samstagabend auch auf der Strandparty war. Bei solchen Ermittlungen werden doch immer erst mal Freunde und Familie gründlicher unter die Lupe genommen.«

Emma legte spontan ihren Arm um Jules Schultern. »Mach

dir keine Sorgen deswegen. Mads würde dich nie verdächtigen, nur weil du auf der Party warst.«

Jule nagte stumm auf ihrer Unterlippe.

»Etwas beschäftigt dich doch«, wagte Emma einen Vorstoß, worauf Jule seufzte.

»Ich war nicht ganz ehrlich zu Mads und Lena«, sagte sie leise, »und jetzt habe ich Schiss, dass mir das um die Ohren fliegt. Keine Ahnung, warum ich das vorhin gesagt habe. Lena hat mich eben angerufen.«

14

Scharbeutz

»Einer von denen lügt«, stellte Mads fest. Er saß mittlerweile zusammen mit Lena auf der Terrasse des Grande Beach Cafés, um dort die Mittagspause zu verbringen.

»Rune, oder wen meinst du?«

»Genau, aber Rune bleibt dabei, dass dieses Treffen nicht stattgefunden hat.«

»Es könnten doch sowohl die Mädels als auch Rune recht haben«, wandte Lena ein.

»Wie meinst du das?«

»Die Mädels haben nur ausgesagt, dass sich Celine und Rune am Freitag aussprechen wollten, aber nicht, dass das Treffen auch wirklich stattgefunden hat. Wir haben da nicht weiter nachgehakt.«

Mads sah seine Schwester verständnislos an. »Na, weil es für mich offensichtlich war, dass sich Celine und Rune getroffen haben, so jedenfalls kam es vor allem von Jule rüber. Sie hat auf mich nicht den Eindruck gemacht, als wüsste sie nicht, ob sich die beiden getroffen hätten.«

»Was Rune jedoch leugnet.«

»Dann ruf bitte Jule an und frag sie«, forderte Mads.

Während Lena telefonierte, aß Mads weiter von seinem Hähnchensalat. Momentan achtete er noch strenger auf seine Ernährung, denn die Strandsaison stand vor der Tür und er wollte dementsprechend seinen ohnehin trainierten Körper noch ein wenig optimieren. Auch wegen Jil. Zwar war er von Natur aus sportbegeistert, aber Jil stellte diese Leidenschaft auf eine ganz neue Stufe. Gefühlt war sie jeden Tag im Gym, was man ihrem Körper auch ansah. Sie war die erste Frau in seinem Leben, die ihm das Gefühl gab, dass es für sie sehr wichtig war, dass ihr Freund ebenso sportlich war wie sie und auf seine Ernährung achtete.

Insgeheim wollte Mads ihren Ansprüchen gerecht werden, was er so gar nicht von sich kannte, denn bisher hatte er nie eine Frau gedatet, bei der das so war.

Lena hatte ihr Telefonat mit Jule mittlerweile beendet und wandte sich wieder an Mads. »Jule meint, dass Celine Paula kurz was über das Gespräch mit Rune berichtet hätte.«

»Worum ging es denn in dem Gespräch?«

»Paula wollte wissen, wie es gelaufen sei, und Celine hat wohl nur gesagt, dass alles gut sei, die Fronten geklärt und sie an dem Abend keinen Gedanken mehr an Rune verschwenden wolle, weil er es nicht wert sei. Daher hat niemand weiter nachgebohrt.«

Mads legte die Gabel zur Seite. »Glaubst du ihr?«

»Warum sollte Jule uns belügen?«

»Na, weil sie Jule ist.«

»Du verdächtigst sie doch nicht etwa?« Lena warf ihrem Bruder einen irritierten Blick zu.

»Nein, tue ich nicht, aber Jule nimmt es mit der Wahrheit manchmal nicht so genau, das kann uns in dieser Situation auf die Füße fallen.«

»Warum?«

»Sie könnte unsere Ermittlungen unbeabsichtigt in die falsche Richtung lenken.«

»Das glaube ich nicht.« Lena schüttelte den Kopf. »Du tust ihr unrecht. Celine war ihre Freundin und Jule möchte wie wir, dass wir den Täter fassen.«

»Das will ich für sie hoffen«, erwiderte Mads. Er kannte seine Ex besser als Lena, deshalb wusste er nur zu gut, dass Jule gern übertrieb oder Dinge unter den Tisch fallen ließ, ohne sich über die Konsequenzen Gedanken zu machen.

»Marla oder Luca als Nächstes?«, fragte Lena. Vermutlich wollte sie nicht weiter über Jule sprechen.

»Luca, er wohnt in Haffkrug, Marla in Niendorf. Die können wir auf dem Heimweg besuchen.«

»Meinst du, wir schaffen das alles bis 19 Uhr?«

»Warum?«

»Christian wollte um die Zeit zu mir kommen«, gab Lena ein wenig verlegen zurück.

Fast wäre Mads ein dummer Spruch herausgerutscht, stattdessen sagte er: »Klar schaffen wir das.«

»Danke.« Lena lächelte.

Auch wenn seine Schwester versuchte, es zu überspielen, sah Mads ihr an, wie sehr es sie belastete, sich ohne Rollstuhl kaum fortbewegen zu können. Die Situation bei Rune im Treppenhaus musste ihr zugesetzt haben, doch Mads hatte noch nicht den richtigen Moment gefunden, um sie darauf anzusprechen.

»Die Rechnung bitte«, sagte er zum Kellner.

»Wir sollten Albert morgen im Krankenhaus besuchen«, schlug Lena vor. »Heute war seine OP. Was hältst du davon, wenn wir Oma einpacken und in unserer Mittagspause hinfahren?«

»Das mit Oma ist eine glänzende Idee, dann ist Albert wenigstens nicht so giftig«, erwiderte Mads lachend.

»Ich glaube kaum, dass Albert im Krankenhaus Giftpfeile verschießt.«

»So gut solltest du ihn kennen«, beharrte Mads, doch dann sah er seine Schwester an. »Na gut, nicht so giftig wie sonst.«

Lena lachte kurz.

»Hätte ich mal das Cabrio genommen. Bei diesem Wetter ein Traum«, sagte Mads, als sie wieder im Auto saßen. Die Strecke zwischen Scharbeutz und dem kleinen Dorf Haffkrug gefiel Mads sehr, von hier aus hatte man einen herrlich freien Blick auf die Ostsee.

»Gustav hätte es nicht gern gesehen, wenn du während der Arbeitszeit Cabrio fährst.«

»Unser Onkel ist ja auch oldschool. Da wollte er mir doch letztens wirklich weismachen, dass sein Combi um Längen besser wäre als mein Cabrio.«

»Hat er Meiko bei dem Vergleich ins Spiel gebracht?«

»Wen sonst. Und den Kofferraum«, antwortete Mads lachend.

Meiko war Gustavs Schäferhund und für die Johannsens ein echtes Familienmitglied.

»Er denkt halt praktisch.«

»Hoffentlich werde ich nie so ein Langweiler wie er«, bemerkte Mads grinsend.

»Rede nicht immer so abfällig über ihn.«

»Schwesterherz, das nennt man Aufgabenteilung. Du übernimmst den lieben Part und ich den, unseren Onkel ein bisschen zu ärgern. Der braucht das, glaub's mir«, sagte er und brachte das Auto am Straßenrand des Kargstiegs zum Stehen.

Wie gewohnt holte Mads Lenas Rollstuhl aus dem Kofferraum und gemeinsam begaben sie sich zu dem Einfamilienhaus, in dem Luca wohnte. Zum Glück war diesmal alles ebenerdig, sodass Lena ohne Probleme an dem Gespräch teilnehmen konnte.

Mads betätigte die Klingel.

»Hinten im Garten«, hörte er kurz darauf eine weibliche Stimme rufen.

Mads ging voran zum hinteren Bereich des Grundstücks, wo eine Frau mittleren Alters gerade dabei war, Unkraut zu jäten. Als sie die Besucher kommen sah, richtete sie sich auf.

»Moin«, machte sich Mads bemerkbar.

»Moin. Was kann ich für euch tun?«, fragte die Frau. »Meine Hand ist voller Erde, sonst würde ich sie euch reichen.«

»Kein Problem. Wir sind von der Ostseekriminalpolizei, Lena und Mads Johannsen«, antwortete Mads.

»Von der Polizei? Bin ich zu schnell gefahren?« Sie sah die beiden erschrocken an.

»Wir sind wegen Ihres Sohnes Luca Leitz hier«, erklärte Mads. »Er ist doch Ihr Sohn?«

»Luca? Was hat er denn verbrochen?« Die Mutter wirkte überrascht.

»Nichts. Eine Bekannte von ihm wurde Samstag Abend ermordet und wir sind jetzt dabei, Zeugen zu befragen.«

»Ermordet? Hier bei uns? Wie schrecklich!« Leitz schlug sich die Hand vor den Mund.

»Ja, leider, am Niendorfer Hafen am Strand. Wir wissen, dass Luca mit zwei Freunden dort war, wo auch Celine Bock mit ihren Freunden gesessen hat.«

»Ist sie das Opfer?«

»Genau. Kennen Sie sie?«, fragte Lena.

»Nein, der Name sagt mir nichts. Luca spricht eh nicht so oft über seine weiblichen Freunde. Ehrlich gesagt, wusste ich gar nicht, dass er welche hat. Das tut mir unglaublich leid.«

»Wir würden gern mit Luca über den Abend reden, möglicherweise hat er etwas gesehen«, fuhr Mads fort. Er hielt die Mutter für aufrichtig, doch eines erstaunte ihn: Warum erzählte der Sohn seiner Mutter nichts über seine weiblichen Freunde?

Weil er nie welche hatte!, war die einzig mögliche Antwort, oder gab es noch einen anderen Grund?

»Ehrlich gesagt, weiß ich gar nicht, ob er zu Hause ist«, sagte Leitz und wischte sich die Hände an der Gartenhose ab.

»Können Sie bitte nachschauen?«

»Mach ich.«

Sie nickte und ging über die Terrasse ins Haus.

»Unglaublich sympathisch, die Frau«, sagte Lena.

»Stimmt.«

»Schwer vorstellbar, dass ihr Sohn etwas mit Celines Tod zu tun hat.«

Mads konnte sich das auch kaum vorstellen, dennoch sah die Realität oft genug anders aus. »Als Polizistin hast du selbst schon Pferde vor der Apotheke kotzen sehen.«

»Leider. Trotzdem wäre das bedauerlich. Ich glaube, das würde ihr sehr zusetzen.«

Mads verstand seine Schwester, aber er sah das neutraler. Wenn der Sohn ein Mörder war, interessierte es ihn nicht, wie herzlich die Mutter scheinen mochte.

In dem Moment kam Leitz mit einem Tablett zurück.

»Luca ist nicht auf seinem Zimmer, aber ich habe Ihnen etwas zu trinken mitgebracht. Zu frischem O-Saft können Sie hoffentlich nicht Nein sagen.«

»Danke«, antwortete Mads und nahm ihr eines der Gläser ab. »Wissen Sie, wo Luca sein könnte?«

»Ich rufe ihn an, dann wissen wir es.«

»Das ist lieb«, sagte nun Lena, die sich ebenfalls eines der Gläser genommen hatte.

Die Mutter griff nach ihrem Handy und entfernte sich ein paar Schritte. Kurz darauf kam sie wieder zurück.

»Er geht nicht ran. Ich habe ihm auf die Mailbox gesprochen.«

»Wo könnte er denn sein?«, erkundigte sich Mads.

»Um diese Zeit hat er längst Feierabend. Vielleicht hängt er mit Dominik am Strand ab.«

»Wo genau?«

»Gute Frage. Ich sehe die beiden oft an der Seebrücke.«

»Da schauen wir nach, danke. Hier ist meine Karte. Falls sich Ihr Sohn meldet, soll er bitte nach Hause fahren, wir stoßen dann dazu.«

»Mach ich«, versicherte die Mutter und nahm die Visitenkarte entgegen.

Wenige Minuten später parkte Mads in der Nähe der Seebrücke. Wie Luca aussah, wussten er und Lena von dessen Instagramprofil. Jule und Paula hatten ihnen nicht nur die Kontaktdaten gegeben, sondern ihnen auch die Bezeichnungen der sozialen Profile der anderen genannt. Luca schien nur bei Instagram angemeldet zu sein.

Gemeinsam ließen Mads und Lena den Blick über den Strand schweifen, konnten Luca jedoch nirgends entdecken.

»Der kann überall sein«, bemerkte Lena.

»Nicht, dass die Mutter uns angelogen hat.«

»Glaube ich nicht. Warum sollte sie?«

»Hast recht«, erwiderte Mads. »Bleibt uns wohl nichts anderes übrig, als auf den Anruf der Mutter zu warten.«

»Ich schau mal, ob Luca was gepostet hat«, schlug Lena vor.

»Mach das, aber besonders aktiv scheint er nicht zu sein.«

Erstaunlicherweise hatte Luca sein Profil auf öffentlich gestellt, sodass sie sehen konnten, dass er nur selten etwas gepostet hatte.

»Nichts«, sagte Lena.

»Habe ich mir gedacht. Was hältst du von einer kleinen Kaffeepause?«

»Warum nicht.«

Mads und Lena überquerten die Straße, wo die *Ahoi Kaffeerösterei* ein kleines Café wie in Niendorf betrieb.

»Espresso?«, fragte Mads seine Schwester.

»Gern, einen Single bitte.«

Während Mads für seine Schwester und sich je einen Espresso bestellte, beobachtete Lena weiter die Promenade, und als Mads gerade zahlen wollte, hörte er, wie Lena rief: »Mads, Luca!«

»Mist«, entfuhr es Mads, denn jetzt sah er Luca ebenfalls, wie er auf der anderen Seite mit dem Fahrrad entlangfuhr. »Ich zahle später«, sagte er zu der Barista und zu Lena: »Warte hier«, dann rannte er schon über die Straße.

Luca fuhr in Richtung Sierksdorf.

»Luca Leitz, warten Sie!«, rief Mads, aber Luca reagierte nicht.

Kurz überlegte Mads, ob er nicht zurück zum Auto laufen sollte, um die Verfolgung aufzunehmen, doch das Risiko, dass er Luca verlor, falls der unbemerkt abbog, war zu groß.

»Herr Leitz, warten Sie«, rief er erneut, Luca zeigte noch immer keine Reaktion.

Zum Glück konnte Mads aufholen, da Luca nicht besonders schnell radelte.

»Verdammt, Herr Leitz, warten Sie«, wiederholte er.

Luca tat, als hätte er nichts gehört, doch Mads holte weiter auf.

»Leitz«, brüllte Mads jetzt, er nutzte die letzten Reserven und setzte zum Sprint an.

Endlich holte er Luca ein und packte ihn am Arm. Sein Fahrrad schwankte und fast wäre er gestürzt, wenn Mads ihn nicht am Arm festgehalten und so den Sturz verhindert hätte.

»Was soll das?«, fragte der sichtlich überraschte Luca.

»Haben Sie mich nicht gehört?«, reagierte Mads mit einer Gegenfrage.

»Nein, ich habe Musik gehört.«

Jetzt erst sah Mads, dass Luca Kopfhörer trug, neumodische In-Ears von Apple, die Außengeräusche reduzierten. Mads besaß auch welche, daher wusste er, wie gut das Noise-Cancelling dabei war.

»Wer sind Sie?«, fragte Luca jetzt erstaunt.

»Mein Name ist Mads Johannsen«, setzte Mads an, doch Luca unterbrach ihn.

»Ich habe Sie Samstag Abend am Strand gesehen.«

»Stimmt. Ich muss mit Ihnen reden.«

»Warum?«

»Es geht um Celine.«

»Was soll mit ihr sein? Ich …« Luca hielt inne und schaute Mads plötzlich so seltsam an, als hätte er Angst vor ihm.

Ist das echt oder gespielt?, überlegte Mads.

»Sie wurde Samstag Abend ermordet«, sagte er laut.

Lucas Augen waren weit aufgerissen, er starrte Mads regelrecht an. »Sie scherzen.«

»Ganz sicher nicht.«

»Was wollen Sie dann von mir? Ist Celine Ihre Freundin?«

»Ich bin Kriminalpolizist«, erklärte Mads. Er ging davon aus, dass Luca sich nur unwissend gab, da Jule und Paula ihm gegenüber erwähnt hatten, dass er ein Auge auf Celine geworfen hätte, allerdings sehr schüchtern sei. Sicherlich wusste er, dass Celine Single war, in Zeiten von Instagram oder TikTok konnte man so etwas schnell herausfinden.

Vielleicht hat er nur deswegen Instagram, um immer im Bilde zu sein, was Celine getrieben hat, schoss es Mads durch den Kopf.

»Wie kann es sein, dass sie ermordet wurde? Sie war doch am Samstagabend mit ihren Freundinnen am Strand«, sagte Luca verständnislos.

»Genau das möchte ich herausfinden. Sie waren mit Ihren Freunden ja auch dort.«

»Stimmt, allerdings haben wir nur kurz Hallo gesagt und sonst kaum Kontakt gehabt.«

»Sie sollen aber immer wieder Augenkontakt zu Celine gesucht haben«, beharrte Mads.

»Ich? Warum sollte ich?« Luca wirkte unsicher.

»Fanden Sie Celine gar nicht interessant oder attraktiv?«

»Ich fand sie nett. Wer erzählt denn so was?«

»Hatten Sie keine Absichten?«

»Nein, überhaupt nicht. Was Mädels da immer reininterpretieren, bloß weil man freundlich ist. Schrecklich.« Luca verdrehte die Augen, aber seine Wangen liefen rot an, was bei seiner blassen Haut besonders auffiel.

»Warum folgen Sie ihr dann in den sozialen Medien?«

»Was hat das denn jetzt damit zu tun? Werde ich etwa verdächtigt?«, empörte sich Luca.

»Nein, werden Sie nicht. Trotzdem ist es wichtig, dass Sie mich nicht anlügen.«

»Ich lüge nicht, nur die Tussis erzählen Bullshit«, fauchte Luca. Er wirkte wie ein Tier, das man in die Ecke gedrängt hatte. Eine plötzliche, völlig übertriebene Reaktion, die Mads in dieser Schärfe nicht erwartet hatte.

»Wie lange waren Sie Samstag Abend am Strand?«, bohrte er weiter.

»Keine Ahnung, warum?«

»Beantworten Sie bitte nur meine Frage.«

»Vielleicht bis 23 Uhr. Ich habe nicht darauf geachtet.«

Mads nickte. Er hatte also genug Zeit gehabt, um Celine am Hafen aufzulauern.

15

Die Angst ist dein größter Feind. Das wusste ich schon, bevor ich sie umgebracht habe, und genau diese Angst hatte mich heute dermaßen im Griff, dass ich tatsächlich bis zur Polizeistation in Timmendorfer Strand geradelt bin.

»Gott ist mein Zeuge, ich wollte mich stellen«, sage ich zu mir und atme anschließend erleichtert aus, weil ich es doch nicht getan habe.

Danke,

tippe ich in den Chat.

Wofür?,

kommt als Antwort zurück.

Dass du heute ein offenes Ohr für mich hattest.

Gern. Ich nehme an, du hast dich deiner Angst gestellt?

Das habe ich. Es hatte ja einen Grund, dass ich getan habe, was ich getan habe,

schreibe ich der Person, die sich hinter dem Pseudonym ShadowRaiders14 versteckt.

Ich kenne meine Chatpartner nicht persönlich, aber wir haben schon die ein oder andere Online-Gamesession gehabt.

Ich vertraue ihm – so weit man einer Person in der digitalen Welt halt vertrauen kann.

Ich weiß nicht mal, ob sich ein Mann oder eine Frau hinter dem Pseudo versteckt. In meiner Phantasie stelle ich mir vor, dass es ein Nerd Anfang zwanzig ist, ohne Freunde, der sich in die Welt der Online-Rollenspiele flüchtet.

Ich mag diesen Gedanken.

Umgekehrt weiß Shadow nichts über meine Identität, er hat nie danach gefragt, was mir nur recht ist und vermutlich dazu beigetragen hat, dass wir uns so gut verstehen. Jeder lässt den anderen in seiner realen Welt zufrieden.

Manchmal denke ich, dass er vielleicht der schüchterne Junge aus der Nachbarschaft ist, das wäre lustig. Gleichzeitig stelle ich mir die Frage, ob der Nachbar das gleiche über mich denkt.

Freut mich, dass ich helfen konnte. Bist du morgen Abend beim Hunt dabei?,

fragt er mich.

Klar, geht doch um 19 Uhr los, richtig?

Genau. Ich bin dann mal off, habe noch zu tun. Bis morgen.

Bis morgen,

antworte ich ihm und klappe meinen Laptop zu.

»Shadow Raiders14 ist schon cool«, sage ich zu mir und meine Gedanken wandern in die Zukunft. Meine Zukunft.

»Das wäre echt schön«, seufze ich, denn es fällt mir zugegebenermaßen noch schwer, zu glauben, dass meine Zukunft wirklich so aussehen wird.

»Du darfst nicht zweifeln«, ermahne ich mich. »Nur der

Zweifel und die Angst hätten mich fast in die Hände der Bullen getrieben.«

16

»Moin«, machte sich Gustav leise bemerkbar, als er mit Jutta Alberts Krankenzimmer betrat.

»Moin«, antwortete Albert matt. Er wirkte leicht benommen und sah müde aus.

»Wie geht's dir, mein Schatz?«, fragte Jutta und setzte sich gleich zu ihm auf die Bettkante.

»Noch ein wenig schwummrig, aber ich glaube, die OP ist gut verlaufen.«

»Sehr schön.«

»Hat der Arzt gesagt, wie lange er dich hierbehalten muss?«, fragte Gustav mit einem Augenzwinkern.

»Nicht muss, möchte«, korrigierte Albert und man sah, dass er durch die kleine Stichelei von Gustav merklich aufblühte. »Die Ärzte und Krankenschwestern lieben mich, und Nein, hat er nicht. Er wollte sich nicht auf ein Datum festlegen.«

»Weil er Arzt ist und sehen möchte, wie die Operation verlaufen ist«, fügte Jutta hinzu. »Entlass dich ja nicht selbst.«

Albert schwieg und Gustav sah ihm an, dass er genau das vorhatte.

»Jutta hat recht, mach keine Dummheiten«, sprang er daher seiner Mutter bei. »Dein Bruch war sehr kompliziert und damit auch die Operation. Nicht nur das Sprunggelenk war gebrochen, sondern auch Bänder gerissen. Mit so etwas ist nicht zu spaßen.«

Albert hob schwach die Hand. »Ist ja gut, ist angekommen.«

»Möchtest du was trinken?«, fragte Jutta.

»Ein Schluck Wasser wäre lieb.«

Jutta wollte gerade aufstehen, doch Albert hielt sie zurück. »Das macht Gustav gerne, bleib bitte sitzen.«

»War schon unterwegs«, erwiderte Gustav, obwohl er in Wahrheit nicht so schnell reagiert hätte, aber diesen kleinen moralischen Triumph wollte er Albert nicht gönnen.

»Mama, möchtest du auch?«, fragte er, während er zum Tisch ging und nach der Wasserflasche griff.

»Nein, ich bin nicht durstig, danke.«

Gustav schenkte ein Glas voll und reichte es Albert, der einen langsamen Schluck trank.

»Kannst du mir einen Gefallen tun?«, fragte Albert.

»Welchen?«

»Morgen ist die Einweihung des neuen Restaurants *1921* von Lars Rabenecker im Travemünder Golfclub. Er hat mich bereits vor Wochen eingeladen. Es würde mir viel bedeuten, wenn du mich vertreten könntest.«

»Das wird Gustav sehr gern machen«, kam Jutta ihm mit einer Antwort zuvor.

»Welche Uhrzeit?«, fragte er.

»20 Uhr. Du kennst Lars doch?«

»Klar, und nur deswegen mache ich es gern, anderenfalls hätte ich dich an deinen Stellvertreter verwiesen, ich bin Polizist, kein Politiker.«

Albert hustete.

»Gustav, ärgere ihn nicht. Albert hat dich nur um einen freundlichen Gefallen gebeten, weil er glaubt, dass du ihn standesgemäß vertreten kannst«, sagte Jutta.

»So ist es, Jutta«, stimmte Albert zu, wieder gefolgt von einem Husten.

Fast wurde Gustav das Gefühl nicht los, dass der Bürgermeister übertrieb, um Juttas Aufmerksamkeit zu erhaschen, denn so ganz nahm Gustav ihm das Husten nicht ab.

»Was machen die Ermittlungen?«, erkundigte sich Albert.

»Wir stehen noch am Anfang«, antwortete Gustav.

»Was heißt, am Anfang? Wir haben Mai.«

»Das ist mir bewusst. Kann ich nicht ändern.«

Albert zog eine Braue hoch. »Im Juni tobt der Bär in meiner Gemeinde.«

»Da ich an der Ostsee aufgewachsen bin, ist mir auch das bewusst.«

»Du lässt die Zügel schleifen, wenn ich nicht da bin«, schimpfte Albert.

Gustav war sprachlos über diesen ungerechten Vorwurf.

17

»Traust du Luca einen Mord zu?«, fragte Lena. Sie waren mittlerweile auf dem Weg nach Niendorf und Mads hatte ihr alle Einzelheiten des Gesprächs mit Luca erzählt.

»Er ist ein komischer Vogel und fühlt sich schnell angegriffen«, erwiderte Mads. »Ob das jetzt reicht, um ihn des Mordes zu überführen, wage ich zu bezweifeln.«

»Verschmähte Liebe ist ein starkes Motiv. Was, wenn Celine bereits eine neue Flamme hatte?«

»Das haben sowohl Jule als auch Paula verneint«, antwortete Mads. »Aber das muss nicht viel heißen.«

»Warum sollten sie uns anlügen?«

»Um Celine zu schützen.«

Lena runzelte die Stirn. »Celine ist tot. Wie kann man sie da noch schützen?« Sie konnte Mads gerade nicht folgen.

»Weil sie ihr Image nicht beschmutzen wollen, das der lieben, sympathischen jungen Frau.«

»Das glaube ich nicht. Jule und Paula möchten wie wir, dass wir den Mörder finden, sie würden uns eine neue Flamme nicht verheimlichen.«

»Möglicherweise hast du recht«, lenkte Mads ein. »Wir können ja nicht mal ausschließen, dass es eine völlig fremde Person war.«

»Was ich nicht hoffen möchte, das könnte nämlich bedeuten, dass sich ein Psychopath und Frauenmörder in unserer schönen friedlichen Gegend herumtreibt«, ergänzte Lena. Selbst als Polizistin jagte ihr dieser Gedanke Angst ein, weil sie an den Rollstuhl gefesselt war und somit einem Angreifer ziemlich hilflos ausgeliefert wäre.

»Alles gut?«, fragte Mads, als hätte er ihre Sorge erraten.

»Bin nur etwas müde«, antwortete Lena. Sie wollte nicht, dass ihr Bruder sich noch mehr Sorgen machte, als er es ohnehin schon tat.

»Es steht nur noch das Gespräch mit Marla auf dem Plan, oder soll ich dich zu Hause absetzen?« Mads warf ihr einen fürsorglichen Seitenblick zu.

»Das kriege ich hin, Bruderherz«, gab Lena zurück und fühlte sich einmal mehr darin bestätigt, Mads ihre Gedanken bezüglich eines Serientäters nicht anzuvertrauen. Sie liebte ihren Bruder bedingungslos, doch seine Sorge um sie konnte manchmal erdrückend sein, auch wenn sie wusste, dass er es nur gut mit ihr meinte.

»Daran zweifle ich keine Sekunde, aber du weißt, wenn du dich nicht wohlfühlst, kannst du mir das jederzeit sagen.«

»Ich weiß«, antwortete Lena und schaute aus dem Seitenfenster.

Wenig später standen sie vor der Doppelhaushälfte, in der Marla wohnte. Es war noch immer recht hell und ein milder Wind wehte. Das mochte Lena so am Norden, die Tage zum Sommer hin waren deutlich länger als im Süden der Republik.

Mads klingelte und kurz darauf wurde die Tür geöffnet.

»Ja, bitte?« Eine junge attraktive Frau stand in der Tür und sah sie fragend an. Es konnte nur Marla Patzel sein, Lena hatte sich ihr Instagramprofil bereits angeschaut. Sie war groß, vermutlich knapp einen Meter achtzig, hatte langes blondes Haar und eine schlanke Figur. Lena hatte sie das ein oder andere Mal am Strand gesehen, kannte sie aber nicht.

»Moin, Frau Patzel. Wir sind von der Ostseekriminalpolizei«, sagte Lena.

»Ja, wir kennen uns vom Sehen«, erwiderte Marla. »Mads habe ich Samstag noch am Strand getroffen.«

»Stimmt«, bestätigte Mads. »Können wir eintreten?«

»Klar, kommt doch rein. Es geht bestimmt um Celine.«

»Leider«, antwortete Mads und betrat als Erster die Wohnung.

Lena folgte ihnen. Da Mads die junge Frau bereits duzte, wollte sie seinem Beispiel folgen. Als Polizistin in einer kleinen Gemeinde wie der ihren war es manchmal nicht so einfach, im Beruf zwischen »Sie« und »Du« zu unterscheiden. Man kannte zu viele Menschen, zumindest vom Sehen her oder über Freunde. Oft entschied Lena in diesen Fällen nach ihrem Bauchgefühl und diesmal hatte Mads ihr die Entscheidung abgenommen.

»Unser Beileid wegen Celine«, begann Mads.

»Danke. Das Ganze fühlt sich so unreal an. Ich glaube, ich habe es noch gar nicht richtig gecheckt«, sagte Marla und lächelte etwas gezwungen. »Wir haben uns doch erst Samstag Abend alle getroffen, ausgelassen gefeiert und einen schönen Abend verbracht. Wie kann es sein, dass sie kurz darauf ermordet wurde?«

»Genau das möchten wir herausfinden, daher ist es wichtig, dass du dich an alles erinnerst, an jedes noch so kleine Detail.«

Marla nickte. »Ich hoffe wirklich, dass ich euch helfen kann, aber ich weiß ehrlich gesagt nicht, wie. Vorhin habe ich mit Jule telefoniert, ihr habt ja schon mit ihr und Paula gesprochen.«

»Das stimmt«, erwiderte Lena, »es gehört zu unserem Job, dass wir mit allen Personen, mit denen Celine zuletzt Kontakt hatte, reden.«

»Glaubt ihr denn wirklich, dass der Mörder jemand ist, der Celine kannte?«, fragte sie und sah Lena mit großen Augen an.

»Nein, das ist reine Routine und hat nichts damit zu tun, dass wir einen von euch verdächtigen«, antwortete Mads.

»Da fällt mir aber ein Stein vom Herzen. Der Gedanke, dass einer von uns der Mörder ist, ist geradezu unerträglich, weil es keinen Sinn ergibt. Jeder mochte Celine, sie hatte keine Feinde oder Beef mit ihren Freunden.«

»Gab es wirklich nie Streit zwischen Celine und ihren Freunden?«, vergewisserte sich Lena. Sie fand es seltsam, dass Celine sich angeblich niemals mit einer Freundin gestritten hatte. Gerade unter Frauen konnte das schnell passieren, auch wenn man sich rasch wieder vertrug. In der Hinsicht konnte Lena sich als gutes Beispiel nehmen. Sie hielt sich ebenfalls für einen empathischen und friedvollen Menschen, dennoch gab es Situationen, in denen sie sich mit Freunden gefetzt hatte, auch wenn das Gewitter jedes Mal schnell vorüber war.

»Ich kenne Celine, seit ich denken kann, aber ich kann mich wirklich nicht daran erinnern, dass sie sich mit irgendjemandem in die Haare gekriegt oder jemandem die Freundschaft gekündigt hätte. Dafür war sie einfach zu lieb. Deswegen hat ja auch keiner verstanden, warum sie mit dem Junkie zusammengekommen ist.«

»Du meinst Rune?«, hakte Mads nach.

»Wen sonst? Er hat ihr das Herz gebrochen, weil er eine Jüngere gevögelt hat, dabei hätte er stolz wie Oskar sein sollen, dass eine wie Celine ihm ihr Herz geschenkt hat.«

»Hat Rune sie geschlagen?«

Marla antwortete nicht sofort, sie schaute zu Boden.

»Marla, das ist sehr wichtig«, wurde Mads etwas fordernder.

»Ja, hat er«, gab sie zu. »Ich weiß von mindestens zwei Malen. Beim ersten Mal wollte Celine es noch leugnen.«

»Das heißt?«

»Wir waren in der Umkleidekabine, und da habe ich die blauen Flecken auf ihrem Oberarm gesehen. Sie wollte sie vor mir verbergen, aber ich habe sie trotzdem bemerkt. Sie wollte mir weismachen, dass sie gestürzt wäre, aber diese Flecken sahen eher danach aus, als hätte jemand sie auf den Oberarm geschlagen und ihn gequetscht. Celine wollte es lange nicht zugeben. Erst als wir uns abends noch mal getroffen haben und sie plötzlich in Tränen ausgebrochen ist, hat sie es gestanden.«

»Was hast du dann getan?«, fragte Lena.

»Ihr dringend geraten, nein, sie angefleht, sich von dem Idioten zu trennen, nur leider konnte sie es nicht. Sie hat ihn verteidigt und versichert, dass es nur ein einmaliger Ausrutscher gewesen wäre.« Marla atmete tief durch, ehe sie fortfuhr. »Aber dann hat er sie erneut geschlagen, weil sie ihn angeblich zur Weißglut getrieben hätte mit ihrer Eifersucht, und wieder hat Celine ihm verziehen. Sie hat den Fehler bei sich gesucht, statt den Idioten abzuschießen.«

Lena dachte an das Gespräch mit Rune. Er hatte nur das eine Mal zugegeben, aber dass er Celine zweimal geschlagen hatte, erschreckte Lena. Dass Marla sie anlog, wollte sie ausschließen.

»Am Ende hat sie sich dann ja doch von ihm getrennt«, warf Mads ein.

Marla schnaubte. »Wenn du mich fragst, war das ein abgekartetes Spiel von Rune, er hatte dieses junge Flittchen am Start und wollte Celine loswerden. Ich glaube, er war froh, dass Celine sich von ihm getrennt hat.«

»Hat Celine noch Gefühle für Rune gehabt?«

»Klar, sie war blind vor Liebe. Dass Rune dieses junge Ding am Start hatte, hat sie verrückt gemacht, auch wenn sie es nicht zeigen wollte. Aber ich kannte doch mein Celinchen. Die erste Zeit war echt hart für sie, erst in den letzten zwei Wochen hatte ich das Gefühl, dass sie endlich Abstand zu ihm und ihren Gefühlen ihm gegenüber gefunden hatte. Am Samstagabend hatte ich dann erstmals wirklich den Eindruck, dass sie Rune vergessen hatte oder auf dem besten Weg dazu war.«

»Was weißt du über Luca Leitz?«, fragte Mads.

»Den Nerd?«

»Er soll angeblich Gefühle für Celine haben.«

»Klar, jeder weiß das, Luca mochte Celine. Am Samstagabend hat er immer wieder zu ihr rübergeschaut, aber Celine fand ihn seltsam, so wie wir alle, weil er nur an seinem Computer abhängt.«

»Hat er sich je mit Celine allein getroffen?«

»Nicht, dass ich wüsste. Der ist doch viel zu schüchtern, um sie überhaupt mal zum Essen einzuladen.«

»Das heißt, er hat ihr nie gestanden, dass er Gefühle für sie hat?«

»Das musste er gar nicht«, antwortete Marla, ein Schmunzeln spielte um ihre Lippen. »So wie der immer wieder zu ihr rübergeschielt hat, war das, denke ich, mehr als offensichtlich.«

»Nur am Samstagabend oder sonst auch?«

»So oft habe ich ihn nicht gesehen, aber wenn wir ihm gemeinsam über den Weg gelaufen sind, eigentlich immer. Es war nicht zu übersehen, dass er ständig heimlich Blickkontakt mit ihr gesucht hat.«

»Gab es noch einen anderen Mann, einen Verehrer in Celines Leben?«, wollte Lena wissen.

»Nein, sie war Rune immer treu. Er war ihre große Liebe, deswegen war sie ja so am Boden zerstört, als er sie mit dieser Schlampe betrogen hat.«

»Rune und Celine wollten sich am Freitag aussprechen. Weißt du etwas davon?«, fragte Lena.

»Klar.«

»Fand das Treffen statt?«

»Natürlich fand es statt, warum hätte es das nicht tun sollen«, antwortete Marla, etwas überrascht. »Ich glaube, wegen des Gespräches war sie Samstag Abend auch so entspannt. Sie hatte wohl endlich mit Rune abgeschlossen und gemerkt, was für ein Idiot er ist.«

Also ist es doch so: Einer lügt, Rune oder die Mädels, schoss es Lena durch den Kopf.

18

23. Mai, Niendorf

»Stalkst du mich?«, fragte Mads scherzhaft.

»Das hättest du wohl gern«, gab Emma zurück. »Das ist meine Strecke, die ich morgens am liebsten jogge. Fragt sich also, wer hier wen stalkt.« Sie lächelte ihn an, dabei kamen ihre süßen Grübchen zum Vorschein, die Mads jedes Mal verzauberten.

Er beugte sich etwas vor und Emma wich irritiert zurück.

»Entspann dich, ich wollte nur das Blatt aus deinem Haar entfernen.« Er zupfte das Blättchen heraus, das sich in Emmas blondem Haar verfangen hatte, und warf es in den Sand. Ihre Blicke trafen sich.

Emma roch so unglaublich gut – nicht in erster Linie nach Parfüm, es war eine Art »Emma-Duft«, wie Mads ihn im Stillen nannte.

Verlegen schaute Emma zur Seite.

So nahe war Mads ihr schon lange nicht gekommen. Vielleicht war es Wunschdenken oder Einbildung, aber ihm war, als würde er es zwischen ihnen knistern hören, als wäre da etwas, was er bei anderen Frauen so nicht spürte, auch nicht bei Jil.

»Danke«, sagte sie leise.

»Darf ich dich zum Frühstück einladen?«, fragte Mads. Er wollte sie gerade nicht einfach so gehen lassen, sondern noch ein wenig ihre Nähe spüren. Natürlich wusste er, dass das nicht klug war. Emma war mit Stefan zusammen und sie gehörte zu den Frauen, die Beziehungen sehr ernst nahmen. Leider.

Wieso leider? Genau so eine Frau suchst du doch, ermahnte er sich im Stillen.

»Gern«, antwortete Emma jetzt. »*Seaside Lounge?*«

»Passt, ist ja gleich um die Ecke.«

Mads freute sich, dass sie zugesagt hatte. Wenn er sie schon nicht als Partnerin haben konnte, konnten sie wenigstens eine ehrliche und aufrichtige Freundschaft pflegen.

Sie verließen den Strand und nahmen auf der Terrasse der *Seaside Lounge* an einem freien Tisch Platz.

Eine Kellnerin kam zu ihnen und nahm die Bestellung auf.

»Arbeitet Jule heute nicht?«, erkundigte sich Mads.

»Sie hat heute frei.«

Mads nickte. Ihm kam das nur gelegen, denn Jule drückte ihm mit Vorliebe Sprüche rein, auf die er gerade keine Lust hatte. Vor allem, wenn er in weiblicher Begleitung war.

»Darf ich dich was fragen?« Er stützte sich mit den Unterarmen auf dem Tisch ab und sah Emma an.

»Klar. Seit wann ist ein Mads Johannsen so schüchtern?« Emma schmunzelte. »Diese Seite gefällt mir an dir.«

»Es geht um Lena«, begann Mads.

»Was ist mit ihr?«

»Ihr habt doch noch regelmäßig Kontakt, oder? Ihr schreibt euch.«

»Klar, wir haben uns erst gestern Abend wieder geschrieben. Sie war gut drauf, weil Christian zu ihr zieht.«

Also kein Heiratsantrag, dachte Mads erleichtert.

»Ich weiß«, log er. »Wie gut kennst du Christian?«

»Nicht so gut. Stefan und ich haben uns mit Lena und ihm das ein oder andere Mal zum Essen getroffen. Er war immer sehr freundlich, aber ich kann jetzt nicht behaupten, dass ich ihn deshalb gut kenne. Trotzdem habe ich das Gefühl, dass sich die zwei gesucht und gefunden haben. Lena macht einen glücklichen Eindruck in seiner Nähe.«

»Wenn ihr Essen wart, wer hat die Rechnung bezahlt?«

»Die Rechnung?«

Bevor Mads antworten konnte, kam die Kellnerin mit der

Bestellung. Emma widmete sich ihrem Tee, dann sah sie zu Mads auf.

»Darauf habe ich nicht geachtet. Meistens haben wir getrennt gezahlt. Stefan für uns, das eine oder andere Mal ich für ihn mit. Lena hat auch schon mal für alle bezahlt.«

»Christian auch?«

»Möglich, dass er das gemacht hat, ich weiß es nicht. Warum ist das so wichtig?«

Mads überlegte kurz, ob er Emma reinen Wein einschenken sollte. Dann gab er sich einen Ruck. »Du darfst mit Lena nicht darüber reden, versprichst du mir das?«

»Ja, was ist los? Muss ich mir Sorgen machen?«

»Ich habe das Gefühl, dass Christian meine Schwester ausnutzt.«

»Weil Lena das Essen bezahlt?« Emma runzelte zweifelnd die Stirn.

»Ja.«

»Du übertreibst. Lena ist eine emanzipierte Frau, sie verdient ihr eigenes Geld, da ist es doch völlig normal, dass auch sie mal zahlt. Willkommen im 21. Jahrhundert, Herr Johannsen. Ich würde genauso wenig wollen, dass mein Stefan mich immer einlädt.«

Mads stutzte kurz, als Emma »mein Stefan« und nicht »mein Freund« sagte. Warum tat sie das? Nun gut, er durfte da nicht zu viel hineininterpretieren.

»Darum geht es nicht«, erwiderte er. »Ich glaube, Lena zahlt fast ausschließlich. Gerade erst waren sie für ein Wochenende unterwegs und wieder hat Lena die Rechnung übernommen. Jetzt zieht er bei Lena ein. Glaubst du wirklich, dass er sich dann an den Kosten beteiligen wird? Mal den Einkauf bezahlt?«

»Sei nicht so streng. Lena ist glücklich, und soviel ich weiß, wird Christian in Kürze den Job wechseln, bis jetzt hat er nicht so viel Geld verdient. Das sollte in einer Beziehung allerdings eh keine Rolle spielen. Freu dich doch, dass sie so glücklich ist. Ich weiß, dass du Lena nur beschützen möchtest, aber gestatte ihr, Fehler zu machen.«

Mit so einer Reaktion hatte Mads nicht gerechnet. Klar, Christian verstand es blendend, sich Lenas Freunden gegenüber von seiner Schokoladenseite zu zeigen, doch darauf wollte er jetzt nicht weiter herumreiten.

»Vielleicht hast du recht«, lenkte er daher ein, was jedoch nicht hieß, dass er so naiv sein würde wie Emma. Er würde Christian weiter im Auge behalten.

»Ich bin mir in der Hinsicht ziemlich sicher«, bekräftigte Emma erneut und griff nach einer Apfelscheibe von der Obstdekoration. »Wie gesagt, Lena macht einen richtig glücklichen Eindruck. Gerade vor dem Hintergrund, dass ihr das mit dem Rollstuhl schwer zu schaffen macht, sollten wir uns für sie freuen, dass Christian für sie da ist und sie so liebt, wie sie ist. Und mal Hand aufs Herz, würdest du dich in eine Frau verlieben können, die im Rollstuhl sitzt?«

»Was denkst du von mir? Natürlich«, entrüstete sich Mads.

»Sicher?«

»Ganz sicher. Du musst mich ja für sehr oberflächlich halten.«

»Das nicht, aber wenn ich mir Daniela und Jil anschaue, ist dein Beuteschema leicht zu durchschauen.«

Mads war für einen Moment sprachlos. Der Vorwurf saß! Das musste er kurz sacken lassen. Schweigend löffelte er etwas von seinem Müsli, um Emma nicht mit einer emotional aufgeladenen Antwort zu überfahren.

»Der Frau, der ich mein Herz schenke, schenke ich es bedingungslos«, sagte er nach einer Weile, »und ich respektiere und liebe diese Frau ebenso bedingungslos, auch wenn sie im Rollstuhl sitzt. Wenn es dir schwerfällt, das zu glauben, hast du mich nie richtig gesehen.« Er blickte Emma in die Augen. »Schade, ich dachte, du würdest erkennen, wie ich wirklich bin, weil ich die in dir sehe, die du wirklich bist – hinter der emanzipierten, überehrgeizigen Journalistin.«

Seine Worte schienen ihre Wirkung nicht zu verfehlen, Emma wirkte peinlich berührt, ihr Blick suchte Halt bei ihm.

»Das tut mir leid. Da bin ich wohl übers Ziel hinausgeschossen«, entschuldigte sie sich mit schwacher Stimme.

»Das sollte es auch. Ich bin vieles, aber sicherlich kein oberflächlicher Mensch. Nur weil ich mit schönen Frauen zusammen bin, heißt das nicht, dass es für mich die große Liebe ist.«

»Weiß Jil das?«

»Sie weiß es genauso wie vorher Daniela. Ich spiele immer mit offenen Karten. Ich habe noch nie zu den Menschen gehört, die sich schnell in eine Frau verlieben. Zwischen Jil und mir gibt es keine Exklusivität.«

Emma zögerte einen Moment, bevor sie fragte: »Warst du denn jemals verliebt? So richtig mit Schmetterlingen im Bauch und dem Gefühl, dass sich deine Gedanken nur um diese eine Person drehen?«

Ja, in dich, wäre es Mads fast herausgerutscht, erinnerte er sich doch lebhaft an ihre Begegnung auf der Seebrücke vor vielen Monaten. Seit diesem Moment konnte er sie nicht vergessen.

»Nein, ich glaube nicht«, sagte er stattdessen. »Verliebt schon, aber nie so richtig deep love. Du?«

»Meinen Verlobten habe ich geliebt, aber diese Liebe hat sich erst entwickelt«, antwortete Emma. »Das berühmte Kribbeln im Bauch hatte ich nur einmal. Da war ich noch sehr jung, es war auf einer Klassenfahrt. Ich bin vom Fahrrad gestürzt und ein Junge hat mir geholfen.«

»Was ist dann mit Stefan?«, wagte Mads einen Vorstoß.

»Ich denke schon, dass ich ihn liebe. Es hat seine Zeit gebraucht, dass ich mich wieder ganz jemandem öffnen kann, nachdem mein Verlobter ermordet wurde. Es fällt mir schwer, mich fallenzulassen, aber Stefan gibt mir alle Zeit der Welt, dafür bin ich ihm sehr dankbar.«

Mads nickte. Er rechnete es Emma hoch an, dass sie ihm gegenüber so ehrlich war.

»Keine Sorge, das bleibt unter uns«, fühlte er sich daher verpflichtet, ihr zu versichern.

»Stefan weiß es. Ich bin dir ähnlicher, als du denkst, ich spiele auch mit offenen Karten.« Sie strich sich eine lose Haarsträhne hinters Ohr. »Ich habe Stefan sehr lieb und er tut mir gut. Unsere Beziehung ist allerdings exklusiv, ich würde ihn niemals betrügen.«

»Ich weiß. Nicht ohne Grund schätzt dich meine Oma so sehr. Sie sieht es, wenn jemand ein gutes Herz hat.«

»Das hast du lieb gesagt«, erwiderte Emma und strich über den Henkel ihrer Teetasse. »Ich mag deine Oma auch sehr.«

In diesem Moment leuchtete das Display von Mads' Handy auf. Es lag auf dem Tisch.

»Lena«, sagte Emma.

Mads entsperrte den Bildschirm und las die Nachricht:

Du musst mich nicht abholen, Bruderherz, Christian fährt mich,

hatte sie geschrieben.

Gut, wir sehen uns dann gleich auf der Dienststelle. Kuss,

tippte Mads als Antwort.

»Alles gut?«, fragte Emma.

»Ja, Christian fährt Lena zur Dienststelle.«

»Du magst ihn nicht, oder?« Emma warf ihm einen prüfenden Blick zu.

»Nein, aber behalte das bitte für dich.«

»Mach ich. Bevor ich es vergesse, Jule hat mich um einen Gefallen gebeten.«

Mads zog die Brauen hoch. »Jule dich?«

»Ja, sie hat dir gegenüber ein bisschen geflunkert.«

»Inwiefern?«

»Wegen Celine und Rune.«

»Das musst du mir erklären«, bat Mads, ein ungutes Gefühl stieg in ihm auf. Er hatte es doch geahnt.

»Sie hat wohl erzählt, dass Rune und Celine Freitag eine Aussprache gehabt haben sollen, aber so genau wusste sie das gar nicht, zumindest nicht von Celine persönlich. Sie hat nur nachgeplappert, was Paula mal angedeutet hat.«

»Warum hat sie mir das nicht gleich gesagt?« Mads spürte, wie sein Puls sich beschleunigte.

»Sie wollte nicht als schlechte Freundin dastehen, nachdem Paula erzählt hatte, dass sie Celine auf ihre Aussprache am Freitag angesprochen hätte. Sie hat sich geschämt, zuzugeben, dass sie nicht mehr daran gedacht und Celine nicht danach gefragt hatte.«

Mads schnaubte. »Typisch Jule, die kann auch nur bis zur nächsten Kreuzung denken. Wir ermitteln hier in einem Mordfall, da kann sie sich nicht einfach was ausdenken. Jeder andere Polizeibeamte würde sich jetzt die Frage stellen, warum sie das tut.«

»Du glaubst doch wohl nicht, dass Jule Celine ermordet hat?«, gab Emma streng zurück.

»Nein, aber sag ihr, dass sie so was tunlichst sein lassen soll, sonst werde ich echt sauer. Einen Polizeibeamten bei laufenden Ermittlungen anzulügen, ist strafbar.«

»Du erwartest ja wohl nicht, dass ich ihr den letzten Teil auch stecke?«

»Würdest du eh nicht, wäre mir aber recht.«

»So gut solltest du mich kennen.« Emma schmunzelte. »Jule ist meine liebste Freundin. Manchmal mag sie unüberlegt handeln, aber es steckt keine Boshaftigkeit dahinter.«

»Du hältst zu viel von Jule«, entgegnete Mads und lehnte

sich auf seinem Stuhl nach hinten. »Ich war mit ihr zusammen, sie kann verdammt anstrengend sein.«

»Als ob ein Mads Johannsen nicht anstrengend sein könnte«, konterte Emma.

»Wieder schätzt du mich falsch ein.«

Die Kellnerin kam und fragte, ob sie noch etwas bestellen wollten. Sie verneinten und Mads bat um die Rechnung.

»Wie weit seid ihr eigentlich mit den Ermittlungen?«, erkundigte sich Emma.

»Wir stehen noch am Anfang. Warum?«

»Weil Tobias mich gebeten hat, über den Fall zu schreiben.«

»Ich dachte, du wärst gerade mit einem anderen Artikel beschäftigt.«

»War ich auch. Aber ich bin erstaunlich gut vorangekommen, daher kann ich jetzt genug Zeit in unseren Fall investieren.« Sie trank den letzten Schluck aus ihrer Teetasse.

»Das ist nicht unser Fall, sondern Lenas und meiner, wir leiten die Ermittlungen«, erwiderte Mads und musste sich zwingen, nicht genervt zu klingen.

»Da ist er wieder, der Mads, der einem das Gefühl gibt, man würde ihm als Journalistin auf die Füße treten.«

»So ein Quatsch, ich wollte dich nur sachlich korrigieren.«

»Möchtest du mir trotzdem ein paar Brotkrümel zuwerfen?«

Ehe Mads antworten konnte, kam die Kellnerin und brachte die Rechnung.

»Ich mach das«, sagte Mads, als er bemerkte, wie Emma nach ihrem Portemonnaie suchte, zückte sein Handy und zahlte über die Bezahlfunktion des Smartphones.

»Was kriegst du?«, fragte Emma, nachdem die Kellnerin gegangen war.

Mads winkte ab. »Das nächste Frühstück geht auf dich.« Er zwinkerte ihr zu und stand auf.

»Danke. Sehe ich das richtig, dass du dich jetzt aus dem Staub machen willst, um meinen Fragen zu entgehen?«

»Wenn ich nicht pünktlich auf der Dienststelle bin, schimpft Onkel Gustav«, gab er entschuldigend zurück.

»Das ist gerade echt nicht cool.«

»Wir sehen uns. Du solltest über die Pressestelle der Ostseekriminalpolizei gehen, wie jeder andere Journalist auch.« Er hob die Hand zum Abschied und verließ die Terrasse, dabei hatte er Mühe, nicht zu lachen.

»Das ist nicht lustig, Mads Johannsen. Du weißt, dass ich den Artikel so oder so schreiben und Wege finden werde, um an Informationen zu gelangen«, rief Emma ihm wütend hinterher.

Eine knappe Stunde später betrat Mads die Dienststelle in Timmendorfer Strand.

Das Frühstück mit Emma hatte ihm gutgetan, er hatte ihre Anwesenheit genossen und mittlerweile ein etwas schlechtes Gewissen, dass er sie am Ende im Regen stehen gelassen hatte. Doch in der Hinsicht war er eben eigen. Er wollte nicht, dass Emma über Mordfälle schrieb, weil er nicht wusste, wer ihr Täter war – nur jemand aus Celines Bekanntenkreis oder ein Psychopath, der es auf junge Frauen abgesehen hatte. Das Letzte, was Mads wollte, war, dass Emma sich wegen ihres Ehrgeizes in Gefahr brachte.

»Moin, Bruderherz«, sagte Lena, als Mads das gemeinsame Büro betrat.

»Moin«, antwortete Mads, umarmte seine Schwester und gab ihr einen Kuss auf die Wange.

Lena wirkte ausgesprochen gut gelaunt, und Mads glaubte auch, den Grund zu wissen: Christian zog zu ihr. Er wollte seine Schwester jedoch jetzt nicht darauf ansprechen.

»Hat sich der alte Herr schon gemeldet?«, fragte er stattdessen.

»Wenn du damit Onkel Gustav meinst: Nein, hat er nicht. So alt ist er gar nicht.«

»Kommt auf die Perspektive an.« Mads nahm an seinem Schreibtisch Platz. »Ich habe vorhin übrigens Emma getroffen. Es ist, wie ich vermutet habe, Jule hat uns belogen.«

»Wie das?« Lena schien überrascht und Mads klärte sie kurz auf.

»Kann passieren. Das ändert aber nichts Grundlegendes an unserem Informationsstand. Ich habe mir gestern noch so meine Gedanken gemacht. Könnte es nicht sein, dass Rune und die Mädels recht haben?«

»Wie meinst du das?« Mads konnte Lena gerade nicht folgen. Für ihn stand fest, dass entweder Rune gelogen hatte oder die Mädels.

19

Lena entging nicht, wie überrascht Mads war.

»Vielleicht hat Celine gelogen«, erklärte Lena.

»Celine?«

»Du hängst wohl gerade ein bisschen, Bruderherz«, erwiderte Lena lachend. »Was, wenn das Treffen nicht stattgefunden hat, weil Celine tatsächlich kalte Füße bekommen hat, wie Rune behauptet, sie aber ihren Freundinnen gegenüber gelogen hat, weil sie keine Lust auf eine Diskussion hatte?«

»Die Freundinnen behaupten, dass Celine keine wäre, die lügt.«

»Genau deswegen. Celine hat sich nicht getraut, ihren Freundinnen reinen Wein einzuschenken, weil sie wirklich jeder Diskussion aus dem Weg gehen wollte. Ihre Freundinnen haben doch gesagt, dass sie ungern diskutierte. Diese Theorie würde auf jeden Fall erklären, warum uns weder die Mädels noch Rune angelogen haben.«

»Abgesehen von Jule.«

»Ja, außer Jule.«

Mads kratzte sich am Hinterkopf.

»Vielleicht hast du recht«, sagte er nach kurzem Überlegen, stand auf und trat vor das große Whiteboard, um die dort notierten Informationen um die gestern neu hinzugewonnenen zu ergänzen. Anschließend lehnte er sich halb im Stehen gegen den Schreibtisch und legte einen Finger ans Kinn.

»Selbst wenn Celine gelogen haben sollte, bringt uns diese Erkenntnis keinen Meter weiter.«

»Doch, es könnte Rune aus der Schusslinie holen«, widersprach Lena und lehnte sich über ihren Schreibtisch nach vorn.

»Bliebe nur noch Luca, den zumindest Marla seltsam findet«, sinnierte Mads. »Jule und Paula können ihn nicht wirklich einschätzen, sie halten ihn für schüchtern. Einig sind sich die Mädels nur in dem Punkt, dass er wohl auf Celine stand.«

»Was Luca dir gegenüber bestritten hat«, ergänzte Lena.

»Um sich aus der Schusslinie zu holen?«

»Gute Frage.«

Mads stieß sich vom Schreibtisch ab und schrieb unter Lucas Namen:

Lügner?

Dann trat er wieder zurück und sah nachdenklich auf das Whiteboard. »Wenn wir ehrlich sind, haben wir nichts.«

»Ich weiß.« Lena seufzte. »Wir sollten uns mal mit den beiden Freunden von Luca unterhalten.«

»Daran hatte ich auf der Fahrt hierher schon gedacht. Luca hat uns ja die Kontaktdaten gegeben.«

»Anrufen oder persönlich besuchen?«

»Du kennst meine Einstellung.« Mads grinste. »Schau doch bitte mal, ob du die Anschrift von den Freunden herausfindest, sonst kannst du beim Bürgeramt anrufen.«

»Sollte kein Problem sein, das Einwohnermeldeamt hat auch nicht mehr Daten als das Bürgeramt. Das haben wir Albert und Opa zu verdanken.«

»Stimmt«, antwortete Mads.

Lena griff nach der Computermaus und startete ein Programm. Die allermeisten Polizeidienststellen hatten Zugriff auf einige Daten des Einwohnermeldeamtes, ihr Großvater jedoch, der damals Polizeichef gewesen war, hatte vor Jahren mit Albert die Vereinbarung getroffen, dass die Ostseekriminalpolizei noch ein paar Daten mehr abrufen konnte als üblich.

Während sie nach den Namen suchte, schweiften ihre Gedanken zu dem vergangenen Abend ab. Christian hatte ihr vorgeschlagen, ganz zu ihr zu ziehen, dabei hatte er ihr offenbart, dass er sich ein Leben mit einer anderen Frau nicht vorstellen könne und sich nichts sehnlicher wünsche, als mit ihr eine Familie zu gründen und gemeinsam alt zu werden. Es war zwar kein Heiratsantrag, aber der Liebesschwur und dass sie jetzt zusammenwohnten, hatte sie so glücklich gemacht, wie schon lange nichts mehr. Außerdem hatte Christian noch mehr getan. Er hatte sich für die schlimme Zeit entschuldigt, als er alkoholkrank gewesen war, dabei hatte er sogar weinen müssen, so sehr schämte er sich für diese Zeit und sein Verhalten. Unter Tränen hatte er ihr gesagt, dass er ewig dankbar sei, dass sie ihm eine zweite Chance gegeben habe, und dass erst sie sein Leben vollständig machen würde. Ohne sie sei er wie ein Körper ohne Seele.

Dann hatte auch Lena die Tränen nicht mehr zurückhalten können. Konnte es einen größeren Liebesbeweis geben? Sie glaubte nicht, und nichts wünschte sie sich mehr, als dass Mads in Christian irgendwann auch den Menschen sah, den Lena in ihm sah. Es gab in ihrem Leben gerade keinen Menschen, der sie glücklicher machte als ihr Freund.

Um nicht ganz in dem kleinen Tagtraum zu versinken, schüttelte sich Lena unmerklich und konzentrierte sich wieder auf die Eingabemaske ihres Bildschirmes. Die Namen und Adressen waren schnell gefunden.

»Hab sie. Mattis Dreyer wohnt in Timmendorf und Martin Potratz in Niendorf.«

Mads wandte sich zu ihr um. »Dann lass uns die M&Ms mal aufsuchen.«

»M&Ms?« Lena warf Mads einen fragenden Blick zu.

»Na, Martin und Mattis. Zwei Ms«, erwiderte Mads lachend.

»Bruderherz, manchmal bist du echt kindisch.«

»Ich weiß. Lass uns losgehen, oder hast du noch was in der Datenbank über die beiden herausgefunden?«

»Nichts, was uns helfen könnte. Keine Akte.«

Im Augenwinkel nahm sie wahr, dass Mads ihr den Rollstuhl bringen wollte, deshalb stand sie rasch auf und machte eine abwehrende Handbewegung.

»Die zwei Meter schaffe ich«, sagte sie. Sie wollte sich nicht komplett ihrem Schicksal ergeben und gar nicht mehr aufstehen. Sehr langsam und konzentriert bewegte sie sich zu ihrem Rollstuhl.

Vermutlich ist jedes Faultier schneller, dachte sie und schwankte leicht, da ihr Gleichgewichtssinn etwas aufmuckte.

Mads sah ihr angestrengt zu, doch Lena erreichte den Rollstuhl und setzte sich.

»Geschafft«, sagte sie erleichtert, denn sie spürte deutlich die Anstrengung in den Beinen.

Mads stand hinter ihr und berührte ihre Schulter. »Du wirst wieder gehen, du bist eine Johannsen, und bis dahin schiebt dich dein Lieblingsbruder.«

Damit öffnete er die Tür und schob Lena schwungvoll aus dem Büro. Draußen kam ihnen Gustav entgegen, der beinahe mit ihnen kollidiert wäre.

»Hast du keine Augen im Kopf?«, schimpfte Gustav, der seinen schwankenden Kaffeebecher auszubalancieren versuchte.

»Wenn du schlanker wärst, wäre der Flur breit genug für uns beide«, konterte Mads.

»Nimm es Mads nicht übel, er wollte mich nur etwas aufmuntern«, beeilte sich Lena zu erklären, um einen sinnlosen Streit zwischen den beiden Alphatieren zu verhindern.

»Aufmuntern? Fehlt dir was?«, fragte Gustav. Seine Stimme hatte sofort an Schärfe verloren, er wirkte besorgt.

»Nein, nur das Gehen fällt mir so unglaublich schwer.«

»Das wird, Lena, das wird. Du bist eine Johannsen, eine Kämpferin«, tröstete Gustav sie. »Oder hat dich der eitle Trottel geärgert?«

»Nein, das würde Mads nie tun. Mach dir keine Sorgen.« Lena lächelte.

»Gut, wohin wollt ihr?«

»Zu den Freunden von Luca.«

»Habt ihr mittlerweile den kompletten Freundeskreis aufgesucht?«

»Fast. Es gab noch zwei weitere Personen, mit denen wohl Marla geflirtet hat.«

»Habt ihr die Kontaktdaten?«

»Leider nicht. Marla kann sich nur an die Vornamen der beiden erinnern. Sie kommen aus Lübeck.«

»Nicht gut«, brummte Gustav. »Kennt einer der anderen diese Jungs?«

»Nein, ich habe vorhin alle angerufen, bis auf die zwei, die wir jetzt aufsuchen werden.«

»Fragt die bitte auch.«

»Yes, sir«, antwortete Mads.

»Ein: ›Ja, machen wir‹ kriegst du nicht hin, oder? Nimm dir lieber ein Beispiel an deiner Schwester«, reagierte Gustav gereizt.

»Was ist los? Ärgert dich Albert?«

Ihr Onkel seufzte. »Nein, aber selbst im Krankenhaus findet er nicht zur Ruhe. Ich hoffe nur, dass ihr ihn auch bald besucht.«

»Das hatten wir heute vor, nachdem wir mit den beiden potenziellen Zeugen gesprochen haben«, erwiderte Lena.

»Sehr gut, darüber wird er sich freuen. Sagt Tim bitte noch, er soll auf unseren Kanälen in den sozialen Medien und der offiziellen Polizeiwebsite einen Aufruf starten, dass die Jungs aus Lübeck sich bei uns melden sollen.«

»Machen wir. Hast du noch einen Wunsch?«, fragte Lena.

Gustav sah sie fürsorglich an. »Ja, dass ihr vorsichtig seid und du dich nicht überanstrengst.«

»Werde ich schon nicht«, antwortete Lena.

Natürlich war es angenehm, dass ihr Onkel so viel Rücksicht auf ihr Wohlbefinden nahm, aber wenn sie ehrlich war, wollte sie das nicht. Sie wollte als vollwertige Polizistin wahrgenommen werden, mit allen Pflichten und ohne Mitleid oder Sorgen.

Etwa eine Viertelstunde später standen sie vor dem Haus im Krugsweg, wo Mattis Dreyer wohnte.

»Er könnte auf der Arbeit sein«, sagte Lena und sah auf die Namensschilder des Mehrfamilienhauses.

»Das Risiko besteht immer, wir finden es gleich heraus«, erwiderte Mads und betätigte die Klingel.

Ohne eine Frage durch die Gegensprechanlage ertönte der Türsummer und gemeinsam begaben sie sich in den Hausflur.

Ein Fahrstuhl, stellte Lena erleichtert fest.

Laut Klingelanlage lag die Wohnung im zweiten Stock. Als die Fahrstuhltür sich öffnete, sah Lena auch schon eine offene Wohnungstür.

»Moin«, sagte Mattis und schaute die Besucher erstaunt an.

»Moin, Herr Dreyer. Wir sind von der Ostseekriminalpolizei«, stellte Mads Lena und sich vor.

»Wie kann ich Ihnen helfen?« Mattis wirkte wenig beeindruckt.

»Es geht um Celine Bock. Sie kennen sie doch?«, erklärte Mads.

»Kennen wäre übertrieben. Man läuft sich immer mal wieder über den Weg. Was ist mit ihr?«

»Das würden wir gern in der Wohnung besprechen«, antwortete Mads.

»Interessant, so baut man Spannung auf«, sagte Mattis, der einen Kopf kleiner war als Mads und deutlich beleibter.

Ein freundlicher Typ, der auf Lena den Eindruck machte, als würden ihn die paar Kilos mehr auf den Rippen gar nicht stören. Sie fand ihn irgendwie sympathisch.

Mattis ging ihnen voran in die Wohnung, die sehr hochwertig eingerichtet war.

»Guter Geschmack«, bemerkte Mads.

»Danke. Alles selbst ausgesucht. Interior Design ist mein Hobby. Glücklicherweise kann ich mir meinen teuren Geschmack leisten.«

»Als was arbeiten Sie denn oder sind Sie selbständig?«, erkundigte sich Mads.

»Selbständig, ich habe eine Network-Agentur.«

»Scheint ja gut zu laufen.«

Mattis grinste. »Kann nicht klagen. Was ist denn mit Celine?«

»Sie wurde Samstag Nacht ermordet«, erwiderte Mads und Mattis blieb vor Schreck fast der Atem weg.

»Das ist ein schlechter Scherz, oder?«

»Nein, ist es leider nicht.«

»Krass. Wir hatten uns doch gerade erst am Strand gesehen, Sie waren auch kurz da, mit dieser heißen Schnitte.«

»Sie waren mit Luca Leitz und Martin Potratz am Strand, richtig?«, hakte Lena ein.

»Genau. Wir hatten uns vorher bei Martin zum Daddeln getroffen, danach sind wir an den Strand, der Abend war ja so angenehm vom Wetter her.«

»Haben Sie sich dort mit Celine und den Mädels unterhalten?«

Mattis schüttelte den Kopf. »Nicht wirklich. Man hat sich kurz gegrüßt, dann haben wir es uns etwas versetzt von den anderen am Strand gemütlich gemacht.«

»Wir haben gehört, dass Herr Leitz ein Auge auf Celine geworfen haben soll«, sagte Mads.

»Kann schon sein. Sie glauben doch nicht etwa, dass Luca sie ermordet hat?«

»War er in sie verliebt?«

»Verliebt?« Mattis sah ihn verständnislos an.

»Sie wissen doch, was Liebe ist?«, antwortete Mads – für Lenas Geschmack etwas zu schnippisch.

»Klar weiß ich das, aber woher soll ich wissen, ob Luca in Celine verliebt war?«

»Sie sind doch sehr gute Freunde. Männer reden über Frauen.«

»Natürlich tun wir das, allerdings ist Luca da eher verschlossen, er ist keiner, der offen über seine Gefühle spricht.«

Mads sah ihn aus schmalen Augen an. »Selbst den Mädels am Strand ist aufgefallen, dass Herr Leitz immer wieder zu Celine rübergeschielt hat, und Sie wollen das nicht bemerkt haben?« Er schien ebenso wenig überzeugt von Mattis' Aussage zu sein wie Lena.

»Nein, weiß ich nicht. Luca hatte noch nie eine Freundin. Ehrlich gesagt gehen Martin und ich davon aus, dass er schwul ist.«

»Wie kommen Sie darauf?«

»Weil wir mal einen Porno mit Homosexuellen auf seinem Handy gefunden haben.«

20

»Glaubst du ihm?«, fragte Mads, als sie auf dem Weg nach Niendorf waren.

»Dass Luca auf Männer steht?«

»Genau.«

»Keine Ahnung, es würde zumindest dem widersprechen, was die Mädels gesagt haben.«

»Wie passt dann der Porno, von dem Mattis gesprochen hat, ins Bild?«

»Vielleicht ist er bi, oder es war eins dieser Videos, die über WhatsApp viral gehen«, suchte Lena nach einer Erklärung.

»Mattis glaubt aber nicht, dass es sich um so ein Video handelt, weil Lucas Freundeskreis sehr klein ist und er den Porno dann auch erhalten hätte«, widersprach Mads. »Es sei denn, Mattis erlaubt sich einen schlechten Scherz mit uns, um seinen Freund zu schützen.«

»Was selten dämlich wäre.«

»Wem sagst du das. Trotzdem machen Menschen dämliche Sachen. Ich sage nur: Jule.«

»Stimmt, leider.«

»Mal schauen, was Martin Potratz zu sagen hat.«

»Bin auch gespannt. Was meinst du, können wir Mattis Dreyer jetzt von der Liste der Verdächtigen streichen?«

Mads nickte langsam. »Tja, er hat ein Alibi. Seine Freundin war gegen 22 Uhr bei ihm in der Wohnung. Sie hat einen eigenen Schlüssel und er war kurz nach 23 Uhr zu Hause. Was diese Zeitangabe anbelangt, deckt sich das mit der Aussage von Luca, und ich glaube nicht, dass sich die beiden abgesprochen haben, zumal er gar nicht wusste, dass Celine ermordet wurde. Wir sollten ihn daher meiner Meinung nach vorerst ausklammern.«

Ob er bezüglich Luca die Wahrheit gesagt hatte, konnte Mads jedoch nicht einschätzen.

Ihr nächstes Ziel war Martin Potratz, der in einem Einfamilienhaus wohnte. Auf ihr Klingeln hin öffnete ihnen ein Mann Ende fünfzig.

»Moin«, sagte Mads und stellte Lena und sich vor. »Wir möchten mit Martin Potratz sprechen.«

»Das ist mein Sohn«, erwiderte der Mann.

»Wohnt er bei Ihnen?«

»Ja, in der oberen Etage. Was ist mit ihm?«

»Das möchten wir gern mit ihm persönlich besprechen. Ist er im Haus?«, gab Mads zurück.

»Nein, er ist bei der Arbeit.«

»Wo?«

»Möchten Sie mir nicht sagen, worum es geht?« Der Vater schien besorgt.

»Wir müssen ihn nur als Zeugen befragen, es geht um den Mord an einer Niendorferin.«

Der Vater zog die Brauen hoch. »Ich habe davon gelesen. Schlimme Sache. Was hat denn mein Sohn damit zu tun?«

»Sicherlich nichts. Er war am Tatabend in der Nähe am Strand.«

»Stimmt. Mit Luca und Mattis.«

»Wie gut kennen Sie seine Freunde?«

»Ziemlich gut. Die drei kennen sich, seit sie Kinder sind. Was ist mit ihnen?«

»Nichts, wir ermitteln nur«, antwortete Mads. »Wissen Sie, ob Luca homosexuell ist?«

Der Vater schmunzelte. »Was heißt, wissen? Ich habe da bisher nur Gerüchte gehört.«

Wenn er ehrlich war, hatte Mads nichts anderes erwartet. »Wo arbeitet Ihr Sohn?«, wiederholte er seine Frage.

»Im Büro, ganz in der Nähe vom Hafen, bei einer Zweigstelle des Ostseekontors.«

»Haben Sie die Anschrift?«

»Strandstraße 65.«

»Danke«, sagte Mads und wandte sich schon zum Gehen, da hob der Vater die Hand.

»Mein Sohn steckt aber nicht in Schwierigkeiten?«, fragte er beunruhigt.

»Nein, wir müssen nur alle Personen befragen, die an dem Abend Kontakt zu dem Opfer hatten«, erklärte Lena.

Der Vater presste die Lippen zusammen, dann sagte er: »Martin ist anständig.«

Mads und Lena verabschiedeten sich und steuerten die Strandstraße an, die gleich um die Ecke lag.

»Luca scheint also tatsächlich schwul zu sein«, stellte Lena fest und gab ihrem Rollstuhl einen kräftigen Schwung.

»Oder Martin hat es seinem Vater nur so erzählt«, wandte Mads ein. Er hatte nicht das Gefühl, dass der Vater die Freunde seines Sohnes wirklich kannte.

Kurz darauf waren sie bei der Arbeitsstelle angekommen, das Büro, in dem Martin arbeitete, lag im Erdgeschoss.

»Moin«, grüßte Mads die Frau am Empfang und stellte Lena und sich vor.

»Moin, was kann ich für euch tun?«, fragte die Frau, die höchstens Mitte zwanzig war. Sie warf Lena lediglich einen kurzen Blick zu und widmete sich dann wieder voll und ganz Mads.

»Wir möchten mit einem Kollegen von dir sprechen. Er heißt Martin«, antwortete Mads und übernahm die Anrede Du.

»Ich hole ihn, er ist in seinem Büro«, erwiderte die Empfangsdame. Im Aufstehen legte sie eine Haarsträhne hinters Ohr.

»Du weißt, dass du während der Arbeitszeit nicht flirten sollst«, neckte Lena ihn.

»Ich flirte nicht, ich ermittle«, antwortete Mads, bemüht, dabei nicht zu schmunzeln. Die Angestellte war hübsch, sie hatte etwas. Er war überrascht, dass sie ihm noch nicht über den Weg gelaufen war.

Vermutlich wohnt sie nicht in Niendorf, gab er sich eine Erklärung.

»Ihr könnt in sein Büro«, sagte die Angestellte, als sie zurück zum Empfang kam.

»Danke dir. Wo ist das?«, fragte Mads.

»Den Flur runter, letztes Zimmer rechts. Soll ich euch hinbringen?«

»Das kriegen wir schon hin«, kam Lena Mads mit einer Antwort zuvor.

»Du bist nicht aus Niendorf, oder?«, fragte Mads, er konnte es nicht lassen.

»Nein, aus Lübeck. Ich arbeite erst seit zwei Wochen hier, überlege aber, nach Niendorf zu ziehen.« Sie lächelte.

»Das solltest du tun. Ist eine schöne Ecke hier, direkt am Meer. Was kann man sich mehr wünschen?«

»Da hast du wohl recht.«

»Wie heißt du?«

»Victoria.«

»Freut mich«, erwiderte Mads und schenkte ihr ein charmantes Lächeln. »Meine Schwester und ich sind in Niendorf aufgewachsen. Hier ist meine Karte, wenn du Fragen hast, kannst du dich gern bei mir melden.« Er reichte Victoria seine Visitenkarte.

»Das ist sehr lieb von dir. Danke«, antwortete Victoria.

»Herr Potratz wartet auf uns«, mahnte Lena und schob ihren Rollstuhl vorwärts.

Mads folgte ihr.

»Was sollte das denn eben?«, zischte sie, als sie außer Hörweite waren.

»Was?«

»Na, das!«

»Ich war nur freundlich«, gab sich Mads unschuldig.

»Sicher?« Lena verzog zweifelnd den Mund. »Jil würde das bestimmt gar nicht toll finden.«

Auch wenn Lena ihm einen wilden Flirt unterstellte, hatte Mads das überhaupt nicht beabsichtigt. Er fand Victoria auf Anhieb sympathisch, sie hatte etwas Interessantes, und wenn sie nach Niendorf ziehen wollte, war es doch nur gut, wenn sie da jemanden kannte, um schnell Anschluss zu finden. Gerade im Norden war es für Fremde nicht so leicht, in einer kleinen Gemeinde Kontakte zu knüpfen.

Mads klopfte an die Bürotür, dann traten beide ein.

»Moin«, grüßte sie Martin, stand von seinem Bürostuhl auf und reichte ihnen die Hand.

Die beiden Beamten erwiderten die Begrüßung.

»Sie sind bestimmt wegen Celine hier. Schlimme Sache, ich habe heute Morgen erst davon erfahren.«

»So ist es. Woher wissen Sie das?«, fragte Mads.

»Von Luca. Wir haben heute Morgen kurz telefoniert.«

»Worum ging es in diesem Telefonat?«

Martin sah Mads verwundert an, antwortete dann aber: »Wir wollen morgen Abend ein bisschen zocken.«

»Wie gut sind Sie mit Herrn Leitz befreundet?«

»Sehr gut. Warum?«

»Sie waren mit ihm und Herrn Dreyer Samstag Abend am Strand.«

»Das waren wir. Sie habe ich auch kurz gesehen. Worauf wollen Sie hinaus?«

»Wir befragen nur potenzielle Zeugen«, erklärte Lena.

Martin zuckte die Schultern. »Tja, da muss ich Sie leider enttäuschen, ich habe nichts gesehen. Ich hab nur mit meinen Jungs am Strand gechillt, wir haben ein paar Bierchen gezischt und danach bin ich heim.«

»Wann war das?«

»Keine Ahnung, schätze mal gegen 23 Uhr.«

»Sind Ihre beiden Freunde dann auch nach Hause?«

»Davon gehe ich aus.«

»Haben Sie einen Zeugen, der das bestätigen kann?«, bohrte Lena nach.

»Sie verdächtigen mich doch nicht etwa? Ich kannte Celine ja gar nicht, nur vom Sehen her.«

»Wir verdächtigen Sie nicht, wir stellen nur Fragen im Rahmen der Ermittlungen«, gab Mads zurück.

Martin streckte den Rücken durch. »Meine Eltern haben schon geschlafen, ich bin durch einen separaten Eingang in den oberen Bereich, wo ich wohne.«

»Wissen Sie, ob Herr Leitz Celine interessant fand?«

»Sie meinen, ob er ein Auge auf sie geworfen hatte?«

»Genau.«

»Ehrlich, keine Ahnung.« Martin zuckte die Schultern. »Ich habe mit Luca nie über Frauen gesprochen. Ich glaube, der interessiert sich gar nicht für das weibliche Geschlecht.«

»Eher für Männer?«

»Keine Ahnung, woher soll ich das wissen?«

»Sie sind doch sehr gut befreundet.«

»Noch mal: Luca ist da ein bisschen eigen, er redet nicht gern über Frauen oder Sexualität.«

»Sie und Herr Dreyer hatten also nicht den Verdacht, dass er schwul ist?« Mads ließ nicht locker, auch wenn Martin zunehmend einen genervten Eindruck machte, es war ihm vielmehr ein Ansporn, noch weiter nachzubohren, hoffte er doch, dass dem Freund etwas herausrutschte, was er ihnen möglicherweise vorenthalten wollte.

»Noch mal, es interessiert mich nicht, ob Luca homosexuell ist oder nicht. Was soll das überhaupt mit Celines Tod zu tun haben?«

»Beantworten Sie nur die Frage«, erwiderte Mads ruhig.

»Ich weiß es nicht, es juckt mich auch nicht.«

»Das heißt, Sie wussten nichts von dem Homosexuellen-Porno auf Herrn Leitz' Handy?«

»Woher wissen Sie davon?«, rutschte es Martin heraus.

»Herr Potratz, in Ihrem eigenen Interesse sollten Sie uns die Wahrheit sagen. Vorsätzliches Lügen während laufender Ermittlungen kann strafbar sein«, warnte Lena.

»Ja, okay, ich weiß von dem Porno, aber das sagt doch nichts darüber aus, ob jemand schwul ist. Das Gerücht hat Mattis in die Welt gesetzt. Ich glaube eher, Luca ist asexuell, dennoch fand er Celine interessant.«

»Hat er das Ihnen gegenüber mal gesagt?«, erkundigte sich Mads.

»Nein, er hat nie über Celine oder andere Frauen gesprochen und ich habe ihn auch nie mit einer gesehen. Nur wenn Celine in der Nähe war, hat er öfter Blickkontakt mit ihr gesucht.«

»Ist Ihnen da nie in den Sinn gekommen, in der Sache mal nachzuhaken? Sie sind doch sehr gute Freunde.«

Martin rollte mit den Augen. »Nein, ist es nicht. Sie können das nicht verstehen, Luca lebt irgendwie in seiner eigenen Welt.« Er hielt kurz inne. »Ich weiß, dass ich das eigentlich nicht sagen sollte, weil er mein Freund ist.«

»Was?«

»Na ja, er ist schon ein Nerd, ein Freak.«

Diese Antwort erstaunte Mads und er wurde das Gefühl nicht los, dass Martin sie noch immer anschwindelte, weil seine Aussagen widersprüchlich waren.

»Wie steht es eigentlich mit Ihnen? Haben Sie eine Freundin?«, startete Mads einen neuen Versuch, Martin zu verunsichern.

»Nein, glücklicher Single.«

»Aber Sie sind nicht homosexuell?«

»Ganz sicher nicht. So langsam reicht es mir auch mit Ihren Fragen zu schwul oder nicht schwul. Wie soll Ihnen das denn helfen, den Mörder zu finden?«

»Ist Ihnen an dem besagten Abend etwas aufgefallen? Eine Person, die sich verdächtig verhalten hat?«, meldete sich Lena zu Wort, vermutlich um die Wogen zu glätten.

»Nein. Wir hatten gut gebechert und anschließend bin ich nach Hause, um zu schlafen. War's das? Ich muss nämlich mal weiterarbeiten, habe gleich eine Telko.«

»Das war's fürs Erste. Hier ist meine Visitenkarte. Wenn Ihnen noch etwas einfallen sollte, rufen Sie mich bitte an«, erwiderte Mads und reichte Martin seine Karte, danach verabschiedeten sie sich und verließen das Büro.

Auf dem Weg zum Ausgang rief ihnen Victoria noch »Bis bald« zu und Mads antwortete: »Ganz sicher.«

»Ist sie die nächste Kerbe?«, stichelte Lena, als sie wieder draußen waren.

»Schwesterherz, ich zähle nicht und ich ritze auch keine Kerben in mein Bett. Ich bin nur freundlich.«

Lena winkte ab. »Mich brauchst du nicht anlügen, dafür kenne ich dich zu gut. Du findest sie interessant und sie gefällt dir.«

»Wäre gelogen, das zu leugnen«, sagte Mads schmunzelnd. Lena war eben seine Schwester. »Attraktiver Körper, Karamell-Haut, tolle Zähne und ausgesprochen hübsches Gesicht, dazu sehr freundlich und kein bisschen zickig. Sie macht einen unglaublich sympathischen Eindruck.«

»Arme Jil.«

»Wieso?«

»Die ist doch auch nur eine Nummer und wird bald abgeschossen. Ich hoffe, sie weiß das.«

Mads atmete tief durch. Schon wieder diese Diskussion.

»Jil weiß woran sie ist, ich spiele nicht mit ihren Gefühlen und habe ihr keine Exklusivität versprochen. Glaub mir, Jil ist auch nicht ohne.«

»Dabei wünsche ich meinem liebsten Bruder doch nur, dass er endlich eine Frau fürs Herz findet«, sagte Lena.

»Was soll ich machen? Solches Material ist rar gesät an der Ostsee.«

Lena legte den Kopf schräg und sah Mads von unten an. »Emma ist so eine Frau, aber die hast du eigenhändig verjagt. Sie war bisher die Einzige, die dir auch mal die Stirn geboten hat. Du brauchst kein Püppchen und keine Tussi an deiner Seite.«

»Willst du damit sagen, Jil ist eine Tussi?«

»Nein, aber an Emma reicht sie niemals heran.«

Punkt für Lena, dachte Mads, doch das konnte er unmöglich zugeben.

»Ich wollte nur höflich zu Victoria sein«, erwiderte er stattdessen.

»Na, wenn das mal nicht mein Lieblingsdäne mit dem hohen Frauenverschleiß ist«, hörte Mads da eine männliche Stimme hinter seinem Rücken.

»Sagt das Mädchen«, scherzte Mads zurück, während er sich umwandte.

Es war Amir, der mit Emma gerade auf der Strandstraße unterwegs war.

»Wer ist Victoria?«, wollte Amir wissen. »Ich dachte, Jil wäre die aktuelle Puppe an deiner Seite.«

»Victoria ist nur eine Büroangestellte, die wir gerade getroffen haben. So entstehen wohl Gerüchte, die wenig mit der Wahrheit zu tun haben, aber ihr Frauen seid ja gut im Tratschen«, frotzelte Mads zurück.

»Lass doch Amir in Ruhe«, ging Lena dazwischen.

»Das macht Mads nur, weil er mich gernhat«, erwiderte Amir grinsend und umarmte Lena.

»Wohin geht ihr?«, fragte sie.

»Emma und ich wollten uns mit den Mädels treffen. Sie schreibt doch über den Mord an Celine«, antwortete Amir.

»Ich dachte, es wäre sinnvoll, wenn ich die Mädelsrunde vom Samstagabend gleichzeitig interviewe«, erklärte Emma.

»Vielleicht erfährst du dann ja, wer die zwei Männer waren, mit denen Marla gesprochen hat. Das wäre sehr wichtig«, sagte Lena.

»Ich frage sie.«

»Danke.«

»Amir, kennst du zufälligerweise einen Luca Leitz?«, fragte Mads.

»Das meinst du ja wohl nicht ernst? Der war doch Samstag Abend auch am Strand. Er soll angeblich auf Celine stehen. Warum?«

»Stimmt. Es gibt allerdings Gerüchte, dass er schwul ist. Unsere Gemeinde ist klein, da kennt ihr euch doch untereinander. Weißt du was über ihn?«

Amir verzog bedauernd den Mund. »Ich hänge nicht mehr so intensiv in der Szene ab, seit ich mit Pietro zusammen bin, und vorher habe ich Luca noch nie gesehen. Vermutlich ist es wirklich nur ein Gerücht von jemandem, der ihn ärgern möchte.«

»Kannst du dich trotzdem mal umhören?«

»Klar.«

»Wir müssen jetzt los, die Mädels warten«, meldete Emma und die Runde verabschiedete sich.

»Ich glaube, Emma fand das gerade nicht so nett«, sagte Lena, als sie zurück zum Wagen gingen.

»Was?«

»Dass du Amir so aufgezogen hast. Nur weil er schwul ist, muss er ja nicht gleich jeden Homosexuellen in der Gemeinde kennen.«

»Das war doch nur Spaß«, beschwichtigte Mads sie. »Amir zieht mich auch ständig auf. Ich glaube nicht, dass er das persönlich nimmt. Die Schwulenszene ist nun mal viel kleiner als die Heteroszene, das sind einfach Fakten.«

»Ehrlich gesagt, fand ich es etwas too much. Amir ist sensibler, als es den Anschein hat.«

»Weil er ein Mädchen ist?«, witzelte Mads, was Lena mit einem kritischen Blick belohnte.

Mittlerweile waren sie bei seinem Dienstwagen angekommen und stiegen ein.

»Sollen wir zu Albert ins Krankenhaus?«, fragte Mads.

»Würde sich anbieten. Er wird sich bestimmt freuen.«

»Denke ich auch«, erwiderte Mads und startete den Motor.

»Wie findest du es, dass Emma über den Fall schreibt?«, fragte Lena nach einer Weile.

»Emma ist Emma. Solange sie uns bei den Entwicklungen nicht im Weg steht, kann sie machen, was sie will, nicht meine Baustelle. Sie ist doch die Letzte, die mich bei so was um Erlaubnis fragen würde.«

»Wir sollten es Albert gegenüber trotzdem nicht erwähnen.«

»Weil er sich nur wieder ärgern würde?«

»Genau. Er hat Emma gefressen. Jetzt soll er sich lieber auf seine Gesundheit konzentrieren«, antwortete Lena.

»Da bin ich ganz bei dir, Schwesterherz. Wollen wir ihm Blumen kaufen?«

»Heute hast du wohl einen Clown gefrühstückt?« Lena lachte.

»Rufst du Jutta an? Dann können wir sie abholen«, bat Mads seine Schwester, die sogleich ihr Handy zückte und Jutta anrief. Das Gespräch dauerte nicht lange.

»Habe ich richtig gehört? Sie ist schon bei Albert?«, fragte Mads, nachdem Lena aufgelegt hatte.

»Ja, sie ist mit dem Bus gefahren. Vor zehn Minuten ist sie bei ihm angekommen.«

»Oma hat Albert wirklich gern.«

»Er ist wie ein Sohn für sie. Du kennst Oma, wenn sie jemanden ins Herz schließt, hat das kein Verfallsdatum.« Lena lächelte.

Als Lena und Mads Alberts Krankenzimmer betraten, saß Jutta auf seinem Bettrand und unterhielt sich mit ihm. Dabei hielt sie seine Hand und Albert schien ihr aufmerksam zuzuhören, es war eine friedliche Szene.

»Schön, dass ihr da seid«, sagte Jutta, als sie die beiden bemerkte, und stand von der Bettkante auf.

Die Runde grüßte sich.

»Wie ist die OP verlaufen?«, erkundigte sich Mads.

»So schnell haut mich nichts um«, antwortete Albert, doch Mads sah ihm an, dass er nicht so fit war, wie er vorgab, zu sein. Er sah blass und erschöpft aus. Vermutlich wegen der Schmerztabletten und den Anstrengungen der OP.

»Es freut mich wirklich, dass ihr hier seid, vor allem weil ich weiß, wie sehr ihr in den aktuellen Fall eingebunden seid.«

»Für die Familie ist immer Zeit«, stellte Jutta fest.

»Wie kann man Oma widersprechen«, gab Mads schmunzelnd zurück.

»Was sagen die Ärzte?«, wollte Lena wissen.

»Die OP ist wohl ganz gut verlaufen, aber ich muss noch ein paar Tage hierbleiben, leider«, seufzte Albert.

»Ich kann es nur wiederholen, komm ja nicht auf den dummen Gedanken und entlass dich selbst«, mahnte Jutta. »Die Ärzte wissen schon, was für dich am besten ist.«

»Das werde ich nicht, Jutta, trotzdem habe ich kein gutes Gefühl dabei, untätig hier rumzusitzen, eben weil zurzeit ein Mörder frei in meiner Gemeinde herumläuft.« Albert wandte sich wieder an Mads. »Habt ihr schon was Konkretes?«

»Leider nicht. Wir haben gerade die Befragungen hinter uns, aber es ist viel zu früh, um daraus auf etwas zu schließen.«

»Wollen wir hoffen, dass es jemand aus dem Bekanntenumfeld war und kein Psycho, der Freude am Töten hat.«

Mads lag ein Spruch auf der Zunge, den er jedoch herunterschluckte, weil seine Oma anwesend war.

»Glücklicherweise hält die Presse die Füße still«, fuhr Albert fort.

»Wie meinst du das?«, fragte Jutta.

»Tobias hat nur einen kleinen Artikel gepostet und der LN war es auch bloß einen kleinen Artikel wert. Der Ukrainekrieg spielt meiner Gemeinde in die Karten, so schlimm das ist. Kleine Artikel lesen die Touristen nicht, was bedeutet, dass die Übernachtungszahlen deshalb nicht zurückgehen. Ich muss an die Saison denken.«

Emma wird sicherlich keinen kleinen Artikel schreiben, dachte Mads unwillkürlich und stellte sich das Gesicht von Albert vor, wie er den Artikel in der Ostseezeitung entdecken würde.

»Lass uns mit lachen, woran denkst du?«, fragte Albert, dem offenbar nicht entgangen war, dass Mads unbeabsichtigt grinste.

»Ist nichts, war nur etwas, was Jil mir gestern Abend erzählt hat«, log er, er wollte die Stimmung nicht kaputt machen.

»Jil? Schon wieder eine neue Flamme? Bei dir kommt man langsam nicht mehr mit.« Albert schüttelte tadelnd den Kopf.

»Mads kommt selbst nicht mehr mit«, scherzte Lena.

»Ich würde mir auch wünschen, dass Mads endlich eine liebevolle Frau findet, mit der er ein Nest bauen kann. Eine wie Emma«, sagte Jutta.

Alberts Gesichtszüge versteinerten.

In dem Moment klingelte Mads' Handy. Er entschuldigte sich und ging in die andere Ecke des Raumes, um das Gespräch anzunehmen, es war die Zentrale.

»Was gibt es?«, fragte er.

»Es hat sich eben ein potenzieller Zeuge gemeldet.«

21

»Mads war ganz schön fies zu dir«, bemerkte Emma.

Amir machte eine wegwerfende Handbewegung. »Mads halt. Wenn er nicht der geilste Hengst im Stall ist, ist er nicht glücklich. Aber ich weiß, wie ich seinen Humor zu nehmen habe.«

»Soll ich mit ihm sprechen?«

»Auf keinen Fall, Süße, sonst muss ich mir nur noch mehr Sprüche anhören, wie dass ich dich brauche, um ihm meine Meinung zu sagen. Ich weiß damit umzugehen.«

»Wenn nicht, bin ich an deiner Seite, das weißt du«, sagte Emma.

»Daran zweifle ich keine Sekunde. Dich hat wirklich der Himmel zu mir geschickt.«

»Das hast du lieb gesagt.«

Sie betraten die Terrasse der *Seaside Lounge*, wo bereits die Mädels an einem Tisch saßen.

»Schön, dass ihr alle da seid«, sagte Emma. Man begrüßte sich, anschließend nahmen alle Platz.

»Wenn wir helfen können, den Mörder zu finden, wollen wir euch gern unterstützen«, versicherte Jule.

»Danke.« Emma lächelte und holte ihr Diktiergerät heraus. »Ist es okay, wenn ich das Gespräch aufzeichne?«

Alle nickten und Emma fuhr fort: »Ich würde vorschlagen, dass jeder von euch mir der Reihe nach erzählt, was er an dem besagten Abend gesehen und was Celine jeweils erzählt hat. Jede noch so unwichtige oder nebensächliche Information kann wichtig sein. Als Dank gebe ich eine Runde Getränke aus.«

»Das musst du nicht, wir helfen wirklich gern«, wiederholte Jule.

»Ich möchte es aber«, erwiderte Emma und winkte die Kellnerin zu sich.

Die Runde bestellte und die Kellnerin entfernte sich wieder.

»Jule, möchtest du anfangen?«

Jule nickte und erzählte, wie sie den Abend wahrgenommen hatte.

»Worüber hast du mit Celine gesprochen?«, fragte Emma, als sie geendet hatte.

»Über belangloses Zeug und ein bisschen über ihren Ex. Sie hat gesagt, dass sie froh sei, dass er nicht mehr Teil ihres Lebens ist, dass sie ihn vergessen habe und keine Gedanken mehr an ihn verschwende.«

»Hat sie vielleicht etwas über andere Männer erzählt oder darüber, dass sie irgendetwas beschäftigt?«

»Nein. Wir haben nur kurz über Luca gesprochen. Ihr war auch nicht entgangen, dass er ab und an zu ihr rübergeschaut hat.«

»Sonst noch was?«

»Leider nicht. Es war ein entspannter Abend, wir haben getrunken und das Leben gefeiert, da war kein Platz für Deeptalk oder Probleme. Du bist doch später dazugestoßen.«

»Da hast du recht. Danke dir. Paula, möchtest du als Nächste erzählen?«

Paula nickte, aber bevor sie antworten konnte, kam die Bestellung, sodass Paula wartete, bis sich die Kellnerin wieder entfernt hatte. Anschließend berichtete sie wie Jule ihre Sicht der Dinge und beantwortete Emmas Fragen. Leider hatte auch sie nichts entscheidend Neues zu dem Abend beizusteuern.

»Marla, jetzt bist du an der Reihe«, sagte Emma. Mittlerweile glaubte sie, dass Marla ebenfalls wenig Neues zu berichten hätte.

Marla sammelte sich kurz, dann begann sie: »Ich habe an dem Abend wenig mit Celine gesprochen …«

»Klar, du hast ja auch die ganze Zeit mit den beiden Jungs geflirtet«, unterbrach Jule sie augenzwinkernd.

»Stimmt.« Marla hielt inne. »Warte mal, jetzt, wo du das sagst – einer von den Jungs fand Celine ganz schnuckelig und er war echt angepisst.«

»Wieso?«, hakte Amir nach.

»Na ja, er hatte sie wohl vor einigen Wochen auf einer Party getroffen, da haben sie sich angeblich kurz unterhalten, und später am Strand hat sie so getan, als würde sie ihn nicht kennen. Das fand er nicht so cool.«

»Hast du das auch Mads erzählt?«, fragte Emma sofort.

»Nein, ich habe nicht mehr daran gedacht.«

»Kein Wunder, du warst ganz schön angeschickert an dem Abend«, ergänzte nun Paula.

»Eben, deswegen ist es mir jetzt erst wieder eingefallen.«

»Weißt du, wie der Typ heißt?«

»Leider nicht, nur, wie der andere Typ heißt«, antwortete Marla.

Emma nickte und zückte einen Stift. Sie wurde das Gefühl nicht los, dass sie sich unbedingt mit dieser Person unterhalten musste, gleichzeitig überlegte sie, ob es nicht vernünftiger wäre, Mads darüber zu informieren.

22

Es gibt nichts Ehrlicheres als die Zeit – dieser Spruch ist so wahr.

Heute war ein schöner Tag. Ich habe nicht ein Mal daran gedacht, dass es ein Fehler war, sie abzustechen.

Keine Sekunde.

Es fühlt sich richtig an, immer noch.

»Es war ja auch richtig«, sage ich mir, und mittlerweile bin ich überzeugt davon, dass mich in wenigen Wochen keine wirren Gedanken mehr heimsuchen und mich mit der Frage quälen werden, warum ich getan habe, was ich getan habe.

Gerade bin ich wieder zu Hause und surfe im Internet auf den Seiten der lokalen Presse.

»Niemand schreibt über dich«, stelle ich erleichtert fest, doch fast im selben Moment schießt mir ein Gedanke durch den Kopf.

Es wäre ein Risiko …

Soll ich das wirklich tun?

Die Bullen wissen nichts über mich, jedenfalls kann ich der Presse nichts entnehmen, was in diese Richtung deutet. Warum sollte ich also etwas unternehmen?

Nein, die Idee, die Bullen auf eine falsche Fährte zu lenken, verwerfe ich schnell wieder, da ich Sorge habe, dass ich sie damit zugleich ungewollt auf mich aufmerksam mache.

»Alles ist gut so, wie es ist«, ermahne ich mich. »Bleib entspannt, bleib unsichtbar. In einem Monat kräht kein Hahn mehr danach. Aber du, du wirst dann die Früchte ernten für das, was du getan hast.«

Meine Mundwinkel zucken, weil ich weiß, dass es einen

Grund hat, dass sie sterben musste. Nichts geschieht ohne Grund, fast nichts!

Ich lehne mich zurück und plötzlich ist es wieder da. Wie aus dem Nichts.

Ich kann es mir nicht erklären, aber seit heute Morgen habe ich das dringende Verlangen, den Ort aufzusuchen, an dem mein Leben eine neue, unwiderrufliche Richtung eingeschlagen hat.

Warum?, frage ich mich, aber ich kann mich gegen dieses Gefühl nicht wehren. Es ist unglaublich stark.

»Tu es«, ermuntere ich mich. »Heißt es nicht, dass man sich seinen Ängsten stellen soll?«

Nein, es ist nicht die Angst, an den Ort zurückzugehen, wo es passiert ist, das ist es nicht. Es ist Neugierde.

Ich fahre mir durch die Haare. Sicher?

Was soll's, denke ich, stehe von der Couch auf, ziehe mich an und verlasse die Wohnung. Zu Hause langweile ich mich eh nur.

Am Niendorfer Hafen spüre ich einen leichten Hunger und gehe zu Olis und Alis Imbissbude, die am Anfang des Hafens steht.

»Moin«, grüße ich den Verkäufer und bestelle ein Krabbenbrötchen, das ich auf dem Weg esse. Das Papier und die Serviette werfe ich in einen Papierkorb, dann betrete ich den Strand und gehe Richtung Düne.

Das Polizeiabsperrband ist nicht zu übersehen. Erstaunlich, dass noch niemand es zerstört hat. Das ist wohl der typisch norddeutschen Mentalität geschuldet, man hält sich an Regeln.

Endlich stehe ich an der Stelle, wo ich ihr begegnet bin und ihr das Messer in den Bauch gerammt habe.

Es kribbelt an meinem ganzen Körper und ein kalter Schauer läuft mir den Rücken herunter. Fast ist es, als würde sie vor mir stehen. Für einen Augenblick muss ich mich sammeln, denn das ist natürlich Quatsch, sie ist tot.

Nach einer Weile gehe ich weiter Richtung Düne, wo ich sie zwischen den Sträuchern und dem hohen Gras versteckt habe. In der Nacht hätte ich schwören können, dass man sie hier nicht so schnell finden würde, und ich überlege, ob es nicht cleverer gewesen wäre, sie ganz woanders abzulegen.

»Moin«, höre ich da eine Stimme hinter mir.

Ich zucke unmerklich zusammen und drehe mich betont langsam um.

»Du darfst da nicht rein«, sagt der junge Mann, der augenscheinlich eine Behinderung hat. Ich habe ihn schon öfter am Strand gesehen, kenne ihn aber nicht.

»Will ich ja auch nicht. Was ist hier passiert?«, tue ich unwissend.

»Hier wurde jemand ermordet«, antwortet der Typ und schenkt mir ein verschwörerisches Lächeln.

»Woher weißt du das?«

»Ich war am Samstagabend am Strand. Ich bin Jörn«, erklärt er mir.

Unwillkürlich halte ich für eine Sekunde die Luft an. Er kann nicht wissen, dass ich schwer mit mir kämpfen muss, nicht in Panik zu geraten und diesem behinderten Spast vor lauter Verzweiflung mein Messer, das ich bei mir habe, in den Bauch zu rammen. Doch es gelingt mir, ruhig zu bleiben. Ich nenne ihm meinen Namen und überlege gleichzeitig, was ich als Nächstes tun sollte, währenddessen lächle ich freundlich.

Ob ich ihn doch lieber töten sollte?

23

»Das könnte unsere erste heiße Spur sein«, sagte Lena.

»Wir werden sehen«, antwortete Mads, dann betraten sie den kleinen Laden, in dem die potenzielle Zeugin sie erwartete.

Kaum waren sie drinnen, ertönte Hundegebell und ein kleiner Mops flitzte auf Mads zu. Bellend stellte er sich immer wieder auf die Hinterbeine.

»Keine Angst, Samson beißt nicht«, sagte eine Frau, die nun hinter dem Tresen hervorkam. Sie musste um die siebzig Jahre alt sein.

»Kann ich mir bei dem Süßen auch kaum vorstellen«, antwortete Mads, der sich sogleich hingekniet hatte, um Samson ausgiebig zu streicheln.

»Er mag Sie«, stellte die Frau lächelnd fest.

»Mein Bruder konnte schon immer mit Hunden«, erklärte Lena.

»Hunde erkennen es in den ersten Sekunden, ob jemand ein gutes Herz hat.«

»Er ist ja auch ein ganz Lieber«, sagte Mads und richtete sich wieder auf. »Sind Sie Simone Döring?«

»Das bin ich, und Sie sind sicherlich die Enkelkinder von Jutta.«

»Lena und Mads Johannsen«, bestätigte Mads.

»Ich kenne eure Oma. Sie beide sehe ich immer mal wieder am Strand.«

»Ich Sie auch, wenn Sie mit Ihrem Mops spazieren gehen«, erwiderte Lena. »Sie haben heute bei uns in der Zentrale angerufen.«

»Genau. Heute Morgen hat mir jemand von dem schrecklichen Vorfall am Strand erzählt. Samstag Nacht soll dort eine junge Frau ermordet worden sein.«

»Das stimmt. Wir gehen davon aus, dass sich die Tat zwischen 23 und 2 Uhr nachts ereignet hat.«

»Schlimme Sache. Möchte mir gar nicht ausmalen, dass ich dem Mörder vielleicht über den Weg gelaufen bin«, sagte Döring und setzte eine besorgte Miene auf.

»Die Kollegen meinten, dass Sie Samstag Abend am Niendorfer Strand gewesen sind?«

»Genau. Ich bin mit Samson abends noch mal raus, weil er so unruhig war.«

»Wohnen Sie hier am Strand?«

»Nein, die Straße runter, Richtung Vogelpark, aber mein Samson liebt die Strandpromenade. Wir gehen immer am Strand spazieren. Eigentlich fühle ich mich da auch sicher, nur jetzt … Ich muss gestehen, dass ich doch Angst habe. Gerade in meinem Alter.«

»Niendorf und der Strand sind sicher. Sie müssen keine Angst haben, Frau Döring«, versuchte Mads die recht kleine und eher rundliche Frau zu beruhigen. »Allerdings empfehle ich Ihnen, die nächste Zeit nicht allein rauszugehen, jedenfalls so lange nicht, bis wir den Täter gefasst haben.«

»Glauben Sie, dass er erneut zuschlagen wird?« Dörings Augen weiteten sich.

»Das wissen wir nicht. Es ist eine reine Vorsichtsmaßnahme. Sie sagten, dass Sie am Samstagabend mit Samson am Strand waren.«

»Genau. Ich bin noch eine Runde Gassi mit ihm gegangen und da ist mir diese Gestalt entgegengekommen, vom Strand. Sie hatte es sehr eilig. Ich hätte es kaum bemerkt, hätte Samson nicht plötzlich angefangen zu bellen.«

»Wissen Sie, um welche Uhrzeit das war?«, fragte Lena.

»Spät, sehr spät.«

»Wir müssten schon eine genauere Uhrzeit haben«, bat Mads. Mit einer so vagen Zeitangabe konnten sie nicht viel anfangen.

»Gute Frage, da muss ich kurz überlegen.« Döring tippte sich mit dem Finger gegen die Unterlippe.

Mads gab ihr die Zeit und auch Lena schwieg.

Nach einer Weile hellte sich Dörings Miene auf. »An dem Abend kam ›Verstehen Sie Spaß‹ im Fernsehen, genau. Es lief noch, als ich mit Samson rausging, trotzdem dürfte es sicherlich gegen 23 Uhr gewesen sein. Vielleicht auch etwas später. Die Sendung lief schon recht lange und ich wollte danach schlafen gehen, aber dann wurde Samson unruhig.«

Von der Zeit her kann es passen, überlegte Mads.

»Was haben Sie denn genau gesehen?«, erkundigte sich Lena.

»Wie gesagt, da lief ein Mann vom Strand aus an uns vorbei, und Samson fing plötzlich an zu bellen, was ich seltsam fand.«

»Sind Sie sicher, dass es ein Mann war?«

»Ja, er war groß, vermutlich so groß wie Sie.« Sie sah Mads an. »Das war keine Frau.«

Vor Mads' geistigem Auge zog die Gestalt von Luca vorbei. Er war größer als Mads, aber nicht viel. Dann gab es da noch die zwei anderen Männer, die mit Marla geflirtet hatten.

Und wenn es jemand ganz anderer war? Auszuschließen war das nicht.

»Können Sie sich an irgendwelche Details erinnern? Die Haarfarbe, eine Jacke, irgendetwas, was er trug?«

Döring sah sie ratlos an. »Es war dunkel und es ging alles so schnell, dass ich ein bisschen überrumpelt war. Da mein lieber Samson so gebellt hat, habe ich versucht, ihn zu beruhigen.«

»Ist Ihnen nichts weiter aufgefallen?«, hakte nun Lena noch einmal nach.

»Ich fürchte nicht, nur dass er groß war und vermutlich schlank.«

Mads sah der Frau an, dass es ihr leidtat, dass sie nicht mehr über die Person sagen konnte.

»In welche Richtung ist er gelaufen?«

»Richtung Hafen, das weiß ich genau, weil Samson und ich Richtung Seebrücke gegangen sind.«

»Versuchen Sie sich bitte zu erinnern, ob Ihnen nicht doch noch etwas einfällt«, startete Mads einen neuen Versuch. »Jede noch so kleine Feinheit kann wichtig sein.«

»Glauben Sie, es war der Mörder?«

»Das wissen wir nicht. Vermutlich war er ein potenzieller Zeuge. Wir müssen uns auf jeden Fall mit der Person unterhalten.«

Simone Döring schloss kurz die Augen, als versuchte sie, die Nacht aus ihrem Unterbewusstsein zurück in ihre Erinnerung zu holen.

»Ich fürchte nicht«, sagte sie schließlich mit einem bedauernden Seufzer.

»Trug er eine Jacke? Das würde man doch an der Silhouette erkennen, selbst wenn es schon recht dunkel war. Die Laternen müssten genug Licht gespendet haben«, versuchte es Lena mit einer anderen Frage.

Döring presste die Lippen zusammen und machte die Augen schmal, dann schüttelte sie den Kopf. »Ich glaube nicht.«

»Sind Sie sicher?«, fragte Mads. Er wollte nicht, dass die Zeugin ins Blaue riet oder etwas sagte, damit sie zufrieden waren.

»Ja, ganz sicher. Er war schlank, eine Jacke hätte ich wohl bemerkt. Er trug ein T-Shirt. Jetzt erinnere ich mich! Er hatte schlanke Arme, nicht solche muskulösen wie Sie.«

Luca!, schoss es Mads erneut durch den Kopf. Er zückte sein Handy, öffnete Lucas Instagramprofil und rief ein Bild auf, ohne dass der Name erkennbar war, dann gab er Döring das Handy. »Könnte es dieser Mann gewesen sein?«

Die Zeugin schaute sich das Foto genau an. »Es war dunkel, wie gesagt, und er ist nur an mir vorbeigerauscht. Ich kann es nicht mit Sicherheit sagen.« Sie reichte Mads sein Handy zurück. »Es tut mir wirklich leid.«

»Das muss es nicht. Sie haben uns schon sehr geholfen. Hier ist meine Karte. Rufen Sie mich bitte an, sollte Ihnen noch etwas einfallen«, erwiderte Mads, er wollte die freundliche Frau nicht über Gebühr unter Druck setzen.

»Das mache ich bestimmt. Grüßen Sie mir Ihre Oma ganz lieb.«

»Das werden wir tun«, versprach Lena lächelnd.

Mads bückte sich und streichelte Samson zum Abschied, was dieser sichtlich genoss, dann verabschiedeten sie sich und verließen den Laden.

»Wollen wir noch kurz zum Hafen?«, fragte Lena. »Ich hätte Lust auf einen Kaffee.«

»Wenn mein Schwesterherz sich das wünscht, kann ich da wohl kaum Nein sagen«, erwiderte Mads, packte sich die Griffe des Rollstuhls und lief los.

»Nicht so schnell«, rief Lena lachend.

Der kleine Spaß brachte sie auf andere Gedanken und so kamen sie ein wenig außer Atem und gut gelaunt am Strand an.

»Samson war echt knuffig«, sagte Lena. »Ich überlege, ob ich mir auch einen Mops oder eine französische Bulldogge zulegen sollte.«

»Warum nicht? Du liebst Hunde.«

»Wir alle lieben Hunde, aber das bringt auch viel Verantwortung mit sich. Ich bin ja immer unterwegs im Einsatz.«

»Dann passt Gustav auf ihn auf. Wobei …« Mads lachte. »Er wird ihn sicherlich gleich zum Polizeihund ausbilden. Eine kleine französische Bulldogge mit Polizeimütze, der Schrecken der Ostsee.«

Lena schmunzelte. »Du Scherzkeks. Christian hat schon recht.«

»Womit?«, fragte Mads und seine gute Laune verflog.

»Dass ein Hund viel Verantwortung bedeutet und es nicht fair wäre, wenn der Kleine den ganzen Tag allein zu Hause ist.«

»Christian mag keine Hunde, das wissen wir beide doch genau.«

»Das stimmt so nicht«, widersprach Lena.

»Ich erinnere mich sehr gut, als Meiko noch ein Welpe war und Christian ihn gemieden hat, weil er meinte, Hunde wären dreckig.«

»Er hat halt einen Sauberkeitsfimmel und Meiko hatte vorher im Garten gespielt.«

Ob er seinen Kindern dann auch verbieten wird, im Garten zu spielen?, hätte Mads beinahe erwidert, doch er konnte sich beherrschen.

»Schwesterchen, am Ende ist es deine Entscheidung. Wenn du einen Hund möchtest und es dich glücklich macht, dann hol dir einen, aber du weißt, dass dein Hund mich mehr lieben wird als dich. Frag mal Gustav zu dem Thema.«

»Was ihn jedes Mal wurmt«, bestätigte Lena schmunzelnd. »Er kann es nicht verknusen, wenn Meiko mehr auf dich hört als auf ihn und er es sich zu deinen Füßen gemütlich macht, obwohl Gustav ihn jahrelang als Polizeihund trainiert hat, der aufs Wort hört.«

»Meiko weiß halt, wer das wahre Alphatier in der Herde ist«, setzte Mads noch eins obendrauf.

Lena winkte ab. »Ich hätte damit kein Problem. Mein Hund kann dich so sehr lieben, wie er will, genauso meine Kinder. Der Gedanke, dass meine Kinder dich so lieb haben werden wie ich dich, macht mich sehr glücklich.«

»Mich auch«, gab Mads zurück, doch gleichzeitig spürte er einen Kloß im Hals. Lena beschäftigte sich offenbar intensiv mit dem Kinderwunsch, und dass ausgerechnet Christian der Vater werden sollte, passte ihm gar nicht.

Inzwischen waren sie am Imbiss von Oli und Ali angekommen.

»Moin«, grüßte Oli.

»Moin«, erwiderte Mads. »Was ist das denn für ein Schild?«

»Das mit der Currywurst?«, fragte Oli und beugte sich durch das offene Fenster über den Tresen ein wenig nach vorn.

»Genau. Neue Rezeptur?«

»Ali hat einen Lieferanten aus Köln gefunden, der eine etwas andere Zusammensetzung anbietet. Wenn es nach mir ginge, würden wir überhaupt keine Currywürste anbieten, sondern nur das, was aus dem Meer kommt, aber du kennst ja Ali, den Dickschädel.«

»Sagt der, der einen größeren Dickschädel als jeder Grönlandwal hat«, entgegnete Ali, der jetzt neben Oli trat. »Ich denke eben auch an die, die mal was anderes essen wollen als ständig Fisch und Meeresfrüchte.«

»Dann sollen sie halt nicht an der Ostsee Urlaub machen oder uns am Hafen besuchen.«

»Mads, da hast du was angerichtet.« Oli seufzte theatralisch. »Jetzt muss ich mir wieder den ganzen Tag Olis Gemecker anhören. Je älter er wird, desto uneinsichtiger wird das alte Raubein.«

»Ich und uneinsichtig? Witzbold. Seit ich denken kann, lebe ich vom Fischen. Wir gehören zu den letzten drei Fischern in dieser Gemeinde, die jeden Tag rausfahren. Was passiert wohl, wenn alle nur noch Currywürste essen wollen?«

»Du tust ja, als hättest du die weltbeste Currywurst im Angebot«, witzelte Mads.

»Die ist echt gut. Nicht so lecker wie ein Fischbrötchen, aber für Fastfood ganz schön gut.«

»Jungs, da muss ich euch enttäuschen, die leckerste Currywurst der Welt gibt es nur in Köln in Walters Imbiss und ganz sicher nicht hier an der Ostsee.«

»Hast du gehört, Ali? Das hübsche, vorlaute Nordlicht fordert uns heraus. Grill ihm mal eine, damit er seine freche Klappe hält.« Oli schaute zu Lena. »Möchtest du auch eine?«

»Nein danke, ich bin satt. Ich gönne mir gleich einen Kaffee im *Ahoi*.«

»Ich nehme aber gerne eine«, hörte Mads in diesem Moment Jörns Stimme. »Moin, Thor und Schwester von Thor.«

Mads drehte sich resigniert zu Oli um. »Grill ihm bitte auch eine und sicherlich möchte er dazu eine Cola.«

»Du bist nicht nur ein Gott, sondern auch ein Hellseher«, sagte Jörn lachend.

»Geht auf meinen Deckel. Ich zahle.«

»Das musst du nicht. Da du immer meckerst, dass ich nie selbst zahle, lade ich dich heute ein, wenn du dieses Geschenk annehmen magst, großer Thor.«

»Du lädst mich ein?« Mads konnte es kaum glauben. »Hast du im Lotto gewonnen?«

»Ich spiele kein Lotto«, antwortete Jörn, er hatte den Scherz augenscheinlich nicht verstanden.

»Woher hast du dann das Geld?« Mads hoffte nicht, dass der notorisch blanke Jörn eine Dummheit begangen hatte.

»Ich habe 20 Euro am Strand gefunden.«

»Sicher?«

»Absolut. Das war ganz in der Nähe, wo man die tote Frau gefunden hat, da, wo der Bereich abgesperrt ist.«

»Wie soll der Schein denn dahingekommen sein?«, fragte Mads. »Du hast ihn doch nicht geklaut, oder?«

»Thor, was denkst du von mir?«, empörte sich Jörn. »Ich bin ein ehrlicher Finder. Der Schein muss jemandem aus der Tasche gefallen sein und das Schicksal hat ihn mir offenbart. Ich habe sogar einen gefragt, ob das Geld ihm gehört.«

»Wen?«

»Da war so ein sensationsgieriger Typ, der sich die Stelle angeschaut hat. Das Absperrband macht die Leute halt neugierig. Ich sehe viele, die da stehen und tuscheln oder Fotos machen.«

Da hatte Jörn nicht unrecht, so ein Polizeiabsperrband zog viele magisch an.

»Glaubst du mir etwa nicht?«, fragte Jörn.

»Doch, wir glauben dir«, antwortete Lena.

»Möchtest du auch eine Currywurst?«

»Sehr lieb von dir, aber ich bin satt.«

»Auch gut, dann spare ich Geld«, sagte Jörn zufrieden.

Oli reichte den Männern je eine Currywurst und Jörn schaufelte sich als Erster ein Stück in den Mund.

»Und?«, fragte Oli.

»Nicht schlecht, aber Walters Currywürste sind viel besser. Die hier schmeckt nach Fastfood«, erwiderte Jörn mit vollem Mund. Vor einiger Zeit war auch er in den Genuss von Walters Currywürsten gekommen, da der Kölner Imbissbudenbesitzer mit seinen Freunden Brandt und Aydin Urlaub an der Ostsee gemacht hatte. Mads war mit den dreien sehr gut befreundet und erst vor Kurzem hatte er Brandt und Walter geholfen, in Paris ein paar Kriminelle hochzunehmen.

»Nichts für ungut, Jungs, da kann ich Jörn nur zustimmen«, bestätigte Mads. »Ich bleibe bei einem leckeren Fisch- oder Krabbenbrötchen.«

Oli grummelte etwas vor sich hin, da traten Emma und Amir zu ihnen. Die Runde begrüßte sich.

»Wie war euer Gespräch mit den Mädels?«, erkundigte sich Mads.

Emma zögerte, und Mads konnte ihr ansehen, dass sie etwas sagen wollte, sich jedoch unsicher war, ob sie es wirklich tun sollte.

Da war sie wieder, die Journalistin, mit der Mads ständig aneinandergeriet. Die Journalistin, die zuerst an ihren Artikel und ihre Karriere dachte, anstatt Mads bei seinen Ermittlungen zu unterstützen.

»Habt ihr etwas erfahren, was uns helfen könnte?«, bohrte Mads daher nach.

»Vielleicht«, antwortete Emma ausweichend.

24

Timmendorfer Strand

Ob Mads jemals selbst einen Bericht schreiben wird?, fragte sich Gustav, während er den Fallbericht las, den Lena ihm vor einigen Stunden geschickt hatte. Lena übernahm die Schreibtätigkeiten schon immer, und egal wie oft Gustav seinen Neffen ermahnt hatte, es einmal selbst zu tun, Mads verstand es jedes Mal, seine Schwester um den Finger zu wickeln und die Aufgaben, die er nicht mochte, auf sie abzuwälzen.

»Wir haben nichts«, stellte Gustav ernüchtert fest, nachdem er zu Ende gelesen hatte. Was, wenn der Täter niemand aus Celines Umfeld war?

Es klopfte an der Tür und Petra trat ein.

»Ich dachte, den könntest du jetzt brauchen«, sagte sie und stellte das kleine Tablett mit der Espressotasse samt zwei Keksen auf seinen Schreibtisch.

»Kommt zur rechten Zeit«, erwiderte Gustav und visierte das Gebäck an.

»Da sag noch mal einer, ich würde mich nicht um das Wohlergehen meines Chefs kümmern.«

»Weil du mir zwei, statt einen Keks gönnst?«

Petra hob die Schultern. »Das sind hundert Prozent mehr. Was würde ich für so eine Gehaltserhöhung geben.«

Gustav seufzte nur.

»Hast du noch einen Wunsch?«, fragte seine Sekretärin.

»Ja, dass ich meinen Espresso mal ohne Spruch genießen darf.«

»Dann entferne ich mich wohl besser auf leisen Sohlen«, gab sie zurück und schloss schmunzelnd die Tür hinter sich.

Gustav widmete sich in Ruhe seinem kleinen Espressoritual.

Er genoss es, kurz durchzuatmen und seine Gedanken aufzuräumen.

Anschließend setzte er sich wieder konzentriert an seine Arbeit und prüfte, ob es schon eine Nachricht von Ole oder Tim gab. So langsam sollten die Ergebnisse der Obduktion vorliegen.

»Geduld, so schnell ist Ole nicht«, ermahnte sich Gustav, »aber vielleicht hat das Gespräch mit der Zeugin etwas ergeben.«

Er überlegte kurz, ob er Mads und Lena anrufen sollte, entschied sich dann jedoch dagegen. Lena würde sich schon melden.

Was konnte er stattdessen tun, um den Ermittlungen Schwung zu geben? Ihm fiel nichts ein, weil es nichts gab, was Mads und Lena nicht bereits getan hatten oder tun würden.

Das Erstaunlichste an dem Fall war offenbar, dass Celine keine Feinde hatte, sich mit niemandem gestritten und selbst am Samstagabend keine Unstimmigkeiten mit den Freundinnen gehabt hatte.

Warum sollte man eine Frau töten, die einem keine Angriffsfläche bot?

Mads war geneigt, eher in Luca als in Rune einen Verdächtigen zu sehen, das wusste er aus Lenas Bericht und Gesprächen mit den beiden, Gustav war sich in der Hinsicht allerdings alles andere als sicher. Erst recht nach den Gerüchten, dass Luca homosexuell sein sollte.

Mads und Lena müssen noch mal mit Luca sprechen und ich sollte mir Rune schnappen. Vielleicht erzählt er mir etwas, was er vor Mads geheim hält, überlegte Gustav und stand auf, nahm seine gesicherte Waffe aus der Schublade, steckte sie ins Holster und verließ das Büro.

»Ich wollte dich gerade anrufen«, sagte Petra, als er das Vorzimmer betrat.

»Warum?«

»Die Zentrale hat sich gemeldet.«

»Was hat das mit mir zu tun?«

»Es wurde ein Handy am Strand gefunden.«

»Ist es bei uns auf der Dienststelle?«

»Sonst hätte ich dich nicht behelligt.«

Gustav pfiff leise durch die Zähne. War es vielleicht das Handy von Celine, das am Tatort nicht auffindbar gewesen war? Tim hatte es bis jetzt zumindest weder lokalisieren noch anrufen können.

25

Niendorf

»Typisch Mads«, bemerkte Amir, als Emma und er zurück zur Redaktion gingen.

»Was meinst du?«

»Na, dass er dich ausgequetscht hat, selbst aber keine Neuigkeiten rausrücken wollte.«

»Darüber rege ich mich schon gar nicht mehr auf. Ich komme auch so an meine Informationen.«

»Weil du eine talentierte Journalistin bist.«

»Sehr lieb von dir. Sag mal, kannst du dich umhören, ob jemand die beiden Typen vom Samstagabend kennt? Den einen Vornamen haben wir und du kennst hier mehr Leute als ich.«

Amir nickte, sah dann aber an Emma vorbei zu einem jungen Mann, der ihnen mit gesenktem Kopf entgegenkam, immer wieder rieb er sich die Augen.

»Das ist doch Gregor«, sagte Amir.

Emma wandte sich um. »Stimmt!«

»Moin, Gregor«, grüßte Amir ihn. »Was ist passiert?«

»Ich habe mich von Taner getrennt«, schluchzte Gregor und fing wieder an zu weinen.

»Wollt ihr beide nicht einen Kaffee trinken gehen?«, schlug Amir vor und sah Emma an. »Ich muss leider in die Redaktion.«

»Das machen wir, oder, Gregor?«, antwortete Emma.

Sie hatte ein sehr gutes Verhältnis zu dem jungen Mann. Er war vor einigen Monaten nach Niendorf gezogen, nachdem er bei seinem Vater Frank Tackenberg in Hamburg gewohnt hatte. Der vermögende Investor besaß eine Villa in

Timmendorfer Strand, als Zweitwohnsitz, den sich die meisten Menschen niemals hätten leisten können. Soweit Emma wusste, war auch er vor einigen Monaten nach Timmendorfer Strand gezogen.

Sie und der Investor waren in der Vergangenheit immer wieder aneinandergeraten – sehr zum Missfallen des Bürgermeisters, der in Emmas Augen ein Speichellecker war, seit Tackenberg beschlossen hatte, in Timmendorf ein Luxushotel zu bauen.

»Hast du denn Zeit? Ich möchte dich nicht aufhalten«, sagte Gregor mit tränenerstickter Stimme. Er war wie Amir homosexuell, aber im Gegensatz zu Emmas Kollegen deutlich femininer. Seine Stimme klang hell, seine Kleidung war eher schrill und er schminkte sich. Nur jetzt hatte er kein Make-up aufgelegt.

»Na klar, komm«, erwiderte Emma und hakte sich bei Gregor ein, der etwas größer war als sie mit ihren knapp einen Meter achtzig.

Sie erreichten die Terrasse der *Seaside Lounge* und nahmen Platz.

Emma bestellte für beide.

»Jetzt raus mit der Sprache, was ist passiert?«, fragte sie.

Ihr letzter Wissenstand war, dass Gregor sich unsterblich in Taner verliebt hatte, von dem Emma allerdings annahm, dass er Gregor bloß finanziell ausgenutzt hatte und dank ihm einen Lebensstil pflegte, den er sich sonst sicherlich nicht hätte leisten können.

»Ich habe etwas ganz Schlimmes getan«, brach es aus Gregor hervor.

»Das kann ich mir bei dir gar nicht vorstellen«, beschwichtigte Emma, vermutlich übertrieb Gregor.

»Doch, doch«, schluchzte der. »Ich war so hundsgemein.«

»Was hast du denn getan?«

»Ich wollte Papa erpressen.«

Emma zog die Brauen hoch. Mit dieser Antwort hatte sie

nicht gerechnet, doch sie wusste sogleich, welchen Hintergrund diese Geschichte haben musste. Vor einiger Zeit war sein Vater, der wohl eine Affäre mit einer jüngeren Frau gehabt hatte, durch Unbekannte erpresst worden. Emma hatte durch Mads davon erfahren.

»Hast du also den Brief geschrieben, um deinen Vater zu erpressen?«

»Ja, weil ich so wütend auf ihn war. Er hat mich all die Jahre nicht beachtet, mich wegen meiner Homosexualität nie als Sohn ernst genommen, und Taner meinte, dass wir ihm so eins auswischen könnten.«

»Aber du hast Abstand davon genommen?«

»Ja, vor einem Monat. Papa und Mama haben ihren Ehestreit beigelegt, deshalb wollte ich es nicht mehr, aber Taner ist ausgeflippt und hat auf mich eingeredet, mich sogar beleidigt. Je mehr er mich gedrängt hat, desto weniger wollte ich.« Gregor schnäuzte sich in ein Taschentuch.

»Du hast richtig entschieden«, tröstete Emma.

»Jetzt muss ich mich der Polizei stellen, aber davor habe ich so schreckliche Angst.«

Die Kellnerin servierte ihnen die Getränke und entfernte sich, nachdem sie Gregor einen mitfühlenden Blick zugeworfen hatte.

»Das musst du nicht. Es ist doch nichts passiert und du hast es zum Glück beendet. Ich rede mit Mads.«

Gregor sah aus rot unterlaufenen Augen zu ihr auf. »Würdest du das wirklich für mich tun?«

»Na klar. Noch gibt es keinen, dem du geschadet hast, und ich kann mir schwer vorstellen, dass dich dein Vater anzeigen wird.«

»Da wäre ich mir nicht so sicher«, entgegnete Gregor, ohne zu zögern, immerhin beruhigte er sich langsam wieder. »Wobei, in den letzten Wochen ist unser Verhältnis echt besser geworden. Seit Mama wieder bei ihm wohnt, ist er deutlich entspannter.« Gregor trank einen Schluck von seinem Milchkaffee und auch Emma widmete sich ihrem Latte macchiato.

Sie wusste von den Eheschwierigkeiten von Gregors Eltern. Dass sie sich wieder zusammengerauft hatten, freute sie, weil sie wusste, wie sehr Gregor darunter gelitten hatte.

»Mach dir keine Sorgen. Mads findet eine Lösung«, versicherte sie.

»Das ist sehr lieb von dir. Dich hat wirklich der Himmel geschickt.« Gregors Augen leuchteten und zum ersten Mal lächelte er.

»Wenn du mich fragst, kannst du froh sein, dass du Taner abgeschossen hast. Jemand, der dich ausnutzt und nur wegen deines Geldes mit dir zusammen ist, hat deine Liebe nicht verdient.«

»Na ja, eigentlich ist es ja Papas Geld, aber du hast recht. Nur sag das mal dem Herzen, das tickt nämlich ganz anders. Es vermisst Taner unglaublich.«

»Mach ja keine Dummheiten«, erwiderte Emma mahnend. »Jemand wie Taner ist nicht gut für dich, und was ist das für eine Beziehung, in der der Partner nur ans Geld denkt.«

»Das stimmt, trotzdem ist es schwer. Ich habe ihn aufrichtig geliebt.«

»Du weißt doch, um eine Liebe zu vergessen, ist es am besten, eine neue Liebe zu finden.« Emma zwinkerte ihm aufmunternd zu.

»Stimmt.« Gregor atmete tief durch, dann lächelte er. »Vielleicht gibt es da auch schon jemanden.«

»Ach?« Das ging in Emmas Augen nun doch etwas zu schnell, allerdings passte es zu Gregor und seinen Emotionen. Jemand wie er konnte vermutlich nicht lange allein sein.

»Ja, er ist echt süß. Leider haben wir uns noch nicht persönlich kennengelernt.«

Emma hatte sofort eine Ahnung. »Kennst du ihn aus dem Internet? Über eine Datingapp?«

»Genau. Wir haben auch schon unsere Handynummer für WhatsApp ausgetauscht. Er sieht so ganz anders aus als Taner, er hat nicht so viele Muskeln und ist auch nicht so gebräunt, aber ich finde ihn echt schnuckelig.«

»Hast du ein Foto von ihm?«

»Klar.« Gregors Augen leuchteten auf.

»Lass dir aber Zeit und überstürze nichts«, warnte Emma aus Sorge, dass Gregor direkt in sein nächstes Unglück laufen könnte.

»Das tue ich«, versicherte Gregor. »Er ist sehr vorsichtig, weil niemand weiß, dass er schwul ist. Er möchte das nicht an die große Glocke hängen.« Er zog sein Handy aus der Tasche, öffnete Instagram und reichte es Emma. »Das ist er.«

Emma nahm es entgegen. Als sie das Gesicht sah, konnte sie nicht glauben, wessen Bild sie da erkannte.

26

24. Mai, Niendorf

»Soll ich dich zur Arbeit fahren?«, fragte Christian, als Lena sich gerade anziehen wollte.

»Sehr lieb von dir, Schatz, aber Mads holt mich ab, da musst du nicht extra fahren.«

»Das mache ich gern für dich«, erwiderte Christian und drückte Lena an sich, dann strich er ihr eine Strähne aus dem Gesicht und gab ihr einen Kuss.

»Das weiß ich sehr zu schätzen, oder ist das nur, weil du nicht genug von mir kriegst?« Lena lächelte.

»Wie könnte ich das je? Du bist meine Traumfrau. Jede Sekunde, die du nicht bei mir bist, kommt mir wie eine Ewigkeit vor.«

»Du Schleimer«, gab Lena zurück und boxte ihn liebevoll in die Seite.

»Es ist nur, was mein Herz mir sagt.« Christian schaute sie mit seinen großen Augen so intensiv an, dass es Lena zum Schmelzen brachte. Auch wenn es kitschig klang, irgendwie mochte sie es, dass Christian ihr so viel Aufmerksamkeit schenkte und sie in den Mittelpunkt stellte.

»Ich liebe dich«, sagte Lena und gab ihm einen Kuss.

»Schatz, ich habe mir da übrigens was überlegt.«

»Was?«

»Ich würde Mads gern zu einem Fußballspiel des HSV einladen, in die VIP-Loge. Jetzt, wo wir so richtig zusammenleben, wird es Zeit, dass Mads und ich uns zusammenraufen. Ich spüre noch immer Distanz von seiner Seite.«

Lena fand die Idee sehr süß, aber sie ahnte, dass Mads das Angebot ablehnen würde, daher rang sie sich zu einer kleinen

Notlüge durch. »Du weißt, dass wir gerade komplett in die Ermittlungen eingespannt sind, ich weiß nicht, ob Mads da Zeit für ein Fußballspiel hat.«

»Dann eben nach den Ermittlungen. Ich verstehe Mads ja auch, er liebt dich und als Bruder möchte er auf dich aufpassen. Er und ich haben eine blöde Vergangenheit, aber er muss verstehen, dass ich dich liebe und mit dir eine Familie gründen möchte.«

»Mads wird uns keine Steine in den Weg legen«, versicherte Lena.

»Das würde ich auch nie behaupten, trotzdem wäre es schön, wenn er und ich ab und zu mal ein Bier trinken gehen könnten, ohne dass ich Sorge haben muss, dass er mir gleich an die Gurgel geht.« Christian grinste ein wenig schief.

»Das würde Mads niemals tun«, erwiderte Lena, doch ehrlicherweise war sie sich da nicht so sicher. »Ich rede mit ihm. So ein Fußballspiel wäre wirklich was Feines.«

»Du bist die Beste«, antwortete Christian.

»Ich weiß.« Lenas Mundwinkel hoben sich. »Kannst du mir einen Gefallen tun?«

»Klar, welchen?«

»Machst du die Einkäufe für die Woche? Ich weiß nicht, wann ich zu Hause bin.«

»Sollte ich hinkriegen, nur leider bin ich gerade etwas knapp bei Kasse. Kannst du mir einen Hunderter vorstrecken?«

»Nimm dir was aus meiner Tasche.«

Christian griff nach ihrer Handtasche, fischte ihre Geldbörse heraus und nahm sich Geld aus dem Scheinefach.

»Schreib's an. In meinem neuen Job verdiene ich bald mehr Geld, dann kriegst du alles zurück.«

»Quatsch. Wir sind ein Paar, da gibt es nicht deins und meins«, sagte Lena und griff nach seiner Hand.

»Danke, Maus.«

»Ich muss jetzt los. Mads wartet bestimmt schon vor der Tür.«

Sie verabschiedete sich und verließ im Rollstuhl die Wohnung. Als sie unten ankam, parkte Mads gerade am Straßenrand.

»Moin, Schwesterherz«, sagte er und verstaute den Rollstuhl auf der Rückbank, während Lena einstieg.

»Gustav hat für 9 Uhr eine Besprechung anberaumt«, meldete sie, als Mads Richtung Timmendorfer Strand fuhr.

»Hat er dich angerufen?«

»Nein, er hat eine Rundmail geschrieben. Hast du sie noch nicht gelesen?«

»Ehrlich gesagt nicht, war heute Morgen alles etwas stressig.«

»Hattest du eine wilde Nacht?« Lena lachte.

»So in etwa. Jil ist nicht ohne«, erklärte Mads vielsagend – mehr wollte Lena auch nicht wissen.

»Du solltest tanken, die Tankanzeige ist auf Reserve«, sagte sie.

»Das muss reichen, bis ich zu Hause bin.«

»Warum?«

»Ich habe vor lauter Eile heute Morgen mein Geld zu Hause vergessen«, erwiderte Mads.

»Ich habe meine EC-Karte dabei, nimm die. Ich lasse es mir später von Petra auszahlen, denk nur an die Tankquittung.«

»Tue ich doch immer.«

»Da habe ich schon anderes gehört«, gab Lena schmunzelnd zurück, zog ihr Portemonnaie hervor und suchte nach der EC-Karte. »Komisch«, murmelte sie.

»Was?«

»Ich dachte, ich hätte einen Hunderteuroschein und zwei Fünfziger im Portemonnaie.«

»Ich sehe keine Scheine«, antwortete Mads und schaute kurz in die offene Geldbörse.

»Muss ich wohl auf der Kommode liegen gelassen haben«, suchte Lena rasch nach einer Erklärung, um Mads keine Steilvorlage zu bieten, Christian wieder etwas zu unterstellen.

Mads blieb jedoch offenbar misstrauisch. »So vergesslich bist du doch gar nicht. Hat Christian vielleicht was rausgenommen, ohne dich zu fragen?«

»Nein, das würde er nie tun«, beeilte sich Lena zu erwidern und fühlte sich leider darin bestätigt, dass es besser war, Mads anzulügen, so ungern sie das auch tat.

Ob mir der Schein rausgefallen ist?, überlegte sie, weil sie sich im Traum nicht vorstellen konnte, dass Christian sie vor ihren Augen beklauen würde.

»Ach ja, bevor ich es vergesse, Christian möchte dich einladen.«

»Wofür?«

»Zu einem HSV-Fußballspiel in der VIP-Loge.«

»Ich stecke mitten in den Ermittlungen, für so was habe ich keine Zeit«, gab Mads die Antwort, die Lena erwartet hatte.

»Sobald der Fall abgeschlossen ist.«

Mads' Gesichtsausdruck verriet, dass er nicht sonderlich begeistert von der Idee war.

»Tu es für mich«, bat Lena ihren Bruder.

»Ich war schon mal mit Christian ein Bier trinken, dir zuliebe. Ich respektiere, schätze und liebe dich, aber Christian und ich allein, das macht derzeit wenig Sinn.«

»Schade. Er wird bald ein Teil unserer Familie sein«, sagte Lena traurig.

»Hat er dir einen Antrag gemacht?«, fragte Mads erschrocken und fuhr auf die Tankstellenauffahrt.

»Noch nicht«, antwortete Lena. »Aber ich hoffe, dass der bald kommt.«

Mads stieg schweigend aus und öffnete den Tankdeckel.

Der sture Esel wird Christian niemals akzeptieren, dachte Lena betrübt.

Jutta und Gustav hatten akzeptiert, dass Christian wieder ein wichtiger Teil ihres Lebens war, und sie tolerierten ihre Entscheidung. Letztens hatte Gustav ihn und sie sogar zum Frühstück eingeladen, was sie sehr gefreut hatte. Oma Jutta war eh die Entspannteste, solange ihre Enkelkinder glücklich waren, hatte sie nichts dagegen einzuwenden. Der einzige Sturkopf war Mads.

Pünktlich um kurz vor 9 Uhr nahmen Lena und Mads im Besprechungsraum neben den Kollegen Platz.

»Ich baue die Verbindung zu Tim auf«, sagte Mads. »Weißt du, ob Ole in seinem Büro ist?«

»Sollte er. Er wurde auch zur Besprechung eingeladen«, antwortete Lena.

Mads startete die Videokonferenz, dann wurde die Tür geöffnet und Gustav trat ein, grüßte die Runde und schaute zur Leinwand.

»Moin, schön, dass ihr da seid«, sagte er zu dem Bild von Ole und Tim, das soeben über den Beamer dorthin übertragen wurde.

»Wie können wir eine Einladung von dir abschlagen«, scherzte Ole.

»Gut, wie ich sehe, sind wir vollzählig, daher möchte ich keine Zeit verlieren. Ich habe die Besprechung anberaumt, damit wir uns abstimmen und synchronisieren.«

»Kaffee?«, fragte Lena, die rechts neben ihrem Onkel saß.

»Gern«, antwortete Gustav, dann wandte er sich Richtung Leinwand. »Ole, gestern war die Obduktion, kannst du deshalb bitte anfangen?«

»Sollte ich hinkriegen«, erwiderte der Leiter der KTU und senkte den Blick, wohl um seine Unterlagen zurechtzurücken. »Den Todeszeitpunkt konnten wir mittlerweile genauer eingrenzen. Er sollte zwischen 23 und 1 Uhr früh liegen, was meiner ersten Annahme sehr nahekommt. Todesursache ist der enorme Blutverlust, verursacht durch sieben Messerstiche in die Bauchregion.«

»Hat sie beim siebten Messerstich noch gelebt?«, fragte Nils Schüler.

»Nein, spätestens beim dritten Messerstich war sie tot. Der Täter hat dreimal zugestochen.«

»Dreimal? Ich dachte siebenmal«, unterbrach Carsten ihn.

»Genau, siebenmal insgesamt. Das mit dreimal eben war Quatsch, verzeih. Die Rechtsmedizin geht davon aus, dass der Täter am Tatort zunächst dreimal hintereinander auf das Opfer eingestochen hat, worauf das Opfer zusammenbrach. Celine erlitt einen Schock, verblutete und starb. Anschließend hat der Täter die Leiche zu den Dünen geschleppt und dort noch viermal zugestochen.«

»Warum macht man das?«, fragte Nils.

»Möglicherweise war er im Blutrausch, oder er wollte ganz sichergehen, dass das Opfer wirklich tot war. Vielleicht war auch unbeherrschte Wut oder Hass auf das Opfer der Grund. Mads und Lena werden herausfinden müssen, warum das Opfer übertötet wurde.«

»Würde diese Tatsache nicht dafürsprechen, dass Opfer und Täter sich kannten?«, fragte Lena.

»Kann sein, das herauszufinden, ist aber nicht die Aufgabe der Spurensicherung oder der Rechtsmedizin.«

»Gab es einen Kampf zwischen Opfer und Täter?«, wollte Mads wissen.

»Nein, wir haben keine Spuren gefunden, die auf einen Kampf schließen lassen. Der Täter muss sein Opfer überrascht und gleich zugestochen haben.«

»Was nahelegt, dass Opfer und Täter sich kannten. Celine hat sich in Sicherheit gewiegt, wurde dann aber von dem Angriff überrumpelt. Ehe sie begreift, was ihr angetan wurde, verblutet sie und stirbt«, führte Mads seinen Gedanken aus.

»Möglich. Genauso wäre allerdings denkbar, dass sie von einer fremden Person überrascht wurde, die gleich zusticht.«

»Was haben Eure Nachforschungen noch ergeben?«, fragte Gustav, er schien nicht besonders erfreut über die Diskussion zwischen Ole und Mads.

»Nichts, was auf den Täter schließen lässt, dabei muss man wissen, dass ein Tatort am Strand immer eine Herausforderung ist. Der Wind weht viele Spuren weg und zu allem Überfluss hat es in der Nacht auch noch geregnet. Ich fürchte, dass die Spurensicherung euch keine große Hilfe bei euren Ermittlungen sein wird.«

»Was ist mit der Tatwaffe?«

»Ein herkömmliches Klappmesser, überall frei erhältlich. Wie ihr wisst, fehlt von der Tatwaffe jede Spur.«

Gustav verschränkte die Arme, und Lena sah ihrem Onkel an, dass er sich mehr erhofft hatte.

»Hast du noch etwas anderes beizusteuern?«, fragte Gustav.

»Nein, ich muss auch schon zur nächsten Besprechung. Arndt wartet.«

»Dann grüß mir den Kollegen und danke für deine Zeit«, erwiderte Gustav, worauf Ole sich verabschiedete und das Büro verließ.

»Tim, was hast du?«

»Das Handy, was du gestern Abend nach Lübeck geschickt hast, ist definitiv das von Celine. Wir haben großes Glück, dass die Ostsee es wieder ausgespuckt hat«, antwortete Tim.

»Manchmal haben auch die Guten ein bisschen Glück«, warf Gustav ein. »Der Täter hat wohl geglaubt, wenn er das Handy ins Meer wirft, würde die Strömung es für immer verschwinden lassen. Aber dass die Wellen ein Handy auch mal Richtung Strand spülen können, damit hat er nicht gerechnet. Funktioniert es noch?«

»Ja, erstaunlicherweise, was bedeutet, dass es nicht so lange im Wasser gelegen hat. Vermutlich war es die meiste Zeit nur einige Zentimeter tief im Wasser, das macht einem iPhone nichts aus.«

»Sehr gut. Hast du Zugriff auf das Handy?«

Lena spürte, wie die Anspannung stieg. Der Fund des Handys war sensationell.

»Vor einer Stunde ist es mir gelungen.«

»Hast du schon etwas von Interesse entdeckt?«

»Ich werte es noch aus, aber eins könnte euch nützlich sein«, begann Tim.

27

Dieser Jörn ist ein komischer Vogel.

Dass er eine leichte geistige Behinderung hat, ist mehr als offensichtlich, aber ist er deshalb für mich eine Gefahr?

Ich weiß es nicht und ehrlich gesagt möchte ich auch nicht so viele Gedanken an den einfältigen Pinsel verschwenden.

Nur weil ich bei den Dünen war, macht mich das nicht gleich verdächtig, schließlich stand der Trottel auch da. Wie sicherlich jede Menge anderer Schaulustiger.

Es war ein komisches Gefühl, an den Ort zurückzukehren, gerade weil es noch so hell war. Trotzdem habe ich es irgendwie genossen.

Es ist der Ort, an dem ich jemandem das Leben genommen habe, als wäre es etwas Simples, wie sich die Schuhe zuzubinden.

Ich habe Gott gespielt.

Ich!

Wie geil ist das bitte!

Gestern Nacht habe ich sogar sehr gut geschlafen, keine Schuldgefühle, keine Ängste, vermutlich, weil ich mich meiner Furcht und der Neugierde gestellt und den Ort aufgesucht habe.

Wichtig ist, dass man sich normal verhält, so wie man sich sonst auch verhalten würde, dann wird niemand hinter dieses unglaubliche, persönliche Geheimnis kommen.

»So ganz persönlich ist es ja nicht«, sage ich zu mir und kichere hinter vorgehaltener Hand.

Ich schaue aus dem Wohnzimmerfenster und die Sonne strahlt mich regelrecht an. Es wäre geradezu fahrlässig, bei dem Wetter nicht rauszugehen.

Erst recht, wenn man Urlaub hat.

Keine fünf Minuten später radle ich mit meinem Fahrrad Richtung Timmendorfer Promenade.

Als ich ankomme und vom Fahrrad steigen will, sehe ich jemanden, dem ich gerade nicht über den Weg laufen möchte. Nach einem Gespräch mit einem Bekannten ist mir momentan nicht zumute.

Kurz überlege ich, ob ich Richtung Niendorf weiterfahren soll, entscheide mich dann aber für Scharbeutz.

Zum Glück hat mich die Person nicht gesehen, Erleichterung erfüllt mich, doch gleichzeitig meldet sich der Gedanke, ob es nicht ein Fehler war. Schließlich habe ich vorhin erst beschlossen, dass ich mich so normal wie möglich verhalten sollte, und unter normalen Umständen hätte ich die Person angesprochen und wäre mit ihr einen Kaffee trinken gegangen.

Egal, ich kann es nicht mehr ändern.

Ein leichter Wind weht mir ins Gesicht, es ist sehr angenehm warm bei 24 Grad, das hat jedenfalls die Wetterapp vorhin angezeigt, es fühlt sich fast wie Sommer an.

Der Mai verwöhnt uns, worüber ich sehr froh bin.

Bei der Ostsee Therme biege ich rechts ab.

Eine Erinnerung steigt in mir auf, die mit der Therme zu tun hat.

Etwas Wehmut macht sich in mir breit. Es war ein schöner Tag in der Therme, mit netten Menschen.

»Alles hat irgendwann ein Ende, du musst nach vorn schauen«, sage ich mir.

Ich möchte nicht in der Vergangenheit leben und schon gar nicht ein Mensch werden, der jammert, dass in der Vergangenheit alles besser war.

»Nein, die Zukunft ist besser, nur deswegen musste Celine sterben!«

28

Niendorf

»Woran denkst du?«, holte Amir Emma aus ihren Gedanken.

Emma löste ihren Blick vom Bildschirm ihres Bürocomputers und sah zu Amir, der im Großraumbüro der Redaktion am Schreibtisch neben ihr saß. »Irgendwas ist komisch.«

»Und was wäre das?«

»Ich habe mich doch gestern mit Gregor unterhalten.«

»Ich weiß. By the way, was war denn mit ihm los?«

»Er hat sich von Taner getrennt.«

»Na, dann sollte er doch glücklich sein und einen Freudentanz machen.« Amir hob den Zeigefinger. »Ich habe dir immer gesagt, dass Taner ihn nur ausnutzt.«

»Das glaubt er inzwischen auch, aber er hat ihn trotzdem unglaublich geliebt. Das mit den Gefühlen kann manchmal echt kompliziert sein«, erwiderte Emma und musste an Mads denken, auch wenn sich der Gedanke gerade nicht richtig anfühlte. Doch wann hörte das Herz schon auf den Verstand?

»Ich kenne Gregor, sobald er einen neuen Macker am Start hat, ist Taner vergessen. So hässlich ist Gregor ja auch nicht.«

»Wollen wir's hoffen, das mit Taner macht ihm nämlich echt zu schaffen.« Emma verstummte und überlegte, ob sie Amir die Geschichte mit der Erpressung verraten sollte, immerhin vertraute sie ihm blind. Dennoch beließ sie es vorerst bei dem Gedanken, denn sie hatte Gregor versprochen, es, abgesehen von Mads, niemandem zu erzählen.

»Da ist doch noch mehr, was dich beschäftigt«, bohrte Amir nach.

»Okay, das stimmt.« Emma lächelte, Amir kannte sie einfach zu gut. »Gregor hat schon jemanden kennengelernt.«

Amir pfiff leise. »Das ging aber schnell, selbst für jemanden wie Gregor. Hoffentlich spielt er nicht wieder den Großzügigen und zieht damit die Golddigger an.«

»Ich dachte, Golddigger zu sein wäre ein Privileg von uns Frauen«, scherzte Emma.

»Die gibt es auch unter Männern, Süße.« Amir lachte. »Wer ist denn die neue heiße Flamme?«

»Genau da liegt das Problem.«

»Was meinst du?«

Emma rang mit sich, dann sagte sie: »Es ist Luca.«

Amirs Augen weiteten sich. »Luca Leitz? Dieser introvertierte Nerd, der angeblich auf Celine stand?«

»Genau.«

Amir nickte langsam, er wirkte nicht weniger erstaunt, als sie selbst ausgesehen haben musste, als sie auf Gregors Handydisplay das Foto von Luca erkannt hatte.

»Was, wenn das Profil ein Fake ist?«

»Ein Fake?«

»Na, wenn sich jemand einen Scherz mit Gregor erlaubt.«

»Ausgerechnet mit einem Foto von Luca?« Emma verzog zweifelnd den Mund.

»Zufall. Er hat es aus dem Internet. Würde mich nicht wundern, wenn sogar Taner dahintersteckt, um sich über Gregor lustigzumachen, weil er auf einen in seinen Augen hässlichen Typen wie Luca steht. Vielleicht möchte er ihn damit bloßstellen.«

»Ich weiß nicht«, antwortete Emma, auch wenn sie Amirs Gedankengang grundsätzlich nicht für ausgeschlossen hielt.

»Ich sehe schon, ich kann dich nicht überzeugen, weil du glaubst, dass Luca auf Celine stand, richtig?«

»Genau, trotzdem gibt es dieses Profil auf der Grindr-App. Es passt nicht zu dem, was mir Jule und die anderen Mädels erzählt haben, dass Luca nämlich ein Auge auf Celine geworfen hätte, aber zu schüchtern sei, sie anzusprechen. Sie finden ihn insgesamt seltsam.«

»Da hast du es. Wieso soll der arme Kerl sie ansprechen, wenn die Mädels und Celine ihn seltsam finden?«

»Das weiß er doch nicht.«

»Niendorf ist ein Kaff, meine Süße, das hat er sicher längst über ein paar Ecken gehört.«

»Mag sein. Aber warum soll sich jemand, der heimlich in ein Mädchen verliebt ist, bei Grindr anmelden?«

»Womit wir wieder beim Ausgangspunkt meiner These wären: Weil das ein Fakeprofil ist.« Amir zwinkerte Emma zu. »Warte …«

»Was?«

»Er könnte bisexuell sein.«

»Jetzt wird es ja immer abgefahrener.«

»Warum?«

»Erst ist er ein schüchterner Nerd, dann steht er nicht nur auf Celine, sondern ist auch noch schwul …«

»Bisexuell«, korrigierte Amir.

»Also bisexuell und meldet sich bei Grindr an, um sich an Gregor ranzuschmeißen. Allen Ernstes? Würde jemand wie Luca das machen? Einer, der derart introvertiert ist?«

Amir antwortete nicht sofort, er schien zu überlegen und kratzte sich am Kopf. »Selbst die Schüchternsten können im Internet zu Aufreißern werden, du kennst doch den Begriff: Keyboard Heros.«

»Das kann ich mir bei ihm einfach nicht vorstellen.«

»Interessant wäre es zu wissen, wie lange das Profil auf Grindr schon besteht.«

»Warum?«

»Wenn es erst nach der Trennung von Gregor und Taner live gegangen ist, würde einiges dafürsprechen, dass Taner dahintersteckt.«

»Wenn es nach dem Mord an Celine angelegt wurde dafür,

dass jemand versucht, sich als Verdächtiger aus der Schusslinie zu holen«, ergänzte Emma.

»Nicht jemand, sondern Luca.«

Emma verzog das Gesicht. »Kennst du die App?«

»Süße, welcher Schwule kennt Grindr nicht«, erwiderte Amir lachend und warf ihr einen bedeutungsvollen Blick zu, als würde er sich an den einen oder anderen heißen Flirt erinnern.

»Weißt du, ob man sieht, wann sich jemand angemeldet hat?«

»Ich glaube nicht.«

»Du hast nicht zufällig die App?«, bohrte Emma weiter.

»Maus, wo denkst du hin«, tat Amir pikiert. »Ich bin treu, so treu, dass selbst katholisch verheiratete Frauen in den Fünfzigern eifersüchtig auf mich wären.«

»Schade. Wie finden wir es dann heraus?«

»Du könntest Gregor anrufen.«

»Keine gute Idee, der Arme ist so neben der Spur, dass er glauben könnte, ich hege irgendeinen Verdacht gegen Luca.«

»Du glaubst doch nicht, dass Luca Celine ermordet hat?«

»Ich glaube nichts, ich ermittle«, ahmte Emma die Stimme von Mads nach.

»Okay, Punkt für dich«, antwortete Amir.

»Du hast mich doch lieb, oder?« Emma setzte ihren Dackelblick auf und spielte dabei mit einer Haarsträhne.

Amir wedelte abwehrend mit den Händen. »Auf keinen Fall, das kann ich nicht machen.«

»Nur kurz installieren und anmelden, dann sehen wir es doch.«

»Und wenn das ausgerechnet ein Kumpel von Pietro sieht? Nein, Maus, das fühlt sich an, als würde ich meinen Schatz betrügen.«

»Du würdest mir aber einen großen Gefallen tun.« Emma rückte mit dem Stuhl an Amir heran, langte nach seiner Schreibtischschublade und fischte ein Stück Kinderschokolade heraus, anschließend hielt sie es ihm verführerisch unter die Nase.

»Du lockst mich doch nicht etwa mit meiner eigenen Schokolade?«

»Wenn es hilft, warum nicht.«

Amir seufzte. »Na gut, du weißt, dass ich dir keinen Gefallen abschlagen kann.«

Grinsend teilte Emma den Schokoriegel durch zwei und streckte ihm eine Hälfte hin.

»Dein armer Mann«, bemerkte Amir.

»Warum?«

»Den wirst du vermutlich auch ständig um den kleinen Finger wickeln.«

»Dafür hat er die tollste Frau der Welt an seiner Seite, was Besseres kann ihm nicht passieren.«

Amir schüttelte den Kopf, nahm sein Handy und installierte die App, dann legte er ein Profil an.

»Das löschen wir aber gleich danach. Ich fühle mich echt nicht gut dabei.«

»Natürlich«, versicherte Emma.

Amir hatte seinen Zugang mit wenigen Handgriffen bestätigt und schaute sich nun ein paar Profile an.

»Der ist schon schnucklig«, murmelte er.

»Deswegen haben wir sie nicht installiert«, ermahnte Emma ihren besten Freund. »Kann man nun sehen, wann sich jemand angemeldet hat?«

»Nein.«

»Schade.« Emma beobachtete, wie Amir sich weitere Profile anschaute, schließlich fragte sie: »Wolltest du die App nicht sofort löschen?«

»Ich gucke nur«, erwiderte Amir, dann hielt er das Handy so, dass Emma sehen konnte, wie er die App deinstallierte. »Zufrieden?«

»Sehr sogar.«

»Was machst du jetzt?«

»Ich werde nach Haffkrug fahren und mich mit Luca unterhalten«, antwortete Emma und gab ihrem Bürostuhl einen kleinen Stoß, damit sie zurück zu ihrem Schreibtisch rollte.

»Soll ich mitkommen?«

»Nein, es ist besser, wenn ich das allein mache. Du hast mit deinem Artikel doch eh Land unter.«

»Wem sagst du das.«

Emma stand auf und nahm ihre Handtasche.

»Willst du Mads Bescheid sagen?«, fragte Amir.

»Dass Luca schwul ist?«

Amir nickte.

»Ich warte erst mal das Gespräch ab, ich möchte nämlich nicht, dass Mads sich Gregor schnappt. Dem armen Kerl geht es nicht gut und Mads würde auf seine Gefühle keine Rücksicht nehmen, das möchte ich Gregor ersparen.«

»Dann solltest du ihm das mit der Erpressung vielleicht auch nicht sagen.«

»Warum?«

»Mads könnte es Gregor nicht durchgehen lassen. Auch eine versuchte Erpressung ist strafbar.«

»Er hat versucht, seinen Vater zu erpressen. Du glaubst doch wohl nicht, dass Tackenberg seinen eigenen Sohn anzeigt.«

»Dem alten Sack traue ich zu, dass er das ohne mit der Wimper zu zucken durchziehen würde.«

Emma schüttelte den Kopf. »Das wird Mads nicht machen. Er wird mir nicht in den Rücken fallen.«

»Dann solltest du ihm das mit Luca doch erzählen, so verbringt ihr wenigstens ein bisschen Zeit miteinander.«

»Warum sagst du so was?«

»Weil ich es an deinem Blick erkenne, dass du ihn sehen möchtest.«

»Das ist rein beruflich.«

Amir seufzte. »Einen wie Stefan findet man nicht an jeder Ecke.«

»Ich weiß«, erwiderte Emma und verabschiedete sich von Amir.

Im Stillen dachte sie jedoch: *Wann hört das Herz schon auf den Verstand?*

Während sie nach draußen ging, überlegte sie, ob sie Luca vorab anrufen sollte, seine Nummer hatte Jule ihr gegeben. Von Mads wusste sie, dass er nie jemanden vorher anrief, sondern seine Gesprächspartner immer überraschte.

Du bist aber nicht Mads, ermahnte sie sich und rief Luca an, als sie zu ihrem Wagen ging. Bis nach Haffkrug mit dem Fahrrad zu fahren, war ihr gerade etwas zu weit.

Luca nahm das Gespräch gleich an.

»Hallo, Luca, ich bin's, Emma, eine Freundin von Jule. Ich bin Journalistin.« Sie hatte beschlossen, ihn gleich zu duzen in der Hoffnung, so schneller das Vertrauen des angeblich schüchternen jungen Mannes zu gewinnen. Außerdem duzten Jule und die anderen ihn auch.

»Moin. Was kann ich für dich tun?«, fragte Luca.

»Ich schreibe einen Artikel über den Mord an Celine und würde dich deshalb gern sprechen. Bist du in Haffkrug?«

Sie wusste, dass sie damit ein Risiko einging. Wenn er das Gespräch ablehnte oder die Fragen gleich am Telefon beantworten wollte, konnte sie ihn nicht persönlich treffen, aber genau das war ihr Ziel.

Doch Luca ging auf ihren Vorschlag ein. »Ich bin am Hafen in Niendorf.«

»Das trifft sich gut. Ich bin gleich um die Ecke. Bin in drei Minuten bei dir«, antwortete Emma und beendete das Gespräch, um Luca keine Möglichkeit zu geben, doch noch abzusagen.

Beschwingt ging Emma zum Hafen und erreichte keine drei Minuten später Olis und Alis Imbiss.

»Da hat es aber jemand eilig«, hörte sie Oli laut sagen.

»Wenn die Pflicht ruft«, rief Emma ihm lachend zu, dabei sah sie aus dem Augenwinkel, dass Martin Potratz ihr entgegenkam.

Mit ihm wollte sie sich auch noch unterhalten und kurz überlegte sie, ob sie ihn aufhalten sollte, entschied sich dann aber dagegen. Luca war wichtiger, zudem wohnte Martin um die Ecke, der würde schon nicht weglaufen.

In kurzer Entfernung sah Emma Luca auf einer Bank sitzen. In der Hand hielt er einen Kaffeebecher. Er schaute sich die Boote an und bemerkte sie gar nicht.

»Hallo, Luca«, machte sich Emma bemerkbar.

»Moin«, antwortete Luca und sah zu ihr hoch, ohne aufzustehen.

»Darf ich mich zu dir setzen?«

»Klar.«

Emma nahm neben ihm Platz. »Danke, dass du kurz Zeit für mich hast.«

»Was für einen Artikel schreibst du denn?«, fragte Luca. Er wirkte freundlich.

»Als Journalistin bin ich an den Hintergründen der Geschehnisse interessiert.«

»Welche Hintergründe?«

»In diesem Fall, was an dem Abend geschehen ist, was für ein Mensch Celine war und wer einen Grund haben könnte, ihr wehzutun.«

»Wehzutun?« Luca schnaubte leise. »Du meinst wohl, wer sie ermordet hat.«

»Du hast sie gemocht, oder?«, fragte Emma behutsam.

»Was heißt gemocht, ich kannte sie ja kaum. Sie machte halt einen netten Eindruck, deshalb habe ich auch nie verstanden, warum sie mit diesem Idioten zusammen war.«

»Du meinst Rune?«

»Wen sonst. Aber so ist das ja immer, die Bad Guys kriegen

jedes Mal die schönen Mädels und anschließend beschweren sie sich, dass der Bad Guy nicht so ist, wie sie es sich wünschen. Einen lieben, ehrlichen Kerl wollen sie allerdings auch nicht. Verstehe einer die Frauen.«

»Da gebe ich dir recht, und das sage ich dir als Frau.«

»Bist du auch in einen Bad Guy verliebt?«

»Ich?« Emma fühlte sich von der Frage ein wenig überrumpelt, antwortete jedoch schnell: »Nein, ich habe einen ganz liebevollen und aufrichtigen Freund. Er heißt Stefan Möller, vielleicht kennst du ihn.«

»Nein, tue ich nicht. Dann bist du wohl eine Ausnahme.« Luca trank einen Schluck aus seinem Kaffeebecher und sah einer Möwe nach, die sich von der Promenade in die Lüfte schwang.

»Darf ich dich was fragen?«, setzte Emma wieder an. Sie wollte es mit der einfühlsamen Taktik versuchen, um so das Vertrauen von Luca zu gewinnen.

»Was?«

»Hattest du Celine mehr als nur gern?«

Luca antwortete nicht sofort. Sein Blick wanderte wieder zum Hafen, wo gerade ein Kutter anlegte.

Er seufzte leise, dann sagte er: »Manchmal möchte ich auf so einem Kutter anheuern und einfach wegschippern. Das Leben in der Lübecker Bucht mit dem veralteten Rollenbild kann extrem anstrengend sein.«

»Ich verstehe dich. Du bist sicherlich traurig, dass Celine ermordet wurde.«

»Sehr sogar, und Ja, ich hatte sie wirklich gern.«

Lucas Augen wurden feucht und er presste die Lippen zusammen. Etwas bewegte ihn, das war nicht zu übersehen.

Emma wählte ihre nächsten Worte sehr genau, spürte sie doch, dass Luca etwas auf dem Herzen lag.

»Sie hatte dich sicherlich auch gern«, sagte sie schließlich, obwohl sie von Jule und den Mädels wusste, dass das nicht stimmte, doch gerade fiel ihr nichts Besseres ein. Sie wollte Luca ermuntern, ihr etwas zu verraten, was sie in ihrem Artikel verwenden konnte und im Idealfall zugleich eine Steilvorlage für ihre Frage, ob Luca homosexuell war, bot, denn in diesem Augenblick passte das so gar nicht ins Bild. Sie hatte hier einen Mann vor sich, der ganz offensichtlich in Celine verliebt gewesen war, wie konnte er da schwul oder bisexuell sein?

Luca gab sich sichtlich einen Ruck und sah Emma an. »Ja, sie hatte mich gern, nur durften das ihre Freundinnen nicht wissen. Celine und ich hatten ein Geheimnis.«

29

Mads hatte Lena zum Arzt gebracht und wollte sich nun die Wartezeit, bis Lena fertig war, am Niendorfer Hafen vertreiben. Zurück zur Dienststelle zu fahren, hatte keinen Sinn.

Während er die Promenade entlang schlenderte, dachte er über den Fall nach. Das Bild von der lieben, empathischen Celine, die jeder mochte und die allen Streitigkeiten aus dem Weg ging, bekam langsam Risse.

Tim hatte auf ihrem Handy ein Fakeprofil auf Instagram entdeckt, über das sie Rune stalkte. Nein, nicht nur stalkte, sondern ihn regelrecht anmachte. Zu diesem Zweck hatte sie Fakefotos von einem Model auf das Profil hochgeladen und mit Rune geflirtet, was das Zeug hielt.

Was hat sie sich nur davon versprochen?, fragte sich Mads.

Lena war der Meinung, sie hätte damit Rune und seine aktuelle Freundin auseinanderbringen wollen. Sie habe nur auf eine Gelegenheit gewartet, um der Freundin kompromittierende, intime Fotos von Rune zu zeigen. Vielleicht lag sie damit gar nicht so falsch. Runes Freundin hatten sie bisher noch gar nicht berücksichtigt, doch Gustav wollte, dass sie auch sie einmal durchleuchteten. Tim war gerade dabei, Informationen über sie zu sammeln, ebenso wie über die anderen.

Mads war nicht sicher, ob die Freundin tatsächlich in den Mordfall involviert sein könnte, irgendwie konnte er sich das schwer vorstellen. Erst recht, weil auf dem Handy noch keine Hinweise gefunden worden waren, dass Celine sie kontaktiert hatte. Somit wusste die Freundin vermutlich nicht, dass Rune mit einer anderen flirtete, weshalb ein Mord aus Eifersucht bei ihr wegfiel.

Es sei denn, sie hat Runes Zugangsdaten und kennt die Nachrichten, schoss es Mads durch den Kopf.

Er brauchte dringend einen Espresso, um seine Gedanken zu sortieren. Also reihte er sich an der *Ahoi Kaffeerösterei* in die Schlange ein, da spürte er, wie jemand ihn an der Schulter berührte.

»Du grüßt wohl auch nicht mehr«, sagte Emma, ein schelmisches Grinsen im Gesicht.

»Noch habe ich keine Augen im Rücken«, erwiderte Mads.

»Ein freundliches: ›Schön, dich zu sehen, darf ich dich zu einem Kaffee einladen‹ hätte mir schon gereicht«, neckte Emma ihn weiter.

»Ich dachte, du lässt dich nur ungern von mir einladen, von wegen Emanze und so«, stieg Mads in die Frotzelei ein. Er freute sich, dass er Emma getroffen hatte, und dass er ihr einen Kaffee ausgeben würde, war für ihn selbstverständlich.

»Ich bin keine Emanze, sondern emanzipiert, soll ich dir den Unterschied erklären?«

»Moin, Mads, einen Espresso wie immer?«, sprach die Barista ihn an, da er in der Reihe schon so weit vorgerückt war.

»Genau, dazu ein stilles Wasser, und für die freche Journalistin, was immer sie wünscht.«

»Emma ist doch nicht frech«, antwortete die Barista, sie kannte die beiden.

»Ich nehme einen Latte und einen Muffin, der Eingebildete zahlt«, wandte sich Emma an die Barista.

Die lachte und Mads hatte Mühe, Emma nicht spontan in die Arme zu nehmen, er fühlte sich gerade danach.

Wieso Stefan?, dachte er bestimmt zum tausendsten Mal.

»Ich suche uns eine Bank zum Sitzen, okay?«, sagte Emma.

»Gute Idee«, antwortete Mads und Emma entfernte sich.

»Sie ist schon schlagfertig. Die ist dir gewachsen«, bemerkte die Barista. »Das bist du bei deinen Mädels bestimmt nicht gewohnt, dass sie widersprechen und humorvoll Kontra geben.«

»Deswegen ist Emma ja auch nicht meine Freundin«, gab Mads mit einem Augenzwinkern zurück, dabei wünschte er sich genau so eine Partnerin. Selbst Jil, die ganz sicher nicht auf den Kopf gefallen und selbstbewusst war, gab ihm nicht das Gefühl, dass sie ihm gewachsen war, und das dachte er nicht aus Eitelkeit, sondern weil er ein Mann war, der mitten im Leben stand und wusste, was er wollte.

Die Barista reichte ihm die Getränke und den Muffin, Mads schaute sich kurz um und entdeckte Emma etwas weiter rechts auf einer Bank sitzend.

»Einmal der Kaffee«, sagte Mads, gab ihr den Becher und nahm neben ihr Platz.

»Sehr lieb von dir.«

»Das muss ich mir gleich notieren.«

»Was?«

»Dass du mich lieb findest.«

»Ich sagte, es *ist* lieb von dir, nicht, dass du lieb *bist*«, erwiderte Emma schmunzelnd.

»Schon machst du diesen schönen Moment kaputt«, lachte Mads.

»Frech wie Oskar.«

Mads lag noch ein Spruch auf der Zunge, aber er wollte es nicht übertreiben, stattdessen schaute er zu den Booten und dann nach rechts, wo er Jörn erblickte, der gerade in seiner Hosentasche kramte und etwas abzählte.

»Wetten, er kommt gleich zu uns und fragt, ob ich ihm einen Kaffee ausgeben kann?«

Emma sah in Jörns Richtung. »Nur, weil er Geld zählt?«

»Wie es ausschaut, ist es nur Kleingeld, das reicht bestimmt nicht für einen Kaffee.«

»Lena hat schon recht.«

»Womit?«

»Dass du weniger gemein zu Jörn sein solltest.«

»Ich?«, tat Mads verständnislos. »Ich versuche, einen guten

Menschen aus ihm zu machen und ihm beizubringen, dass er sich nicht immer durchschnorren soll.«

»Er hat dich doch gerade erst zu einer Currywurst eingeladen«, erinnerte Emma ihn.

»Das diente ja wohl nur als Alibi, und eben weil er es getan hat, weiß ich, dass er sich mit Absicht durchschnorrt. Er ist sich dessen bewusst. Lena dagegen glaubt, er wüsste es nicht besser wegen seiner geistigen Behinderung. Aber glaub mir, Jörn weiß es. Wenn er allerdings den ganzen Tag am Strand abhängt, ist es doch logisch, dass er ständig pleite ist.«

»Soll er die ganze Zeit im Wohnheim hocken?«, reagierte Emma streng. »Ich finde es super, dass er trotz seiner Behinderung am Leben teilnimmt und sich in keine von der Gesellschaft angeordnete Schublade stecken lässt.«

»Ich doch auch. Aber man kann am Strand genauso gut andere tolle Dinge machen, die kein Geld kosten. Er könnte ein Buch lesen oder surfen lernen oder joggen.«

»Jörn und surfen?« Emma hob die Augenbrauen.

»Dumme Idee.« Mads machte eine wegwerfende Handbewegung. »Er hat es sogar mal versucht. Du hast recht, gerade habe ich Unsinn geredet.«

»Das muss ich mir jetzt ganz fett und rot im Kalender markieren«, sagte Emma grinsend.

»Was?«

»Dass ein Mads Johannsen zugeben kann, dass er sich irrt.«

Bevor Mads etwas erwidern konnte, trat Jörn zu ihnen. »Na, ihr beiden Hübschen?«

»Moin, Jörn, wohin des Wegs?«, fragte Mads.

»Euch Hallo sagen. An so einem Traumpaar kann man doch nicht einfach so vorbeigehen«, antwortete Jörn.

Emma wirkte plötzlich etwas verlegen.

»Emma ist mit Stefan zusammen. Du hast sie beide bestimmt schon mal gesehen«, berichtigte Mads, der ahnte, warum Jörn so überfreundlich war.

»Das wusste ich nicht«, sagte Jörn an Emma gewandt, »aber wenn ich du wäre, würde ich Thor mein Herz schenken. Du findest am Strand niemanden, der cooler, lieber, stärker, intelligenter, großzügiger und freundlicher ist als er. Einen Gott als Freund zu haben, ist doch viel besser als einen Stefan.«

»Sag schon, Jörn, möchtest du dir einen Kaffee holen?«

»Nein, nein, ich wollte euch nur Hallo sagen, aber wenn du mich so fragst, würde ich die Einladung nicht ablehnen, ich habe leider nur noch 1,75 Euro.«

Mads sah, wie Emma nach ihrer Handtasche griff, doch Mads war schneller und fischte einen Zehneuroschein aus der Hosentasche.

»Hier, gönn dir einen Kaffee und ein Eis.«

»Echt?« Jörn bekam kugelrunde Augen.

»Ja, echt, und jetzt ab mit dir, bevor ich es mir anders überlege.«

»Wahrlich, Thor, es ist eine Ehre, dein Freund zu sein. Deine Güte kennt keine Grenzen und wir in aller Welt besungen«, antwortete Jörn und schnappte sich den Schein. »Und du, schöne Prinzessin, solltest Mads dein Herz schenken.«

Emma lächelte stumm und schaute kurz zu Mads, dabei trafen sich ihre Blicke. Emmas blaue Augen leuchteten und für einen Moment hatte Mads das Gefühl, dass Emma seine Nähe genoss und Jörns Worte doch eine Bedeutung für sie hätten. Mads wusste, dass das Unsinn war, aber er konnte das Gefühl nicht abschütteln.

Jörn verabschiedete sich und ging zu dem Café.

»Einen großen Fan hast du jedenfalls«, stellte Emma fest.

»Jörn sagt alles, um an Kohle zu kommen. Am Ende wickelt er mich jedes Mal um den kleinen Finger.«

»Weil du ein gutes Herz hast. Es ist diese liebevolle Seite, die Jutta in dir sieht und wegen der deine Schwester und sie dich so lieben. Eine Seite, die du leider zu selten zeigst.«

Das saß! Mads musste sich kurz sammeln und die Bemerkung sacken lassen.

»Ist dir eigentlich aufgefallen, dass wir uns ganze zehn Minuten lang mal nicht gestritten haben?«, sagte er nach einer Weile.

»Schlimm?«

»Überhaupt nicht.«

»Dann kann ich dir ja den Grund sagen, warum ich mich freue, dass du hier bist«, begann Emma.

»Lass mich raten, es ist nicht wegen meiner schönen Augen, es geht um deinen Artikel.«

Emma schüttelte den Kopf. »Es geht um Gregor.«

»Was ist mit ihm?«

»Er hat Scheiße gebaut.«

Mads sah sie fragend an und dann erzählte Emma von der geplanten Erpressung.

»Das hat Gregor tatsächlich gemacht?«, fragte Mads fassungslos, als sie geendet hatte. »Ich weiß noch, wie sehr Gustav und Albert deswegen in Aufruhr waren. Klingt aber plausibel, so wie du es erzählst. Die Erpressung wirkte von Anfang an kein bisschen professionell, wurde auch nicht konsequent durchgezogen. Wenn Gustav das erfährt …«

»Muss er das denn?«, unterbrach Emma ihn. »Gregor war verliebt und sein Vater hat ihn all die Jahre schlecht behandelt, nur weil er schwul ist. Am Ende ist doch niemand zu Schaden gekommen.«

»Trotzdem bleibt es eine Erpressung. Auch wenn Gregor blind vor Liebe war und jeden Grund hatte, seinen Vater zu hassen, es ist eine Erpressung.«

»Ich hätte es dir nicht sagen sollen.« Emma verzog das Gesicht.

»Du magst ihn, oder?«

»Ja, sehr sogar. Er ist überaus sensibel und leicht manipulierbar.«

Mads überlegte, er wusste, dass weder Gustav und erst recht nicht Albert das so locker sehen würden wie Emma. Sie würden Frank Tackenberg mit Sicherheit informieren.

»Bitte, Mads, du weißt, dass ich dich selten um was bitte, aber verbaue Gregor nicht den Neuanfang. Er hat sich von Taner getrennt, er hat seinen Fehler erkannt und mich gebeten, mit dir zu reden. Mal ehrlich, glaubst du ernsthaft, dass sein Vater ihn in den Knast stecken würde?«

»Tackenberg traue ich alles zu«, entgegnete Mads, ohne zu zögern.

Emma erschrak. »Ich hoffe, dass ich nie so eine Mutter werde, die ihren Sohn ins Gefängnis schicken würde, und du nie so ein Vater.«

»Unsere Kinder würden so etwas Dummes gar nicht erst tun«, antwortete Mads aus dem Bauch heraus.

»Unsere Kinder?«, wiederholte Emma und schaute ihn mit großen Augen an.

»Ist mir so rausgerutscht, du weißt, wie ich das meine. Oder glaubst du, dass ich so ein Rabenvater wäre?«

Da war es wieder, Mads war machtlos dagegen. Das Kribbeln im Bauch, das Gemisch aus Geborgenheit und Beschützerinstinkt, das er nur in Emmas Gegenwart gleichzeitig spürte. Er, Mads Johannsen, der bei den Frauen sonst immer den Ton angab, fühlte sich wie jemand, der einer Situation hilflos ausgeliefert war, ohne zu wissen, was er tun sollte. Etwas, was er so nicht kannte, was allerdings auf gewisse Weise auch schön war. Das Ganze hatte nur einen Haken: Emma war vergeben.

»Ganz sicher wärst du nicht so ein Vater, du wirst ein toller Papa, davon bin ich überzeugt.« Emma lächelte. »Kannst du die Sache für dich behalten? Gibt es noch die Akte dazu?«

»Natürlich gibt es die, aber da seit ein paar Monaten keine neuen Hinweise mehr eingegangen sind und sich der Erpresser nicht mehr gemeldet hat, haben wir den Fall nicht weiterverfolgt.«

Mads erinnerte sich noch gut an die Worte seines Onkels: *»Es riecht einfach danach, dass es jemand aus dem näheren Umfeld von Tackenberg ist, der nur nicht die Eier hat, das bis zum Ende durchzuziehen.«*

»Wem schadet es dann, es für sich zu behalten, wenn ihr seit Monaten eh keine neuen Hinweise habt?«, beharrte Emma.

»Ich bin Polizist«, sagte Mads.

Emma ergriff plötzlich seine Hand und hielt sie fest. »Der beste, den ich kenne, und es gibt niemanden, dem ich eher mein Leben anvertrauen würde als dir«, vollendete sie seinen Satz. »Bitte, tu mir den Gefallen. Lass es so, wie es ist. Ermittelt nicht weiter. Ich würde es mir nie verzeihen, wenn ihr meinetwegen gegen Gregor angeht oder er, noch schlimmer, ins Gefängnis muss.«

Mads rang mit sich. Emmas Hand war so weich und zart und ihr Blick wirkte so besorgt, als hätte sie Gregor unbewusst in die Pfanne gehauen.

»Ist gut«, lenkte er schließlich ein. »Wenn Gregor nicht wieder auf die dumme Idee kommt, seinen Vater zu erpressen, muss er sich keine Sorgen machen. Lena und ich haben den Fall damals übernommen. Wenn von seiner Seite nichts weiter kommt, muss er nichts befürchten.«

»Du bist ein Schatz«, schoss es aus Emma heraus und umarmte ihn.

Mads konnte ihr Parfüm riechen, es war dezent, aber noch intensiver war ihr Emma-Duft, der ihn fast um den Verstand brachte. Am liebsten hätte er sie an sich gezogen und sie geküsst.

»Dafür habe ich was gut bei dir«, sagte er.

»Aber so was von«, bestätigte Emma und lächelte ihn an.

»Du hast doch mit den Mädels gesprochen. Was sagen die denn so?«, schwenkte Mads lieber auf ein neues Thema um. »Wäre schön, zu erfahren, was du so alles herausgefunden hast.«

»Das ging aber schnell«, reagierte Emma überrascht.

»Erzähl mal.«

»Was kriege ich im Gegenzug?«

»Das hast du doch schon«, gab er augenzwinkernd zurück.

»Na gut, Deal ist Deal«, willigte Emma ein und berichtete von dem Treffen. Es war nichts dabei, was Mads nicht bereits wusste.

»Das war alles?«, fragte er daher.

»Ja«, antwortete Emma.

»Da ist doch mehr.« Er sah sie prüfend an.

»Wie kommst du darauf?«

»Weil ich es spüre. Wir hatten einen Deal.«

Emma verdrehte die Augen.

»Emma?«

»Na gut, Ja. Ich hatte vorhin ein Gespräch mit Luca. Kriege ich dann wenigstens ein paar Infos von dir?«

»Kriegst du nicht, weil wir einen Deal hatten«, entgegnete Mads.

Emma schob die Unterlippe vor.

»Ich höre.«

Emma seufzte, dann sagte sie: »Luca könnte schwul sein.«

»Woher weißt du das?«

»Von Gregor. Er hat sich Grindr runtergeladen, das ist eine Datingapp, die vor allem von Homosexuellen benutzt wird, und Luca hat ein Profil darauf. Sie schreiben sich seit zwei Tagen.«

»Bist du sicher, dass es Luca ist?«

»Ich habe die Fotos von ihm gesehen. Dass sie sich seit zwei Tagen schreiben, weiß ich aus einem Telefonat mit Gregor. Er hat mich vorhin angerufen, nachdem wir uns getroffen hatten, kurz bevor du kamst.«

»Die Fotos könnten ein Fake sein. Vielleicht von Taner«, mutmaßte Mads. Ein schwuler Luca passte einfach nicht ins Täterprofil, oder war das der endgültige Beweis, dass Luca unschuldig war?

»Das hat auch Amir spekuliert, ergibt in meinen Augen aber wenig Sinn«, erwiderte Emma.

»Die Mädels meinten doch, dass er auf Celine stehen würde.«

»Stimmt. Er könnte ja bisexuell sein. Ich habe vorhin übrigens mit ihm gesprochen.«

»Mit Luca?«

»Ja, er war zufällig am Hafen.«

»Hast du ihn mit der Sache konfrontiert?«

»Das nicht, weil er kurz angebunden war. Am Ende hat er mir noch erzählt, dass es ein Geheimnis zwischen ihm und Celine gab.«

»Das wird ja immer suspekter.« Mads wurde das Gefühl nicht los, dass Luca versuchte, sich ein Alibi zu verschaffen. Sicherlich war er clever genug, um zu wissen, dass er verdächtigt wurde. »Weißt du, wie lange er sein Profil auf Grindr schon hat?«

»Leider nicht. Amir hat sich vorhin ein Profil angelegt, um das zu überprüfen, aber man kann nicht sehen, wann sich jemand registriert hat. Ist wie Tinder. Die App kennst du sicher.«

»Sehe ich aus, als würde ich Tinder nutzen?«

»Hatte ich angenommen«, erwiderte Emma achselzuckend. »Ich habe mir immer vorgestellt, wie du jeden Abend schaust, wie viele junge Dinger dich wieder geliked haben.«

»Uncool, du schätzt mich völlig falsch ein.« Er konnte nicht verstehen, warum Emma ihm ausgerechnet jetzt so einen unnötigen Spruch reindrückte.

»War nur ein Scherz«, sagte sie rasch.

»Ein ganz schlechter. Ich weiß auch nicht, was es dir bringt, mir so etwas zu unterstellen.«

»Ich sagte doch, war nur ein Scherz, tut mir leid.« Sie sah wirklich bekümmert aus.

»Das ist das Mindeste. Ich würde mir nie so einen Scherz auf deine Kosten erlauben.«

»Soso, Mads, der sich niemals auf Kosten anderer lustig macht«, reagierte Emma ironisch.

»Können wir auf Luca zurückkommen?«

»Was möchtest du noch wissen?«

»Wir müssen herausfinden, seit wann Luca die App nutzt.«

»Das geht nur, wenn Gregor ihn fragt.«

»Oder wenn Amir mit ihm flirtet.«

»Amir hat einen Freund«, wandte Emma ein.

»Das weiß ich. Er soll Pietro erzählen, dass er das für dich macht. Wo ist das Problem? Ihr beiden seid doch so dicke. Wie beste Freundinnen.«

»Warum machst du das nicht? Zieh Amir nicht immer so auf, er ist ein echter Mann, von dem du viel lernen kannst, so wenig das deinem Ego auch gefallen mag. Du kannst dir genauso gut ein Profil anlegen.«

»Ich bin aber nicht schwul. Außerdem ziehe ich Amir nicht auf, wir beide scherzen nur. Amir ist ein guter Kumpel und ich mag ihn. Da frotzelt man schon mal miteinander rum.«

»Seit wann bist du so zimperlich? Ich wüsste auch nicht, warum die Sache mit der App so wichtig für deine Ermittlungen ist. Glaubst du denn, dass Luca Celine ermordet hat?«

»Ich glaube nichts, ich ermittle.«

Emma lächelte.

»Was ist so witzig daran?«

»Das sagst du immer«, antwortete sie und ihre Stimme wurde plötzlich sanft.

»Mag sein. Trotzdem müssen wir herausfinden, seit wann Luca das Profil hat, und ob er das Ganze nicht gestartet hat, um sich aus der Schusslinie zu holen.«

»Ist ja gut, ich frage Amir.«

»Warte«, antwortete Mads. Er hatte plötzlich eine andere Idee, die Emma sicherlich nicht schmecken würde, aber darauf konnte er gerade keine Rücksicht nehmen.

»Warum?«

»Wir beide müssen mit Gregor sprechen. Am besten sofort.«

30

Timmendorfer Strand

Gustav hoffte, dass Tim weitere Hinweise auf dem Handy von Celine finden würde, da er nicht davon ausging, dass Ole und sein Team viel Neues liefern könnten. Auch die Zeugin Simone Döring, die nach 23 Uhr einen schlanken großen Mann vom Strand weglaufen gesehen haben wollte, hatte ihnen keine heiße Spur offenbart, da sie den Mann nicht beschreiben konnte. Ob er überhaupt in Verbindung zu Celines Tod stand, war ebenso wenig klar.

Um nicht weiter untätig abzuwarten, war Gustav jetzt auf dem Weg zu Rune Peters. Er hatte kaum den Parkplatz verlassen, da klingelte sein Handy, das über die Freisprecheinrichtung mit dem Auto gekoppelt war.

»Moin, Albert«, nahm Gustav das Gespräch an.

»Moin. Hast du deinen besten und einzigen Freund seit Kindheitstagen schon vergessen?«

»Ganz sicher nicht. Ich bin gerade auf dem Weg zu einem potenziellen Zeugen. In meinen Augen kann es dir nicht schaden, wenn du mal an was anderes als an meine Ermittlungen denkst und die Zeit im Krankenhaus nutzt, um runterzukommen.«

»Das sind nicht nur deine Ermittlungen, es geht hier um die Reputation der Gemeinde, meiner Gemeinde, und du solltest dankbar sein, dass ich mir als Bürgermeister Gedanken um deren Sicherheit mache und dir politisch den Rücken freihalte.«

»An mir liegt es nicht. Auch wenn du es nicht gerne hörst, es gibt Mitarbeiter, die der Meinung sind, dass du dich zu sehr in unsere Polizeiarbeit einmischen würdest, weil es nicht zu deinen Befugnissen als Bürgermeister gehört.«

»Das sind sicherlich dieselben Leute, die trotzdem jeden Tatort aus Münster schauen«, brummte Albert.

»Sag nichts gegen den Münster-Tatort, den schau ich auch.«

»Dann weißt du, dass Professor Dr. Dr. Karl-Friedrich Boerne Rechtsmediziner ist und den Kriminalhauptkommissar nicht nur bei den Ermittlungen begleiten, sondern auch Fragen bei Verhören stellen darf. Seit wann ist das bitteschön erlaubt? Das ist doch jenseits jeder Realität. Trotzdem hat die Tatortreihe um die vierzig Prozent Marktanteil und wird von Millionen Deutschen geschaut, unter anderem von deinen nörgelnden Mitarbeitern.« Albert wirkte beinahe außer Atmen nach dieser Schimpftirade.

»Jetzt beruhig dich. Das ist eine Fernsehserie, das wissen die Zuschauer.«

»Und woher wissen sie, dass das hier real ist?«

Gustav lachte. »Was für Medikamente bekommst du? Fängst du an zu halluzinieren oder ist das nur deine beginnende Senilität?«

»Ich bin jünger als du, nur so am Rande.«

»Das eine Jahr.«

»365 Tage, das ist eine ganze Menge.«

»Es sind ein paar Monate, um genau zu sein. Mensch, Albert, ist dir langweilig, rufst du mich deswegen an? Merkst du überhaupt, worüber wir gerade diskutieren und dass du dein Verhalten mit einem Münster-Tatort rechtfertigst – einer Krimiserie im Fernsehen?«

»Ja, schade, dass ich das tun muss. Als bester Freund erwarte ich von dir, dass du diese Mitarbeiter zur Seite nimmst und mich verteidigst. Du weißt doch, dass es dein Vater war, der die Idee hatte, Bürgermeister und Polizeichef enger zusammenarbeiten zu lassen, und dass ich deswegen die Gemeindesatzung angepasst habe, in der dem Bürgermeister ausdrücklich auch polizeiliche Befugnisse eingeräumt werden. Ich muss dich nicht daran erinnern, dass kein Mitarbeiter je ein Wort der Kritik geäußert hat, als dein Vater noch Polizeichef war.«

»Weil alle Angst vor ihm hatten.«

»Nein, weil er sein Regiment im Griff hatte.«

»Wir sind nicht beim Militär«, entgegnete Gustav. Er hatte Mühe, ruhig zu bleiben, da Albert im Krankenhaus lag und sicherlich deswegen übers Ziel hinausschoss.

»In meinem Team wagt es auch niemand nur ein schlechtes Wort über dich zu verlieren, denn das würde ich im Keim ersticken«, setzte Albert noch eins drauf.

»Was möchtest du von mir hören?«

»Dass du hinter mir stehst.«

»Albert, das tue ich. Möchtest du weiter motzen oder mir endlich verraten, wie es dir geht?«

Albert atmete hörbar durch. »Es geht mir den Umständen entsprechend. Dieser verdammte Chefarzt möchte mich nicht gehen lassen, weil mein Gewebe um die Naht herum angeblich nicht so verheilt, wie er es sich wünschen würde. Dämlicher Kerl.«

»Vor einigen Wochen hast du noch von ihm geschwärmt.«

»Da hat er mich auch noch nicht behandelt. Warst du im *Restaurant 1921* und hast Lars liebe Grüße von mir ausgerichtet?«

»Ja, habe ich. Er gibt die Grüße zurück und hofft auf baldige Genesung. Es war wirklich ein toller Abend. Das Restaurant ist auf jeden Fall einen Besuch wert, und damit du nicht den ganzen Tag miese Laune hast, lade ich dich dorthin ein, sobald du aus dem Krankenhaus raus bist.«

»Das ist ja wohl das Mindeste«, gab Albert zurück, seine Stimme klang nicht mehr so aggressiv. »Darf ich dich was fragen?«

»Klar. Seit wann bittest du dafür um Erlaubnis?«

»Möchtest du, dass ich dich bei den Ermittlungen nicht

mehr unterstütze? Nerve ich dich? Du bist für mich die einzige Person, die mir gegenüber verbindlich ist. Wenn du als Polizeichef sagst, ich soll dein Büro nicht mehr betreten, werde ich das tun. Versprochen.«

Gustav war einen Moment sprachlos. Der ruhige, nachdenkliche Ton von Albert sagte ihm, dass es seinem alten Freund ernst war.

»Ganz ehrlich …«

»Ja, ehrlich. Du weißt, dass mir deine Meinung wichtig ist.«

»Ich möchte, dass alles so bleibt, wie es ist«, erwiderte Gustav aufrichtig. »Ich beobachte mich schon morgens dabei, dass ich nur darauf warte, dass Petra sagt, du würdest vor der Tür warten, und dann kommst du ins Büro und wir beide trinken erst mal einen Espresso, bevor du meine Nerven strapazierst.«

Gustav hörte, wie Albert leise die Nase hochzog.

»Danke, das bedeutet mir sehr viel«, sagte er dann.

»Wir sind beste Freunde, wir halten zusammen, egal wie oft wir uns auf die Nerven gehen«, versicherte Gustav.

»Stimmt. Das müssen wir auch, weil uns Jutta sonst die Ohren langzieht«, ergänzte Albert.

»Zu Recht! Ich muss jetzt auflegen, ich bin am Ziel angekommen. Denk du mal an was anderes als an meine Ermittlungen. Lies ein Buch über Selbstfindung oder mach Yoga«, scherzte Gustav.

Albert lachte. »Melde dich, wenn du meine Hilfe brauchst.«

»Ganz sicher nicht«, antwortete Gustav ebenso lachend, beendete das Gespräch und stieg aus dem Auto.

»Moin«, sagte Rune, als er Gustav die Tür öffnete.

»Moin«, erwiderte dieser.

»Sie sind doch Mads' Onkel.«

»Der bin ich. Darf ich eintreten?«, fragte Gustav. Er kannte Rune bisher nur von den Fotos aus der Besprechung, aber wie es schien, hatte Rune ihn schon vorher mal gesehen.

»Klar, kommen Sie bitte rein. Es riecht nur ein bisschen nach Dope, nicht, dass ich dafür jetzt verhaftet werde.«

»Entspannen Sie sich, deswegen bin ich nicht hier. Der Konsum von Cannabis ist nicht strafbar, nur der Besitz. Ich will für Sie hoffen, dass kein Cannabis auf dem Tisch liegt«, gab Gustav zurück und folgte Rune ins Wohnzimmer.

Der typische, schwere Geruch eines Joints hing unverkennbar in der Luft. Im Aschenbecher waren die Reste zu sehen.

»Rauchen Sie viel?«, fragte Gustav.

»Nur ab und zu, um runterzukommen.«

»Haben Sie denn viel Stress?«

»Ich arbeite im Schichtbetrieb«, antwortete Rune achselzuckend, »da ist Stress vorprogrammiert. Aber Sie sind sicherlich nicht hier, um über meine Arbeit zu sprechen.«

»Das stimmt. Es geht um Celine Bock.«

»Meine Ex. Ich weiß. Ich kann es noch immer nicht glauben, dass sie ermordet wurde, ausgerechnet hier, wo sich Fuchs und Hase gute Nacht sagen. Wer tut so was Krankes?«

»Das möchten wir herausfinden, deswegen habe ich auch noch einige Fragen.«

Rune legte den Kopf ein wenig schief. »Ich habe Mads schon alles erzählt, was ich weiß. Sie verdächtigen mich doch nicht?«

»Nein, tun wir nicht. Trotzdem müssen wir verstehen, was in der Nacht passiert ist.«

»Woher soll ich das wissen? Ich war nicht da«, unterbrach Rune ihn schroff.

Für jemanden, der gerade einen Joint geraucht hatte, wirkte er alles andere als entspannt. War das nur seinem Temperament geschuldet oder hatte er etwas zu verbergen?

»Wie war Ihr Verhältnis zu Celine?«, fuhr Gustav fort.

»Das habe ich Mads doch alles gesagt. Wir hatten kein Verhältnis. Wir waren getrennt.«

»Demnach hatten Sie keinen Kontakt mehr mit Celine, seit Sie in einer neuen Beziehung sind?«

»Nein, warum auch?« Rune fuhr sich über die Haare, dann atmete er tief durch. »Okay, ich wollte mich mit ihr treffen. Wir wollten uns aussprechen, aber sie ist nicht erschienen, sie hat gekniffen.«

»Haben Sie sie darauf angesprochen?«

»Nein, wir wollten uns am Freitag treffen, das war vor ein paar Tagen. Woher soll ich wissen, dass sie kurz darauf ermordet wird? Ehrlich, Herr Johannsen, ich bin der falsche Ansprechpartner. Ja, ich weiß, dass es scheiße von mir war, Celine zu betrügen, aber das macht mich nicht zu einem Mörder.«

»Sie bleiben also dabei, dass es in letzter Zeit keinen weiteren Kontakt zu Celine gab?«, bohrte Gustav weiter.

Von Tim wusste er, dass Rune und Celine sich tatsächlich nicht mehr geschrieben hatten, bis auf die Vereinbarung des Treffens am Freitagabend.

»Sie wissen es«, sagte Rune.

»Was?«

»Tun Sie doch nicht so. Dass Celine mich gestalkt hat.«

»Sie wussten, dass es Celine war?«

»Klar, für wie dämlich hat sie mich gehalten?«

»Warum haben Sie es ihr nicht gesagt?«

»Ich wollte sehen, wohin das Ganze führt.« Rune versenkte die Hände in den Hosentaschen und wippte kaum merklich mit den Füßen auf und ab. Gustav war nicht sicher, ob er ihm glauben sollte.

»Wusste Ihre Freundin davon?«

»Ja, ich habe ihr reinen Wein eingeschenkt, ich habe keine Geheimnisse vor ihr. Am Freitag wollte ich Celine auch bitten, dass sie diesen Mist mit dem Stalking sein lassen soll.«

»Wie hat Ihre Freundin reagiert?«

»Sie fand es natürlich nicht so cool. Sie hat nicht verstanden, warum ich Celine nicht früher darauf angesprochen habe.«

»Warum haben Sie es nicht getan?«

»Weil …« Rune brach ab und presste die Lippen zusammen, dann sagte er: »Weil das irgendwie nicht Celine war.«

»Was meinen Sie damit?«

»Sie war keine, die einen stalkt und so anzügliche Sachen schreibt. Das alles sah einfach nicht nach ihr aus.«

»Trotzdem haben Sie geglaubt, dass sie es war. Warum?«

»Anfangs war das auch so. Ehrlich, ich dachte zuerst, dass es meine Freundin oder eine von deren Freundinnen ist, die das macht, um mich zu testen.«

Gustav sah ihn prüfend an. »Vertraut Ihre Freundin Ihnen nicht?«

»Sie ist ziemlich eifersüchtig, immerhin habe ich Celine ja mit ihr betrogen. Keine Ahnung, was Frauen manchmal denken. Vielleicht hatte sie Schiss, dass ich sie auch betrügen könnte.« Er schnaubte abfällig. »Einfach albern. Welcher Mann versteht schon die Logik von Frauen?«

»Wann waren Sie sicher, dass Celine dahintersteckte und nicht Ihre Freundin?«

»Als wir über sexuelle Vorlieben gesprochen haben, hat Celine plötzlich Dinge geäußert, auf die ich stehe, sie aber nicht mochte. Da wusste ich, dass es ein Fakeaccount war und nur Celine dahinterstecken konnte.«

»Haben Sie das Ihrer Freundin gleich erzählt?«

»Nein, die wäre deswegen ziemlich angepisst gewesen.«

»Mit eifersüchtigen Frauen ist nicht zu spaßen«, bestätigte Gustav verständnisvoll, um Rune weiter zum Reden zu animieren.

»Sie sagen es. Ich liebe sie, aber ihre Eifersucht steht uns echt im Weg.«

»Wann haben Sie es ihr gestanden?«

»Letzte Woche, ich hatte keine Wahl.«

»Keine Wahl?«

Rune sah genervt zur Decke. »Weil sie es bereits wusste.«

»Woher?«

»Sie hat in mein Handy geschaut. Zum Glück konnte ich sie beruhigen. Hätte ich es ihr einen Tag später gesagt, wer weiß, was dann passiert wäre. Deswegen war ich auch so erleichtert, dass Celine sich mit mir aussprechen wollte. Ich wollte ihr klarmachen, dass sie den Scheiß sein lassen und sich nicht in meine Beziehung einmischen soll.«

»War es Ihre Idee, sich mit Celine zu treffen?«

»Ja.«

Gustav war geneigt, Rune zu glauben. So oder so würde er unbedingt mit Runes Freundin sprechen müssen. Er oder Mads!

31

»Du willst Gregor tatsächlich als Köder benutzen?«, fragte Lena. Sie und Mads waren mittlerweile zurück in der Dienststelle.

»Ja, warum nicht?«

»Sollten wir Luca nicht lieber direkt damit konfrontieren?«

»Das können wir später immer noch tun. Je nachdem, was Gregor herausgefunden hat.«

»Findest du das nicht etwas zu viel Verantwortung für jemanden wie Gregor?«

»Nein, warum?« Mads sah sie erstaunt an. »So ein zartes Pflänzchen ist er nun auch nicht.«

»Na ja, er hat gerade eine Trennung hinter sich und besonders gefestigt war er noch nie«, widersprach Lena. Mads hatte ihr vorhin alles erzählt, auch von der versuchten Erpressung und seinem Telefonat mit Gregor, bei dem Emma dabei gewesen war.

»Gregor hat meinem Plan zugestimmt. Das ist der Deal, damit wir beide die Erpressung nicht weiterverfolgen.«

Lena schüttelte den Kopf. »Glaubst du denn ernsthaft, der Vater würde seinen eigenen Sohn anzeigen?«

»Schwesterherz, das ist mir herzlich egal. Es hat auf jeden Fall ausgereicht, um Gregor von der Wichtigkeit seiner Mission zu überzeugen.«

»Ich weiß trotzdem nicht, ob Gregor dem gewachsen ist.«

»Dann wird es wohl Zeit, dass er endlich Verantwortung übernimmt und ein bisschen Arsch in der Hose zeigt. Gregor ist ein Vorteil, den wir nicht aus der Hand geben dürfen.«

»Wie meinst du das?«

»Wenn das Grindrprofil von Luca kein Fake ist, dann weiß Luca nicht, dass Gregor mit Emma befreundet ist oder mich kennt. Das heißt, er wird Gregor gegenüber keine Vorbehalte haben und möglicherweise ein paar Informationen ausspucken, die er uns vorenthalten würde.«

»Möglicherweise«, entgegnete Lena, sie war noch immer nicht überzeugt. »Genauso gut kann es sein, dass Gregor das Ganze verbockt und uns einen Scherbenhaufen hinterlässt.«

»Das wird er schon nicht.«

»Hoffentlich. Sollte es doch schiefgehen, wird Luca erst recht glauben, dass wir ihn als Verdächtigen im Visier haben, und dichtmachen.«

»Das weiß ich alles, Schwesterherz, trotzdem ist es das Risiko wert, vertrau mir.«

»Wollen wir hoffen, dass du Recht behältst und das Profil wirklich von Luca ist. Wenn er tatsächlich homosexuell ist, wäre das sogar ein gutes Alibi, dass er Celine nicht ermordet hat. Verschmähte Liebe kann dann zumindest nicht das Motiv gewesen sein.«

»Ich gebe dir recht, dass es ein paar große Fragezeichen gibt«, räumte Mads ein, »und ich hoffe, dass wir bald einige Antworten erhalten, sobald sich Gregor mit ihm getroffen hat.«

»Wann soll das stattfinden?«

»Gregor hat ihm geschrieben, jetzt müssen wir abwarten, ob Luca darauf eingeht und sich mit ihm trifft. Wenn nicht, könnte das ein Beleg dafür sein, dass das Profil ein Fake ist.«

»Oder es ist wirklich von Luca, aber er hatte nie die Absicht, sich mit Gregor zu treffen, sondern wollte sich dadurch nur ein Alibi verschaffen«, ergänzte Lena.

»Genau. Was irgendwie abgefahren wäre.« Mads lehnte sich in seinem Bürostuhl zurück. »Das hatten wir auch noch nicht, dass jemand so tut, als wäre er schwul, um sich aus der Schusslinie zu holen.«

»Ich frage mich, was das für ein Geheimnis ist, das Celine und Luca sich angeblich teilen.«

»Nicht nur du. In der Hinsicht verstehe ich Emma nicht. Sie gibt sich immer als taffe Journalistin, aber genau da bohrt sie nicht weiter.«

»Weil sie Luca nicht zu sehr unter Druck setzen wollte. Sie hat ihn doch gefragt, aber er hat Celine versprochen, es niemandem zu verraten, so hast du es mir erzählt.«

»Celine ist tot«, entgegnete Mads.

»Dennoch fühlt sich Luca verpflichtet, das Versprechen auch über ihren Tod hinaus zu halten, und Emma wollte sicher nicht so viel Druck auf ihn ausüben aus Sorge, dann gar keine Informationen mehr zu erhalten.«

Mads verzog das Gesicht. »Wollen wir für Luca hoffen, dass er sich mit Emma keinen Scherz erlaubt hat, dann kriegt er nämlich mächtig Ärger mit mir.«

»Was sagt dein Gefühl?«, fragte Lena und sah ihren Bruder prüfend an.

»Ehrlich?«

»Logisch.«

»Ich glaube irgendwie, dass Luca sich das alles ausgedacht hat. Als ich mit ihm gesprochen habe, habe ich gemerkt, wie labil er ist und wie wenig er mit Druck klarkommt.«

»Warum machen wir dann das alles?«

»Weil ich mich irren könnte. Soll ich die Aktion abbrechen und wir suchen ihn gleich auf?«

»Nein, nein, du hast ja recht«, lenkte Lena ein. Sie konnte Luca noch weniger einschätzen als ihr Bruder. Die Geschichte klang so unrealistisch, dass sie genau deswegen vielleicht doch nicht gelogen war. Hoffentlich sprang Luca auf Gregors Bitte an.

»Dein Handy«, sagte Lena, als sie sah, dass das Display von Mads' Handy aufleuchtete.

Mads wandte den Blick vom Bildschirm seines Computers ab und nahm das Gespräch an.

»Moin, Emma. Ich habe das Handy auf laut. Lena sitzt mir gegenüber.«

Die beiden Frauen grüßten sich.

»Hat sich Gregor gemeldet?«, fragte Mads.

»Das hat er. Luca und er wollen sich heute um 19 Uhr bei *Peter Pane* in Timmendorf treffen.«

»Das sind gute Nachrichten«, erwiderte Mads.

»Was machen wir jetzt?«

»Wir müssen Gregor briefen. Ich schicke dir gleich einen Fragenkatalog, Gregor soll Antworten auf diese Fragen aus Luca rauskitzeln.«

»Und wenn er das nicht hinkriegt?«

»Er muss es hinkriegen, er ist kein Kind.«

»Aber sensibel«, wandte Emma ein.

»Warum sagt das niemand über mich«, witzelte Mads.

»Weil du es nicht bist, du bist eher der Elefant im Porzellanladen.«

»Danke für die Blumen. Vielleicht sollten wir uns eine Stunde vorher mit Gregor treffen und das Ganze noch mal abstimmen«, schlug Mads vor.

»Das könnte ihn noch nervöser machen«, gab Emma zu bedenken.

»Mads hat recht«, pflichtete Lena ihm bei. »Wir sollten uns mit Gregor zusammensetzen, vielleicht nimmt ihm das eher die Nervosität.«

»In Mads' Gegenwart ist Gregor immer nervös. Seine Art schüchtert ihn ein.«

»Meine Art? Ich war doch megaverständnisvoll«, entgegnete Mads ungläubig.

»Du bist zu dominant. Gregor ist gerade sehr empfindlich«, beharrte Emma.

»Dann soll er endlich begreifen, dass ich ihm einen großen Gefallen erweise, indem ich das mit der Erpressung unter den Tisch fallen lasse. Zeit, erwachsen zu werden.«

»Genau das meinte ich«, hielt Emma dagegen. »Gregor hat eben erst seine große Liebe verloren. Er braucht Zuspruch, keinen Druck oder Belehrungen.«

»Ich habe eine Idee«, mischte sich Lena wieder ein. Ihr war eine Lösung eingefallen, wie sie Gregor dazu bekommen könnten, dass er heute Abend tat, was sie von ihm verlangten.

32

Ablenkung!

Ich kann es wirklich bestätigen, das ist die beste Medizin. Sei es Herzschmerz, sei es Kummer jeglicher Art oder Stress. Oder der Moment, wenn man vergessen möchte, dass man jemanden getötet hat.

Ablenkung hilft tatsächlich, dafür bin ich der beste Beweis, ich habe mich den ganzen Tag abgelenkt.

Nicht nur das, ich habe auch ein Date.

Ja, man mag es kaum glauben, es klingt verrückt, aber es ist so.

Vor wenigen Tagen erst habe ich ihr das Leben ausgehaucht und heute Abend werde ich vielleicht die Liebe finden. Wer weiß.

Schön wäre es, es käme mir sehr gelegen und würde abrunden, was ich seit Langem geplant habe.

Selbst wenn es nicht die Liebe wird, könnte es immer noch ein guter Fick werden. Was spricht schon gegen guten Sex?

Nicht viel, außerdem hatte ich lange keinen Sex mehr.

Aber am besten geht man ohne Erwartungen an so etwas heran, dann kann man wenigstens nicht enttäuscht werden.

Mit Enttäuschungen komme ich nicht gut klar, auch wenn das mancher, der mich kennt, nicht glauben kann. Aber Hand aufs Herz, wem geht das nicht so?

Heute war ich den ganzen Tag an der Lübecker Bucht unterwegs, das Wetter war zu schön, um zu Hause zu sitzen, und es hat mich super abgelenkt. Nicht nur von der Tat, sondern auch von allem anderen.

Vor allem davon, dass ich eine Antwort erwarte.

»Zeit, nach Hause zu fahren«, sage ich mir und beschließe, auf dem Heimweg einen Zwischenstopp im Supermarkt zu machen. Im Kühlschrank herrscht gähnende Leere, und leider gehöre ich nicht zu den Glücklichen, die es sich leisten können, auswärts zu essen.

Geld und ich, das ist eine echte Hassliebe. Ich liebe das Geld, aber das Geld mich nicht, es meidet mich, stelle ich immer wieder fest. Bei dem Gedanken muss ich schmunzeln und der Name Chico huscht mir durch den Kopf. Dieser glückliche Lottomillionär, der über Nacht fast 10 Millionen Euro gewonnen hat.

Unglaublich!

Ich spiele auch seit einiger Zeit Lotto, aber außer einem feuchten Händedruck habe ich nichts gewonnen.

Verdammter Chico!

So in Gedanken erreiche ich den Supermarkt, trete ein, nehme einen Einkaufskorb und erledige meine Einkäufe.

»Bar oder Karte?«, fragt mich die viel zu fette Kassiererin. Sie passt gerade so auf ihren Sitz hinterm Band.

»Karte«, antworte ich und zücke meine Sparkassenkarte, um zu zahlen.

»Die Karte wurde abgelehnt«, sagt die fette Frau und ihr Blick wird plötzlich unfreundlich.

»Geht bestimmt nur, wenn ich sie reinschiebe«, erwidere ich, denn ich hatte die Karte beim ersten Anlauf nur an das Zahlungsterminal gehalten.

»Bitte«, sagt die Fette und schaut mich dabei an, als würde sie sich freuen, dass ich kein Guthaben auf dem Konto habe.

Ich stecke die Karte in das Lesegerät und gebe die PIN ein.

Dass ich dabei anfange zu schwitzen, muss ich wohl nicht erwähnen. Ich möchte nicht, dass die Fette mich demütigt, und hoffe, dass noch genug Geld auf meinem Konto ist. Den Kontostand kenne ich nämlich nicht.

Ich hasse es, auf mein Konto zu schauen. Gott weiß, warum.

»Da haben Sie ja Glück gehabt«, sagt die Verkäuferin, als die Zahlung nun doch durchgeht.

»Das hat nichts mit Glück zu tun, sondern damit, dass ich Geld auf dem Konto habe«, antworte ich und würde der Frau am liebsten die Faust zwischen die Zähne schieben.

Aufgebracht packe ich meine Einkäufe zusammen und verlasse den Supermarkt.

Zu Hause öffne ich den Briefkasten vor der Haustür und ziehe drei Briefe heraus.

Alles Mahnungen.

Meine Laune ist auf dem Nullpunkt. Nicht mal mehr das Date kann mich aufheitern, ich will da nicht hin.

Doch der Gedanke an Chico ermutigt mich, nicht die Hoffnung zu verlieren.

33

»Moin. Wo ist Lena?«, fragte Gustav, als er Mads' Büro betrat.

»Im Krankenhaus.«

»Im Krankenhaus? Was ist passiert? Wieso erfahre ich das erst jetzt?« Vorwurf lag in Gustavs Stimme.

»Beruhig dich. Sie hatte nach dem Arztbesuch noch ein paar Routineuntersuchungen in der Uni-Klinik wegen ihrer Beine. Die Ärzte wollen schauen, ob man bisher etwas übersehen hat.«

»Gut, gut. Irgendwann wird sie wieder gehen, ich glaube fest daran«, sagte Gustav und wurde augenblicklich ruhiger. »Was gibt es Neues?«

»Wir haben einen Köder auf Luca angesetzt.«

»Einen Köder?«

»Ja, Gregor.«

»Du meinst ja wohl nicht Gregor Tackenberg.«

»Doch.«

»Sag bitte, dass das ein schlechter Scherz ist«, wurde Gustav laut. »Warum habt ihr ausgerechnet Tackenbergs Sohn auf Luca angesetzt? Du weißt, welche Stellung sein Vater mit seinen Investments für die Gemeinde hat.«

Mads hob beschwichtigend die Hände und klärte seinen Onkel auf, dennoch zog dieser die Stirn in Falten und Mads sah ihm an, dass er alles andere als begeistert war.

»Sag nicht, dass du diese schwachsinnige Idee hattest?«

»Hatte ich, und ich wüsste nicht, was daran Schwachsinn ist.«

»Alles! Ihr spannt jemanden wie Gregor, der durch und durch labil und unzuverlässig ist, in eure Ermittlungen ein und riskiert, dass Luca den Braten riecht und komplett dichtmacht, und nicht nur das, du machst es dir auch noch richtig einfach, indem du hoffst, dass Gregor dir die Antworten bringt, die du selbst herausfinden müsstest.«

»Das sehe ich anders, das Risiko ist überschaubar, und ich erhoffe mir, dass Luca Gregor etwas anvertraut, was er uns nicht erzählen würde. Aber war klar, dass du wieder nörgeln musst.«

»Wieso war das klar?«, brauste Gustav auf.

»Scheint ein Hobby von dir zu sein, mich zu kritisieren, wenn ich mal ein paar unkonventionelle Ideen einbringe«, gab Mads zurück.

Er war es gewohnt, dass Gustav ihn und seine Ermittlungsmethoden beanstandete, dabei hielt er Lena meistens aus seiner Kritik heraus, was Mads nur recht war. Er hatte sicher das dickere Fell.

»Das hier ist kein Hobby, es ist unser Beruf, und von der Qualität unserer Arbeit hängt es ab, wie schnell wir einen Mörder fassen.« Gustav atmete tief durch. »Gut, ich halte meine Klappe, aber komm ja nicht angerannt, wenn dein ach so toller Plan mit einem unreifen Jungen wie Gregor in die Hose geht.«

»Werde ich schon nicht. Wie war dein Gespräch mit Rune?«

»Das war sehr interessant«, antwortete Gustav und berichtete von seiner Unterredung. »Was machst du gerade?«, fragte er, nachdem er geendet hatte.

»Mich mit dir unterhalten.«

»Hast wohl heute einen Scherzkeks gegessen, oder was?«

»Das heißt Clown gefrühstückt«, korrigierte Mads seinen Onkel.

»Ich sehe schon, du langweilst dich.«

»Ganz sicher nicht. Lena wollte sich nachher mit Emma, Amir und Gregor treffen, um sie zu briefen.«

»Was hat das mit dir zu tun?«

»Ich wollte Lena zu Emma fahren.«

»Das kann ein Kollege übernehmen. Wenn ich dich eben richtig verstanden habe, kennt Luca weder Lena noch Amir, nur dich und Emma.«

»Genau«, bestätigte Mads.

Es war Lenas Vorschlag gewesen, dass sie sich vorab zu viert mit Gregor trafen und abstimmten. Während des Dates würden dann nur Lena und Amir einen Tisch weiter weg sitzen und dem Gespräch lauschen, da Luca die beiden nicht kannte. So konnten sie einschreiten, falls nötig.

»Dann kommst du jetzt mit mir mit«, forderte Gustav und wandte sich zur Tür.

»Wohin?«

»Wir suchen Klara Klockmann in Sierksdorf auf.«

»Die Freundin von Rune?«

»Genau.«

»Meinst du nicht, dass ich lieber allein hinfahren sollte?«

»Warum?«

»Ich kenne sie. Vielleicht ist sie mir gegenüber etwas offener.«

»Das ist hier kein Wunschkonzert. Du begleitest mich«, erwiderte Gustav.

Widerwillig erhob sich Mads und sagte: »Wenn's sein muss.«

Er hielt es für keine gute Idee, aber seinem Onkel zu widersprechen war keine bessere Option.

»Ärgere mich nicht, noch bin ich der Polizeichef und du bist mein Mitarbeiter. Wenn du einmal die Dienststelle übernimmst, kannst du Forderungen stellen und meinetwegen den Chef spielen, aber bis dahin ist mein Wort Gesetz.«

Mads pustete die Backen auf, nahm seine Waffe und folgte seinem Onkel zu dessen Dienstwagen.

Auf der Fahrt rief er Lena an und informierte sie darüber,

dass er sie nicht zu dem Treffen mit Emma begleiten könne und ein Kollege sie dorthin fahren werde. Er würde sie dann abends abholen.

»Das musst du nicht. Emma fährt mich sicherlich heim«, entgegnete Lena.

»Sollte Emma mit dem Fahrrad da sein, ruf mich an, ich fahre euch beide heim«, sagte Mads und beendete das Gespräch.

»Mit dieser Emma läuft aber nichts, oder?«, fragte Gustav und warf ihm einen Seitenblick zu.

»Nein, wie kommst du darauf?«

»Nur so.«

»Nur so?«

»Ja, nur so. Du bist alt genug und brauchst, was Frauen anbelangt, sicherlich nicht meinen Ratschlag.«

»Dem ist nichts hinzuzufügen.«

»Nur fürs Protokoll, ich habe nichts gegen Emma und auch Oma mag sie sehr. Nur Albert tut sich schwer mit ihr.«

»Weil er ein Egomane ist und nur an seinen Vorteil denkt«, gab Mads zurück. Er nahm Gustavs Worte wohlwollend zur Kenntnis, doch da Gustavs Ansichten ebenso sehr schwankten wie Alberts Emotionen, maß Mads dem nicht so viel Bedeutung bei.

»Wie geht es Lena?«, erkundigte sich Gustav.

»Das mit den Beinen macht ihr noch immer zu schaffen, aber sie ist tapfer und zeigt es nicht offen. Du kennst sie.«

»Deswegen frage ich dich. Wir müssen uns um sie kümmern und dürfen ihr niemals das Gefühl geben, dass sie eine Polizeibeamtin zweiter Klasse ist oder wir sie auf das Abstellgleis schieben.«

»Das mache ich nicht.«

»Ich weiß, dass du deine Schwester liebst.«

»Worauf willst du hinaus?« Mads spürte, dass Gustav etwas auf der Seele lag.

»Ich hatte gestern ein längeres Gespräch mit Jutta.«

»Mit Oma?«

»Ja. Sie glaubt, dass es zwischen Christian und Lena ernst ist, dass Lena ihn aufrichtig liebt, und sie hofft, dass es Christian auch tut.« Gustav hielt einen Augenblick inne. »Was denkst du darüber?«

»Lena ist meine Schwester, und ich möchte nur, dass sie glücklich ist. Christian ist ein schwieriger Charakter.«

»Das mag stimmen. Wir alle kennen seine Vergangenheit und wissen, was für schwere Zeiten sie wegen dem Idioten durchgemacht hat. Aber im Moment ist er ein starker Halt für sie. Es ist wichtig, dass sie das Gefühl hat, dass wir ihr keine Steine in den Weg legen, wenn sie sich dafür entscheiden sollte, mit Christian alt zu werden.«

»Das würde ich niemals tun, trotzdem hoffe ich, dass sie sich von dem Blödmann nicht blenden lässt.« Mads ballte unbewusst die Faust.

»Lena ist erwachsen. Wenn sie sich für Christian entschieden hat, ist das ihre Sache, und ich erwarte, dass du hundertprozentig zu ihr stehst und auch Christian gegenüber offener wirst. Ihm nicht das Gefühl gibst, dass er nicht willkommen sei.«

»Das konnte Oma mir nicht selbst sagen?« Mads sah Gustav zweifelnd an. Jutta trug ihr Herz auf der Zunge und war sicherlich die Letzte, die ihm nicht ihre Meinung sagen durfte.

»Du solltest sie besser kennen. Sie hat keine Geheimnisse vor dir, und aus irgendeinem mir unerklärlichen Grund liebt sie dich mehr, als du es verdienst. Du weißt, dass sie dich mir und deinen Eltern gegenüber immer in Schutz genommen hat, und ja, sie wollte selbst mit dir sprechen, aber ich habe sie gebeten, es nicht zu tun, sondern es mir zu überlassen.«

»Warum?« Mads tat es sofort leid, dass er seine Oma unnötig kritisiert hatte, weil er wusste, dass Gustav mit seinen Worten richtiglag.

»Weil sie in deiner Gegenwart vermutlich wieder eingeknickt wäre. Sie kann dir gegenüber nicht streng sein. Außerdem wollte ich eh mit dir über Lena und ihre Zukunft sprechen.«

»Keine Sorge, ich kann mich zusammenreißen und werde Christian verbal nicht auseinandernehmen. Ich weiß, was sich gehört.«

»Also keine dummen Sprüche, wenn er bei uns am Tisch sitzt?«

»Was für dumme Sprüche?«

»Mads«, erhob Gustav mahnend die Stimme.

»Ich reiße mich zusammen und wechsele ab sofort ins Christian-Fanclublager. Zufrieden?«

»Es geht um Lena, nicht um dein Ego.«

Mads atmete aus und verkniff sich eine scharfe Bemerkung, weil er davon überzeugt war, dass Lena in ihr Unglück rannte, aber wie es schien, hatte er keine andere Wahl, als das Spiel mitzuspielen.

»Ist angekommen. Ich weiß mich zu benehmen.«

»Danke.« Gustav wirkte erleichtert, dann warf er Mads einen Blick zu. »Hab trotzdem ein Auge auf Christian. Das bleibt aber unter uns.«

»Das sowieso, und wenn er sich einen Fehltritt erlaubt …«

»… informierst du mich, bevor du aus lauter Bruderliebe und Beschützerinstinkt eine Dummheit begehst«, beendete Gustav seinen Satz.

Mads blieb stumm. Er würde sich im Ernstfall bestimmt nicht erst die Erlaubnis von seinem Onkel holen, um Christian zur Rede zu stellen.

Mittlerweile hatten sie Sierksdorf erreicht und Gustav parkte vor der Anschrift von Klara Klockmann. Sie gingen zur Haustür des Mehrfamilienhauses, und gleich nachdem sie geklingelt hatten, meldete sich Klara über die Gegensprechanlage.

»Moin, Klara, Mads hier. Ich müsste kurz mit dir sprechen.«

»Komm doch hoch«, antwortete sie und drückte auf den Türsummer.

Als sie wenig später zu zweit vor Klaras Wohnung standen, sah sie die Besucher überrascht an.

»Du bist gar nicht allein«, sagte sie.

»Wir sind aus beruflichen Gründen hier«, erklärte Mads. »Dürfen wir eintreten?«

»Klar, kommt doch rein.«

Mads und Gustav folgten ihr in die Wohnung.

Mads kannte Klara flüchtig, vor einigen Jahren hatte er einen kurzen Flirt mit ihr gehabt. Dass sie etwas mit dem Mord an Celine zu tun haben könnte, konnte er sich kaum vorstellen, deshalb hatte er eigentlich vorgehabt, sie allein aufzusuchen. Sein Onkel musste nicht unbedingt wissen, dass er und Klara mal etwas gehabt hatten.

»Möchtet ihr was trinken?«, fragte Klara.

»Sehr freundlich von Ihnen, aber wir haben nur ein paar Fragen«, antwortete Gustav.

»Fragen? Weswegen?«

»Hat Rune nicht mit dir gesprochen?«, wollte Mads wissen.

»Nein. Tut mir leid, ich stehe gerade echt auf dem Schlauch«, gab Klara zurück. Sie war einen Kopf kleiner als Mads und hatte eine sportliche Figur. Die Leggins und das enge Shirt, das sie trug, setzten ihre schmale Silhouette hervorragend in Szene.

»Es geht um den Mord an Celine Bock.«

Klara nickte. »Schlimme Sache, ich habe davon gehört. Was habe ich damit zu tun?«

»Wir haben nur ein paar Fragen«, antwortete Mads. Er wurde das Gefühl nicht los, dass Klara nicht ehrlich zu ihnen war.

»Dann schieß mal los. Ich wüsste zwar noch immer nicht, wie ich euch helfen kann, aber es ist eure Zeit.«

»Wie gut kanntest du Celine?«

»So gut, wie man die Ex seines Freundes kennen sollte«, erwiderte sie gleichgültig.

»Das heißt?«

»Wir haben uns das ein oder andere Mal gesehen, das war's. Ich glaube nicht, dass ich je einen ganzen Satz mit ihr gewechselt habe.«

»Sie wussten aber, dass Herr Peters noch in einer Beziehung mit ihr war, als Sie mit ihm angebändelt haben?«, ging Gustav dazwischen.

»Nein, das wusste ich nicht. Rune hat mir nicht erzählt, dass er mit Celine zusammen ist«, widersprach Klara.

»Dass Rune und Celine ein Paar waren, war dir aber schon bekannt«, erwiderte Mads. Diese Unwissenheit wollte er ihr nicht abnehmen. Gerade in Niendorf lief man sich ständig über den Weg, vor allem die jungen Leute, die oft ausgingen.

Klara war vierundzwanzig Jahre alt und Mads wusste, dass sie viel Zeit in Cafés, im Gym oder auf Partys verbrachte. Dass sie nichts von Celine und Rune gewusst haben wollte, hielt er für ausgeschlossen.

»So genau wusste ich das nicht, ich habe es ihm aber abgenommen, wenn du darauf hinauswillst.«

»Also hast du was mit Rune angefangen, ohne dich nach dem Beziehungsstatus von ihm zu erkundigen?«, hakte Mads nach. So leicht wollte er sie nicht davonkommen lassen, sie sollte begreifen, dass das hier eine ernste Angelegenheit war und es besser für sie war, die Wahrheit zu sagen.

»Ich habe ja nicht gleich eine Beziehung mit ihm angefangen. Wir haben erst mal nur gevögelt. Als wir beide damals rumgeflirtet haben, habe ich dich auch nicht gefragt, ob du in einer Beziehung bist, weil das für mich was Lockeres war.«

Gustav warf seinem Neffen einen missbilligenden Blick zu,

und Mads war klar, dass Gustav darüber noch ein Wörtchen mit ihm sprechen würde. Es kam ihm so vor, als hätte Klara ihre Affäre nur angesprochen, um ihm zu signalisieren, dass er aufhören sollte, ihr irgendetwas zu unterstellen.

»Nachdem Sie sich körperlich nähergekommen sind, haben Sie da nicht mal nachgefragt, ob er vergeben ist?«, fragte Gustav.

Klara verdrehte die Augen. »Logisch. Er hat mir gesagt, dass er sich gerade getrennt hätte.«

»Du weißt, dass wir Rune dieselben Fragen stellen werden«, ermahnte Mads sie.

»Ich lüge nicht. Das mit Rune ging alles so schnell. Ich hatte gar nicht vorgehabt, mich in ihn zu verlieben, aber dann ist es halt passiert. Er hat mir gesagt, dass er sich gerade getrennt habe, und ganz ehrlich, selbst wenn er es nicht getan hätte, wäre es mir egal gewesen. Wie kann eine wie Celine eine Konkurrenz für mich sein?«

Dass Klara arrogant und von sich eingenommen war, war Mads schon damals bei seinem harmlosen Flirt aufgefallen. Es war eine Seite, die er an ihr nicht gemocht hatte.

»Wusstest du, dass Celine und Rune sich noch geschrieben haben?«, fragte Mads.

»Natürlich wusste ich das. Rune hat keine Geheimnisse vor mir.«

»Hat er es dir erzählt?«

»Wer sonst?« Klara schüttelte den Kopf.

Eine Lüge!

»Sicher?«, fragte Mads.

»Ja, sehr sicher. Mir gefällt es nicht, dass du mir die ganze Zeit Lügen unterstellst.«

»Dann sag einfach die Wahrheit.«

»Frau Klockmann, eine junge Frau wurde ermordet, und keiner von uns sollte sich den Luxus erlauben, das auf die leichte Schulter zu nehmen«, mischte sich Gustav ein.

Klara atmete aus, dann sagte sie: »Okay, möglich, dass ich es vorher auf Runes Handy gesehen haben.«

»Möglich?« Gustav hob die Augenbrauen.

»Ja, ich habe es gesehen, als Rune auf dem Klo war und sein Handy nicht gesperrt hatte. Mir war gleich klar, dass es dieses Miststück ist.«

»Was hast du dann getan?«, fragte Mads.

»Rune aufgefordert, ihr zu sagen, dass sie uns in Ruhe lassen soll.«

»Dass Rune sich so anzügliche Sachen mit ihr geschrieben hat, hat dich nicht gestört?«

»Nein, weil Rune sie auflaufen lassen wollte. Er hatte von Anfang an gewusst, dass es Celine war. Dieses angeblich liebe Mädchen, das keiner Fliege etwas zuleide tun kann, hatte es faustdick hinter den Ohren.« Klara verzog spöttisch den Mund.

»Du hast Celine nicht damit konfrontiert?«

»Nein, habe ich nicht, und das ist nicht gelogen. Mich hat die blöde Kuh nie interessiert, sie war Luft für mich.«

»Wessen Idee war es, dass sich Celine und Rune noch mal aussprechen?«

Klara zögerte, schließlich räumte sie ein: »Meine.«

»Deine?« Soviel Mads wusste, hatte Rune ihm und später auch seinem Onkel erzählt, dass es seine Idee gewesen sei, am Freitag mit Celine zu sprechen.

»Klara, bist du dir da ganz sicher?«

Klara hob die Handflächen. »Egal, was ich sage, du glaubst mir doch eh nicht. Nachdem ich diese dummen Nachrichten gesehen hatte, habe ich Rune zur Rede gestellt, und da hat er mir gestanden, dass er sich schon länger mit dieser Tussi schreibt und glaubt, dass Celine dahintersteckt. Er hat mir versichert, dass er das nur machen würde, weil er den endgültigen Beweis brauche, um Celine gehörig die Meinung zu geigen. Daraufhin habe ich ihn gedrängt, sich mit ihr zu treffen, um ihr ein für alle Mal klarzumachen, dass sie mit dem Kindergarten aufhören und uns in Ruhe lassen soll, sonst hätte ich sie mir nämlich vorgeknöpft. Ich dulde so einen Mist nicht.«

Klaras Augen hatten sich geweitet, während sie das alles erzählte, und ihr Atem ging schnell. Mads war unschlüssig, was er glauben sollte: Sagte sie die Wahrheit oder Rune? Seine Tendenz ging dahin, dass er eher ihr Glauben schenkte.

Vielleicht hatte Rune die Sache ein wenig zu seinen Gunsten geschönt, weil er meinte, als Mann hätte er derjenige sein müssen, der Celine zur Rede stellte, und zwar nicht erst, nachdem seine Freundin ihn unter Druck gesetzt hatte.

Am Ende war das vermutlich aber gar nicht entscheidend, wichtig war allein die Frage, ob einer von beiden als Täter infrage kam. Klara zumindest war ein sehr eifersüchtiger und besitzergreifender Mensch, das war nicht zu übersehen.

»Wusstest du, dass sich Celine und Rune dann doch nicht getroffen haben?«

»Ja, mein Freund hat keine Geheimnisse vor mir«, gab sie ohne zu zögern zurück, »das sagte ich ja. Er ist wie ein offenes Buch für mich, er würde sich niemals trauen, mich zu belügen. Die dumme Kuh hat gekniffen, aber das war ja nicht anders zu erwarten.«

In diesem Moment kam Mads ein neuer Gedanke. Hatte es Klara vielleicht so sehr gestört, dass es nicht zu dieser Aussprache gekommen war, dass sie die Sache selbst in die Hand genommen und Celine am Samstagabend zur Rede gestellt hatte, worauf es zu dem tödlichen Unglück kam?

Mads wollte das gerade in einer Frage formulieren, als Gustav ihm zuvorkam.

»Wo waren Sie am Samstagabend zwischen 23 und 1 Uhr morgens?«

34

25. Mai, Niendorf

Als Emma die Terrasse der *Seaside Lounge* betrat, saß Amir schon an einem Tisch, neben ihm Pietro.

»Wie ich sehe, warst du fleißig«, stellte Pietro nach der Begrüßung mit Blick auf ihr Joggingoutfit fest.

»Wir Kölner sagen nicht ohne Grund: Von nix kütt nix«, erwiderte Emma schmunzelnd.

»Ich vergesse immer wieder, dass du in Köln groß geworden bist, weil du überhaupt nicht diesen Akzent hast«, sagte Pietro.

»Wenn ich will, kann ich schon, aber meine Eltern haben viel Wert darauf gelegt, dass ich Hochdeutsch spreche.«

»Der Mannheimer Dialekt ist viel schlimmer«, sagte Amir.

»Den kann ich nicht, aber so furchtbar finde ich ihn nicht«, antwortete Emma und unwillkürlich wanderten ihre Gedanken zu der Zeit, als sie in Mannheim gewohnt hatte. Damals noch mit ihrem Verlobten, der bei einem Urlaub an der Ostsee brutal ermordet worden war. Anfangs hatten sie die dunklen Dämonen aus dieser Zeit öfter heimgesucht, doch die furchtsamen Momente wurden weniger, zum Glück.

»Wo gefällt es dir denn am besten?«, wollte Pietro wissen.

Emma sammelte sich rasch. »Hier. Nach dem Mord an meinem Verlobten hätte ich niemals geglaubt, dass ich mich irgendwo wieder wohlfühlen könnte, aber Amir und Jule haben mich so liebevoll aufgenommen, dass ich mich sehr schnell heimisch gefühlt habe.«

»Ja, Amir Mäuschen kann so lieb sein, wenn er will«, neckte Pietro seinen Freund und gab ihm einen Kuss.

»Wenn? Ich bin immer lieb«, antwortete Amir und kniff seinen Freund scherzhaft in die Seite.

»Moin, wisst ihr schon, was ihr bestellen wollt?«, fragte eine Kellnerin.

»Das übliche Frühstück?« Amir sah in die Runde.

»Gern«, antwortete Emma. »Wo ist Jule?«, fragte sie an die Kellnerin gewandt.

»Sie kommt in zwei Stunden«, erwiderte sie und entfernte sich.

»Gibt es was Neues?«, erkundigte sich Amir, da Emma und er sich seit dem Feierabend nicht mehr gesehen hatten. »Hast du noch mal mit Gregor telefoniert?«

Ehe sie antworten konnte, hörte sie ein »Moin« hinter ihrem Rücken.

Es war Mads. »Ich hoffe, ich störe die Frauenrunde nicht«, sagte er augenzwinkernd.

»Mit dir wäre die Tratschrunde komplett, wir haben nur auf dich gewartet, mein Schatz«, sprach Amir in absichtlich etwas höherer Tonlage.

»Möchtest du dich zu uns setzen?«, fragte Pietro.

»Wenn ich euch nicht störe.«

»Wie könnte so ein hübscher Mann uns stören.« Pietro lächelte und Mads nahm schmunzelnd neben Emma Platz.

»Trifft sich gut, dass ich dich hier treffe«, sagte Mads.

»Wieso werde ich das Gefühl nicht los, dass du wusstest, dass ich hier bin«, gab Emma zurück. Sie wollte nicht glauben, dass Mads zufällig hier auftauchte, obwohl sie wusste, dass er wie sie sehr gerne am Strand joggte, bevor er zur Dienststelle fuhr.

Die Kellnerin brachte die Getränke und Mads gab seine Bestellung auf.

»Schuldig im Sinne der Anklage«, sagte er dann, »ich habe die beiden Turteltäubchen vorhin gesehen, als ich am Strand Richtung Timmendorf gejoggt bin. Sie haben sich so tief in die Augen geschaut, dass sie mich gar nicht bemerkt haben, und wo Amir ist, ist Emma nicht weit.«

»Ich wünschte, du würdest wie ich das Gefühl von echter Liebe kennen und erleben, was es bedeutet, wenn du die Welt um dich vergisst, weil du das Glück in deinen Händen hältst«, sagte Amir und gab Pietro einen Kuss. »Natürlich habe ich nur Augen für meinen Schatz.«

»Das hast du so süß gesagt«, erwiderte Pietro und schaute dann zu Mads und Emma. »Ihr beide hättet auch ein Traumpaar sein können«, sagte er und Emma hätte sich fast an ihrem Kaffee verschluckt. »Es würde mich sehr für dich freuen, wenn du dein Glück findest. Die Liebe ist das größte Wunder der Welt. Jeder sollte in den Genuss kommen, sie zu spüren.«

»Sehr lieb von dir«, gab Mads zurück und warf Emma einen kurzen Blick zu, den sie nicht deuten konnte. Der Gesprächsverlauf wurde ihr zusehends unangenehm.

»Emma hat Stefan, sie hält das Glück schon in ihren Händen«, kam Amir ihr zu Hilfe.

Pietro verzog skeptisch den Mund. »Nichts für ungut, ich mag Stefan, aber …«

»Schatz, nichts aber. Du hast manchmal eine zu vorlaute Klappe«, unterbrach Amir seinen Freund. »Stefan passt perfekt zu Emma. Mads denkt nur an Mads.«

»Kann schon sein«, murmelte Pietro und rührte andächtig in seinem Cappuccino.

»Mads denkt überhaupt nicht nur an Mads«, hielt der dagegen.

»Wenn ich mir deinen Verschleiß an jungen Frauen ansehe, schon«, stichelte Amir.

»Ich bin halt begehrt.«

»So wirst du aber nie das Glück finden«, wandte Pietro ein. »Ich war früher auch so, bin von Bettgeschichte zu Bettgeschichte gehüpft, aber es hat mich nie erfüllt. Da war immer diese Leere, die ich mir nicht erklären konnte. Erst als Amir in mein Leben getreten ist, hat alles einen Sinn bekommen. Vor ihm war ich rastlos und getrieben.«

Mads schwieg, und Emma hatte das Gefühl, dass Pietros Worte ihn nicht kaltließen.

Glücklicherweise kam in diesem Augenblick die Kellnerin und brachte ihnen die Bestellung.

»Wie war das Date mit Gregor?«, fragte Mads.

Nach diesen Worten hatte Emma die Gewissheit, dass Mads nur zu ihnen gekommen war, um seinen Fall zu besprechen, und nicht, um Zeit mit ihr zu verbringen, was sie etwas traurig stimmte. Auch wenn sie mit Stefan zusammen war, bekam sie Mads nicht aus ihren Gedanken, und sie war sich sehr wohl bewusst, dass das Stefan gegenüber nicht fair war.

»Für Gregor ganz gut«, antwortete Amir, wodurch Emma kurz Zeit blieb, um sich wieder auf das Wesentliche zu konzentrieren. »Die beiden haben sich hervorragend verstanden.«

»Das heißt?«

»Hast du nicht mit Lena gesprochen?«, erkundigte sich Emma.

»Nein, sonst würde ich euch nicht fragen. Außerdem ist es ja möglich, dass du und Gregor abends noch mal telefoniert habt, wovon Lena nichts weiß.«

»Haben wir nicht«, erwiderte Emma. »Gregor und Luca haben sich ausgezeichnet verstanden. Sie haben nur kurz über Celine gesprochen.«

»Was genau?«

»Belangloses. Dass er und Celine zwar keine Freunde gewesen wären, es ihm aber sehr leidtue, dass sie ermordet wurde«, erklärte Amir. »Lena und ich konnten dem Gespräch ganz gut lauschen. Er hat nichts bemerkt.«

»Was ist mit dem Geheimnis?«

»Kein Wort darüber.«

»Der hat euch bestimmt verarscht, um sich aus der Schusslinie zu holen«, bemerkte Amir.

»Möglich.« Mads verzog missbilligend das Gesicht. »Ist er denn wirklich schwul?«

»Gregor geht davon aus. Die Sache ist ein bisschen komplexer, aber warum fragst du ihn nicht selbst?«, sagte Emma.

»Selbst?«

»Da kommt er gerade. Ich habe ihn vorhin auch zum Frühstück eingeladen, als ich zum Joggen gestartet bin.« Sie hatte vorgehabt, mit Gregor über den gestrigen Abend zu sprechen, am liebsten ohne Mads, aber das würde jetzt leider nicht klappen.

»Moin«, hörte sie ihn da schon mit seiner hohen Stimme sagen.

Gregor trug eine auffallend enge Jeans, zu eng für Emmas Geschmack, und ein buntes Hemd, dazu hatte er tief in die Make-up-Kiste gegriffen.

»Sei bitte lieb zu ihm«, flüsterte sie Mads zu.

»Ich bin immer lieb«, wisperte Mads zwischen zusammengebissenen Zähnen zurück, während er Gregor von oben bis unten betrachtete und sich augenscheinlich ein Schmunzeln verkniff.

»Ihr glaubt gar nicht, wie schön es ist, euch alle zu sehen, meine hübschen Mädels. Auch dich, Mads«, sagte Gregor und umarmte alle, dann fuhr er an Mads gewandt fort: »Du siehst nicht nur verdammt sexy aus, du riechst auch unglaublich gut. Wenn ich dich so in deinem Sportoutfit sehe, möchte ich am liebsten ins nächste Gym laufen, da kriegt man ja glatt ein schlechtes Gewissen.«

»Das musst du nicht. Bleib, wie du bist, so bist du perfekt«, versicherte Emma.

»Was wäre ich nur ohne dich, mein Engel.« Mit einem breiten Lächeln rückte Gregor sich einen Stuhl an den Tisch.

»Gut, dass du hier bist. Kannst du uns bitte von deinem Date erzählen?«, fragte Mads.

»Lass den Jungen doch erst mal sein Frühstück bestellen«, entgegnete Amir.

»Kann er immer noch. Er soll nur kurz antworten«, sagte Mads ruhig.

»Ehrlich gesagt, war das Date richtig schön. Luca und ich sind uns in vielen Dingen sehr ähnlich.«

»Was hat er über Celine erzählt?«, fragte Mads. Es war deutlich, dass er sich mit der Antwort nicht zufriedengab.

»Nicht viel. Sie kannten sich nur flüchtig. Es tut ihm sehr leid, dass sie ermordet wurde«, berichtete Gregor.

»Sonst nichts? Haben sich die beiden mal getroffen oder so?«

»Nein. Ich wollte ihn auch nicht unter Druck setzen. Er hat es so schon schwer genug.«

»Wieso?«

»Na ja, seine Freunde und seine Familie akzeptieren seine Sexualität nicht.«

»Warum nicht? Wir leben doch nicht mehr in der Steinzeit«, fragte Mads angesäuert.

»Weil es noch immer viele Menschen gibt, die Homosexualität nicht anerkennen. Schau dir meinen Vater an, er tut sich bis heute schwer damit, dass ich gay bin, und die Eltern von Luca sind extrem konservativ. Einmal haben seine Freunde einen Schwulenporno auf seinem Handy gefunden und ihn dermaßen damit aufgezogen, dass er sich auch ihnen gegenüber nicht getraut hat, sich zu outen. Er ist ein sehr introvertierter Typ, er verschließt sich schnell und tut sich mit Vertrauen schwer. Umso dankbarer bin ich, dass wir beide ein so offenes Gespräch hatten.«

»Hat er vielleicht angedeutet, dass er bisexuell ist?«

»Warum sollte er sich mit mir treffen, wenn er bi wäre?«

»Hat er oder hat er nicht?«, wiederholte Mads seine Frage.

»Nein, hat er nicht. Er ist nicht bi, das hätte ich bemerkt. Er ist nur sehr verschlossen, deswegen glauben die Leute gleich, er wäre ein Nerd, das ist er aber nicht. Ich hoffe, er hat mich auch ein wenig gern. Ich jedenfalls mag ihn.«

Mads verdrehte nur die Augen.

»Weißt du, seit wann er bei Grindr angemeldet ist?«, fragte er dann.

»Ja.«

»Seit wann?«

»Seit Sonntag.«

35

Timmendorfer Strand

Als Mads die Dienststelle betrat, lief er sogleich Gustav in die Arme.

»Moin, Onkel.«

»Hier in der Dienststelle bin ich dein Chef und nicht dein Onkel«, korrigierte Gustav ihn sofort. Er legte viel Wert darauf, dass er während des Dienstes nicht Onkel genannt wurde.

Mads verdrehte die Augen. »Ist angekommen. Hast du noch eine andere Dienstanweisung, die ich befolgen muss?«

»Sei nicht frech. Ich bin auf dem Weg ins Krankenhaus, zu Albert. Möchtest du mit?«

»Keine Zeit, aber grüß ihn von mir. Wie geht es ihm?«

»Wenn du ihn mal anrufen würdest, müsstest du mich nicht fragen.«

»Ich war beschäftigt. Na, ich merke schon, du bist noch im Morgenmuffelmodus«, erwiderte Mads und wandte sich zum Gehen. »Grüß ihn trotzdem.«

»Mach ich. Albert würde sich am liebsten selbst aus der Klinik entlassen, aber die Ärzte raten ihm davon ab.«

»Jeden Tag, den er im Krankenhaus verbringt, kann er sich nicht in unsere Ermittlungen einmischen«, flachste Mads.

»Gibt es Neuigkeiten?«

»Nein.« Mads wollte ihm noch nichts über das Gespräch mit Gregor erzählen, zuerst wollte er sich mit Lena abstimmen. Außerdem wusste er ohnehin, dass sein Onkel ihm nur einen Spruch reindrücken würde, weil er von dieser Date-Idee von vornherein wenig gehalten hatte.

»Übrigens, bevor ich es vergesse: Wenn wir nächstes Mal eine Frau aufsuchen und du sie kennst, weil du einen Flirt oder eine Affäre mit ihr hattest, möchte ich das vor dem Gespräch wissen. Kriegst du das hin?«

»Ich habe nicht daran gedacht«, entschuldigte sich Mads, doch er sah, dass sein Onkel ihm nicht glaubte.

Kopfschüttelnd verließ Gustav das Gebäude, während Mads in sein Büro ging. Als er eintrat, saß Lena bereits am Schreibtisch und tippte etwas in den Rechner. Christian hatte sie zur Arbeit gefahren.

»Guten Morgen, Schwesterherz«, sagte Mads, gab ihr einen Kuss auf die Wange und setzte sich an seinen Schreibtisch. »Wie war dein Arzttermin?«

»Unspektakulär. Die Ärzte sind mich, glaube ich, langsam leid. Ich weiß nicht, ob das alles noch zu etwas Gutem führt.«

»Sag so was nicht. Du musst am Ball bleiben. Es kann nur besser werden«, versuchte Mads seine Schwester aufzumuntern, obwohl er ihren Frust gut verstehen konnte. Jedes Mal sagten die Ärzte, dass medizinisch alles in Ordnung sei und sie keine Hinweise finden könnten, die erklärten, warum sie noch immer nicht gehen konnte. Mads war inzwischen klar, dass, wenn die Schulmedizin keine Antwort hatte, die Lösung im psychischen Bereich lag, und der war unglaublich komplex. Dennoch wollte er die Hoffnung nicht aufgeben, dass Lena irgendwann wieder laufen würde.

»Ich weiß, aber manchmal fällt mir das echt schwer.«

»Ich stehe immer hinter dir. Übrigens, ich habe vorhin unsere Mädels auf der Terrasse der *Seaside Lounge* getroffen.«

»Unsere Mädels? Du meinst damit nicht Amir und Emma?«

»Wen sonst«, lachte Mads, »und sie waren nicht allein. Pietro und Gregor waren auch da.«

»Interessant. Was sagt Gregor?« Lena beugte sich über den Schreibtisch zu Mads vor, der seine Schwester kurz aufklärte.

»Das deckt sich mit meinen Informationen von gestern Abend. Glaubst du, wir können Luca ausschließen?«

»Was meinst du?«

Lena lehnte sich zurück und tippte nachdenklich mit einem Kugelschreiber auf ihre Schreibtischunterlage. »Ich bin mir nicht sicher. Warum meldet er sich erst Sonntag bei Grindr an?«

»Laut Gregor, weil der Mord an Celine ihm die Augen geöffnet hat und er seine Sexualität nicht mehr verstecken wollte.«

»Glaubst du ihm?«

»Gregor ist gutgläubig, dem könnte man eine Silberuhr als Weißgold verkaufen.«

Lena wiegte nachdenklich den Kopf. »Luca kann aber nicht wissen, dass Gregor Emma kennt oder mit der Polizei in Kontakt steht, weil er bisher nicht in den Mord verwickelt zu sein scheint. Warum sollte er dann ausgerechnet Gregor gegenüber so eine Show abziehen?«

In dem Moment kam Mads ein Einfall, er hob den Zeigefinger, um Lena zu stoppen.

»Das sah nach einem Blitzeinschlag aus«, kommentierte Lena die Szene. »Was geht dir durch den Kopf?«

»Was, wenn Luca sich am Sonntag auf Grindr angemeldet hat, um sich ein Alibi zu verschaffen? Der Schwule, der keinen Grund hat, Celine wegen verschmähter Liebe zu töten. Außerdem haben wir eines nicht bedacht.«

»Was?«

»Luca könnte auf Gregors Instagramprofil Fotos von Emma gesehen haben. Dann spricht Emma am Hafen mit ihm und am selben Tag möchte sich Gregor mit ihm treffen, das könnte ihn stutzig gemacht haben. Er ist eh ein introvertierter Nerd.«

»Dafür müsste Luca das Instaprofil von Gregor kennen.«

»Was sicherlich nicht schwer herauszufinden ist.«

»Doch, ist es. Er ist nicht mit seinem Namen angemeldet.«

»Bist du da mit ihm vernetzt?«

»Bin ich.« Lena zückte ihr Handy und öffnete das Profil von Gregor.

»Ist es auf privat gestellt?«, erkundigte sich Mads und beugte sich vor.

»Nein.« Lena drehte das Display in seine Richtung und nun sah er, dass der Benutzername tatsächlich nichts mit Gregors echtem Namen zu tun hatte.

»Kannst du sehen, ob Luca und er befreundet sind?«

»Ich schau mal in seiner Freundesliste«, antwortete Lena und scrollte durch die Namen. »Ich finde ihn nicht«, sagte sie nach einer Weile. »Er könnte aber auch einen ausgedachten Benutzernamen haben, da müssten wir uns alle 778 Freunde anschauen.«

»Das dauert zu lange. Ruf Gregor bitte an und frag ihn, ob er Luca seinen Instragramnamen verraten und ihn als Freund angenommen hat.«

»Mach ich«, sagte Lena und griff nach dem Hörer.

Das Gespräch dauerte keine Minute.

»Nein, hat er nicht«, berichtete Lena, nachdem sie aufgelegt hatte.

»Also können wir es nicht ausschließen«, überlegte Mads. »Luca hat sich am Sonntag erst angemeldet, trotzdem besteht die Möglichkeit, dass er sich Gregors Instagramprofil vor dem Date angeschaut hat, daher wäre es immer noch möglich, dass er seine Chance gewittert hat.«

»Dann wäre es aber wirklich ein glücklicher Zufall, wenn er ausgerechnet mit Gregor ein Match hat«, gab Lena zu bedenken.

»Stimmt. Aber Glück ist leider viel zu oft im Spiel – nicht nur für uns Ermittler, sondern genauso für die Täter. Wie oft hat ein Mörder Glück und keiner beobachtet ihn bei seiner abscheulichen Tat, und wie oft ist uns ein Täter durch die Lappen gegangen, weil er eben einfach Glück hatte.«

»Ich weiß nicht.« Lena verzog zweifelnd das Gesicht.

»Ich sehe schon, du glaubst, Luca war es nicht.«

»Ich bin mir unsicher. Das Gespräch zwischen den beiden war sehr harmonisch. Ich hatte nicht den Eindruck, dass Luca mit Gregors Gefühlen spielt oder ihn verarscht. Sympathien waren auf beiden Seiten da.«

»Warum glauben Celines Freundinnen, einschließlich Jule, dann trotzdem, dass er auf Celine stand?«

»Ich weiß es nicht.« Lena zuckte die Achseln. »Vielleicht wollte er sie als Alibifreundin oder er ist wirklich bi.«

»Eine Alibifreundin wie bei homosexuellen Profisportlern?«

»Na ja, seine Eltern, vor allem sein Vater, würden nie akzeptieren, dass er schwul ist. Man mag es nicht glauben, aber es gibt solche Menschen immer noch und auch seine Freunde haben ihn ständig aufgezogen. Die Lübecker Bucht ist nicht Berlin oder Köln. Die Menschen ticken hier anders.«

Mads nickte langsam. »Ich verstehe deine Argumentation, aber Luca ist nun mal unsere heißeste Spur.«

»Nicht unbedingt. Es gibt noch diesen Typen, den Simone Döring am Strand gesehen hat, und den einen, dessen Namen wir leider noch nicht haben. Der Typ, der Celine kennt und sich darüber aufgeregt haben soll, dass sie ihn am Strand ignoriert hat.«

»Wenn wir ehrlich sind, haben wir also nichts«, fasste Mads Lenas Worte zusammen. Es war ernüchternd, dass sich noch niemand auf den öffentlichen Aufruf gemeldet hatte. Die beiden Männer, mit denen Marla Kontakt gehabt hatte, schienen wie vom Erdboden verschluckt.

36

Das Date war wirklich schön. Irgendwie habe ich mich gleich wohlgefühlt, es war, als würden wir uns ewig kennen.

Klingt schräg, da wir vorher ja nur in der digitalen Welt Kontakt hatten und dort meist alles Fake ist. Aber als wir uns jetzt live in dieser echten, verdammten Welt getroffen haben, war gleich eine Vertrautheit da, die ich so nicht erwartet hätte.

Ehrlich gesagt, hatte ich gar nichts erwartet. Ich brauchte und wollte nur etwas Ablenkung, da gerade einiges in meinem Leben schiefläuft, oder besser gesagt: anders, als ich es mir wünsche oder verdient hätte.

Verdammter Chico!

Manche scheinen das Glück regelrecht anzuziehen, ich dagegen …, egal ich möchte mich nicht aufregen, immerhin habe ich einen wunderschönen Abend verbracht, und vielleicht das Schönste daran ist: Wir haben nicht gevögelt.

Das gibt dem ganzen etwas mehr Tiefsinn.

Hoffe ich zumindest.

Jetzt sitze ich in meinem Zimmer und starre die zwei Briefe an. Sie sind ungeöffnet. Ich weiß, dass es Mahnungen sind. Nur bin ich gerade nicht flüssig genug, um die Außenstände zu bezahlen. Was nützt es da, wenn ich die Umschläge öffne?

Eine mir nahestehende Person hat mir mal gesagt, dass ich vermutlich am Studentensyndrom leide. Einer Krankheit, bei der Menschen alles bis zum letztmöglichen Termin aufschieben und sich so noch mehr unter Druck setzen.

Vielleicht ist das gar nicht so unwahrscheinlich. Nur, was kann ich dagegen tun?

Momentan bin ich an der Situation echt unschuldig. Ich

bin notorisch pleite und strecke mich, wo es nur geht. Ehrlich gesagt, ist es nicht mal meine alleinige Schuld, dass es mir finanziell schlechtgeht.

Du lebst über deine Verhältnisse, höre ich das ein oder andere Mal.

So ein Quatsch. Tue ich nicht.

Ich habe Schulden, weil die Person, die ich mal geliebt habe, mich um viele tausend Euro geprellt hat und ich an dieses Geld nicht mehr rankomme.

Liebe macht blind.

Wie wahr!

Ich kann ein Liedchen, was heißt ein Liedchen, ein ganzes Konzert kann ich davon singen.

Genau deswegen habe ich mich all die Zeit mit Beziehungen so schwergetan.

Aber diesmal wird alles anders. Diesmal spüre ich, dass die Person nicht so ist, vor allem weiß ich, dass mein aktuelles Date kein Pleitegeier ist.

Das ist sehr beruhigend.

Geld ist leider wichtig, auch wenn ich immer höre, Geld könne nicht glücklich machen. Ich weiß, dass das eine verdammte Lüge ist.

Schulden zu haben, ist das Schlimmste, was es gibt, und jedem, der sagt, dass Geld nicht glücklich macht, biete ich gern an, meine Schulden gegen seine Kohle zu tauschen.

Ich schaue auf mein Handy, ich muss an jemanden denken. Eine Person, die mich seit Tagen echt nervt, weil sie sich nicht meldet. Irgendwann platze ich, das steht fest.

Als hätte sie meine Gedanken gehört, meldet sich die Person endlich.

Verzeih, dass ich die Tage nicht geantwortet habe, ich war krank.

37

Niendorf

»Mads wird sich nie ändern«, bemerkte Amir.

Er und Emma waren mittlerweile in der Redaktion und begannen ihren Arbeitstag.

»Wie meinst du das?«

»Seine Aktion vorhin. Er hat nur Informationen von uns aufgesogen, aber geteilt hat er nichts mit dir. So funktioniert Zusammenarbeit nicht.«

»Das ist leider nichts Neues, deswegen geraten wir ja ständig aneinander.«

»Privat ist er sicher auch so bestimmend.«

Emma legte den Kopf schräg. »Manchmal ist er unglaublich lieb, und wenn ich sehe, wie er sich um seine Schwester kümmert und welch liebevolles Verhältnis er zu seiner Oma hat, bin ich geneigt, zu glauben, dass er es nicht ist.«

»Das sind doch bloß Momentaufnahmen. Mads ist ein Ego durch und durch. Ja, er sieht verdammt lecker aus und er kann auch sehr charmant sein, aber sein Selbstbewusstsein steht ihm im Weg.«

»Manchmal ist es halt verdammt schwer, Mads' Charme zu widerstehen. Außerdem hat er mir das Leben gerettet, vergiss das nicht.«

»Genau das ist das eigentliche Problem. Du hast dieses Helfer- und Dankbarkeitssyndrom. Weil Mads dich damals bei der Entführung befreit hat, glaubst du, dass du ihm zu Dank verpflichtet bist.«

»Nein, das ist es nicht.«

Es ist das Herz, hätte Emma beinahe laut hinzugefügt.

»Du bist alt genug, aber ich habe nicht das Gefühl, dass du

mit Stefan unglücklich bist. Ich dachte, zwischen euch beiden wird es immer vertrauter, da wächst etwas Tolles zusammen.«

»Das tut es auch. Ich habe ihn wirklich sehr lieb und er tut mir unglaublich gut. Bei ihm fühle ich mich geborgen und sicher. Er ist absolut verlässlich.«

»Jetzt fehlt dir aber das Abenteuer, jemand, der dich in die Schranken weist, statt dir jeden Wunsch von den Lippen abzulesen?« Amir schüttelte den Kopf.

»Vielleicht, ich weiß es nicht.«

»Ganz ehrlich? Euch Frauen werde ich nie verstehen. Wenn ihr jemanden wie Mads kriegt, seid ihr nicht glücklich, weil ihr jemanden wie Stefan sucht, und habt ihr einen Stefan, fühlt ihr euch unterfordert. Willst du dich von ihm trennen?«

Diese Frage schockte Emma, daran hatte sie keine Sekunde gedacht.

»Nein, warum sollte ich?«

Amir atmete erleichtert aus.

»Dann bin ich beruhigt. Jemand anderen toll zu finden, ist okay, zumal ich ja weiß, dass euch etwas Besonderes verbindet.«

»Wäre es denn für dich so schlimm, wenn Mads mein Freund wäre?«

Amir winkte ab. »Quatsch, du bist meine beste Freundin, ich schätze dich, und egal für wen du dich entscheidest, ich werde immer zu dir stehen. Außerdem komme ich mit Mads gut klar, trotz seines Egos.«

»Danke«, antwortete Emma, denn genau das hatte sie hören wollen. »Ich kann dich aber beruhigen. Mads und ich, das würde niemals funktionieren, und ich möchte mich wirklich nicht von Stefan trennen. Er tut mir sehr gut.«

Amir sah sie forschend an. »Liebst du ihn?«

»Ich denke schon.«

»Was soll das denn heißen? Ich würde Pietro umbringen, wenn er mir so eine Antwort geben würde.«

»Seit dem Mord an meinem Verlobten tue ich mich schwer

damit, mich fallen zu lassen, das weißt du und Stefan weiß es auch. Ich habe ihn sehr lieb und wir verstehen uns super. Aber Schmetterlinge im Bauch und das Gefühl, an nichts anderes denken zu können, habe ich nicht. Muss ich doch auch nicht. Ich bin da anders als du oder Pietro, das war ich schon immer. Ich bin mehr der Kopfmensch.«

Aber warum muss ich dann so oft an Mads denken?, meldete sich sofort ein kritischer Gedanke.

Amir seufzte. »Ich finde, du bist ein unglaublich emotionaler Mensch, der sehr viel Liebe in sich trägt. Lass dir alle Zeit der Welt. Stefan ist ein geduldiger Mensch, etwas, was Mads niemals sein wird.«

Emma presste die Lippen zusammen, dann sagte sie: »Lass uns nicht mehr über Mads reden.«

»Das ist ein sehr guter Vorschlag. Diese Diskussionen lassen jedes Mal meinen Blutdruck in die Höhe schießen.«

Amir lachte und Emma stimmte in das Lachen ein, dann wurden sie wieder ernst.

»Was wirst du jetzt tun?«, fragte Amir.

»Wegen des Artikels?«

»Genau.«

»Ich wollte Marla, Jule und Paula aufsuchen, um mehr über Celine zu erfahren.«

»Was ist mit Luca?«

»Gute Frage. Mein Gefühl sagt mir, dass er nichts mit ihrem Tod zu tun hat.«

»Das scheint Mads anders zu sehen.«

»Er ist aber kein Hellseher.«

»Gut gebrüllt, Löwin. Gehst du gleich los?«

»Willst du mich loswerden?« Emma grinste.

»Ich muss in einer knappen Stunde in Lübeck sein, wegen des Artikels, an dem ich gerade schreibe.«

»Okay, ich wollte als Erstes zu Jule. Wir treffen uns in einer Viertelstunde in der *Seaside Lounge*.«

»Dann können wir gemeinsam raus.«

Emma nickte und packte ein paar Sachen in ihre Handtasche, anschließend verließ sie mit Amir die Redaktion.

»Was machst du heute Abend?«, fragte Amir, als sie draußen waren, wo sie ein strahlender Sonnentag mit wolkenfreiem blauem Himmel begrüßte.

»Stefan und ich wollten uns zum Essen treffen, wissen aber noch nicht, wo.«

»Dann habe ich die perfekte Idee. Pietro und ich wollten auch auswärts essen, lass uns doch gemeinsam gehen.«

»Hört sich gut an. Wann?«

»19 Uhr?«

»Passt.«

Emma umarmte Amir und verabschiedete sich von ihm, dann fuhr sie mit dem Fahrrad zur *Seaside Lounge*, wo Jule bereits an einem Tisch auf der Terrasse Platz genommen hatte und auf sie wartete.

»Hallo, Süße«, grüßte Emma ihre Freundin und setzte sich ihr gegenüber.

Beide bestellten einen Kaffee Latte.

»Was macht dein Artikel?«, fragte Jule.

»Ich bin noch bei der Recherche. Leider habe ich bisher nur wenige Informationen.«

»Du hast doch heute Mads getroffen, hat der gar nichts verraten?«, wollte Jule wissen.

»Mads? Der verrät selten was. Ein Teamplayer ist er nicht.«

»Da sagst du was. Hat er was wegen mir gesagt?«

»Wegen deiner kleinen Notlüge?«

»Genau, das war echt dumm von mir. Manchmal rede ich schneller, als ich denke.«

»Mach dir keine Sorgen. Er war nur ein bisschen sauer.«

»Nur ein bisschen?«, fiel Jule ihr ins Wort.

Emma lachte. »Ein bisschen mehr. Mads halt, aber er hat es geschluckt. Du bist die Letzte, die sich Sorgen machen muss.«

»Danke. Trotzdem zerrt das alles echt an meinen Nerven. Hat die Polizei gar keine Spur?«

»Ich glaube nicht, und wenn doch, teilt Mads diese Information nicht mit mir.«

»Glaubt er denn wirklich, dass es jemand aus dem Bekanntenkreis war?«

»Das wüsste ich auch gerne. Es gibt derzeit keine Hinweise, dass es eine Person war, die nicht irgendwie in Verbindung mit Celine stand. Samstag Abend waren einige Leute am Strand, und wenn ich das richtig überblickt habe, floss dabei reichlich Alkohol.«

»Mag sein, aber welchen Grund sollte einer von denen haben, Celine zu töten?«

»Das wüsste ich eben gern. Die Mädels schließe ich mal aus, allerdings waren da auch noch die Jungs und dieser eine Typ, der Celine von einer Party kennt und der laut Marla etwas geknickt war, weil Celine ihn ignoriert hatte.«

»Was ist mit Luca?«, fragte Jule und nahm den Kaffee entgegen, den die Kellnerin ihnen in diesem Moment brachte.

»Den schließe ich langsam aus. Er hatte ein Date mit Gregor.« Emma nahm ihren Kaffee ebenfalls entgegen und bedankte sich.

Jule sah sie mit großen Augen an. »Luca ist schwul?«

»Vermutlich.«

»Meinst du nicht, dass das nur Show ist?«

»Niemand kann in den Kopf eines Mannes schauen.«

Jule lachte kurz auf. »Da sagst du was. Was ist mit Rune? Wieso sprichst du nicht mal mit ihm?«

»Das wollte ich noch. Was weißt du über ihn und seine neue Freundin?«

»Nicht viel. Rune soll sehr launisch, fast schon cholerisch sein. Ich glaube, das kommt von den vielen Drogen.«

»Auch harte oder nur Joints?«

»Rune ballert sich alles rein, was er kriegt. Der ist ein Hardcore-Elektro-Partygänger. Soviel ich weiß, hat er Klara auf so einer Party kennengelernt. Sie ist das Gegenteil von Rune.«

»Was meinst du damit?«

»Sie achtet sehr auf ihren Körper. Isst nur gesund und ist sportbesessen.«

»So wie du?«, erlaubte sich Emma einen Scherz, der Jule erneut zum Lachen brachte.

»Nein, Süße. Noch krasser. Zudem ist sie unglaublich eifersüchtig. Ich weiß von einem Ex von ihr, dass das fast krankhaft sein soll. Das war auch ein Grund, warum er sich von ihr getrennt hat.«

»Hast du die Kontaktdaten von den beiden?«

»Klar, kann ich dir geben.«

»Danke dir. Ich glaube, ich sollte mich mit denen mal unterhalten.«

»Könnte es nicht auch eine völlig fremde Person gewesen sein?«, wandte Jule ein.

»Wie gesagt, ich habe keine Verdachtsmomente dafür. Aber ich habe heute einen kleinen Artikel veröffentlicht und um Hinweisen gebeten. Vielleicht meldet sich jemand in der Redaktion.«

Jule trank einen Schluck Kaffee. »Das wünsche ich euch allen. Dass ein Psycho hier frei rumläuft, ist nicht sonderlich beruhigend. Es fällt mir einfach schwer, zu glauben, dass jemand, den ich kenne, Celine ermordet hat. Sie hatte keine Feinde.«

»Manchmal geschehen Morde aus den unverständlichsten Gründen. Du hast sicherlich von der Schülerin Luise gehört. Sie war erst zwölf und doch haben Gleichaltrige sie umgebracht.«

»Du meinst diese entsetzliche Tat in Freudenberg?«

Emma sah Jule an, dass die Erinnerung an diese fürchterliche Tat sie noch immer fassungslos machte.

»Genau. Die beiden Täterinnen waren zwölf und dreizehn.

Sie hatten den Mord sogar gründlich vorbereitet, im Internet nach Suchbegriffen wie Strafunmündigkeit gesucht. Sie wussten genau, was sie taten, und wollten sich absichern.«

»Das ist ja wohl richtig krank. Mit zwölf habe ich noch mit Puppen gespielt.« Jule schüttelte angewidert den Kopf.

»Du sagst es. Laut einem Polizeibericht soll bis zu fünfundsiebzigmal auf das arme Mädchen eingestochen worden sein. Die beiden waren mit Luise befreundet.«

»Ich habe die ganzen Artikel damals gar nicht erst gelesen, weil es nicht in meinen gutgläubigen Schädel will, wie Kinder so brutal sein können.«

»So etwas geschieht zum Glück sehr selten, und es ist die Aufgabe von uns Journalisten, darüber zu berichten, damit wir die Verrohung der Kinder früh genug stoppen.«

»Wenn du mich fragst, sollten wir die Altersgrenze von vierzehn auf zwölf runtersetzen, was die Strafunmündigkeit anbelangt. Auch mit zwölf wissen Kinder sehr wohl, was sie tun, das zeigt dieser Fall doch deutlich. Wenn die Kinder schon danach googeln, ob sie für eine Straftat belangt werden können, kann mir kein Psychologe der Welt erklären, dass diese Kinder sich nicht dessen bewusst sind, was sie tun.«

»Mein Gefühl gibt dir recht, aber mit zwölf ist nicht jeder gleich entwickelt und auch Zwölfjährige können belangt werden. Sie kommen dann ins Jugendheim oder in eine psychiatrische Einrichtung. Ich glaube, diese Tat wird die beiden Kinder ein Leben lang nicht loslassen.« Emma verstand Jule, doch so leicht wollte sie selbst es sich nicht machen. Die Tat war entsetzlich, aber in ihren Augen konnte es nicht die richtige Antwort sein, jedes Mal nach solch einer schlimmen Tat die Gesetze zu ändern. Sie sah eher in der Vorbeugung und Aufklärung einen Lösungsansatz.

»Das Leben der Eltern der armen Luise ist aber auch hin.« Jule schüttelte sich. »Egal, lass uns nicht mehr darüber sprechen, das macht mich nur unendlich traurig.«

»Du hast recht. Lass uns zu Celine zurückkommen. Fällt dir noch irgendetwas ein, was mir helfen kann, zu verstehen, warum Celine sterben musste?«

»Leider nicht, dabei zerbreche ich mir Tag und Nacht den Kopf. Celine hatte keine Feinde, sie hat sich meines Wissens nach auch mit niemandem gestritten. Wobei – sie war halt eine verschlossene Person, die nicht so offen über ihre Gefühle gesprochen hat. Wenn, dann höchstens Marla oder Paula gegenüber.«

»Mit Marla treffe ich mich gleich. Vielleicht hat sie noch ein paar Hinweise für mich.«

»Das ist gut. Ansonsten musst du dich an Rune halten, er war ja mit ihr zusammen.«

»Ich rufe ihn nach dem Gespräch mit Marla und Paula an.«

Emma bat die Kellnerin zu sich, um zu zahlen.

»Süße, ich lade dich ein. Keine Widerrede«, sagte Jule.

»Das ist lieb von dir. Ich muss leider los. Marla wartet.«

Die beiden umarmten sich zum Abschied, dann verließ Emma die Terrasse der *Seaside Lounge* und schwang sich auf ihr Fahrrad. Sie wollte sich mit Marla an der Seebrücke treffen, in der *Bäckerei Junge*.

Wenige Minuten später erreichte sie die Bäckerei, stellte ihr Fahrrad ab und hielt nach Marla Ausschau, konnte sie jedoch weder auf der Terrasse noch in der Bäckerei sehen, sodass sie draußen wartete.

Ob Marla ihr geschrieben hatte? Sie zückte ihr Handy, doch es gab keine Nachricht. Emma schaute auf die Uhrzeit.

Im selben Moment ging eine neue Nachricht von Jule ein, sie hatte ihr die Kontaktdaten von Rune und Klara geschickt, samt je einem Link zu deren Instagramprofilen.

Emma öffnete die Profile, sie waren auf öffentlich gestellt. Kurzentschlossen schickte sie beiden eine Freundschaftsanfrage und schrieb dazu, dass sie sich in ihrer Funktion als Journalistin gern mit ihnen wegen Celine unterhalten würde.

Zehn Minuten später war Marla noch immer nicht da.

Fünf Minuten gebe ich ihr, dann rufe ich sie an, dachte Emma.

»Wirklich furchtbar, das arme Mädchen«, hörte sie da eine ältere Frau sagen, die gerade mit einer anderen die Terrasse der Bäckerei verließ. Sie führte einen kleinen Mops an ihrer Leine.

»Stell dir nur vor, dieser Unbekannte war es«, gab die andere Frau zurück.

»Entschuldigen Sie«, sprach Emma die beiden an.

»Ja, bitte?«, fragte die Frau mit dem Mops. Der Hund lief zu Emma und wedelte aufgeregt mit dem Schwanz.

»Seltsam«, sagte die Frau.

Emma beugte sich herunter und streichelte den Mops. »Du bist aber ein ganz Süßer.«

»Samson ist Fremden gegenüber eigentlich zurückhaltend«, ergänzte die Frau.

»Hunde sehen eben mit dem Herzen«, erwiderte ihre Freundin.

»Das weiß ich. Letztens erst der hübsche Enkel von Jutta und heute Sie. Sie sind nicht zufällig Mads' Freundin und Samson hat sie am Geruch erkannt?«

»Nein, das bin ich nicht. Mads und ich sind nur gut befreundet«, antwortete Emma etwas überrascht. Es war wohl ein glücklicher Zufall, dass sie der Frau gerade jetzt begegnete. »Hat Mads Sie wegen Celine aufgesucht?«, erkundigte sich Emma. Sie konnte sich nicht vorstellen, dass Mads die Dame so gut kannte, dass er sie auf einen Kaffeeklatsch besuchte.

»Genau, als Zeugin. Wer sind denn Sie?«

»Ich bin Emma Falk, ich arbeite für die Ostseezeitung. Wie heißen Sie, wenn ich fragen darf?«

Die andere Frau schlug entzückt die Hände zusammen. »Ach, das gibt es ja nicht. Ich liebe Ihre Artikel!«

»Das ist meine liebe Freundin Ilse«, antwortete die Hundebesitzerin und legte einen Arm um ihre Freundin, »und ich heiße Simone Döring.«

»Freut mich, Sie kennenzulernen. Möchten Sie mir kurz erzählen, was Sie gesehen haben? Ich schreibe einen Artikel über die Tat und Celines viel zu frühes Ableben.«

»Kannten Sie das arme Mädchen?« Die beiden Frauen sahen sie erschüttert an.

»Ja, daher ist es für mich umso wichtiger, dass wir den Mörder finden.«

»Das tut mir leid, junges Fräulein, viel habe ich nicht gesehen. Ich war an dem Samstagabend mit Samson Gassi und da ist mir vom Strand her ein Mann entgegengelaufen.«

»Haben Sie gesehen, wie er aussah?«

»Nein, nur dass er groß und schlank war. Es war nicht mehr hell und ich habe nicht besonders auf ihn geachtet.«

Groß und schlank, überlegte Emma. Diese Beschreibung traf auf fast jeden der Jungs zu, die an dem Abend am Strand gewesen waren.

»Hier ist meine Visitenkarte, wenn Ihnen doch noch etwas einfallen sollte, rufen Sie mich bitte an«, sagte Emma und reichte der freundlichen Frau ihre Karte.

»Das mache ich. Trotzdem kann ich Ihnen nur raten, reden Sie mit Mads, er wird Ihnen sicherlich Ihre Fragen beantworten. So ein angenehmer junger Mann.«

»Das werde ich noch tun«, versprach Emma lächelnd. Mads machte eben Eindruck auf Frauen jeden Alters.

»Wir müssen weiter«, sagte Döring und die beiden Frauen verabschiedeten sich von Emma.

»Na, die wäre doch was für Mads«, hörte sie im Weggehen Ilse sagen.

Das ist hier wirklich ein Dorf, irgendwie will mich jeder mit Mads verkuppeln, außer Amir, stellte Emma amüsiert fest, dann sah sie auf die Uhr. Mittlerweile hatte sich Marla mehr als zwanzig Minuten verspätet.

»Nicht, dass sie sich im Tag geirrt hat«, murmelte Emma und beschloss, Marla anzurufen. Da sah sie, dass die junge

Frau soeben mit dem Fahrrad auf sie zusteuerte. Zufrieden steckte Emma ihr Handy zurück in die Handtasche.

»Verzeih, dass ich mich verspätet habe, das ist eigentlich gar nicht meine Art«, entschuldigte sich Marla ein wenig außer Atem und kam mit gekonntem Schwung vor ihr zum Stehen.

»Nicht schlimm. So konnte ich noch ein bisschen die Sonne genießen.«

»Du hättest auch auf der Terrasse warten können.«

»Passt schon. Ich lade dich zu Kaffee und Kuchen ein. Was möchtest du? Ich bestelle, während du dein Fahrrad anschließt. Okay?«

»Das ist sehr lieb. Ein Milchkaffee und ein Stück Käsekuchen wären toll.«

»Mach ich. Du kannst einen Platz auf der Terrasse suchen.«

Marla nickte und Emma ging Kaffee und Kuchen holen, dann setzte sie sich zu Marla nach draußen.

»Das ist sehr lieb von dir. Der Käsekuchen ist verdammt lecker, kann ich dir nur empfehlen«, sagte Marla und nahm ihr Tasse und Teller ab.

»Ich weiß, deswegen gönne ich mir auch einen«, erwiderte Emma schmunzelnd. »Wie geht es dir?«

»Jeden Tag etwas besser.« Marla teilte ein Stück Kuchen ab. »Und dir?«

»Auch. Ich war mit Celine ja nicht so befreundet wie du, Paula oder Jule. Du warst ihre beste Freundin, oder?«, fragte sie vorsichtig.

»Ja.« Marla schluckte. »Es ist ein ganz schön komisches Gefühl, dass sie plötzlich nicht mehr da ist. Ich habe mich heute über mich selbst erschrocken. Vollkommen gedankenlos wollte ich Celine anrufen und fragen, ob sie mit mir frühstücken möchte.«

Emma nickte. »Das kann passieren. Es wird dauern, bis du wirklich realisiert hast, dass sie tot ist.«

»Ich fürchte auch. Wollen wir hoffen, dass die Polizei den Mörder findet. Warum wolltest du eigentlich noch mal mit mir sprechen? Wir hatten uns doch alle schon in der *Seaside Lounge* ausgetauscht.«

»Stimmt. Aber mit etwas Abstand kommen einem manchmal neue Einfälle, daher wollte ich mich mit euch allen noch einmal allein unterhalten.«

»Wegen deines Artikels, richtig?«

»Genau. Ich möchte verstehen, was für ein Mensch Celine war und ob es nicht doch jemanden gab, mit dem sie in letzter Zeit Beef hatte.«

Marla drehte nachdenklich ihre Kaffeetasse in der Hand. »Celine war nicht kompliziert. Sie war einfach sie selbst.« Dann sah sie auf. »Früher jedenfalls.«

»Früher?«

»Ja, bevor sie mit Rune zusammenkam, da war sie so herrlich entspannt.«

»Seit Rune nicht mehr?« Das war eine Information, die Emma neu war und sie nur darin bestärkte, dass es immer ratsam war, mit ein wenig Abstand erneut mit den Freunden des Opfers zu sprechen.

Marla schüttelte den Kopf. »Leider nicht. Sie war blind vor Liebe und glaubte, dass sie Rune nicht genügen würde. Sie wollte ihm um jeden Preis gefallen, dabei habe ich sie ständig vor Rune gewarnt. Er hat so gar nicht zu ihr gepasst.«

»Inwiefern hat sie sich denn verändert?«, hakte Emma nach.

»Früher hat sie mir alles erzählt, aber seit sie mit Rune zusammen war, war sie verschlossen. Ich habe sie kaum noch zu Gesicht bekommen. Alles hat sich nur um Rune gedreht. Sie hat sich komplett aufgegeben.«

»Was hat sie denn über Rune gesagt?«

»Ach, sie hat immer nur geschwärmt, was für ein toller Hecht er wäre und dass sie manchmal nicht glauben könne, dass jemand wie er auf eine wie sie stehen könnte.«

»Celine hat auf mich aber nicht den Eindruck gemacht, als wüsste sie nicht, dass sie eine attraktive Frau war, sie schien mit sich im Reinen zu sein«, hielt Emma dagegen, dachte dabei jedoch: *Wer kann schon in die Seele eines Menschen schauen?*

»Tja, darin war Celine echt super«, erwiderte Marla sarkastisch. »Sie konnte sich ausgezeichnet verstellen und den Eindruck vermitteln, dass alles okay wäre, und das nur, weil sie von allen geliebt werden wollte.«

»Wie hat sie es da verkraftet, dass Rune sie betrogen hat?«

»Gute Frage.« Marla zuckte die Achseln. »Nach außen hin wirkte sie gefasst, als würde es sie kaum belasten, dabei weiß ich, dass es sie innerlich zerfressen hat.«

»Woher weißt du das?«

»Weil ich sie kenne. Wir waren beste Freundinnen und ich kenne sie seit Ewigkeiten. Sie hat so von Rune geschwärmt und sich für ihn aufgeopfert. Selbst unsere Freundschaft war ihr nicht mehr so wichtig wie Rune. Wie kann es sie da nicht verletzt haben, als dieses Arschloch fremdgegangen ist?«

Marlas Worte klangen plausibel. So eine Enttäuschung steckte keine Frau einfach so weg, wenn sie so richtig verliebt war.

»Hat sie in der Zeit vielleicht jemanden gedatet, der sie ablenkte?«

»Nein, das hatte ich ja schon letztes Mal gesagt.«

»Was ist mit Luca? Er behauptet, Celine und er hätten ein Geheimnis«, bohrte Emma weiter.

»Keine Ahnung. Celine hat ihn mir gegenüber nie erwähnt. Wir haben nur angenommen, dass er auf sie stehen könnte, weil er sie halt immer so angeschaut hat, wenn wir ihn gesehen haben.«

»Was ist mit dem Typen vom Strand, den Celine nicht gegrüßt hat?«

»Von dem wollte sie ganz sicher nichts. Die beiden hatten sich auf einer Party getroffen, aber ich glaube nicht, dass Celine auf ihn stand, der war gar nicht ihr Typ. Es war einfach so, dass sie mit Rune längst nicht abgeschlossen hatte, sie wollte zu ihm zurück. Ich habe echt die Befürchtung, nur deswegen wollte sie sich am Freitag mit ihm treffen. Von wegen, um sich auszusprechen. Celine hat uns alle angelogen, und das nehme ich ihr übel. Dabei wollten wir alle nur das Beste für sie.«

»Wusstest du, dass das Treffen nicht stattgefunden hat?« Es war eine der sehr spärlichen Informationen, die Mads ihr gegenüber preisgegeben hatte.

Marla wirkte überrascht. »Nein, sie hat nur gesagt, dass die Aussprache gut gelaufen wäre und sie jetzt endlich nach vorn schauen könne. Dass Klara eh besser zu Rune passen würde, weil beide nicht normal im Kopf seien.«

Emma verzog zweifelnd den Mund. »Was könnte denn der Grund gewesen sein, weshalb die Aussprache nicht stattgefunden hat?«

»Klara«, erwiderte Marla, ohne lange nachzudenken.

»Die aktuelle Freundin von Rune? Warum?«

»Weil sie krankhaft eifersüchtig ist. Jede Wette, sie hat herausgefunden, dass sich die beiden treffen wollten, und Rune verboten, hinzugehen.«

»Was weißt du über Klara?«

Marla hob abwehrend die Handflächen. »Die willst du nicht zur Feindin haben. Die hat mal ein Mädchen krankenhausreif geschlagen, weil sie auf einer Party mit ihrem Freund getanzt hat.«

38

Timmendorfer Strand

»Willst du Luca wirklich auf das Geheimnis ansprechen?«, fragte Lena.

»Klar, wir müssen wissen, was es damit auf sich hat oder ob es nur eine Lüge war«, erwiderte Mads.

»Dir ist schon klar, dass du damit Emma in die Pfanne haust? Sie hat dir das im Vertrauen erzählt. Luca wird dann wissen, dass du die Info von Emma hast. Er wird ihr nichts mehr anvertrauen.«

»Das Risiko müssen wir eingehen.«

»Emma wird das nicht schmecken«, warnte Lena, sie hielt Mads' Vorhaben nicht für zielführend.

»Darauf kann ich keine Rücksicht nehmen. Hast du einen besseren Vorschlag?«

»Gerade nicht«, gestand Lena. »Es ist nur so ein Gefühl.«

»Was für eins?«

»Dass wir zu viel Zeit in Luca investieren. So wie der Gregor angeschaut hat, das war nicht gespielt. Das sah aus, als hätte er echte Gefühle für ihn.«

»Nicht falsch verstehen, Schwesterherz, aber die Mädels sind der Meinung, dass Luca auch Celine angeschmachtet hätte.«

»Er hat sie angeschaut, von anschmachten haben sie nichts gesagt.«

»Warum soll ein schwuler Mann Augenkontakt mit einer Frau suchen?«

»Weil beide ein Geheimnis verbindet?«

»Da schließt sich der Kreis«, sagte Mads und tippte mit dem Zeigefinger Richtung Lena. »Deswegen müssen wir mit Luca sprechen.«

»Okay, vermutlich hast du recht. So leid es mir für Emma tut.«

»Nicht vermutlich, sondern ganz sicher.«

Lena seufzte. »Wir sollten es ihr wenigstens erzählen.«

»Seit wann holen wir uns die Erlaubnis von Journalisten, wenn wir unsere Arbeit machen wollen?«

»Sie ist unsere Freundin.«

»Meinetwegen ruf Emma an, ich möchte nicht wieder der böse Bulle sein.«

»Bulle?« Lena schmunzelte, das sagte Mads eher selten.

»Ruf sie bitte an, bevor ich meine Großzügigkeit zurücknehme.«

Lena zückte grinsend ihr Handy und wählte Emmas Nummer, dann stellte sie das Gespräch auf Lautsprecher.

»Hallo, Lena«, nahm Emma das Gespräch an.

»Hallo, Emma. Mads ist auch bei mir. Hast du zwei Minuten?«

»Klar. Ich komme gerade von einem Gespräch mit Marla.«

»Wie ist es gelaufen?«, erkundigte sich Mads.

»Recht interessant.«

»Das heißt?«

»Ihr ruft mich doch nicht an, um mich über vertrauliche Gespräche auszufragen? Pressefreiheit ist ein hohes Gut.«

»Wir jagen einen Mörder, da solltest du mit uns zusammenarbeiten, statt mir mit ideologischem Quatsch zu kommen«, murrte Mads.

»Habt ihr mich wirklich deswegen angerufen?«, fragte Emma und Lena hörte mehr Schärfe in ihrer Stimme.

»Nein, haben wir nicht. Du kennst doch Mads, wir stehen leider ohne etwas Handfestes da, daher ist mein Bruder angespannt.«

»Irgendwie ist er das viel zu oft. Scheint eine Schwäche der Johannsenmänner zu sein, dass sie schnell auf 180 sind«, konnte sich Emma offenbar einen Spruch nicht verkneifen.

Mads wollte etwas erwidern, aber Lena legte ihrem Bruder die Hand auf den Unterarm.

»Wir fahren gleich zu Luca«, sagte sie.

»Habt ihr was gegen ihn in der Hand?«

»Nein, aber wir müssen wissen, was er mit dem Geheimnis meinte, das er dir gegenüber erwähnt hat.«

»Er darf nicht erfahren, dass ihr das von mir habt.«

»Das wissen wir, deswegen wollten wir ja mit dir sprechen. Wir haben keine andere Wahl, als ihn direkt zu fragen. Wir müssen wissen, was Luca damit meinte oder ob er dich nur an der Nase herumgeführt hat, um sich zu entlasten.«

»Ihr? Oder Mads? Das hört sich eher nach Mads' Einfall an.«

»Wenn es nach mir gegangen wäre, hätten wir dich gar nicht erst angerufen. Wir jagen einen Mörder, da kann ich mir keine falsche Rücksicht erlauben«, ging Mads dazwischen, »die könnte nämlich im schlimmsten Fall eine weitere Person das Leben kosten. Wie gesagt, dass wir mit dir darüber sprechen, hast du nur Lena zu verdanken.«

»Habe ich mir schon gedacht. Ist auch egal, ich bin nicht mehr auf Luca angewiesen, da ich nicht glaube, dass er in irgendeiner Weise mit dem Mord in Verbindung steht. Sehr lieb von dir, Lena, dass du mich trotzdem anrufst.«

»Das ist das Mindeste. Danke für dein Verständnis«, sagte Lena.

»Mads kann sich eine große Scheibe von dir abschneiden.«

Lena warf ihrem Bruder einen strengen Blick zu, dann wagte sie einen kleinen Vorstoß. »Möchtest du nicht doch ein paar Informationen zu dem Gespräch mit Marla loswerden? Ich wäre für jeden Hinweis dankbar.« Sie wollte der Freundin nicht das Gefühl geben, dass sie sie ausnutzte, gleichzeitig sollte sie jedoch wissen, dass sie sie brauchten.

Emma antwortete nicht sofort, was Mads dazu veranlasste, missbilligend das Gesicht zu verziehen.

»Na gut, aber das mache ich nur für dich, nicht für Mads. Bloß fürs Protokoll.«

Wieder legte Lena rasch ihre Hand auf Mads' Unterarm, damit ihm nicht ein Spruch herausrutschte.

»Sehr lieb von dir. Was hat sie denn Interessantes erzählt?«

»Nicht besonders viel Neues, nur dass sich Celine, als sie mit Rune zusammen war, kaum bei ihr und den anderen Freundinnen gemeldet hätte. Sie glaubte wohl, Rune nicht zu genügen, aber das Spannendste war, dass Runes aktuelle Freundin unglaublich eifersüchtig sein soll. Einmal hat sie eine Frau vor lauter Eifersucht in einem Club krankenhausreif geschlagen.«

Lena zog die Brauen hoch. »Das ist heftig. Glaubt Marla, dass Klara Angst hatte, Rune und Celine könnten wieder ein Paar werden, und sie deswegen Celine im Streit getötet haben könnte?«

»Ja, danach habe ich sie gefragt. Marla traut es Klara zu, und selbst Amir hat mir vorhin in einem Telefonat bestätigt, dass Klara nicht ohne sei. Dass sie immer wieder wegen ihrer extremen Eifersucht aufgefallen sei.«

»Weiß Marla, ob Rune die Aussprache abgesagt hat? Laut ihm war es Celine.«

»Dazu konnte Marla nichts sagen«, erwiderte Emma. »Celine hat wohl nicht viel darüber gesprochen, sie hat eher den Eindruck vermittelt, dass die Aussprache stattgefunden habe und sie sich daher richtig gut fühlen würde.«

»Hat sie was über die beiden Typen am Strand gesagt?«, hakte Mads wieder ein.

»Nein, das war nur ein harmloser Flirt. Abgesehen von den Vornamen und der Info, dass sie aus Lübeck sind, weiß sie nichts über sie.« Man hörte Papierrascheln im Hintergrund. »Habt ihr noch was, was ich für meinen Artikel gebrauchen kann?«

»Maus, ich wünschte, wir hätten es, aber leider sieht es danach aus, dass du mehr weißt als wir.«

»Schade.«

»Wie heißt denn der andere mit Vornamen? Bisher hatte Marla uns nur einen Namen genannt«, sagte Mads, er wirkte irritiert.

Emma nannte die Vornamen, dann sagte sie: »Ich muss leider auflegen.«

Lena bedankte sich und beendete das Gespräch.

»Siehst du, mit Freundlichkeit und Ehrlichkeit kommt man bei Emma eher ans Ziel.«

»Ich bewundere dich für deine Geduld«, gab Mads zurück.

In dem Moment klopfte es an der Tür und Gustav trat ein.

Die Runde grüßte sich.

»Wusstet ihr von dem Artikel heute Morgen?«, fragte Gustav und schaute dabei nur Mads an.

»Was für ein Artikel?«, fragte Mads zurück.

»Von Emma. Sie hat einen kurzen Artikel über den Mord an Celine geschrieben mit der Bitte, Hinweise der Redaktion zu melden.«

»Was ist so schlimm daran? Hat Albert im Krankenhaus Druck gemacht?«

Gustav machte eine wegwerfende Handbewegung. »Albert hat damit nichts zu tun. Ich frage mich nur, warum Frau Falk ohne euer Wissen so einen Artikel veröffentlichen kann, dazu noch mit der Bitte um Hinweise, ohne das mit euch oder der Pressestelle abzustimmen.«

»Weil sie eine Journalistin ist und nur ihre Arbeit macht, außerdem herrscht bei uns Pressefreiheit. Machst du jetzt einen auf Albert, Herr Johannsen?«

»Nein, tue ich nicht«, empörte sich Gustav, »aber ich möchte über so etwas informiert werden. Sollte sich jemand mit Hinweisen bei Emma melden, muss ich das wissen. Es kann nicht sein, dass die Presse unsere Arbeit macht.«

»Kriegen wir hin, ich kümmere mich darum«, beeilte sich Lena zu versichern, denn sie spürte, dass es gleich zwischen Mads und ihrem Onkel knallen würde.

»Danke. Wenigstens eine, auf die ich mich verlassen kann«, knurrte Gustav und verließ das Büro.

»Was für eine Laune«, seufzte Mads. »Ich dachte ja immer, dieses Emma-Bashing wäre vor allem auf Albert zurückzuführen, aber unser Onkel ist ja keinen Deut besser. Jetzt verstehe ich, warum die beiden alten Männer so gut miteinander können.«

»Gustav steht mit dem Rücken zur Wand. Ich weiß von Petra, dass er vorhin ein Telefonat mit der Direktion in Lübeck hatte.«

»Kein Grund, seine Laune an uns auszulassen.«

Ein Schmunzeln huschte Lena über die Lippen. »Ich finde es immer wieder süß, wie du Emma gegen Albert und Gustav in Schutz nimmst. Mads, der edle Ritter.«

Mads warf ihr einen langen Blick zu, dann entspannten sich seine Gesichtszüge.

»Lass uns Luca aufsuchen«, sagte er und stand auf.

Eine gute Viertelstunde später parkte Mads seinen Dienstwagen vor der Anschrift von Luca Leitz.

»Mir ist gerade was eingefallen«, sagte er, während er den Sicherheitsgurt löste.

»Was?«

»Luca hat dich sicherlich bei dem Date mit Gregor gesehen. Wenn du jetzt mitkommst, würde deine Tarnung auffliegen.«

»Ist doch egal«, gab Lena zurück. »Vielleicht ist es gar nicht schlecht, wenn Luca weiß, dass wir ihn im Auge haben. Er könnte nervös werden und sich verplappern.«

»Du hast recht. Wir sollten Luca unter Druck setzen«, stimmte Mads zu und stieg aus dem Fahrzeug, um Lena den Rollstuhl zu holen.

»Lucas Mutter hatte doch einen sehr freundlichen Eindruck gemacht«, begann Lena, während Mads ihr den Rollstuhl zurechtschob.

»Worauf willst du hinaus?«

»Gregor meinte, dass Lucas Eltern ein großes Problem damit hätten, dass er schwul sein könnte. Das hat überhaupt nicht zu dem Eindruck gepasst, den ich von der Mutter bei unserem Gespräch hatte.«

»Auch nicht zu meinem. Meinst du, wir sollten die Eltern damit konfrontieren?«

»Nein, wir sollten Luca nur nicht allzu sehr in die Pfanne hauen. Auch wenn die Mutter echt freundlich rüberkam, muss das nichts heißen. Stell dir vor, Luca hat nichts mit dem Mord zu tun, und die Eltern flippen aus, weil sie nur dadurch erfahren, dass er schwul ist. Wir sollten uns da nicht einmischen.« Lena richtete sich auf und ließ sich auf den Sitz des Rollstuhls gleiten.

»Etwas vorfühlen sollten wir trotzdem, dann wissen wir, ob Luca Gregor die Wahrheit gesagt oder ihm den ganzen Abend nur etwas vorgespielt hat.«

»Gut, aber nur allgemein bleiben, nicht auf Luca beziehen«, bat Lena.

»Ich kriege das hin, Schwesterherz«, gab Mads zurück. »Mir echt ein Rätsel, wie die Leute heute noch so ein Drama um die Sexualität von Menschen machen können.«

»Nicht nur dir.«

Sie begaben sich zur Haustür und Mads betätigte die Klingel. Niemand öffnete, aber Lena hörte Geräusche.

»Streitet da jemand?«, fragte sie.

Mads trat nahe an die Tür und legte das Ohr daran.

»Ja, da streiten sich zwei«, antwortete er und drückte erneut auf die Klingel.

»Vielleicht sollten wir später noch mal herkommen«, schlug Lena vor.

»Ganz sicher nicht. Möglicherweise spielt uns der Streit in die Hände.«

Auf das dritte Klingeln reagierte wieder niemand, was

Mads jedoch nicht davon abhielt, es ein viertes Mal zu versuchen.

»Wir gehen nicht, bevor die Tür geöffnet wird«, sagte er.

Lena fand das in dieser Situation unpassend, aber wenn Mads sich etwas in den Kopf gesetzt hatte, war es sinnlos, mit ihm zu diskutieren.

Gerade als Mads wieder auf die Klingel drücken wollte, wurde die Tür geöffnet.

»Ja, bitte«, sagte Lucas Mutter. Ihre Augen waren rot unterlaufen. Sie hatte geweint, das war offensichtlich.

»Geht es Ihnen gut?«, fragte Lena besorgt.

»Nein, mein Mann hat Luca rausgeworfen.«

39

Haffkrug

Lucas Mutter war so aufgewühlt, dass Lena ihr kurzerhand angeboten hatte, sie zu einem Kaffee einzuladen, damit sie sich beruhigen konnte. Mads fand die Idee gut, da er hoffte, dass die Mutter in diesem Zustand vielleicht redseliger sein würde als unter normalen Umständen. Bei ihrem ersten Besuch hatte sie noch einen unglaublich freundlichen und entspannten Eindruck gemacht, sodass Mads angenommen hatte, sie würde in einer glücklichen Ehe leben. Doch so konnte man sich täuschen. Es gab viele dunkle Wolken hinter den Vorhängen des deutschen Mittelstandes.

In solchen Momenten musste Mads immer an seine Eltern denken, die viel zu früh verstorben waren. Sie waren ein großes Vorbild für ihn. Natürlich hatten auch sie heftige Wortwechsel gehabt, aber nie unter der Gürtellinie und stets hatten sie sich schnell wieder vertragen. Er hoffte, dass er eines Tages eine Ehe wie seine Eltern führen könnte, weil er dann wüsste, dass er die Frau fürs Leben gefunden hätte, so wie seine Mutter immer die Traumfrau für seinen Vater gewesen war.

Sein Vater war ein sehr umgänglicher und unglaublich empathischer Mensch gewesen, den selten etwas aus der Ruhe brachte, darin ähnelte Lena ihm, während Mads eher das Temperament seines Onkels hatte.

»Das ist sehr lieb von Ihnen, aber das müssen Sie nicht machen. Mir ist das alles furchtbar peinlich«, sagte Carmen Leitz und holte Mads damit aus seinen Gedanken.

Sie saßen auf der Terrasse der *Bäckerei Seßelberg* an der Haffkruger Promenade, Mads hatte für alle Kaffee geholt.

»Sie müssen sich nicht entschuldigen. Streit kommt in den besten Ehen vor«, erwiderte Lena verständnisvoll.

»Mein Matthias ist an sich ein ganz Lieber, nur bei diesem einen Thema steht er völlig neben sich. Ich weiß auch nicht, warum.«

»Meinen Sie die Homosexualität Ihres Sohnes?«, fragte Lena.

»Sie wissen davon?«

»Nein, aber wir hatten so eine Vermutung. Wussten Sie, dass Ihr Sohn schwul ist?«

»Seit heute früh weiß ich es genau. Nun ja, eine Mutter ahnt, wenn mit ihrem Kind etwas nicht stimmt.«

»Wie meinen Sie das?«, erkundigte sich Lena.

Mads nahm weiterhin die Position des Zuhörenden ein. Wie es schien, hatte seine Schwester einen ganz guten Draht zu der Mutter.

»Luca war schon immer anders als seine Freunde. Er hat sich nicht für Dinge interessiert, für die sich Jungs üblicherweise interessieren, sei es Fußball, Autos oder Boxen, das war nicht seine Welt. Als er dreizehn war, habe ich unter seinem Bett eine Zeitschrift für Schwule gefunden. Ich habe sie spontan weggeworfen und er hat mich nie darauf angesprochen, ich ihn auch nicht. Eine Zeit lang habe ich gehofft, es wäre der eintretenden Pubertät geschuldet, aber er hatte nie eine Freundin, da wird man als Mutter stutzig. Ich weiß, dass mein Sohn nicht so attraktiv wie Ihr Bruder ist«, sagte Leitz und warf Mads einen kurzen Blick zu. »Aber hässlich ist er auch nicht, und er ist clever, er hat ein gutes Herz, das zählt doch was. Dennoch hat er uns nie eine Freundin vorgestellt.«

»Homosexualität ist nichts Schlimmes«, sagte Lena sanft.

»Sagen Sie das mal meinem Mann. Er kommt aus einer sehr traditionellen Familie. Dass sein Sohn schwul sein könnte, ist für ihn unvorstellbar. Ich weiß nicht, was in Luca gefahren ist, aber heute beim Frühstück hat er es einfach so angesprochen, als würde er über das Wetter sprechen.«

»Was hat er genau gesagt?«

»Dass er einen jungen Mann kennengelernt habe und der ihn ermutigt hätte, zu seiner Homosexualität zu stehen. Gregor heißt er. Außerdem habe ihn Celines Tod darin bestärkt, es offen zu sagen.« Leitz brach ab und trank einen Schluck aus ihrem Becher.

»Was ist daraufhin geschehen?«

»Mein Mann war wie erstarrt, dann hat er Luca eine gescheuert. Er ist regelrecht ausgeflippt und hat Luca gefragt, ob er komplett den Verstand verloren hätte. Als Luca antwortete, dass er Gregor liebe, hat mein Mann völlig die Kontrolle verloren und auf meinen Sohn eingeschlagen.« Leitz seufzte. Das Geschehene nahm sie noch sichtlich mit. »Ich bin dazwischengegangen. Schließlich hat mein Mann Luca aufgefordert, das Haus zu verlassen, sonst könne er für nichts garantieren.«

Das musste Mads erst einmal sacken lassen. Dass es in seiner geliebten Lübecker Bucht noch Menschen gab, die Homosexuelle so sehr hassten, ihre eigenen Kinder, das war schwer zu verdauen.

»Wissen Sie, wo Luca hin ist?«, fragte Lena.

»Nein, er ist auf sein Zimmer und kurz darauf ist er mit seiner Sporttasche rausgerannt.«

»Ich weiß, wo er ist. Bestimmt bei Gregor«, ergänzte Mads, alles andere ergab für ihn keinen Sinn. »Hat Luca in den letzten Tagen mit Ihnen über Celine gesprochen?«

»Nein, ich hatte Ihnen ja beim ersten Gespräch schon erklärt, dass mir der Name nichts sagt.« Die Mutter leerte ihren Becher. »Ich sollte jetzt nach Hause.«

»Sicher?«, fragte Lena.

»Mein Mann ist kein schlechter Mensch. Keine Sorge, er hat noch nie die Hand gegen mich erhoben. Ich wünschte nur, er wäre nicht so homophob.«

»Sollen wir Sie nicht trotzdem nach Hause begleiten?«, bot Lena an.

»Nein, das müssen Sie nicht. Mir passiert schon nichts. Vielen Dank für den Kaffee und das offene Ohr. Wenn Sie Luca sehen, sagen Sie ihm bitte, dass ich ihn liebe und mir nur wünsche, dass er glücklich wird. Ich werde mit seinem Vater reden, aber ich fürchte, dass er es niemals akzeptieren wird, dass sein Sohn Männer liebt. Es zerbricht mir das Herz.«

»Wir richten es ihm aus«, sagte Lena und lächelte ihr aufmunternd zu, darauf verließ die Mutter die Terrasse.

»Ich bin so froh, dass unsere Eltern uns tolerant erzogen haben«, bemerkte Lena. »Soll ich Gregor anrufen?«

»Nein, wir überraschen ihn zusammen. Ich möchte nicht, dass Gregor ihn vor lauter Liebesglück warnt oder etwas Dummes tut.«

»Das würde er nicht machen«, erwiderte Lena entrüstet.

Mads hob eine Augenbraue. »Gregor? Der liebestolle Trottel, der seinen Vater erpresst hat? Der würde sicher noch ganz andere Dinge tun in seiner Naivität.«

Zwanzig Minuten später standen sie vor der Anschrift von Gregor. Mads und Lena hatten sich während der Fahrt abgestimmt und das Gespräch mit der Mutter analysiert. Es sprach einiges dafür, dass Luca nicht in den Mord von Celine involviert war, dennoch war es richtig, dass sie das Gespräch mit ihm suchten.

»Warst du schon mal in seiner Wohnung?«, fragte Mads.

»Nein, er wohnt noch nicht lange hier. Sie soll schön eingerichtet sein«, antwortete Lena.

»Wieso wundert mich das nicht.«

»Sei nett. Die beiden haben es gerade nicht leicht.«

Mads hatte für vieles Verständnis, aber wie man seinen eigenen Vater erpressen konnte, statt sich ihm zu stellen, erschloss sich ihm nicht.

Der Türsummer ertönte und Mads drückte die Tür auf, drinnen warteten sie noch einen Moment vor der verschlossenen Tür, die nun von einem sichtlich überraschten Gregor geöffnet wurde.

»Moin«, grüßte Mads.

»Du hast nicht mit uns gerechnet, oder?«, ergänzte Lena.

»Ehrlich gesagt nicht, ich dachte, es wäre der Pizzalieferant«, antwortete Gregor und zog die Tür hinter sich zu, den Schlüssel hatte er in der Hand. »Wenn ihr wegen des Erpresserbriefes hier seid, dann kann ich nur sagen, dass es mir schrecklich leidtut. Ich übernehme die volle Verantwortung.« Sein Blick wanderte von Mads zu Lena, er wirkte sichtlich nervös.

»Entspann dich, da kommt nichts mehr auf dich zu.«

»Danke, ich dachte schon.« Gregor atmete erleichtert aus und setzte an, Mads zu umarmen, brach die Bewegung jedoch ab.

»Ist Luca bei dir?«, fragte Lena.

»Im Wohnzimmer. Dem Armen geht es gerade gar nicht gut. Sein Vater hat ihn rausgeschmissen.«

Mads nickte. »Wir müssen mit ihm reden.«

»Kann das nicht warten?«

»Nein, kann es nicht. Wir möchten mit ihm allein sprechen.«

Gregor wirkte erschrocken. »Dann wird er glauben, ich hätte euch erzählt, wo er ist, oder noch schlimmer, dass ich das Date nur euretwegen arrangiert habe. Er hat Lena gesehen.«

»Gregor, strapaziere nicht meine Gutmütigkeit. Du gibst mir jetzt den Wohnungsschlüssel und wartest hier. Der Rest ist Aufgabe der Polizei«, wurde Mads deutlich und machte einen Schritt auf Gregor zu.

»Ist angekommen«, wehrte Gregor ab und reichte ihm den Schlüssel. »Wäre trotzdem nett, wenn du rücksichtsvoll zu ihm wärst. Er hat Celine nicht ermordet.«

»Ich mache nur meinen Job«, entgegnete Mads, öffnete die Wohnungstür und trat als Erster ein.

»Dein Bruder kann ganz schön einschüchternd sein«, hörte er Gregor Lena zuflüstern.

Mads betrat das Wohnzimmer, wo Luca auf der Couch saß, er weinte.

»Moin«, machte sich Mads bemerkbar.

Luca erschrak, fasste sich aber schnell.

»Wir müssen mit Ihnen reden.«

»Sie kenne ich doch«, sagte Luca und schaute Lena mit großen Augen an.

»Das ist jetzt unwichtig«, kam Mads Lena mit einer Antwort zuvor. Ihm war es gerade auch herzlich egal, ob Luca auf Gregor oder Emma sauer sein könnte. Er brauchte Antworten.

»Hat meine Mutter Sie geschickt?«

»Wir waren bei Ihren Eltern, dort haben wir erfahren, dass Ihr Vater Sie rausgeworfen hat.«

Luca schluckte. »Weil er homophob ist. Jahrelang habe ich seine Sprüche erduldet, mich geschämt, schwul zu sein, sogar geglaubt, ich wäre krank und müsste zum Psychologen.«

»Sie sind nicht krank. Ich hoffe, das wissen Sie jetzt«, entgegnete Lena deutlich freundlicher als Mads, was Luca ihr mit einem Lächeln dankte.

»Das habe ich alles Gregor zu verdanken. Es war mein erstes richtiges Date mit einem Mann und wir haben uns sofort verstanden. Es war, als könnte er in mein Herz schauen. Sagen Sie mir bitte nicht, dass das alles ein abgekartetes Spiel war, dass Gregor für Sie arbeitet. Ist er ein Bulle?« Luca sah Lena regelrecht flehend an.

»Gregor hat mit all dem hier nichts zu tun. Ich war nur zufällig im selben Restaurant wie Sie«, antwortete Lena.

»Ich glaube Ihnen. Gregor ist etwas ganz Besonderes.« Luca schaute auf seine Hände. »Wir kennen uns kaum, aber er hat mir sofort angeboten, bei ihm zu bleiben, bis ich was Eigenes gefunden habe.«

»Wir müssen uns über Ihr Verhältnis zu Celine unterhalten«, ging Mads dazwischen, er wollte das Gespräch schnellstmöglich zurück auf die Ermittlungen lenken.

»Ich habe Ihnen alles erzählt, was ich über Celine weiß«, erwiderte Luca.

»Wieso glaube ich Ihnen das nicht.«

»Das ist nicht mein Problem.«

»Doch, das ist es ganz sicher«, widersprach Mads streng. »Es sollte in Ihrem Interesse liegen, uns die Wahrheit zu sagen und nichts auszulassen.«

»Ich habe nie auf Celine gestanden. Ich bin schwul, das war ich schon immer, warum sollte ich da auf Celine stehen?«

»Es gibt Zeugen, die behaupten, dass sie häufig Blickkontakt mit ihr gesucht hätten.«

»Das waren bestimmt ihre Freundinnen.« Luca schüttelte verärgert den Kopf. »Das heißt aber nicht, dass ich scharf auf sie war.«

»Was hat es dann damit auf sich?«, wollte Mads wissen.

»Nichts.«

»Hat es etwas mit dem Geheimnis zu tun, das Sie beide hatten?«, erhöhte Mads den Druck, er glaubte Luca nicht.

»Woher wissen Sie davon?«

»Beantworten Sie nur meine Fragen und begreifen Sie endlich, dass Sie sich keinen Gefallen damit tun, wenn Sie uns nicht die Wahrheit sagen. Um was für ein Geheimnis handelt es sich?«

Luca antwortete nicht gleich, er atmete hörbar ein und aus und biss sich auf die Unterlippe.

»Luca, möchten Sie nicht, dass wir den Mörder fassen?«, fragte Lena.

»Doch, natürlich. Aber ich habe ihr versprochen, es nicht zu verraten, ich möchte nicht, dass die Leute ein schlechtes Bild von ihr bekommen.«

»Celine ist tot«, sagte Mads kühl. »Wir suchen ihren Mörder, da können wir keine Rücksicht auf irgendwelche Gefühle nehmen. Was für ein Geheimnis ist es? Wenn Sie es uns hier nicht sagen, führen wir das Gespräch auf der Dienststelle weiter.«

Luca gab sich sichtlich einen Ruck. »Es ging um Rune, sie hat ihn nicht aus dem Kopf bekommen«, begann er dann.

40

26. Mai

Jetzt fühle ich mich hingehalten.

So war das nicht abgesprochen, das hatte ich doch wohl klar kommuniziert. Trotzdem möchte ich mich nicht weiter darüber aufregen.

Vielleicht tue ich der Person ja unrecht, da ich manchmal zu egoistischem Denken und Handeln neige, auch wenn es mir schwerfällt, das mir oder anderen gegenüber einzugestehen.

Außerdem möchte ich mir meinen Resturlaub nicht vermiesen. Am Montag muss ich wieder arbeiten, zurück in die Sklaverei, denn ich gehöre zu den Millionen unglücklichen Sklaven, die jeden Tag zur Arbeit gezwungen werden, weil sie irgendwie die Miete und das Leben bezahlen müssen.

Schon immer habe ich die Menschen beneidet, die ihre Arbeit lieben, mir ist das unmöglich. Klar gibt es Berufe, die ich gern machen würde, wie Schauspielerei oder Gesang. Aber mit meiner Stimme kann ich das in die Tonne kloppen, das wäre nur peinlich, und für die Schauspielerei muss man in Städten wie Hamburg, Köln oder Berlin leben. Wer sollte mich schon an der Lübecker Bucht entdecken? Außerdem habe ich nie Schauspielunterricht gehabt.

Nein, ich muss anders aus diesem Teufelskreis ausbrechen.

»Möchtest du noch was?«, höre ich da eine Stimme.

Die Kellnerin steht plötzlich vor mir. Ich war so tief in Gedanken versunken, dass ich zusammenzucke.

»Verzeih, ich wollte dich nicht erschrecken.«

»Hast du nicht. Ich nehme noch einen Cappuccino«, antworte ich, obwohl ich weiß, dass ich es lieber nicht tun sollte.

Das Bankkonto ist komplett geräumt, aber der Monat ist ja auch schon fast rum und ich habe Urlaub.

»Gern«, antwortet die Kellnerin und entfernt sich.

In kurzer Distanz sehe ich schon wieder diesen behinderten Mongo, den, der mich am Strand gesehen hat. Jörn heißt er wohl.

Er schaut kurz zu mir rüber, scheint mich aber nicht zu registrieren, sondern geht einfach weiter.

Ob er mich erkannt hat?

Ich glaube nicht, ansonsten hätte er mich sicherlich gegrüßt, denn jetzt bleibt er bei Mads stehen und redet mit ihm.

Natürlich kenne ich Mads, ich bin in dieser Region großgeworden. Wer kennt ihn nicht? Den Kerl, der sich für den schönsten und coolsten Typen an der Lübecker Bucht hält. Auf mich macht er den Eindruck, als wäre er lieber Surfer auf Hawaii, statt ein langweiliger Dorfbulle. Sein Ruf eilt ihm voraus.

Ich muss schmunzeln, weil die Wahrheit eine andere ist.

Ich bin ihm weit voraus. Ich weiß von ihm und seiner naiven Schwester, aber sie wissen nicht, dass ich Celine in die ewigen Jagdgründe geschickt habe.

Das ist ein Vorteil, den ich viel zu wenig ausspiele, stelle ich in diesem Moment fest.

Ich könnte die Polizei ganz schön an der Nase herumführen, falsche Fährten legen, noch aktiver sein.

Aber will ich das?

Es juckt mich schon in den Fingern, da ich von meiner Persönlichkeit her nicht feige bin, sonst hätte ich Celine nicht geopfert. Jemanden zu töten, dazu gehört echt Mut, das lasse ich mir auch von niemandem nehmen. Ich bin ein mutiger Mensch, der ein Ziel verfolgt. Celine ist nicht umsonst gestorben.

Sollte ich also ein paar falsche Fährten legen?

Andererseits sagte mal ein weiser Mann, dass die beste Waffe das Schweigen wäre.

41

Timmendorfer Strand

»Glaubst du Luca?«, fragte Mads, als sie zurück im Büro waren.

»Ich neige dazu. Luca kann nicht wissen, dass wir Celines Fakeprofil auf Instagram kennen. Bist du noch immer skeptisch?«

»Hätte Celine so ein Profil nicht selbst anlegen können? Eines hatte sie ja schon.«

»Das stimmt, aber Luca hat erklärt, sie hätte trotzdem Angst gehabt, Rune könnte herausfinden, dass sie ihn stalkt, sie wollte ganz sichergehen und hat Luca angesprochen, weil sie wusste, dass er sich mit Computern auskennt. Er hat doch erzählt, dass Celine erst sehr allgemein geblieben sei, er sie jedoch ziemlich schnell durchschaut habe. Daraufhin soll Celine versucht haben, sich rauszureden, es dann aber zugegeben haben, und weil sie so ehrlich zu ihm war, hat Luca ihr im Gegenzug verraten, dass er auch ein Geheimnis habe, seine Homosexualität.«

»Ich verrate dir was und du mir, so werden wir Buddys«, ergänzte Mads.

Lena zuckte die Achseln. »Menschen machen solchen Blödsinn, der für jemanden wie dich nicht nachvollziehbar ist, aber so sind Menschen. Unser Beruf beweist das doch immer wieder aufs Neue. Dass sie Luca gefragt hat, ob Rune herausfinden kann, dass das Fakeprofil von ihr ist, halte ich für absolut glaubwürdig.«

»Was ist mit seinen Blicken?«, wandte Mads ein.

»Er fand es traurig, dass Celine ihn im Beisein ihrer Freundinnen kaum beachtet hat, dabei hat er ihr Geheimnis nie ausgeplaudert, weil er weiß, wie es ist, wenn man emotional leidet. Sein Vater ist der beste Beweis dafür, dass Luca nicht gelogen hat.«

»Weil der ihn wegen seiner Homosexualität ablehnt?«

»Genau.«

»Luca hat kein Alibi«, beharrte Mads.

»Nicht nur er. Rune, seine Freundin und ein paar weitere genauso wenig.« Lena ließ sich gegen die Lehne ihres Schreibtischstuhls sinken. »Nein, das mit dem Alibi ist mir nicht genug. Die Freunde hatten sich am Samstagabend zum Feiern am Strand getroffen und sind danach heim. Schwer, da ein Alibi zu haben.«

»Ich sehe schon, du sprichst Luca frei«, sagte Mads.

»Ich spreche ihn nicht frei, aber ich finde, wir sollten unsere Prioritäten verlagern. Ich glaube, es würde Luca guttun, wenn er durch uns nicht weiter unter Druck steht.«

Mads legte den Kopf schräg. »Ihm oder Gregor?«

»Beiden«, erwiderte Lena und lächelte. »Sie haben sich gerade erst kennengelernt.«

»Du bist zu lieb, Schwesterherz, ich hoffe, du weißt das.« Mads seufzte.

»Was nicht heißt, dass ich privat und Arbeit nicht auseinanderhalten kann.«

»So meinte ich das gar nicht, du hast sicherlich recht«, gab Mads zurück. »Was schlägst du vor?«

»Wir sollten uns noch mal mit Rune und Klara unterhalten. Rune hat gesagt, dass Celine das Treffen mit ihm nicht wahrgenommen hätte.«

»Was Klara bestätigt hat.« Mads überlegte einen Moment. »Was, wenn Klara ihn dazu gedrängt hat, nicht hinzugehen, weil sie sich selbst mit Celine unterhalten wollte?«

»Und dann kommt es zu dem tödlichen Angriff?«, spann Lena den Gedanken ihres Bruders weiter.

»Möglich.«

»Tja, immerhin wissen wir, dass Klara extrem eifersüchtig ist und wohl nicht davor zurückschreckt, die Faust sprechen zu lassen.«

»Wenn sie Celine tatsächlich umgebracht hat, würde Rune sie decken«, fuhr Mads fort. »Laut Tim gab es aber keine Nachrichten zwischen Rune und Celine, die belegen, dass einer von ihnen das Treffen abgesagt hat.«

»Sie könnten telefoniert haben. Oder Klara hat Celine angerufen.«

»Wäre denkbar. Wir müssen den beiden diese Frage stellen.«

In dem Moment klopfte es an der Tür und Gustav trat ein.

»Moin«, grüßte er beide. »Tim hat mich eben angerufen. Er hat keine weiteren Hinweise auf dem Handy gefunden.«

»Schade«, sagte Lena.

»Ist das final oder hat er noch andere Möglichkeiten?«, hakte Mads nach.

»Laut Tim ist das der finale Stand. Habt ihr inzwischen die Identität der beiden unbekannten Männer herausgefunden?«

»Es hat sich noch niemand gemeldet«, antwortete Mads.

»Diese Marla hat sich doch mit denen unterhalten«, äußerte Gustav.

»Stimmt. Aber sie weiß nur die Vornamen, es war ein kurzes Gespräch.«

»Sie könnte die zwei in Schutz nehmen.«

»Warum sollte sie das tun?«

»Weil es vielleicht mehr als nur ein Flirt war und sie die Typen nicht in die Pfanne hauen möchte«, erklärte Gustav.

»Das halte ich für ausgeschlossen«, entgegnete Mads.

»Ich werde mich mal mit ihr unterhalten.«

»Sicher?« Mads sah seinen Onkel zweifelnd an.

»Ganz sicher.« Gustav verschränkte die Arme vor der Brust. »Was habt ihr Neues?«

»Nicht viel.«

»Nicht viel? Geht das auch genauer?«

Mads lehnte sich zurück und informierte seinen Onkel über den aktuellen Stand.

»Diese Klara hat Haare auf den Zähnen«, sagte Gustav und zog eine Grimasse. »Ihr solltet zuerst Rune aufsuchen, ich habe den Eindruck, dass der euch eher die Wahrheit verrät, falls die Absage nicht von Celine kam.«

»Das war geplant.«

»Wie geht es Albert?«, fragte Lena.

»Nicht gut. Die Wunde hat sich über Nacht entzündet, man vermutet Krankenhauskeime. Sie werden ihn noch ein paar Tage länger dabehalten.«

»Da wird sich mancher freuen«, entfuhr es Mads.

»Darüber, dass sich jemand Krankenhauskeime einfängt? Wer soll sich darüber freuen?«, reagierte Gustav gereizt.

»Das ist Mads nur so rausgerutscht«, erklärte Lena.

»Mads rutscht so einiges raus, nur nichts Vernünftiges. Wäre mal gut, wenn er bei den Ermittlungen vorankommen würde, statt dumme Sprüche zu klopfen.«

»Das war ein Scherz«, verteidigte sich Mads, er fühlte sich ungerecht behandelt.

»Mit Krankenhauskeimen ist nicht zu spaßen. Möchtest du, dass ihm das Bein amputiert wird?«

»Nein, wir alle wünschen uns, dass Albert schnell wieder gesund wird«, sprang Lena ihm zur Seite. »Mads, wir sollten zu Rune fahren, nicht, dass wir ihn nicht mehr zu Hause antreffen.«

»Gute Idee, Lena. Ich bin bei Albert. Falls was sein sollte, ruf mich bitte an«, sagte Gustav und warf Mads einen kritischen Blick zu.

»Mach ich.«

»Für dich kann ich nur hoffen, dass dir so ein dämlicher Spruch nicht bei Albert rausrutscht«, murrte Gustav an Mads gewandt und verließ das Büro.

Fünfzehn Minuten später parkte Mads vor Runes Anschrift.

»Wartest du hier oder möchtest du an die Seebrücke?«, fragte er Lena. Das Haus hatte keinen Fahrstuhl, und darüber, dass Rune unten mit ihnen sprechen könnte, hatten sie nicht geredet.

»Ich warte hier«, antwortete Lena.

»Gut. Bis gleich.«

Mads stieg aus, klingelte und sogleich wurde ihm geöffnet.

»Moin, komm rein«, sagte Rune, als Mads oben angekommen war. »Ich habe dich vom Fenster aus beobachtet.«

»Bist du high?«, fragte Mads, der Geruch von Marihuana stieg ihm in die Nase.

»Nur zwei Joints, Bro, entspann dich. Oder willst du mich hops nehmen?« Rune lachte gekünstelt.

»Alles okay?«, fragte Mads, irgendwie wirkte Rune etwas neben der Spur. Dass er gerne Drogen konsumierte, wusste Mads, aber dieser glasige Blick, das schiefe Lachen und die feuchten Augen wirkten seltsam, ja beinahe besorgniserregend.

»Wie soll's mir schon gehen? Meine Exfreundin wurde vor ein paar Tagen ermordet und ein Kumpel glaubt, ich wäre der Mörder.«

»Ich glaube nicht, dass du der Mörder bist, ich mache nur meine Arbeit«, korrigierte Mads, der in Rune zudem keinen echten Kumpel sah. Man kannte sich vom Strand und vom Gym, das war's. »Du solltest endlich mit diesem Mist aufhören.«

»Damit ich komplett durchdrehe? Celines Tod lässt mir keine Ruhe. Ich frage mich andauernd, ob sie noch leben würde, wenn ich sie am Freitag getroffen hätte.«

»Das wirst du nie erfahren, aber du kannst mir helfen, zu verstehen, warum Celine sterben musste.«

»Wie denn?«

»Indem du mir verrätst, warum dieses Treffen nicht stattgefunden hat.«

»Weil sie es nicht wollte.«

»Klara?«

»Wer sonst«, schoss es aus Rune hervor, der erst eine Sekunde später begriff, was er da gesagt hatte, seine Augen weiteten sich.

»Warum wollte Klara es nicht?«

»Vergiss es, das habe ich nicht so gemeint.«

»Rune, warum wollte Klara es nicht?«, wiederholte Mads streng.

Rune knetete seine Hände. »Glaubst du, dass Klara Celine ermordet hat?«

»Ich glaube gar nichts. Ich versuche nur, die einzelnen Puzzleteile zusammenzusetzen.«

Rune wandte sich zum Tisch, wo ein halb gerauchter Joint im Aschenbecher lag, er hob ihn auf und zog daran. »Willst du?«

»Ganz sicher nicht.«

Rune lachte höhnisch auf. »Mads Johannsen raucht so was nicht. Der vorbildliche Athlet. Hast du überhaupt eine Schwäche?«

»Jeder Mensch hat seine Schwächen«, erwiderte Mads ruhig.

»Ich meinte nicht irgendjemanden, sondern dich«, wurde Rune plötzlich laut.

Dass dieser Wutanfall allein dem Marihuana geschuldet war, wollte Mads nicht glauben, da waren noch mehr Substanzen im Spiel. Auf dem Tisch lag eine leere Wodkaflasche.

»Warum wollte Klara nicht, dass du dich mit Celine triffst?«, fragte Mads nun zum dritten Mal.

»Beantworte du erst meine Frage«, beharrte Rune. »Ich habe dich immer cool gefunden und vermutlich sogar bewundert, vor allem, weil du so ein leichtes Spiel bei den Frauen hast. Trotzdem habe ich mich ständig gefragt, was die Schwäche von einem wie Mads Johannsen ist.« Er fixierte Mads mit seinem Blick, dann trat er nahe an ihn heran, nahm einen großen Zug von dem Joint und pustete Mads den Rauch ins Gesicht. Anschließend lachte er.

»Diese Drogen ficken deinen Kopf. Es wird ein schlechtes Ende mit dir nehmen, wenn du diesen Mist weitermachst«, erwiderte Mads kühl.

»Was ist deine Schwäche, Mads?«, brüllte Rune und holte unvermittelt mit der Hand aus, doch Mads drehte sich weg, sodass der Schlag ins Leere ging.

»Willst du wirklich wissen, was meine Schwäche ist?«, zischte Mads. »Ich bin ungeduldig, vor allem dann, wenn mir Junkies auf die Eier gehen.« Damit packte er Rune am Hals. »Du strapazierst meine Geduld hier gerade über Gebühr.«

»Du tust mir weh«, röchelte Rune.

»Dann sag mir, warum Klara nicht wollte, dass du dich mit Celine triffst.«

»Warum wohl? Weil sie krankhaft eifersüchtig ist«, brachte Rune gequält hervor. »Sie hat Paranoia geschoben, dass ich so dämlich sein könnte und zu Celine zurückgehe, obwohl sie mich mit einem Fakeprofil zu verarschen versucht hat.«

»Wolltest du zurück zu Celine?«, bohrte Mads weiter, ohne den Griff zu lockern.

»Natürlich nicht. Ich wollte ihr klarmachen, dass wir beide keine Zukunft mehr haben. Celine ist ein anständiges Mädchen gewesen, ich dachte, sie hat es verdient, dass wir uns aussprechen. Mir hat es wirklich leidgetan, dass ich sie betrogen habe.«

»Trotzdem kuschst du vor Klara? Du, der alles andere als ein Pantoffelheld ist?«

»Klara kann echt ein Freak sein«, keuchte Rune, »ich wollte nur meine Ruhe. Mein Plan war, dass ich sie einfach am nächsten Tag am Strand abpasse.«

Mads merkte auf. Damit hatte er sich gerade selbst belastet.

»Also warst du Samstag Abend am Strand.«

»Ja, weil ich mit ihr reden …« Rune brach ab. »Ich kriege keine Luft«, röchelte er.

Doch Mads dachte gar nicht daran, den Griff zu lockern. Dass Rune unter starkem Drogeneinfluss stand, kam ihm sehr gelegen, auch wenn er wusste, dass alles, was Rune in diesem Zustand sagte, vor Gericht mit großer Wahrscheinlichkeit nicht als zulässiger Beweis gelten würde.

»Du bist Samstag Abend am Strand gewesen, um Celine abzupassen. Du folgst ihren Freundinnen auf Instagram und hast ihre Storys angeschaut, also wusstest du, dass sie am Strand ist. Was ist geschehen?« Mads sah Rune unverwandt an.

»Sie war schon tot, ich schwöre es.«

42

Niendorf

»Mads halt, so typisch«, ätzte Amir.

»Er hat mich vorher angerufen«, versuchte Emma eine Lanze für Mads zu brechen.

Amir gab ein abwertendes Geräusch von sich. »Nur, weil Lena Druck gemacht hat. Als Journalistin weißt du, wie wichtig das Vertrauensverhältnis zwischen Informant und Journalist ist.«

»Hätte ich es nicht sagen sollen?«

Amir antwortete nicht sofort.

»Was hättest du getan?«

Amir zog eine Schnute, schließlich gab er kleinlaut zu: »Vermutlich hätte ich es auch gesagt.«

»Siehst du. Ich musste abwägen. Inzwischen glaube ich, dass ich Luca damit sogar einen Gefallen getan habe. Wahrscheinlich ist das Geheimnis etwas völlig Harmloses. Es wird ihm guttun, diesen Druck loszuwerden.«

»Du glaubst nicht, dass Luca der Mörder ist?«

»Nein, ich denke, er hat genug Probleme, weil er seine Homosexualität so lange verstecken musste.«

»Wer ist es dann?« Amir drehte seinen Bürostuhl und legte seinen rechten Unterarm auf dem Schreibtisch ab, um sich ganz Emma zuzuwenden, die in der Redaktion neben ihm saß.

»Gute Frage, ich habe keine Ahnung. Wir wissen noch zu wenig über die beiden anderen Männer am Strand, dazu kommen die Freunde von Luca und natürlich dieser Mann, der die arme Simone Döring fast umgerannt hätte«, antwortete Emma. Sie hatte Amir alles von ihren letzten Gesprächen erzählt.

»Haben sich schon Leute auf den Aufruf gemeldet?«

»Jede Menge, aber es ist nichts Verwertbares dabei.«

»Wann sprichst du mit den Freunden von Luca?«

»Heute. Vorher wollte ich mich noch mal mit Luca über sie unterhalten, seine Einschätzung dazu haben.«

»Glaubst du, dass er mit dir reden wird, nachdem Mads ihn sich vorgeknöpft hat und er weiß, dass du Gesprächsinterna ausgeplaudert hast?«

»Ich werde das über Gregor eintüten.«

»Gregor?« Amir sah sie skeptisch an.

»Ja, was ist falsch daran?«

»Gregor ist derzeit viel zu labil. Er mag Luca. Ich glaube kaum, dass er als Vermittler taugt.«

»Unterschätz ihn bitte nicht. Ich muss es versuchen. Wenn es nicht klappt, lasse ich mir was anderes einfallen oder suche die Kumpels trotzdem auf. Ich komme an die Informationen, da kannst du drauf wetten.«

»Da habe ich keine Sorgen«, erwiderte Amir grinsend. »Du solltest nur nicht vergessen, dass du Journalistin bist und keine Polizeibeamtin, die Mads zuarbeitet.«

»Das weiß ich, du musst mich nicht daran erinnern. Es gibt nun mal Überschneidungen, wenn man einen Artikel über ein Verbrechen schreibt, das lässt sich nicht vermeiden, erst recht nicht in Niendorf.«

Amir rieb sich die Stirn, er schien ihr nicht so recht glauben zu wollen, dabei tat er ihr damit unrecht. Ihre Priorität lag auf dem Artikel, und wenn sie in diesem Zuge Mads und Lena helfen konnte, fand sie das überhaupt nicht verwerflich oder einer Journalistin nicht würdig. In solchen Kategorien dachte sie nicht.

Der leise Ton einer eingehenden E-Mail-Nachricht lenkte ihre Aufmerksamkeit zum Bildschirm zurück. Sie klickte sie an und las sie.

»Was ist?«, fragte Amir, dem wohl nicht entgangen war, dass sich ihre Mundwinkel triumphierend hoben.

»Ich weiß, wer einer der Männer am Strand ist«, antwortete sie und wandte sich zu Amir. »Du musst mir helfen, seine Anschrift herauszufinden.«

43

Neustadt in Holstein

»Darf ich Sie kurz stören?«, fragte Gustav, als der Chefarzt aus Alberts Patientenzimmer trat.

»Worum geht es, Herr Johannsen?«

»Es geht um Herrn Lange. Sie wissen, dass er quasi zu meiner Familie gehört.«

»Das weiß ich. Er spricht in den höchsten Tönen von Ihrer Mutter und Ihnen«, erwiderte der Arzt. »Was liegt Ihnen denn auf dem Herzen?«

»Albert hat mir erzählt, dass die Wunde mit Krankenhauskeimen befallen wäre.«

»Da hat der Herr Bürgermeister wohl etwas falsch verstanden. Es liegt keine MRSA-Infektion vor. Die Wunde hat sich lediglich entzündet, was leider immer wieder vorkommen kann, vor allem, da er nicht mehr der Jüngste ist und seine Haut nicht die beste Wundheilung zeigt.«

»Muss ihm das Bein also nicht amputiert werden?«

Der Chefarzt lachte. »So taff Herr Lange sich gibt, so sensibel ist er, wenn es um seine Gesundheit geht. Gehen Sie zu Ihrem Freund und versichern Sie ihm, dass wir nicht amputieren werden. Sie sind der einzige Mensch, auf den er nicht nur hört, sondern den er augenscheinlich auch respektiert. Was ich ihm sage, geht zum einen Ohr rein und zum anderen wieder raus. Dabei kennen wir uns ebenfalls schon viele Jahre.«

»Das werde ich tun, vielen Dank«, erwiderte Gustav deutlich erleichtert, reichte dem Arzt die Hand zum Abschied und betrat das Patientenzimmer.

Albert schaute gerade aus dem Fenster zur Ostsee, über die sich ein wolkenloser, sonniger Himmel spannte.

»Wo bist du mit deinen Gedanken, alter Freund?«, fragte Gustav.

»Ich denke an den Tag, an dem wir beide in Pension gehen und um die Welt segeln, nur begleitet vom Möwenschreien und einem leichten Wellenrauschen. Ich habe die Angel ausgeworfen, weil bei dir eh kein Fisch anbeißt.« Albert fing an zu lachen.

»Du vergisst wohl, wer dir das Angeln beigebracht hat und wer von uns den dicksten Fisch an Land gezogen hat. Bei dir waren es ja immer nur Frösche.«

»Du bist mir auch so ein Frosch. Was führt dich her?«

»Was wohl? Ich möchte mich nach dem Wohlergehen meines besten Freundes erkundigen«, antwortete Gustav und zog sich einen Stuhl heran.

Albert wirkte einen Moment nachdenklich. »Du und Jutta, ihr seid die Einzigen, die mich jeden Tag besuchen, das weiß ich sehr zu schätzen. Gerade bei Jutta, sie ist ja nicht mehr die Jüngste. Sag ihr bitte, sie soll nicht jeden Tag herkommen und das immer mit dem Bus, das muss sie sich in ihrem Alter wirklich nicht antun.«

»Sag du es ihr doch selbst«, entgegnete Gustav.

Albert hob abwehrend die Hände. »Ganz sicher nicht.«

»Traust du dich nicht?«

»Du etwa?«

»Nein, ich auch nicht«, gab Gustav lachend zurück.

»Mads könnte sie doch mal fahren, du musst die Dienststelle leiten.«

»Der muss einen Mörder jagen. Mama weiß schon, wie weit sie sich belasten kann. Sie ist auf jeden Fall fitter als du.«

»Kein Wunder bei diesem Bein, möchte mir gar nicht vorstellen, wenn die Krankenhauskeime …«, setzte Albert an, doch Gustav unterbrach ihn.

»Albert, übertreib nicht, du hast keine MRSA-Infektion.«

»Woher kennst du das Wort?«

»Ich habe mit dem Chefarzt gesprochen, eben, bevor ich eingetreten bin«, antwortete Gustav und klärte seinen Freund kurz auf.

»Das hat er wirklich gesagt?«

»Ja.«

»Das klang bei mir aber anders«, beharrte Albert.

»Ganz sicher nicht, du hörst doch eh nur mit halbem Ohr zu.«

»Was macht der Fall?«

»Siehste!« Gustav pikte mit seinem Zeigefinger durch die Luft in Alberts Richtung. »Du hörst schon wieder nicht richtig zu.«

»Quatsch, ich möchte nur wissen, was der Fall macht.«

Im selben Augenblick klingelte Gustavs Handy, es war Mads. Gustav nahm ab und hörte Mads zu.

»Du hast Rune Peters festgenommen?«, sagte er dann. »Ich komme zur Dienststelle.«

»Wer hat Peters festgenommen?«, fragte Albert.

»Unwichtig. Ich melde mich«, antwortete Gustav und verließ das Krankenzimmer.

44

Timmendorfer Strand

War Rune tatsächlich ihr Täter? Mads war sich nicht sicher, mit solch einer Entwicklung hätte er auf jeden Fall nicht gerechnet.

Möglich, dass sein Drogenkonsum Rune zum Verhängnis geworden war. Mads war keine andere Wahl geblieben, als ihn festzunehmen und zur Dienststelle zu bringen.

»Was machen wir jetzt?«, fragte Lena, als sie beide wieder im Büro saßen.

»Auf Gustav warten. Rune ist aktuell kaum vernehmungsfähig.«

»Würde es dann nicht Sinn machen, die Befragung auf morgen zu verschieben, wenn er nicht mehr unter dem Einfluss von Drogen steht?«

»Eigentlich schon, andererseits könnte er uns jetzt Sachen verraten, die er morgen so nicht mehr erzählen würde«, antwortete Mads.

»Was wir allerdings nicht verwerten können«, ergänzte Lena.

»Tja, das wäre was, wenn Rune tatsächlich unser Täter ist.«

»Da gebe ich dir recht. Ich weiß zwar, dass er nicht ohne ist, aber ein Mord ist schon ein anderes Kaliber. Was hat er dir eigentlich erzählt? Wie ist es zu dieser Wendung gekommen?«

Da Mads bisher noch nicht die Gelegenheit gehabt hatte, Lena alles zu berichten, holte er dies jetzt nach.

»Wir sollten trotzdem mit Klara sprechen«, sagte sie, nachdem er geendet hatte.

»Das sowieso. Je nachdem, was Gustav entscheidet.«

Das Klingeln von Mads' Bürotelefon unterbrach sie.

»Moin, Petra«, nahm Mads das Gespräch an.

»Moin, Mads. Euer Onkel erwartet euch in seinem Büro.«

»Habe ich mir schon gedacht. Wir sind auf dem Weg.«

»Ich mache gleich die Espressi fertig, ich glaube, unser Cheffe hat Koffein bitternötig.«

»Dann leg am besten freiwillig einen zweiten Keks daneben«, fügte Mads amüsiert hinzu.

Petra lachte und beendete das Gespräch.

»Gustav erwartet uns«, sagte Mads zu seiner Schwester, die noch in ihrem Rollstuhl saß.

»Dann sollten wir den Guten nicht warten lassen.« Lena gab sich einen Schwung Richtung Bürotür.

Als sie das Vorzimmer erreichten, stellte Petra gerade drei volle Espressotassen auf ein Tablett.

»Soll ich die mit reinnehmen?«, fragte Lena.

»Möchtest du mich arbeitslos machen?«, gab Petra augenzwinkernd zurück. »Rein mit euch, der Brummbär wartet nicht gern.«

»Wahre Worte«, erwiderte Mads, der Petras sarkastische Art sehr mochte.

Er klopfte kurz an, dann traten er und Lena ein.

Gustav saß an seinem Schreibtisch und telefonierte.

»Verdammt, Albert, ich bin zur Sekunde im Büro angekommen und habe noch nicht mit Mads geredet.« Er schnaufte. »Das gibt es ja wohl nicht, wir haben uns eben erst im Krankenhaus gesprochen, und Ja, ich habe hier alles im Griff. Du solltest endlich nur an deine Gesundheit denken.«

Obwohl ihr Onkel den Hörer am Ohr hatte und nicht per Freisprecheinrichtung telefonierte, hörte Mads Alberts sonore Stimme leise im Hintergrund.

»Doch, ich lege jetzt auf. Ich melde mich.« Gustav knallte den Hörer auf die Gabel. »Der wird sich nie ändern.«

»Da kenne ich noch einen«, erlaubte sich Mads einen Scherz.

»Jetzt ist der denkbar schlechteste Zeitpunkt für dumme Sprüche«, brummte Gustav. »Setzt euch an den Besprechungstisch, ich komme gleich zu euch. Muss nur noch eine Mail beantworten.«

Es klopfte erneut an der Tür und Petra trat mit den Espressi ein, reichte Mads und Lena je einen, dann Gustav.

»Danke«, sagte der.

»Wenn ihr noch was braucht, ihr wisst ja, wo ihr mich findet«, erwiderte Petra und verließ das Büro.

Mads griff nach der Tasse und sah im Augenwinkel, wie sich Gustav sein Espressoritual samt der zwei Kekse gönnte. Anschließend sah er wieder auf seinen Bildschirm, während Mads Lena einen kurzen Blick zuwarf.

»Was?«, flüsterte Lena.

»Auf einer Skala von 1 bis 10, was glaubst du, wie gut unser Onkel gelaunt ist?«, wisperte Mads zurück.

»Sei nicht so gehässig.«

»Gehässig? Was hat Mads wieder ausgeheckt?«, fragte Gustav, der in der Zwischenzeit zu ihnen getreten war und das letzte Wort wohl mitgehört hatte.

»Nichts. Wir haben uns nur über Rune unterhalten«, antwortete Lena und nahm damit einem vorprogrammierten Streit den Wind aus den Segeln.

Gustav setzte sich und sah sie prüfend an. »Was genau ist geschehen? Warum hast du Rune festgenommen? Ich möchte jede noch so kleine Einzelheit wissen. Am besten fängt Lena an.«

»Lena war nicht dabei, ich habe allein mit ihm gesprochen«, unterbrach Mads.

»Warum? Deine Schwester ist deine Partnerin, sie muss bei jedem Gespräch anwesend sein.«

»Einmal tief Luft holen und nicht gleich an die Decke gehen, dann würdest du dich daran erinnern, dass es in der Wohnanlage keinen Fahrstuhl gibt und Lena leider nicht die Treppe nehmen kann.«

Gustav funkelte Mads einen Moment wütend an, doch seine Gesichtszüge entspannten sich schnell. »Dann erzähl du mir, was genau vorgefallen ist.«

»Ich wollte Rune auf seine Aussprache mit Celine ansprechen und herausfinden, ob Celine oder doch er selbst das Treffen abgesagt hat. Rune war stark alkoholisiert und stand auffällig unter dem Einfluss von Drogen. Während des Gesprächs ist ihm dann herausgerutscht, dass er am Samstagabend doch am Strand in Niendorf gewesen ist und dass seine Freundin nicht wollte, dass es zur Aussprache zwischen ihm und Celine kam.«

»Um welche Uhrzeit?«

»Darauf hat er nicht mehr geantwortet, auch als ich ihn mit ein paar Fragen bezüglich des Abends konfrontiert habe, hat er nichts mehr gesagt. Stattdessen wurde er aggressiv, es gab eine kurze Rangelei, ich konnte ihn aber schnell in Schach halten, habe ihm Handschellen angelegt und bei uns in die Zelle gesteckt.«

Gustav nickte. »Das hast du gut gemacht. Sicherlich haben uns die Drogen bei der Unterhaltung in die Hände gespielt. Stellt sich die Frage, warum er am Samstagabend am Tatort war.«

»Weil er angeblich mit Celine reden wollte und aus den Instagramstorys von Jule und Marla wusste, dass die Clique am Strand war.«

»Wir wissen, dass er ein Drogenproblem hat. Was, wenn er Celine im Rausch ermordet hat?«, überlegte Gustav.

»Wäre möglich, auch wenn ich mich noch schwer damit tue zu glauben, dass Rune seine Ex ermordet hat. Andererseits habe ich vorhin selbst gesehen, wie unberechenbar er unter Drogen ist.«

»Ich kümmere mich um den Haftbefehl. Wir behalten ihn hier und morgen früh werden du und ich ihn verhören.« Gustav schob seinen Stuhl zurück.

»Warum nicht jetzt?«

»Weil wir die Aussage nicht verwerten können, wenn er sie so zugedröhnt und alkoholisiert abgibt. Wir müssen eine Blutprobe nehmen.«

»Er hat im Wagen kaum ein verständliches Wort von sich gegeben«, pflichtete Lena Gustav bei, »er war sehr aggressiv. Ich glaube kaum, dass wir was aus ihm herausbekommen, und wenn, dürfen wir es ja doch nicht verwerten.«

»So ist es. Wir warten die Testergebnisse ab, dann entscheide ich, ob er heute oder morgen verhört wird. Ihr solltet jetzt Simone Döring aufsuchen«, erwiderte Gustav.

»Warum?«, fragte Mads.

»Weil sie eine männliche Person vom Strand weglaufen gesehen hat. Zeigt ihr Fotos von Rune Peters. Vielleicht kann sie sich ja doch an ihn erinnern. Wenn nötig, könnt ihr sie auf die Dienststelle bringen und wir stellen sie Peters gegenüber.«

»Machen wir. Kümmerst du dich um den Test?«, fragte Mads.

»Das hatte ich so angedacht.«

Als Mads und Lena kurz darauf im Laden von Simone Döring ankamen, unterhielt diese sich gerade mit einer Kundin.

Ein Hundebellen verriet Mads, dass Samson auch da sein musste, er konnte ihn jedoch nicht sehen. Nur Sekunden später lief der Mops mit wedelndem Schwanz und Gebell auf ihn zu.

Mads ging in die Hocke und ließ es sich nicht nehmen, Samson ausgiebig zu kraulen.

»Ich bin gleich bei Ihnen«, sagte Döring.

»Danke«, antwortete Lena.

Mads hob Samson hoch und legte ihn auf Lenas Schoß, damit sie den Mops auch streicheln konnte.

»Du bist ja ein ganz Hübscher«, sagte Lena und Mads sah ihr an, wie sehr sie es genoss, den Hund auf dem Schoss zu haben.

»Wenn sich da mal nicht einer richtig wohlfühlt«, bemerkte Döring. Sie hatte den Kunden mittlerweile verabschiedet und war zu ihnen getreten.

»Samson ist ein ganz Lieber«, bestätigte Lena und streichelte den Mops weiter, der es sich auf ihrem Schoss gemütlich gemacht hatte.

»Er kann sehr frech sein, aber sie beide scheint er gleich ins Herz geschlossen zu haben. Muss in der Familie liegen.« Döring lächelte. »Wie kann ich Ihnen denn helfen?«

»Wir brauchen noch einmal Ihre Unterstützung«, sagte Mads und Lena fischte ihr Handy aus der Handtasche. Während der Fahrt hatte sie ein paar Fotos von Rune aus seinem Instagramprofil gesichert und den Namen unkenntlich gemacht, damit Döring nicht wusste, um welche Person es sich handelte.

»Kennen Sie diesen Mann?«, fragte Lena und reichte Döring ihr Handy. »Es sind drei Fotos von der Person, Sie können sie zur Seite wischen.«

Döring schaute sich die Bilder in Ruhe an.

»Ich denke nicht«, antwortete sie schließlich.

»Lassen Sie sich bitte Zeit. Könnte das der Mann sein, dem Sie an der Promenade begegnet sind?«

»Es war schon recht dunkel«, erwiderte Döring ausweichend.

»Das wissen wir. Möglicherweise fällt Ihnen trotzdem etwas ein oder Sie erinnern sich an etwas.«

Die Zeugin schaute sich die Fotos noch einmal an. Diesmal länger als zuvor, dann hob sie wieder den Kopf.

»Ganz ehrlich, ich weiß es nicht. Der Mann war auch groß wie dieser hier und so schlank, aber ich kann mich beim besten Willen nicht an das Gesicht erinnern. Es tut mir wirklich leid. Er könnte es sein, ebenso könnte er es nicht sein, ich möchte keinen Unschuldigen verdächtigen.«

»Das tun Sie nicht«, beruhigte Mads sie. »Es ist nur wichtig, dass Sie sich sicher sind. Wenn Sie es nicht sind, dann ist es so.«

»Meine Worte. Ich bin mir überhaupt nicht sicher«, erwiderte Döring. »Es tut mir so leid, dass ich Ihnen keine Hilfe bin.«

»Das muss es nicht. Sie haben uns schon sehr geholfen«, sagte Lena und Döring gab ihr das Handy zurück.

Plötzlich bellte Samson.

»Was ist denn, mein Schatz?«, fragte Döring.

Samson bellte weiter und stieß mit dem Kopf gegen das Handy.

»Willst du uns was sagen?«

Samson schaute zu seiner Besitzerin auf und bellte erneut.

»Können Sie Samson das Foto einmal zeigen?«, fragte Döring.

Lena nickte, auch wenn ihre Miene zeigte, dass sie das nicht für besonders zielführend erachtete, und hielt dem Mops das Display hin. Dieser bellte nun noch lauter.

»Dann muss es der Mann gewesen sein«, stellte Döring fest.

»Wie kommen Sie darauf?«, fragte Mads erstaunt.

»Samson hat ihn erkannt, keine Frage. Mein Samson erkennt Menschen, auch auf Fotos, der irrt sich nicht.«

45

Niendorf

Auf Amir war Verlass.

Der anonyme Tippgeber hatte in der E-Mail an Emma nur den Namen der Person genannt, aber nicht die Adresse, doch dank Instagram hatte Amir den Betreffenden schnell ausfindig gemacht und über seinen Kontakt im Bürgerbüro dessen Anschrift recherchiert.

Da Emma am Samstag selbst am Strand gewesen war, gab es für sie keinen Zweifel, dass die Person einer der beiden Männer war, sie hatte ihn wiedererkannt.

Mittlerweile war sie im Auto in die Lübecker Altstadt unterwegs, wo der Mann wohnte. Vor ihr tauchte der Holstenturm auf, flankiert von den beiden bekannten Kirchen der Hansestadt. Es war immer wieder ein schönes Bild, das sich einem da bot. Überhaupt gefiel ihr die Lübecker Altstadt ungemein, und hätte sie sich in Niendorf nicht so wohlgefühlt, hätte sie sich gut vorstellen können, nach Lübeck zu ziehen, bot die Stadt doch alles, was man zum Leben brauchte. Vor allem die Restaurants und Cafés an der Trave hatten es ihr angetan.

Robin Kirschke, der Mann vom Strand, wohnte in der Königstraße, und da Emma wusste, wie schwierig es war, in der Altstadt einen Parkplatz zu finden, beschloss sie, das nächstgelegene Parkhaus Mitte anzusteuern. Das tat sie immer, wenn sie nach Lübeck fuhr.

Nachdem sie das Auto abgestellt hatte, setzte sie ihren Weg zu Fuß fort.

Etwas Marzipan könnte ich mir nachher noch gönnen, dachte sie, denn das tat sie immer, wenn sie nach Lübeck fuhr. Das weltberühmte Niederegger Marzipan war eben unwiderstehlich, ebenso wie das hauseigene Café mit eigener Konditorei, das sie schon oft besucht hatte. Es versprühte den Charme alter Tage und der Kuchen war einfach grandios.

Nach einem kurzen Fußmarsch erreichte sie die Hausnummer, wo Kirschke wohnte, trat an die Klingelanlage und drückte auf die Klingel.

Niemand öffnete.

Sie klingelte erneut – vergeblich.

Vielleicht hätte ich ihn vorher anrufen sollen, dachte sie und erinnerte sich zugleich an Mads' Devise, der sich nie vorher ankündigte.

Emma drückte ein drittes Mal auf die Klingel.

»Zu wem willst du?«, fragte sie da ein Jugendlicher. Er war großgewachsen, doch an seinem Gesicht sah man, dass er höchstens sechzehn war.

»Zu Robin Kirschke«, antwortete Emma.

»Um die Zeit müsste der noch im Gym sein, wenn du Glück hast.«

»Weißt du, in welchem?«

»Klar, ich trainiere im selben. Das im Haerder-Center.«

»Danke dir«, erwiderte Emma und ging weiter.

Das Haerder-Center lag nicht weit entfernt, es war ein kleines Einkaufszentrum im Herzen Lübecks.

Emma trat ein und fuhr mit der Rolltreppe in die oberste Etage, wo das Fitnessstudio lag. Kaum war sie oben angekommen, kam ihr Robin Kirschke entgegen.

»Hallo«, machte sich Emma bemerkbar.

»Moin«, antwortete Robin. Er schien über Emmas Begrüßung erfreut, vermutlich weil sie eine attraktive Frau war und er nicht wissen konnte, dass sie ihn als Journalistin ansprach.

Emma war das nur recht, erleichterte es doch den Einstieg in das Gespräch.

»Wir kennen uns von der Strandparty vom Samstag«, sagte Emma.

»Stimmt. Jetzt erinnere ich mich. Du warst mit Marla und den anderen da.«

»Genau.«

»Schön, dich kennenzulernen. Wohnst du in Lübeck?« Robin reichte ihr die Hand zur Begrüßung und setzte ein verlegenes Lächeln auf, als wollte er sich von seiner charmanten, unaufdringlichen Seite zeigen.

»Nein, ich komme aus Niendorf. Ich bin deinetwegen hier«, antwortete Emma, was Robin mit einem erstaunten Gesichtsausdruck quittierte.

»Hat Marla dir meine Kontaktdaten gegeben oder wusstest du, dass ich hier bin?«

»Marla hatte deine Daten?« Nun war Emma verblüfft.

»Klar, wir haben Nummern getauscht.«

»Hm, kann es sein, dass Marla auf deinen Kumpel steht?«, erwiderte Emma und fragte sich, warum Marla sie angelogen hatte, das wäre überhaupt nicht nötig gewesen.

»Möglich, so genau weiß ich das nicht. Marla ist irgendwie nicht so leicht zu durchschauen, sie ist kein bisschen verbindlich, das ist jedenfalls mein Eindruck. Pavel steht trotzdem voll auf sie. Ich finde, die beiden passen bestens zusammen.«

Nun hatte Emma die Bestätigung, warum Marla gelogen hatte. Sie hatte versucht, Pavel bei den Ermittlungen aus der Schusslinie zu holen, indem sie angegeben hatte, dass sie nur die Vornamen der beiden Männer aus Lübeck kannte.

Wie naiv das war, schien Marla nicht zu begreifen.

»Darf ich dich zu einem Kaffee einladen?«, fragte Robin.

»Darfst du gern, aber ich muss hinzufügen, dass ich nicht wegen eines Dates hier bin«, gab Emma lächelnd zurück.

»Okay, warum dann? Jetzt stehe ich auf dem Schlauch.«

»Ich bin Journalistin bei der Ostseezeitung und schreibe einen Artikel über den Mord an Celine.«

»Wie, was, Mord?« Robin wirkte erschrocken.

»Celine wurde am Samstagabend in Niendorf ermordet.«

»Im Ernst?«

»Ich wünschte, es wäre nicht wahr. Sie ist nach der Strandparty auf dem Heimweg getötet worden.«

Robin musste sich erst einmal sammeln, dann sagte er: »Was habe ich damit zu tun?« Seine charmante Haltung änderte sich abrupt, da nun klar war, dass Emma in einer ernsten Angelegenheit hier war.

»Du warst am Samstagabend am Strand, und ich möchte wissen, was du gesehen hast.«

Robin massierte seinen Bart. »Das Angebot mit dem Kaffee steht noch?«

»Klar. Wenn du meine Fragen beantwortest.«

»Deal«, antwortete Robin und seine gute Laune kehrte zurück. Vielleicht weil er hoffte, dass möglicherweise doch mehr als nur Fragen bei dem Kaffee herumkamen.

»Kennst du ein gutes Café in der Nähe?«, fragte Emma.

»Lübeck ist leider nicht Hamburg. Wir könnten ins *Kaffeehaus* gehen, das ist ganz nice.«

»Hört sich gut an«, antwortete Emma, sie kannte es und wusste, dass es nur wenige Gehminuten entfernt lag. Sie wollte mit Robin nicht weiter weggehen, um ihm ja nicht das Gefühl zu geben, dass sie ihn interessant fand.

Er war auch so gar nicht ihr Typ. Zwar war er groß und sportlich, was sie sehr anziehend fand, aber er hatte unglaublich kurzes Haar, vermutlich weil es sich bereits etwas lichtete. Ein Mann musste eine gute Frisur haben, das war zumindest Emmas Meinung.

»Wollen wir draußen sitzen?«, fragte Robin, als sie das Café erreicht hatten.

»Gerne. Das Wetter ist zu schön, um drinnen zu sitzen.«

Beide nahmen auf der Terrasse Platz.

»Schieß los, was willst du wissen?«, sagte Robin.

Bevor Emma antworten konnte, kam der Kellner und beide gaben ihre Bestellung auf.

»Wie kam es, dass du und dein Kumpel in Niendorf wart?«, begann Emma dann. Sie wollte zunächst harmlosere Fragen stellen, um nicht zu riskieren, dass Robin die Sache in den falschen Hals bekam.

»Wir waren schon mittags da, Pavels Oma lebt dort. Das Wetter war so cool, dass wir uns einen Sechserträger geholt und am Strand gechillt haben.«

»Nur ihr zwei oder waren noch andere dabei?«

»Nein, nur Pavel und ich.«

Erneut wurden sie kurz unterbrochen, da der Kellner die Bestellung brachte.

»Warst du schon mal hier im Café?«, fragte Robin.

»Ja, ist aber ein bisschen her.«

»Wohnst du in Niendorf?«

»Genau.«

»Aber du kommst nicht von da, oder? Ich habe dich da noch nie gesehen.«

»Nein, ich bin in Köln aufgewachsen«, antwortete Emma, sie wollte nicht zu viel Privates preisgeben. »Weißt du, wer nach euch noch zum Strand gekommen ist?«

»Nein, da hab ich echt nicht drauf geachtet. Es war ein schöner milder Frühlingsabend und Pavel und ich waren so im Deeptalk, dass wir nicht mitbekommen haben, wer da war und wer nicht.«

»Celine und ihre Freundinnen hast du aber bemerkt?«, bohrte Emma weiter.

»Klar, weil Pavel recht schnell Augenkontakt mit Marla hatte und sie dann zu uns gekommen ist.«

»Kannten sich die beiden? Pavels Oma wohnt ja in Niendorf.«

Robin schüttelte den Kopf. »Nein, sie haben sich am Strand kennengelernt.«

»Aber du kanntest Celine, richtig?«

»Nein, Marla hatte nur ihren Namen erwähnt, ich kenne sie nicht.«

Emma sah ihn zweifelnd an. »Sicher? Marla behauptet, dass du Celine mal auf einer Party kennengelernt hättest.«

»Dann lügt sie. Ich kenne Celine von keiner Party. Marla war an dem Abend betrunken, vermutlich hat sie da was falsch verstanden.«

Diese Antwort überraschte Emma. Hatte Marla tatsächlich unbeabsichtigt etwas Falsches gesagt oder log Robin? Oder hatte Marla ihr etwa eine weitere Lüge aufgetischt?

»Wann seid ihr denn nach Lübeck zurückgefahren?«, fragte Emma.

»Kurz nach 22 Uhr, weil ich am nächsten Morgen früh rausmusste.«

Emma nickte langsam. Leider hatte sie nicht auf die Zeit und die beiden Männer geachtet, daher konnte sie nicht einschätzen, ob Robin die Wahrheit sagte. Sollte er nicht gelogen haben, wäre ihm dennoch genug Zeit geblieben, um Celine zu ermorden, und Emma kannte auch schon das Motiv: gekränkte Eitelkeit. Nur gab es keinen Beweis für diese Vermutung.

Emma musste mit Marla reden, dringend.

46

26. Mai, Niendorf

Solange es kein Geständnis gab, hatten sie auch noch nicht ihren Mörder. Zwar hatte Gustav recht schnell einen Haftbefehl erwirken können und Rune hatte die Nacht in der Zelle der Dienststelle verbracht, doch ein Geständnis hatten sie nicht.

An diesem Morgen spazierte Gustav mit seinem Schäferhund Meiko am Niendorfer Strand entlang, es war noch früh, kaum jemand war hier, nur ab und an lief ein Jogger an ihm vorbei.

Da die Saison begonnen hatte, durften sich die Hunde nicht mehr an jedem Strandabschnitt die Pfoten vertreten, doch zum Glück gab es in Niendorf einen Bereich, wo es gestattet war und der nicht weit von Gustavs Wohnung entfernt lag.

Ein Leben ohne Hund konnte sich Gustav nicht vorstellen, außerdem halfen ihm die Spaziergänge am Strand dabei, den Kopf freizubekommen. Die frische Meeresluft, der leichte Wind und das Wellenrauschen taten ihr Übriges. Gustav hatte seine Schuhe ausgezogen und genoss das Gefühl des feinen Sandes unter den Füßen.

Herrlich.

Er konnte sich nicht vorstellen, woanders als in Niendorf alt zu werden. Er war tief verwurzelt mit dieser Region.

Noch während er ein wenig vor sich hin träumte, bemerkte er, dass Meiko plötzlich loslief.

»Meiko, nicht so weit, sei brav«, rief Gustav seinem Schäferhund hinterher, denn der Hundestrand war nicht unendlich groß und Gustav hatte Sorge, dass Meiko die Grenze übertreten könnte.

Ein Jogger kam auf sie zugelaufen, Meiko steuerte direkt auf ihn zu.

»Meiko, bleib stehen!«, rief Gustav und lief nun auch los, reduzierte dann jedoch das Tempo, weil der Jogger stehengeblieben war und Meiko aufgeregt mit dem Schwanz wedelnd bei ihm stand.

»Mads, natürlich«, sagte Gustav zu sich. Meiko hatte ihn wohl sofort gewittert.

»Moin, Onkel«, grüßte Mads, als Gustav bei den beiden ankam. Er streichelte Meiko ausgiebig. »Wie es scheint, wollte Meiko möglichst schnell beim coolsten Johannsen sein.«

»Ich glaube eher, dass er auf ein Leckerli spekuliert hat. Seit wann joggst du in dieser Ecke?«, gab Gustav zurück.

»Mir war heute Morgen danach. Sehen wir uns gleich im Büro?«

»Nein, ich wollte Klara Klockmann aufsuchen.«

»Sicher, dass das nicht Lena und ich übernehmen sollten?«

»Ganz sicher. Klockmann ist eine, die man nur mit Kompetenz beeindrucken kann«, stellte Gustav klar.

»Deswegen meinte ich ja, Lena und ich sollten das machen«, frotzelte Mads. »So oder so solltest du dich ranhalten, weil sie um 9 Uhr auf der Arbeit sein wird.«

»Woher weißt du das?«, fragte Gustav, fügte aber schnell hinzu: »Ich vergaß, du hattest eine Affäre mit ihr. Bei deinem Frauenverschleiß blickt ja keiner mehr durch. Wo arbeitet sie denn, wenn ich sie zu Hause nicht antreffen sollte?«

»Das war keine Affäre, wir haben nur geflirtet. Sie arbeitet Im *Hotel Hof Sierksdorf*, jedenfalls nach meinem letzten Kenntnisstand. Soll ich sie anrufen?«

»Nein, ich möchte das Überraschungsmoment nutzen.«

»Verstehe, du wendest meine Taktik an.«

Gustav zog die Brauen hoch. »Deine? Als ich schon Polizist war und nach dieser Taktik gehandelt habe, hast du noch in die Windeln geschissen.«

Mads hatte augenscheinlich Mühe, sich ein Schmunzeln zu verkneifen.

»Mit dem Verhör von Rune Peters wartest du auf mich«, fuhr Gustav fort.

Mads nickte. »Darüber habe ich mir gestern Abend noch Gedanken gemacht. Ich denke, es wäre besser, wenn Lena und ich das Verhör übernehmen.«

»Warum? Damit du die Gesprächsführung hast?«

»Nein, wegen deiner Worte.«

»Welche Worte?«

»Dass ich Lena nicht das Gefühl geben soll, dass sie nicht zum Team gehört. Sie und ich ermitteln in dem Mordfall, daher wäre es nur konsequent, wenn ich mit ihr zusammen das Verhör führe, nicht du und ich.«

Gustav überlegte kurz, dann lenkte er ein: »Du hast recht. Ihr beide führt das Gespräch.« Der Einwand seines Neffen war berechtigt, auch wenn ihm sein Bauchgefühl sagte, dass Mads ihn nutzte, um ihn nicht beim Verhör dabeizuhaben.

»Meiko, komm, wir müssen nach Hause«, sagte er jetzt an Meiko gewandt, der noch immer neben Mads stand, sich von ihm streicheln ließ und keine Anstalten machte, auf Gustav zu hören.

»Meiko«, wurde Gustav etwas fordernder.

»Geh mit Onkelchen, Meiko, sonst landest du noch irgendwann im Kochtopf«, sagte Mads und gab ihm zu verstehen, dass er mit Gustav gehen sollte.

»Ganz schlechter Scherz«, grummelte der. »Meiko und Kochtopf, das war deutlich übers Ziel hinausgeschossen.«

»Wir sehen uns!« Mads grinste und lief weiter.

»Du kleiner Verräter. Wer füttert dich den ganzen Tag und lässt dich in seinem Zuhause schlafen?«, fragte Gustav und kraulte Meikos Ohren. »Ich! Genau. Na komm, Papa hat noch einen langen stressigen Tag vor sich.«

Eine knappe Stunde später parkte Gustav vor der Anschrift von Klara Klockmann, Meiko hatte er vorher bei Petra im Büro abgesetzt.

Gerade als er die Haustür ansteuerte, trat Klara aus dem Haus.

»Moin«, machte sich Gustav bemerkbar.

»Moin«, antwortete sie sichtlich irritiert, vermutlich hatte sie zu so früher Stunde nicht mit einem Besuch von der Polizei gerechnet.

»Ich muss Sie kurz sprechen«, sagte Gustav.

»Kann das nicht warten? Ich muss zur Arbeit.«

»Nein, kann es nicht«, entgegnete Gustav bestimmt.

»Dann lassen Sie uns rübergehen. Muss ja nicht jeder mithören, was wir besprechen«, erwiderte sie, und gemeinsam überquerten sie die Straße. Die junge Frau wirkte genervt. »Was möchten Sie denn noch wissen?«

»Ich habe ein paar weitere Fragen zu der Aussprache zwischen Ihrem Freund und Celine.«

»Welche Aussprache? Die Tussi hat doch gekniffen.«

»Sind Sie ganz sicher?«, hakte Gustav sofort ein.

»Natürlich. Glauben Sie, ich lüge?« Klara verdrehte missmutig die Augen.

»Das glaube ich nicht nur, das weiß ich.«

»Woher?«

»Rune, Ihr Freund, hat Mads anvertraut, dass Sie ihm verboten hätten, sich mit Celine zu treffen.«

»So ein Schwachsinn. War Rune unter Drogen? Er lügt und fällt mir in den Rücken«, echauffierte sich Klara.

»Wir gehen nicht davon aus, dass er gelogen hat. Die Frage ist, warum Sie nicht wollten, dass Celine und Ihr Freund sich treffen.«

»Noch mal, ich habe gewollt, dass Rune dieser Tussi …«, Klara unterbrach sich, »dass er Celine den Kopf wäscht, damit sie uns in Ruhe lässt. Rune ist mein Freund und er würde sicherlich nicht zu ihr zurückgehen. Ob er nach dieser Nummer immer noch mein Freund ist, muss ich mir aber gut überlegen.«

Gustav glaubte ihr kein Wort, allerdings verstand er nicht, was es ihr brachte, an der Lüge festzuhalten, machte es sie doch unglaubwürdig und verdächtig.

»Frau Klockmann, Sie tun sich keinen Gefallen, wenn Sie mich so offensichtlich anlügen. In Ihrem eigenen Interesse sollten Sie bei der Wahrheit bleiben, sonst …«

»Was, sonst?«, blaffte sie und bewies damit, wie kurz ihre Zündschnur war.

»Einmal tief Luft holen und durchatmen, sonst führen wir das Gespräch auf der Dienststelle weiter«, erwiderte Gustav kühl.

Klara atmete hörbar durch die Nase, zog die Augen schmal, rieb sich die Stirn und schüttelte anschließend den Kopf. »Einfach lächerlich, glauben Sie etwa, dass ich Celine ermordet habe, nur weil ich kein Alibi habe?«

»Ich glaube gar nichts. Ich stelle Ihnen Fragen, die Sie bitte beantworten.«

»Wenn ich sie ermordet hätte, dann hätte ich mir doch ein Alibi besorgt, da wäre es das Leichteste gewesen, zu sagen, dass ich die Nacht mit Rune verbracht habe.«

»Ich ermahne Sie jetzt noch ein einziges Mal, nur auf meine Fragen zu antworten und mir die Wahrheit zu sagen, sonst sehe ich mich gezwungen, Sie mitzunehmen«, wurde Gustav deutlicher. Seine ohnehin schon tiefe Stimme gewann an Schärfe.

Klara presste die Lippen zusammen, seine Worte schienen Eindruck gemacht zu haben.

»Ja, ist gut, ich habe Rune gedrängt, die Aussprache abzusagen«, gestand sie. »Zufrieden?«

»Warum haben Sie das getan?«

»Weil ich Rune nicht vertraut habe.«

»Hatten Sie Sorge, dass er zu Celine zurückgeht?«

»Wenn er das getan hätte, hätte ich ihm die …« Klara brach ab. »Irgendwie schon, Rune ist manchmal ziemlich irrational. Gerade wenn er auf Drogen ist. Ich liebe ihn und wollte ihn nicht verlieren.« Ihr Tonfall war jetzt viel ruhiger, sie schaute auf ihre Uhr. »Ich muss wirklich zur Arbeit.«

»Nur eine letzte Frage.«

»Welche?«

»Wussten Sie, dass Rune am Samstagabend am Strand war, um sich mit Celine zu treffen?«

Der wütende Blick der jungen Frau verriet Gustav, dass sie es vermutlich nicht gewusst hatte.

»Ich muss zur Arbeit«, antwortete sie und entfernte sich mit schnellen Schritten.

Ob sie es doch gewusst hat und Rune gefolgt ist, um sich dann Celine vorzuknöpfen?, überlegte Gustav.

47

Timmendorfer Strand

»Moin, Schwesterherz«, sagte Mads, als er das Büro betrat.

Christian hatte Lena zur Dienststelle gefahren, daher saß sie bereits an ihrem Schreibtisch.

»Moin, Bruderherz«, antwortete Lena und erwiderte die Umarmung, dann gab sie Mads einen Kuss auf die Wange.

»Ich bin Gustav heute beim Joggen begegnet.«

»Unser Onkel joggt?«

Mads winkte lachend ab. »Der Einzige, der sich sportlich betätigt, ist Meiko. Gustav war mit ihm am Hundestrand. Er möchte, dass wir gemeinsam Rune verhören.«

»Wir beide? Gestern noch wollte er das Verhör selbst führen.«

»Stimmt, aber jetzt ist er auf dem Weg zu Klara.«

»Warum das?«

»Er meint, dass er Klara eher zum Reden bringt als wir.«

»Dann drücken wir ihm die Daumen. Wollen wir losle-gen?«

»Klar. Ich hole Kaffee und du sagst den Kollegen Bescheid, dass sie Rune zum Verhörraum bringen sollen.«

»Mach ich.«

Während Lena zum Telefonhörer griff, verließ Mads das Büro und ging in die Küche, um dort drei Becher mit Kaffee vorzubereiten. Er konnte den möglichen Gesprächsverlauf überhaupt nicht einschätzen. War Rune tatsächlich ihr Täter?

Mit den drei Bechern in der Hand ging Mads weiter zum Verhörraum, wo Lena ihm mit ihrem Rollstuhl entgegenkam.

»Wenn das kein Timing ist«, sagte sie.

»Ist Herr Peters drinnen?«, fragte Mads den Kollegen, der vor der Tür stand.

»Wurde gerade reingebracht.«

»Trägt er Handschellen?«

»Ja.«

»Danke dir, du kannst uns dann allein lassen.«

Der Kollege nickte und entfernte sich, Mads und Lena betraten den Verhörraum.

Das Öffnen der Tür schien Rune nicht bemerkt zu haben, nachdenklich saß er auf einem Stuhl und reagierte nicht.

»Moin«, machte sich Mads bemerkbar, reichte Lena einen Kaffeebecher und stellte die anderen beiden auf den Tisch.

»Moin«, antwortete Rune, er wirkte leicht verkatert.

»Schädel?«

»Wem sagst du das. War ein bisschen zu heftig gestern.« Er blickte auf den Kaffeebecher. »Für mich?«

»Ja«, antwortete Mads und entfernte die Handschellen.

»Danke.« Rune griff sich den Kaffee und gönnte sich einen Schluck.

In diesem Augenblick wirkte er vernünftig, überhaupt nicht wie jemand, der vor Kurzem seine Ex-Freundin ermordet hatte. Das hatte allerdings nichts zu bedeuten. Mads hatte schon Familienväter überführt, die ihre eigene Frau umgebracht und danach monatelang so getan hatten, als wären sie wegen des Todes der geliebten Frau voller Kummer. Mörder waren manchmal unglaublich gute Schauspieler.

»Nur zur Information, das Gespräch hier wird aufgezeichnet«, begann Mads, »alles, was du sagst, kann im Rahmen unserer Ermittlungen und auch vor Gericht genutzt werden.«

»Ist mir schon klar, dass ihr mich nicht aus purer Nächstenliebe in die Zelle gesteckt habt«, gab Rune zurück. Er schien gelassen.

»Möchtest du uns erzählen, was Samstag vorgefallen ist?«, fragte Lena.

»Ich weiß es nicht mehr so genau.«

»Was soll das heißen?«, hakte Mads nach. Er hoffte nicht, dass Rune die Drogenkarte ausspielte.

»Ich war ziemlich drauf, hatte mir einiges geballert an dem Abend. Das war auch der Grund, warum Klara keinen Bock mehr auf mich hatte und recht früh abgedüst ist«, antwortete Rune und trank noch einen Schluck Kaffee. »Der ist echt nicht schlecht. In den Filmen sieht man doch immer, wie mies der Kaffee bei den Bullen ist, aber der hier ist gut.«

»Gestern konntest du dich zumindest daran erinnern, dass du Celine aufgesucht hast«, hielt Mads dagegen. »Rune, das hier ist deine Chance, reinen Tisch zu machen.«

»Will ich doch.«

»Das wird aber nur funktionieren, wenn du mit uns zusammenarbeitest und die Wahrheit sagst.«

Rune beugte sich vor und sah Mads eindringlich an. »Ich schwöre, ich war verballert. Ruf Klara an. Sie hat die Krise gekriegt und mir an den Kopf geworfen, dass ich mich so abgeschossen hätte, weil ich ständig an Celine denken würde, denn ich hätte sie wohl am Freitag am liebsten getroffen, und so einen Mist.«

»Was hast du darauf erwidert?«, fragte Mads.

»Was wohl? Dass sie hängt und mich ihre Eifersucht nervt, dass ich nur sie liebe, sonst hätte ich die Aussprache mit Celine gar nicht gecancelt. Ich habe ihr versichert, dass ich es nur ihretwegen tun würde.«

»Was hat sie dazu gesagt?«

»Sie ist richtig ausgeflippt, hat mir unterstellt, dass ich Celine doch treffen wolle und ich sie bei der nächsten Gelegenheit betrügen würde. Schließlich hätte ich auch Celine mit ihr betrogen. So einen Mist halt, kann mich nicht mehr an alles erinnern.«

»Wie ging es weiter?«

»Mir wurde es zu bunt, und ich habe gesagt, dass sie gehen soll.«

»Eben hast du noch erklärt, dass Klara abgehauen sei, nicht, dass du sie gedrängt hast, zu gehen.«

»Das war auch so, ja.« Rune massierte sich die Stirn. »Ich habe ihr gesagt, dass sie mich nervt und ich echt keinen Bock auf den Kindergarten habe, dann ist sie abgedüst. Ja, genau so war es.«

»Bist du sicher?«

»Ja, bin ich. Mensch, Mads, ich sagte doch, ich war drauf. Am Ende ist das eh scheißegal. Celine ist tot, wen juckt es da, was Klara und ich getan oder gesagt haben. Unser Streit hatte nichts mit Celines Tod zu tun.«

»Mich juckt es«, reagierte Mads scharf. »Celine war deine Ex-Freundin, du hast sie doch mal geliebt, wie kann es dir da egal sein, dass sie tot ist? Haben die Drogen dir derart das Hirn gefickt?«

Über diesen verbalen Angriff war Rune sichtlich überrascht, er schaute Mads mit großen Augen an, befeuchtete seine Lippen und sagte schließlich: »Nein, sie war mir nicht egal. Sie hat es all die Jahre mit mir ausgehalten, und im Gegensatz zu Klara hat sie mir nicht das Gefühl gegeben, dass ich ihr gleichgültig bin.«

»Trotzdem hast du sie betrogen.« Mads schüttelte den Kopf, den reuigen Kerl nahm er ihm nicht ab.

»Ja, weil ich auf Drogen war.«

»War?« Mads zog eine Braue hoch.

»Ich bin halt nicht Mads Johannsen, der alles im Griff hat, der über den Dingen steht und dem alles zufliegt. Glaubst du, ich weiß nicht, dass ich ein Drogenproblem habe? Aber das hat seine Gründe.«

Mads wollte jetzt nicht die rührende Geschichte hören, wie Rune als Kind geschlagen worden oder als Jugendlicher durch falsche Freunde zu den Drogen gekommen sei und nun nicht mehr davon loskomme.

Hier ging es ausschließlich um Celine und darum, ob Rune

sie ermordet oder womöglich Klara in ihrer Eifersucht eine Dummheit begangen hatte.

»Wieso machst du keine Therapie, wenn du von den Drogen weg möchtest?«, schaltete sich Lena ein. »Ich kann dir einen guten Therapeuten empfehlen.«

Rune lachte kurz auf und hob seinen Becher, um einen Schluck daraus zu trinken. »Mist, leer. So ein Scheiß«, platzte es völlig unerwartet aus ihm heraus.

Mads kannte Fälle, in denen Drogensüchtige am Tag nach dem heftigen Konsum in ein tiefes Loch fielen und zu starken Stimmungsschwankungen neigten, vielleicht erging es Rune gerade so.

»Möchtest du noch einen Kaffee?«, fragte Lena freundlich.

»Wenn es nicht zu viel Arbeit macht, gern. Ich bin ein bisschen matschig im Kopf.«

»Ich hol dir einen. Mads?« Lena sah ihn fragend an.

»Nein, danke.«

Lena gab ihrem Rollstuhl einen leichten Schwung und rollte aus dem Verhörraum.

Mads hätte Rune keinen weiteren Kaffee gebracht, da er sich bisher überhaupt nicht kooperativ gezeigt hatte.

»Hat Klara noch was wegen Celine gesagt an dem Tag? Hatte sie Kontakt mit ihr?«, fragte Mads.

»Nein, sie war schlecht auf mich zu sprechen. Warum sollte sie Celine auch kontaktieren? Ist doch leichter, mich anzugreifen«, antwortete Rune spöttisch. Damit bestätigte er, was Tim festgestellt hatte: Es gab keine Nachrichten zwischen Celine und Klara.

»Hattest du nach dem Streit noch mal mit Klara Kontakt? Habt ihr euch geschrieben?«

»Haben wir nicht. Ich habe mich zugedröhnt, Klara ist ein unglaublicher Dickschädel. Sie kann manchmal tagelang schmollen. Eigentlich ist es immer so, dass ich mich dann bei ihr melde. Celine war da ganz anders.«

»Das heißt, du weißt nicht, was Klara den restlichen Samstag über gemacht hat?«

»Woher? Ich sagte doch, dass ich sie nicht gesehen habe.«

Lena betrat den Raum und reichte Rune einen Kaffee.

»Danke«, sagte er und gönnte sich einen Schluck.

»Was hast du den restlichen Abend gemacht?«, fuhr Mads fort.

»Nicht viel, gekokst, Joints gedreht, ein paar Wodka Red Bull getrunken und nebenbei Netflix geschaut.«

»Du warst in Niendorf und wolltest zu Celine«, widersprach Mads.

»So ein Quatsch.«

»Rune, wollen wir das Ganze wieder von vorn anfangen? Glaubst du, dass der Richter aus purer Langeweile einen Haftbefehl ausgestellt hat? Du scheinst immer noch nicht zu kapieren, in was für einer Scheiße du steckst. Nach dem Verhör geht es gleich in die U-Haft. Das hier ist kein Spiel.«

»Wieso U-Haft?«, reagierte Rune entrüstet. »Ich habe Celine nicht getötet, seid ihr denn komplett Banane?«

»Dann rede mit uns, und erzähl uns endlich, was vorgefallen ist.«

Rune verschränkte die Arme vor der Brust und lehnte sich zurück. »Ich gehe nicht in den Knast, auf gar keinen Fall. Das würde euch wohl so passen, den Kumpel spielen und mir hinterrücks das Messer in den Rücken rammen. Das kannst du schön vergessen, Mads, ich bin nicht euer Bauernopfer!«

»Wir wollen nur die Wahrheit erfahren, Rune, mehr nicht. Hilf uns, zu verstehen, was am Samstagabend passiert ist, damit wir den Mörder von Celine fassen können«, versuchte Lena es in freundlichem Ton.

»Keine Chance, nicht mit mir. Ihr seid clever, ihr habt mir eine Falle gestellt.« Runes Blicke schossen zwischen Mads und Lena hin und her, er wirkte fast panisch.

Mads wartete kurz, damit Rune sich ein wenig beruhigen

konnte, fürchtete er doch, ihn sonst komplett zu verlieren. Auch Lena schwieg.

Rune widmete sich indes seinem Becher, trank einen Schluck Kaffee, dann noch einen. Seine Nervosität legte sich langsam, seine Augen wirkten ruhiger.

Irgendwie tat er Mads nun doch leid, die Drogen hatten ihn dermaßen im Griff, dass er nicht mehr davon loskam. Vermutlich redete er sich sogar ein, dass er wegen der Drogen ein cooler Typ war, dabei stand es für Mads schon immer außer Frage: Drogen waren nur etwas für Verlierer.

»Ich habe Celine geliebt«, ließ sich Rune nun endlich kaum hörbar vernehmen. »Ich weiß, dass ich ihre Liebe nicht verdient habe, weil ich sie scheiße behandelt habe, und ich weiß, dass es ein Fehler war, sie zu betrügen. Ich wollte ihr sagen, dass mir das alles so leidtut, ich wollte es wirklich, deswegen bin ich Samstag im Vollsuff und unter Drogen nach Niendorf gefahren, so Wolf-of-Wall-Street-mäßig.« Er grinste schief.

Mads kannte den Film mit Leonardo di Caprio und auch die Szene mit dem Lamborghini, auf die er anspielte. Lena warf ihm einen kurzen Blick zu und er verstand, sie sollten Rune Zeit geben, damit er sich bestenfalls den ganzen Frust von der Seele redete und ihnen verriet, was an diesem Samstagabend tatsächlich passiert war.

Gedankenverloren hob Rune den Becher, dann schaute er zwischen Mads und Lena hindurch, sein Blick wirkte leer.

»Ich habe am Hafen nach ihr gesucht, bin den Strand entlanggelaufen, vermutlich dabei getorkelt, und ich habe ihren Namen gerufen. Keine Ahnung, warum ich dann in diese verdammten Dünen gelaufen bin, ich war fucking drauf, da wäre selbst ein Jordan Belfort stolz auf mich gewesen, und plötzlich stoße ich da an etwas. Ich stürze und dann sehe ich da jemanden liegen. Es war zu dunkel, um zu erkennen, wer es war, aber ich geriet in Panik und lief weg. Fast hatte ich das Gefühl, dass mich noch so ein verdammter Mops aus Men in Black angebellt hat.« Rune schüttelte sich. »Das war wirklich ein kranker Film. Erst als mir einen Tag später jemand erzählte, dass Celine ermordet worden war, begriff ich, dass diese Person da in den Dünen Celine gewesen sein muss.« Jetzt sah er Mads direkt in die Augen. »Ich habe sie nicht umgebracht, sie war schon tot, als ich sie gesehen habe. Ich schwöre es!« Rune fing an zu weinen.

48

Ich muss noch immer kichern bei dem Gedanken an das Eine und dass ich es tatsächlich getan habe. Heute ist ein schöner Tag, obwohl es zugleich mein letzter Urlaubstag ist.

Am Montag muss ich wieder arbeiten. Ich kann gar nicht so viel essen, wie ich kotzen möchte. Wer die Arbeit erfunden hat, muss die Menschen wirklich hassen.

Mein Blick wandert zu einem Boot, es ist nicht groß, aber mir würde es reichen.

Noch kann ich nur davon träumen, so eines selbst zu besitzen. Noch.

Plötzlich kommt wieder Wut in mir auf. In letzter Zeit habe ich häufiger heftige Stimmungsschwankungen, keine Ahnung, warum, aber die aktuelle ist berechtigt, weil ich es hasse, wenn ich meinem Geld hinterherlaufen muss. Dabei bin ich doch selbst notorisch pleite und der Berg an Schulden zwingt mich in die Knie.

Ich nehme mein Handy und beschließe, den Idioten erneut zu kontaktieren:

So langsam will ich meine Kohle, es ist nicht okay, dass du mich hinhältst,

schreibe ich. Ich denke mal, jetzt wird auch der letzte Trottel kapieren, dass mir bald der Geduldsfaden reißt.

Hoffentlich antwortet der Penner, denke ich und atme mit einem leisen Schnauben durch die Nase aus.

An einem schönen Tag wie diesem sollte man nicht schlecht gelaunt sein, die Sonne scheint, es ist sehr warm und es ist mein letzter Urlaubstag. Irgendwann werde ich auch meine Kohle sehen, ich darf nur nicht die Nerven verlieren.

Ich beschließe, mir einen Kaffee zu holen, das entspannt. Also stehe ich von der Bank auf und gehe Richtung *Ahoi Kaffee*.

Als ich in der Schlange stehe, dreht sich doch tatsächlich dieser Mongo Jörn zu mir um und schaut mich aus seinen hohlen Murmelaugen an, sagt aber nichts.

Kurz überlege ich, ob ich ihn ansprechen soll, denn ich muss wieder an unser Treffen am Strand denken, wo er mir irgendwie seltsam vorkam. Andererseits weiß jeder hier, dass Jörn ein geistig behinderter Typ ist, der sich nur am Strand rumtreibt und sich ständig durchschnorrt. Er ist nicht der Hellste, vermutlich ist er überhaupt keine Gefahr für mich. Warum auch?

Es ist sein Blick!, gebe ich mir selbst die Antwort.

Wieder schaut er so komisch rüber.

Jetzt ist er an der Reihe mit seiner Bestellung. Danach stellt er sich an die Seite und ich gebe meine Bestellung auf. Irgendwie habe ich das Gefühl, dass er mich die ganze Zeit anstarrt.

Ich hasse es, wenn mich Leute beobachten, als wäre ich eine interessante Reklametafel.

Jörn erhält seinen Kaffeebecher, schaut mich noch einmal an, sagt dann beinahe schüchtern »Hallo« und geht weiter.

Während ich meinen Kaffeebecher entgegennehme, frage ich mich, warum er mich gegrüßt hat. Wollte er nur nett sein?

Vermutlich.

Oder hat er Angst vor mir?

Viel besser!

So langsam schiebe ich wohl Paranoia, was diesen behinderten Spast angeht, ich gebe ihm zu viel Raum in meinen Gedanken. Warum sollte ausgerechnet er eine Gefahr für mich darstellen?

Mir fällt kein Grund ein, nur dieses Bauchgefühl, das sicherlich jeder von uns kennt, warnt mich, obwohl ich es mir nicht erklären kann.

Plötzlich habe ich einen Gedanken. Okay, das ist ein bisschen fies, aber warum nicht?

Ich könnte doch der Ostseezeitung einen anonymen Tipp geben, dass ich Jörn am Samstagabend in der Nähe des Hafens gesehen habe, zu dem Zeitpunkt, zu dem Celine das Zeitliche gesegnet hat.

Jeder weiß, dass Jörn sich dauernd am Strand rumtreibt. So gesehen, wäre er der perfekte Täter.

Ich grinse in mich hinein, die Idee ist wirklich genial.

Ich kann mir gut vorstellen, dass so ein Behinderter unter Druck alles gesteht. Da gab es doch mal einen ähnlichen Fall, mit diesem Ulvi, der angeblich eine Peggy ermordet haben sollte. Er war behindert und hat den Mord gestanden, obwohl er ihn gar nicht begangen hatte.

Mein Grinsen wird immer breiter und ich ärgere mich, dass ich Jörn nicht schon früher als Verdächtigen ins Spiel gebracht habe.

49

»Woran denkst du?«, fragte Amir.

»An das Gespräch mit Robin Kirschke«, antwortete Emma. Sie saß neben Amir in der Redaktion und starrte gedankenverloren auf den Bildschirm ihres PCs.

»Was beschäftigt dich daran so?«

»Er hat behauptet, dass er Celine nicht kennt, dabei hat Marla mir gegenüber gesagt, dass er an dem Abend wegen Celine noch so angepisst war.«

»Hast du seinen Kumpel mal danach gefragt?«

»Das habe ich, gleich gestern Abend. Ich konnte ihn telefonisch erreichen, und er hat alles, was Robin gesagt hat, bestätigt.«

»Dann wird wohl Marla gelogen haben, wobei wir beide wissen, dass sie an dem Abend gut dabei war. Wahrscheinlich hat sie da was falsch wahrgenommen.«

»Möglich.« Emma tippte sich mit dem Finger gegen das Kinn.

»Oder glaubst du, dass Robin der Mörder ist?«, hakte Amir nach.

»Das wäre vermessen, es gibt keine Beweise dafür. Ich weiß, dass er gegen 22:30 Uhr seinen Kumpel Pavel bei ihm zu Hause abgesetzt hat. Dass er anschließend von Lübeck zurück an die Ostsee fährt, wäre pure Spekulation.«

»Er war es bestimmt nicht«, stellte Amir fest.

»Warum?«

»Weil er kein Motiv hat.«

»Aber was, wenn Marla doch die Wahrheit gesagt hat und Robin und Pavel sich abgesprochen haben?«

»Du hörst dich bald wie Mads an.« Amir zog eine Grimasse.

»Wieso?«

»Der sieht auch überall Täter. Du solltest lieber noch mal mit Marla reden.«

»Ich konnte sie telefonisch nicht erreichen und auf meine WhatsApp hat sie nicht geantwortet.«

»Dann habe ich eine gute Idee.«

»Und die wäre?«

»Lass uns einen Kaffee trinken gehen, ein bisschen die Beine vertreten und noch mal alles durchsprechen, vielleicht fällt uns etwas ein, was du bisher übersehen hast.«

»Das ist sehr lieb von dir, aber ich möchte dich nicht von der Arbeit abhalten«, erwiderte Emma.

Amir lachte. »Schätzchen, das mache ich in erster Linie für mich, weil ich kurz raus muss, mir kommt gerade kein Einfall. Kreative Pause.«

Nun grinste auch Emma. »Kaffee hört sich gut an«, sagte sie, griff nach ihrer Handtasche und gemeinsam verließen sie die Redaktion.

»Jetzt sag mir mal, warum du glaubst, dass Robin der Täter sein könnte«, begann Amir, als sie nach draußen in die Sonne traten.

»Weil er kein Nein akzeptieren kann.«

»Ah, jetzt verstehe ich. Er hat dich angebaggert.«

»Leider. Was denken Männer eigentlich, wenn Frauen sie ansprechen? Dass sie gleich mit ihnen in die Kiste wollen?«

»Die meisten vermutlich«, erwiderte Amir achselzuckend. »Ist Robin übers Ziel hinausgeschossen?«

»Anfangs war er nett, er hat sich zurückgehalten. Wir waren im *Kaffeehaus* und hatten ein wirklich gutes Gespräch, er hat alle Fragen beantwortet, aber dann wurde er immer persönlicher, und ich habe ihm zu verstehen gegeben, dass ich einen Freund habe.«

Emma brach ab, um kurz Luft zu holen.

»Das hat er offenbar nicht verstanden.«

»Nein, er wollte unbedingt ein Date. Er kennt Stefan, ist über ihn hergezogen, was ich mit so einem Langweiler will, da habe ich ihm gesagt, dass er das sein lassen soll. Plötzlich wurde er pampig, hat rumgemotzt, was ich mir einbilden würde, für wen ich mich hielte und dass er eine wie mich an jeder Straßenecke finden würde.«

»Unterste Schublade.« Amir schnaubte abfällig. »Jetzt verstehe ich zumindest, warum du denkst, dass er gelogen hat. Wenn er Celine doch angebaggert hat und mit der Abfuhr nicht klarkam, sind bei ihm Samstag Abend möglicherweise die Sicherungen durchgebrannt, als sich das Gleiche noch mal am Strand abgespielt hat. Es kam zum Streit und im Affekt hat er sie getötet.«

»Besser hätte ich es nicht formulieren können, Sherlock.« Emma schmunzelte.

Mittlerweile hatten sie den Hafen erreicht. Auf der Mauer saßen zwei Möwen und beäugten sie.

»*Seaside Lounge* oder *Ahoi*?«, fragte Amir.

»*Ahoi*, dann können wir noch ein bisschen am Strand spazieren gehen.«

»Das wollte ich hören«, erwiderte Amir und beide gingen Richtung *Ahoi Kaffee*.

»Was möchtest du?«, fragte Amir.

Emma gab ihre Bestellung auf und holte ihre Geldbörse aus der Handtasche.

»Lass stecken, Süße. Nächstes Mal geht das auf deinen Nacken.«

»Das ist sehr lieb von dir. Danke.«

Amir lächelte und stellte sich an. Gerade bei schönem Wetter wie heute war das Café gut besucht.

So ein schnuckeliges kleines Café, in dem Biohäppchen serviert werden, könnte ich mir für mich gut vorstellen, dachte Emma. Wie automatisch erschien bei dem Gedanken das Bild von Mads vor ihrem geistigen Auge, der mit ihr zusammen das Café betreiben würde.

»Du spinnst.« Sie schüttelte den Kopf.

»Was meinst du?«, fragte Amir, der in diesem Moment mit zwei Bechern Kaffee zu ihr trat.

»Nichts.«

»Wirklich?«

»Ja, wirklich. Ich habe nur davon geträumt, wie es wäre, wenn ich ein eigenes kleines Café hätte«, antwortete sie, den Teil mit Mads ließ sie weg.

»Würdest du bestimmt hinbekommen.«

Amir reichte ihr einen Becher, dann gingen sie Richtung Strand. Auf der Promenade kam ihnen Jule entgegen. Die Runde grüßte sich.

»Joggen?«, fragte Amir.

»Klar, bestes Wetter dafür, mir war einfach danach.«

»Der Sommer kommt, da muss man sich als Single ranhalten«, scherzte Amir.

»Als ob du seltener ins Gym gehst«, zog Jule Amir auf.

»Maus, darf ich dich was fragen?«, schaltete sich Emma ein.

»Klar.«

»Weißt du, ob Celine in deiner Gegenwart mal den Namen Robin erwähnt hat?«

»Nein, das ist doch der Typ, der mit seinem Kumpel am Strand war.«

»Genau. Bist du dir mit Robin sicher? Möglicherweise ist der Name mal im Nebensatz gefallen«, bohrte Emma weiter. Sie hatte Jule zwar schon einmal auf die beiden Männer angesprochen, aber manchmal erinnerte man sich erst später wieder an bestimmte Details, gerade, wenn man den Mord an einer guten Freundin verarbeiten musste.

»Ehrlich nicht, tut mir echt leid. Ich wünschte, ich könnte dir helfen. Glaubst du, er hat was mit Celines Tod zu tun?«

»Nein, er behauptet, dass er Celine nicht kennt, Marla hingegen sagt, dass er sie doch kennt, von einer Party.«

Jule winkte ab. »Bei Marla würde ich eh nicht jedes Wort auf die Goldwaage legen. Sie nimmt es mit der Wahrheit nicht immer so genau. Diesen Robin hat sie doch erst am Wochenende kennengelernt, und wir alle wissen, dass sie betrunken war. Sehr gut möglich, dass sie sich verhört hat.«

»Wahrscheinlich«, stimmte Emma zu.

»Warum fragst du sie nicht selbst?«, erkundigte sich Jule.

»Ich kann sie telefonisch nicht erreichen.«

»Marla halt. Manchmal hat sie keinen Bock, ans Handy zu gehen, oder sie ist beschäftigt. Soll ich versuchen, sie zu erreichen?«

Emma schüttelte lächelnd den Kopf. »Nein, nein. Ich versuche es später noch mal, sonst besuche ich sie. Ich weiß ja, wo sie wohnt.«

»Wie du magst, Süße. Ich muss weiterjoggen.«

Die drei Freunde verabschiedeten sich und Jule trabte davon.

»Das scheint dich echt zu beschäftigen«, bemerkte Amir, als sie den Strand erreichten. Beide hatten ihre Schuhe ausgezogen und der warme Sand schmiegte sich sanft um Emmas Füße. Sie mochte das Gefühl unglaublich gern.

»Irgendwie schon, ich finde das Ganze seltsam«, bestätigte sie.

»Vielleicht misst du dem zu viel Bedeutung bei? Robin könnte die Wahrheit sagen und Marla war betrunken, da hat sie halt geflunkert, warum auch immer. Es gibt Menschen, die schwindeln, ohne sich darüber Gedanken zu machen.«

»Und wenn nicht?«

»Dann möchte Robin von sich ablenken aus Sorge, verdächtigt zu werden. Du solltest Mads Bescheid sagen.«

»Meinst du?«

»Klar, das sind potenzielle Zeugen und Verdächtige. Die Polizei sucht die bestimmt auch.«

»Also muss ich mal wieder die Arbeit für Mads machen.« Emma lachte und atmete die klare Meeresluft tief ein, ihr Blick glitt auf die unendliche Weite der Ostsee.

Wie konnte man sich hier nicht wohlfühlen, nicht glücklich sein? Emma war es und sie hatte endlich das Gefühl, an einem Ort wirklich angekommen zu sein.

»Kommt, lass uns zurück zur Redaktion gehen«, sagte Amir.

»Gute Idee, dann kann ich gleich Mads anrufen.«

»Da scheint es aber jemand eilig zu haben«, zog Amir sie auf, da Emma unbewusst das Schritttempo erhöht hatte.

»So ein Quatsch.«

»Ich wünschte, es wäre so«, erwiderte Amir zweideutig.

Emma zog ihr Handy aus der Tasche, öffnete ihre E-Mail-App und sah, dass sie eine neue Nachricht auf ihren Artikel bekommen hatte.

»Was ist?«, fragte Amir.

»Jemand hat auf meinen Artikel geantwortet.«

Emma las die Nachricht durch.

»Das ist interessant«, sagte sie anschließend.

»Was?«

»Die Person behauptet, Jörn am Strand gesehen zu haben. Am Samstagabend, nach 23 Uhr.«

»Anonym?«

»Ja.«

Amir wiegte zweifelnd den Kopf. »Der Tipp mit Robin war doch auch anonym.«

»Worauf willst du hinaus?«

»Ich finde das seltsam. Erst Robin und jetzt hat dir wieder jemand anonym geschrieben und angeblich Jörn am Strand gesehen.«

»Kann schon sein. Trotzdem gibt es Zeugen, die gern unerkannt bleiben wollen, weil sie keine Lust auf die Polizei haben, aus den unterschiedlichsten Gründen. Meistens liegt es daran, dass die Leute nicht Teil der Ermittlungen werden wollen.«

»In einer Großstadt wie Köln oder Mannheim vielleicht, aber doch nicht in einem Kaff wie Niendorf. Wenn du mich fragst, versucht hier jemand, eine falsche Spur zu legen«, beharrte Amir.

»Der Täter?«

»Wäre möglich.«

»Warum kontaktiert die Person dann nicht die Polizei?«

»Vermutlich, weil sie glaubt, dass es über die Presse leichter geht.«

Emma war sich da nicht so sicher, ausschließen wollte sie es allerdings auch nicht.

Ob der Täter sich damit einen Gefallen getan hatte? Ihr Gefühl sagte ihr, dass das kein sonderlich cleverer Schachzug gewesen war. Da die Nachricht über das Kontaktformular eingegangen war, gab es keine Möglichkeit, den Absender zu identifizieren.

»Wir sollten mit Jörn sprechen«, sagte Emma.

»Wenn man vom Teufel spricht«, antwortete Amir und schaute in die andere Richtung, von wo Jörn auf sie zusteuerte.

Er hatte ein Eis in der Hand und pfiff vor sich hin, er schien gut gelaunt.

»Moin, Jörn«, grüßte Amir den deutlich kleineren, rundlichen Jörn.

»Moin, ihr Hübschen«, erwiderte der. »Habt ihr frei?«

»Nein, wir müssen gleich wieder in die Redaktion. Wir haben uns nur einen Kaffee gegönnt und waren kurz am Strand«, antwortete Emma.

»Das ist gut. Bei dem Wetter sollte man nicht im Büro abhängen. Ich habe mir ein leckeres Eis geholt.« Er hielt die Waffel demonstrativ in die Höhe.

»Schmeckt es?«

»Sehr sogar.« Jörn lachte und leckte an seinem Eis. »Bin echt süchtig danach.«

»Jörn, darf ich dir eine Frage stellen?«, begann Emma.

»Was für eine denn?«

»Es geht um den letzten Samstagabend. Warst du da am Strand?«

»Klar, war ja ein schöner Tag, was soll ich da auf meinem Zimmer im Heim versauern?«

Emma schluckte. Der Tippgeber hatte also nicht gelogen.

»Warst du auch abends nach 22 Uhr noch dort?«

»Die genaue Uhrzeit weiß ich nicht mehr, aber ich war sehr lange am Strand, es war schon dunkel. War so toll draußen.«

»Hast du an dem Abend am Strand mit jemandem gesprochen?«

Jörn schaute Emma verwundert an. »Was meinst du damit jetzt?«

»Ob du zum Beispiel mit einer Frau gesprochen hast.«

»Nein, das habe ich nicht, ich habe nur was Peinliches beobachtet.« Jörn kicherte. Die Antwort kam so schnell, dass Emma den Eindruck hatte, Jörn hatte unüberlegt etwas ausgeplaudert.

»Etwas Peinliches?«, hakte sie nach.

Jörns Wangen wurden rot und er schaute verlegen zur Seite, als schämte er sich, das gesagt zu haben.

»Möchtest du uns erzählen, was du Peinliches beobachtet hast?«, schaltete sich Amir ein.

Jörn presste die Lippen zusammen und sah zögernd von einem zum anderen. »Ihr erzählt das aber nicht Mads, oder?«, sagte er schließlich.

»Nein, warum sollten wir? Wir sind doch Freunde, das bleibt unser kleines Geheimnis«, versprach Emma, auch wenn sie Jörn gerade nicht folgen konnte.

»Mads ist halt manchmal sehr streng zu mir«, erklärte Jörn.

»Nicht nur zu dir, Großer«, gab Amir zurück und schenkte Jörn ein freundliches Lächeln.

»Zu dir auch?« Jörns Augen weiteten sich.

»Ja. Aber er meint das nicht böse.«

»Das glaube ich auch. Er ist halt Thor, da hat man echt viel Verantwortung als berühmter und gefürchteter Gott. Ich bin ja nur sein Schüler und muss noch viel lernen, da ist er eben mal streng, weil ich nicht so schnell lerne, wie er es sich wünscht. Ich bin leider nicht so schlau und so stark wie er, aber ich schwöre, dass ich immer mein Bestes gebe.«

»Ich rede mit Mads und bitte ihn, dass er nicht immer so streng zu dir sein soll«, versprach Emma.

»Lieber nicht. Sonst denkt er, dass ich eine Petze bin. Ich hab Mads viel zu lieb, ich möchte nicht, dass er so von mir denkt.«

»Dann bleibt es unser kleines Geheimnis«, sagte Amir und reichte Jörn die Faust zum Abschlagen.

»Möchtest du uns jetzt erzählen, was du an dem Abend beobachtet hast?«, fragte Emma.

Jörn zögerte erneut. Entweder war es ihm furchtbar unangenehm oder er suchte nach einer passenden Antwort, um bei ihnen Eindruck zu schinden. Etwas, was Jörn auch gern tat: Geschichten erfinden, um Aufmerksamkeit und Bestätigung zu erhalten.

Jörn holte tief Luft, dann sagte er: »Jemand hat am Strand Pipi gemacht.« Sofort schlug er sich die freie Hand vor den Mund und kicherte erneut.

»Bist du sicher?«, fragte Amir.

»Ja, ich wollte nicht hinschauen, ich habe nur gesehen, wie sie aufgestanden und in die andere Richtung gelaufen ist. Zum Glück hat sie mich nicht bemerkt.«

»Wo war das?«

»Na, dahinten, wo die Dünen sind. In dem hohen Gras habe ich auch schon mal Pipi gemacht, obwohl man das nicht darf, aber wenn man muss, was will man machen?«

»Warum hast du das Mads nicht erzählt?«, fragte Emma.

»Weil ich mich geschämt habe und Mads mir bestimmt gesagt hätte, dass man Leute nicht beim Pinkeln beobachten darf. Mir war das echt peinlich, weil ich habe sie ja gar nicht beobachtet.«

Emma nickte zögernd. Hatte vielleicht Jörn den Mörder beobachtet, wie er die Leiche in den Dünen versteckt hatte, oder erlaubte er sich einen schlechten Scherz mit ihnen, ohne sich der Konsequenzen bewusst zu sein, weil er nach Anerkennung suchte? Emma musste dringend mit Mads sprechen.

50

Unglaublich, der Penner hat sich noch immer nicht auf meine Nachricht gemeldet.

Das ist unverschämt!

Ich brauche die Kohle. Weiß der nicht, wie knapp ich bei Kasse bin und dass mir die Gläubiger im Nacken sitzen?

Ob ich ihm noch mal schreibe?

Lieber nicht, zu viel Druck könnte ihn nur verärgern.

Dabei bin ich es doch, die geprellt wird. Was ist mit mir? Warum muss ich immer Verständnis haben? Ich will meine Kohle!

Ich atme tief ein und aus, wiederhole das Ganze mehrmals. Schließlich ist heute mein letzter Tag und ich habe mir einen Strandkorb am Niendorfer Strand gegönnt. In meiner Hand halte ich ein spannendes Buch, also eigentlich alles perfekt, nur kann ich leider weder das schöne Wetter noch das Buch wirklich genießen, weil meine Gedanken immer nur darum kreisen, wann der Penner mir mein Geld gibt.

Zu allem Überfluss fliegen jetzt auch noch ein paar Möwen über meinem Strandkorb und schreien aus vollem Hals.

Es ist dein letzter Urlaubstag, entspann dich. Was ist dabei, wenn der Penner deine Kohle nächste Woche überweist? Das geht halt nicht so schnell, komm wieder runter.

Ich lege das Buch kurz zur Seite und schaue aus meinem Strandkorb, dabei lasse ich meinen Blick von Ost nach West wandern und bleibe an zwei Personen hängen.

Ein Lächeln huscht mir über die Lippen. Die eine Person ist Emma Falk, diese übermotivierte Journalistin. Sie sieht mich nicht, der Strandkorb schützt mich, außerdem steht er etwas weiter hinten und sie geht in die andere Richtung.

Ob sie schon meine Nachricht gelesen hat? Wie sie wohl darauf reagiert?

Optimal wäre es, wenn sie gleich Mads benachrichtigt und der diesen behinderten Spast verhaftet.

Damit hätte ich einige Sorgen weniger.

Plötzlich schießt mir ein erschreckender Gedanke durch den Kopf: Was, wenn die Polizei denkt, dass es ein Täuschungsmanöver des Täters ist?

Ich lehne den Kopf gegen die Rückwand des Strandkorbs und atme wieder tief durch.

Warum sollten sie das denken? Ich habe nur das dämliche Kontaktformular ausgefüllt. Die können das niemals zu mir zurückverfolgen.

Der Gedanke beruhigt mich.

Gerade bin ich wieder sehr empfindlich und schreckhaft, keine Ahnung, warum. Eigentlich sollte das nicht der Fall sein, es sind ja schon einige Tage vergangen und die Polizei hat keinerlei Hinweise in meine Richtung. Warum sollte sich das ändern?

Außerdem, mal Hand aufs Herz: Wer vermisst schon einen schwerbehinderten Menschen wie diesen Jörn, der uns als Gesellschaft nur Geld kostet?

Niemand!

Das Buch in meiner Hand zittert. Fuck! So sehr ich auch versuche, mich zu beruhigen, spinnt mein Kopfkino im Hintergrund weiter rum, dabei gibt es dafür gar keinen Grund.

Jörn wird die Tat am Ende gestehen, genau wie dieser andere Behinderte das vor Jahren getan hat.

In diesem Moment wird mir bewusst, dass es leicht ist, jemanden zu töten, das Kopfkino danach aber völlig unterschätzt wird. Deshalb erscheint es mir gar nicht mehr so abwegig, ja verständlich, dass einige daran zugrunde gehen oder sich freiwillig der Polizei stellen.

Der Druck ist megagroß, man mag es nicht glauben.

Aber ich denke nicht daran, vor meinen Ängsten zu kapitulieren, das steht fest.

Mein Handy blinkt auf.

Eine neue Nachricht. Hoffentlich nicht von irgendwelchen Freunden, die sich heute mit mir treffen wollen, davon gab es schon ein paar, auf die ich nicht antworten werde. Ich möchte allein sein.

Genervt schaue ich aufs Display und erkenne zu meiner Freude, dass der Penner geantwortet hat:

Gerade alles etwas stressig, erinnere mich bitte nächste Woche Mittwoch, dass ich dir deine Kohle überweise.

51

Timmendorfer Strand

»So ein Trottel!«, entfuhr es Mads.

Lena sah ihrem Bruder an, wie wütend er war.

»Was meinst du?«, fragte sie.

»Wie kann man eine Leiche nicht der Polizei melden?« Mads hämmerte sich mit der flachen Hand gegen die Stirn. »Erst recht, wenn es die eigene Ex ist. So dumm kann doch kein Mensch sein.«

»Er war stark alkoholisiert, dazu auf Koks und anderen Drogen«, suchte Lena nach einer Erklärung.

»Trotzdem. Das ist doch keine Entschuldigung. Selbst am nächsten Tag hat er es der Polizei nicht gemeldet.«

»Dummheit?«

Mads schnaubte. »Das ist mehr als Dummheit. Er hat mich doch kontaktiert, um sich aus der Schusslinie zu holen, aber spätestens da hätte er es sagen können. Nein, er hätte es sagen müssen.«

»Na, das ist doch die Erklärung, warum er es nicht getan hat. Er hatte Angst, dass wir ihn als Hauptverdächtigen sehen«, gab Lena ruhig zurück.

»Genau das ist er jetzt. Glaubst du, Gustav wird ihm diese Story abnehmen?«

»Der Staatsanwalt und das Gericht müssen es. Ole hat keine Spuren gefunden, die auf Rune schließen lassen, da glaube ich kaum, dass es zu einer Verurteilung reicht.«

Mads atmete schwer und fuhr sich mit der Hand übers Gesicht, dann sah er Lena an. »Irgendwas stimmt da nicht.«

»Was meinst du?«

»Das Verhältnis zwischen Rune und Klara.«

»Sieht nach einer toxischen Liebe aus, wäre nicht das erste Mal, dass wir so was erleben«, sagte Lena achselzuckend.

»Wir sollten uns mit Klara unterhalten und überprüfen, ob sie Runes Aussage bestätigt.«

»Gustav hat doch heute Morgen mit ihr gesprochen«, wandte Lena ein. »Sollten wir uns nicht zunächst mit ihm abstimmen?«

»Du hast recht, Schwesterherz.«

»Ich rufe Petra an und frage, ob er im Büro zurück ist und Zeit hat.« Sie griff zum Hörer und wählte die Durchwahl zu Petra. Die nahm das Gespräch sogleich an und bestätigte, dass Gustav soeben hereingekommen sei und den nächsten Termin in einer Stunde habe.

»Wir können«, sagte sie zu Mads. »Petra macht ihm gerade einen Espresso.«

»Ich muss vorher kurz austreten, wartest du?«

»Die paar Minuten habe ich.«

Als Mads das Büro verließ, sah Lena, wie ihr Handydisplay aufleuchtete.

Sie hatte eine neue Nachricht von Christian bekommen.

Musste gerade an dich denken, Schatz,

schrieb er, begleitet von einem Herz-Emoji.

Und ich an dich,

antwortete sie und schickte ihm ebenfalls ein Herz-Emoji. Die nächste Nachricht ließ nicht lange auf sich warten.

Ich möchte dich heute Abend zum Essen einladen.

Das ist sehr aufmerksam und lieb von dir, aber ich weiß nicht, wie lange ich heute Dienst habe. Gerade ist viel los.

Arbeit geht vor, Schatz. Gib mir doch bis 18 Uhr Bescheid, ob es klappt oder nicht. Ich möchte meine Traumfrau zu einem romantischen Date ausführen.

Ein Lächeln breitete sich über Lenas Gesicht und sofort musste sie an Mads denken, der immer wieder kritisierte, dass Christian sie nie zum Essen einlud, was Quatsch war. Er zahlte auch, nur nicht so häufig wie sie, dafür verdiente sie mehr Geld als er. Außerdem war ihr das in einer Liebe egal. Sie war eine emanzipierte Frau. Nur Mads schien das nicht verstehen zu wollen.

Wäre schön, wenn es klappt, Schatz. Ich melde mich bei dir. Dicker Kuss,

antwortete sie.

Ich liebe dich einmal ums Universum und zurück. Ich kann mir ein Leben ohne dich nicht mehr vorstellen und würde mein Lottoglück heute gern mit dir in Champagner investieren.

Lottoglück?,

fragte Lena zurück. Ihr war gar nicht bewusst, dass Christian Lotto spielte. In ihrer ersten Beziehung war er spiel- und alkoholsüchtig gewesen, aber jetzt?

Ich habe doch ein 5-Euro-Abo beim Lotto. Mehr aus Spaß, und da habe ich doch tatsächlich 125 Euro gewonnen,

antwortete Christian und fügte einen lachenden Smiley hinzu.

Ach so, da hast du aber Glück gehabt,

antwortete Lena. Insgeheim war sie erleichtert. Ein 5-Euro-Einsatz war nun wirklich nicht der Rede wert.

Denke ich auch. Ist zwar kein so großer Gewinn wie der von Chico, aber es reicht, um meine Traumfrau lecker zum Essen auszuführen.

Lena lächelte, dann schrieb sie:

Ich muss Schluss machen, wir haben jetzt ein Meeting mit Onkel Gustav. Liebe dich.

Viel Spaß, liebe dich noch mehr. Dank dir bin ich ein neuer Mensch.

Lena spürte, dass ihr Herz schneller klopfte, weil sie wusste, dass Christian jedes seiner Worte ernst meinte. Seit sie wieder zusammen waren, fühlte auch sie sich wieder vollkommen.

»Wie süß, dass er mich von seinem Lottogewinn zum Essen einlädt«, sagte sie zu sich.

»Wer lädt dich zum Essen ein?«, fragte Mads, der im selben Moment das Büro betrat.

»Christian. Er hat 125 Euro im Lotto gewonnen.«

»Ich wusste gar nicht, dass er Lotto spielt.«

»Waren auch nur 5 Euro Einsatz. Das macht er ab und zu aus Spaß.«

Mads warf ihr einen Blick zu, er wirkte kurz nachdenklich, kommentierte ihre Erklärung jedoch nicht.

»Lass uns zu Gustav gehen«, sagte Lena und rollte Richtung Tür.

»Ihr könnt rein«, meldete Petra, als sie ins Vorzimmer traten. »Was möchtet ihr trinken?«

»Ich nehme einen Espresso«, antwortete Mads.

»Für mich bitte ein stilles Wasser.«

»Bringe ich euch rein.«

»Mensch, Albert, man könnte ja meinen, du wärst im Knast«, hörte Lena ihren Onkel sagen, als sie und Mads eintraten.

»Nein, Albert, und nochmals nein. Wieso bist du manchmal wie ein kleines Kind, dem man sein Lieblingsspielzeug weggenommen hat?«

Mads und Lena tauschten einen amüsierten Blick, dann nahmen beide am Besprechungstisch Platz.

»Du bist doch erst wenige Tage im Krankenhaus, wie kann man da schon einen Krankenhauskoller bekommen? Bald kommst du raus, und nein, die Welt, sorry, deine Gemeinde, geht weder den Bach runter noch tanzen mir die Verbrecher auf der Nase rum. Ich muss jetzt auflegen.«

Doch Albert schien unbeirrt weiterzureden. Gustav schaute wortlos zu Lena und Mads und nickte nur.

Es klopfte und Petra trat ein.

Gustavs Miene erhellte sich. »Ich muss jetzt Schluss machen, habe ein wichtiges Meeting. Ich lege jetzt auf, ja, ich lege jetzt auf. – Wie kann ich dich abwürgen, wenn ich ankündige, aufzulegen? Lies ein Buch oder hör Musik, das beruhigt. Ich melde mich.« Mit diesen Worten legte Gustav den Hörer ab und rollte mit den Augen.

»Warst du wieder gemein zu unserem Bürgermeister?«, fragte Petra und servierte die Getränke.

»Ich? Ich würde eher sagen, es ist umgekehrt. Albert geht mir die ganze Zeit auf den Keks, selbst im Krankenhaus gibt er keine Ruhe. Aber sobald er raus ist, werde ich einige Dinge klarstellen und ändern. So kann es nicht weitergehen.«

»Welche Dinge?«, fragte Mads.

»Er wird nicht mehr aktiv an den Ermittlungen teilnehmen.«

Mads lachte auf.

»Was gibt es da zu lachen?«

»Das schaffst du doch eh nicht.«

»So unrecht hat Mads nicht. Ohne Herrn Lange kannst du nicht und nicht nur ein Mal hat er dir durch seine Kontakte und seinen Einfluss bei den Ermittlungen geholfen«, brach Petra eine Lanze für den Bürgermeister. »Ihr zwei braucht euch.«

Gustav atmete hörbar aus und massierte sich die Stirn.

»Kannst du mir bitte noch einen Espresso bringen? Meine Nerven halten das nicht aus.«

»Vielleicht nehme ich dann lieber etwas Schmieröl«, scherzte Petra und verließ das Büro.

Gustav schüttelte nur den Kopf. »Einmal möchte ich erleben, dass sie mir keinen Spruch reindrückt. Ich frage mich langsam, ob ich ein Irrenhaus leite und keine Polizeidienststelle.«

»Du weißt, in Irrenhäusern ist der Chef immer der Schrägste, zumindest ist das in den Comics so«, zog Mads seinen Onkel auf.

»Schlechter Witz. Wie war das Verhör mit Herrn Peters?«, fragte Gustav und griff nach seinem Espresso. »Lena, kannst du es bitte zusammenfassen?«

Lena kam der Bitte nach und Gustav hörte zu, stellte hin und wieder Fragen und widmete sich nebenbei dem zweiten Espresso, den Petra ihm zwischenzeitlich gebracht hatte – natürlich samt dem obligatorischen Keks.

»Warum hat er nicht gleich die Polizei gerufen?«, fragte Gustav, nachdem Lena geendet hatte.

»Diese Frage stellen wir uns auch«, antwortete Mads.

»Er wird im Vollrausch nicht daran gedacht haben und am nächsten Tag hat er vermutlich Panik geschoben, dass wir ihn verdächtigen werden«, erklärte Lena.

»Das reicht mir nicht. Das wird auch dem Staatsanwalt nicht reichen.«

»Wir würden gerne noch mal mit Klara reden. Wie war dein Gespräch mit ihr?«, fragte Mads.

»Sie ist unglaublich anstrengend. Ich habe sie heute Morgen vor der Haustür abgepasst. Dass ihr sie befragen wollt, finde ich gut. Mal schauen, ob sie Runes Angaben bestätigt, die neu aufgeworfenen Fragen konnte ich ihr ja nicht stellen«, antwortete Gustav und berichtete von dem Gespräch mit ihr.

»Wenn du nichts weiter für uns hast, würden wir jetzt zu ihr fahren«, sagte Lena.

»Macht das bitte, und ruft mich an, wenn ihr Unterstützung braucht oder sich etwas Wichtiges ergibt.«

»Was machen wir mit Rune?«, wollte Mads wissen.

»Der bleibt in unserer Zelle, wir warten euer Gespräch ab, dann entscheide ich, ob er sofort in die JVA überführt wird.«

»Glaubst du, Gustav wird Alberts Befugnisse ernsthaft beschneiden?«, fragte Lena, als sie im Dienstwagen Richtung Sierksdorf zur Arbeitsstätte von Klara fuhren. »Es fällt mir schwer, mir vorzustellen, dass wir Albert künftig seltener auf der Dienststelle sehen werden.«

Mads lachte. »Das wird nicht passieren, nie und nimmer. Unser Onkel ist nur groß im Redenschwingen. Petra hat das schon richtig erkannt, er braucht Albert. Bei den beiden wäscht doch eine Hand die andere. Das würde in keiner Großstadt in Deutschland funktionieren. Norddeutscher Klüngel vom Feinsten.«

»Wir haben seit Jahren die beste Kriminalstatistik. Nur das ein oder andere Mal wurden wir durch Kristina Benders Team von der Kölner Kripo vom ersten Platz auf den zweiten verdrängt.«

»Lasse, Emre und Fischer sind ja auch ein verdammt gutes Team. Ich hoffe, dass Emre bald wieder am Start ist«, erwiderte Mads.

»Wie geht's ihm?«, erkundigte sich Lena. Mads hatte ihr vor Wochen erzählt, dass ihr Kölner Kollege Emre Aydin an Krebs erkrankt war.

»Deutlich besser. Er hat großes Glück gehabt, dass sie einen genetischen Zwilling gefunden haben, wegen der Knochenmarkspende. Er wird schon bald nicht nur gesund, sondern auch geheilt sein. Lasse und Walter sind immer an seiner Seite.«

»Schön, dass es Emre wieder besser geht. Er hat echt tolle Freunde. Solche kann man sich nur wünschen.«

»Das stimmt, sie sind mehr als nur Freunde, sie sind Familie.«

»Das Gefühl hatte ich bei denen auch immer. Stimmt, Walter ist der Beschützer und unglaublich lieb.« Lena lächelte.

Sie sah aus dem Beifahrerfenster zur Ostsee. Von dieser Straße aus hatte man einen wunderschönen Ausblick aufs Meer. Für einen Moment träumte sie sich weg, bis Mads sie aus ihren Gedanken riss.

»Wir sind da«, sagte er und lenkte den Wagen auf den Parkplatz des *Hotel Hof Sierksdorf*.

Sie stiegen aus und Mads holte wie gewohnt Lenas Rollstuhl aus dem Kofferraum. Während sie sich zum Eingang des Hotels bewegten, fragte Lena sich einmal mehr, ob sie jemals wieder richtig laufen können würde, und Wehmut machte sich in ihr breit. Sie wusste, wie kostbar die Gesundheit war, zumal sie schon immer viel Sport getrieben und sich gern draußen aufgehalten hatte. Bewegung war, seit sie denken konnte, ihr Leben gewesen, doch jetzt war sie zum Zuschauen verdammt.

»Moin, ist Klara da?«, fragte Mads eine junge Dame am Empfang.

»Moin, Mads. Sie müsste im Büro sein. Möchtest du sie sprechen?«

»Wir beide müssen sie kurz sprechen«, antwortete Mads mit Blick auf Lena, »es ist beruflich.«

»Warte, ich hole sie«, erwiderte die Rezeptionistin und entfernte sich.

»Sag nicht, dass du mit ihr auch was hattest?«, flüsterte Lena.

»Wie kommst du darauf?«

»Der Blick.«

»Behalte es für dich«, gab Mads schmunzelnd zurück.

Kurz darauf erschien die Rezeptionistin mit Klara, die zu ihnen weiterging, während ihre Kollegin wieder hinter den Empfangstresen trat.

»Du wolltest mit mir sprechen?«, fragte Klara ungehalten.

»Lass uns zur Sitzecke gehen. Wir haben noch die ein oder andere Frage.«

»Dein Onkel hat mich heute früh schon genervt. Echt uncool, dass du mich auf der Arbeit aufsuchst.«

»Das ist mir absolut egal, wir haben hier nämlich einen Mord aufzuklären, und du schaltest dein Ego jetzt mal bitte drei Stufen runter, sonst nehme ich dich mit auf die Dienststelle. Was glaubst du, wie peinlich das dann für dich sein wird?«, wurde Mads deutlich. Mit dieser Ansage schien er einen Nerv zu treffen, Klara wirkte plötzlich eingeschüchtert.

»Okay, entspann dich. Musst nicht gleich mit dem Giftschrank kommen. Was willst du wissen?«

»Hatten du und Rune am Samstag einen heftigen Streit?«

»Wieso ist das wichtig?«

»Beantworte nur meine Frage.«

»Ja, kann schon sein.«

»Worum ging es?«

»Um was wohl?«, brauste Klara auf. »Um seinen scheiß Drogenkonsum. Er ist ein richtiger Junkie, keine Ahnung, wie der sein Leben in den Griff kriegt. Mich hat das nur noch angekotzt.«

»Habt ihr nur deshalb gestritten?«, bohrte Mads weiter.

»Ja, nur deshalb. Worauf willst du hinaus?«

»Habt ihr euch nicht vielleicht auch wegen Celine in die Haare gekriegt?«

Klara machte eine wegwerfende Handbewegung. »Was juckt mich die blöde Kuh.«

»Rune hat uns da was anderes erzählt.«

»Was ist mit ihm los? Warum will er mich in die Pfanne hauen?« Klaras Atem ging schneller, ihre Augen wurden zu Schlitzen. »Vergisst er, dass ich seine Freundin bin?«

»Du hast unserem Onkel gegenüber zugegeben, Rune gedrängt zu haben, dass er das Treffen mit Celine platzen lassen soll«, meldete sich Lena zu Wort. Sie hatte das Gefühl, dass Klara es sich zu einfach machte und sich der Konsequenzen ihrer Worte nicht bewusst war.

»Stimmt, aber das hat nichts damit zu tun, dass ich am Samstag Streit wegen seiner Kokserei mit ihm hatte.«

»Klara, wir haben Rune festgenommen. Einer von euch beiden lügt«, sagte Mads.

»Was habt ihr?«, fiel Klara ihm ins Wort.

»Wir haben Rune festgenommen, weil er am Samstagabend am Tatort gesehen wurde, das hat er selbst zugegeben. Deswegen müssen wir wissen, was sich zwischen dir und ihm am Samstag abgespielt hat. Warum ihr gestritten habt und wann du Rune verlassen hast.«

»Ihr spinnt doch. Rune ist kein Mörder«, ereiferte sich Klara.

»Beantworte nur meine Frage. Ich möchte sie nicht dauernd aufs Neue stellen: Warum habt ihr euch gestritten?«

Klara atmete aus und strich sich ein Haar aus dem Gesicht. »Ist ja gut. Ja, wir haben uns wegen Celine gestritten. Er wollte sich unbedingt mit ihr treffen, und am Samstag hat er mir dann Vorwürfe gemacht, dass ich ihn einengen und ihm vorschreiben würde, was er zu tun und zu lassen hat, lauter solchen Bullshit. Er war drauf. Da kam es zum Schlagabtausch und ich hatte keinen Bock mehr auf ihn. Habe meine Tasche und meine Jacke gepackt und bin gegangen.«

»Er behauptet, dass er dich rausgeschmissen hat.«

»So ein Unsinn. Ich habe das Gefühl, dass du ihm mehr glaubst als mir. Langsam reicht es. Soll ich mir einen Anwalt nehmen?« Klara funkelte Mads wütend an.

»Das ist dein gutes Recht, aber wenn du nichts getan hast, hast du auch nichts zu befürchten.«

»Das wird mir hier echt zu dämlich. Ich muss zurück zur Arbeit. Du kannst mir gern Handschellen anlegen, wenn du mir nicht glaubst. Ich bin Samstag Nachmittag nach Hause. Was Rune an dem Tag noch getrieben hat, weiß ich nicht, du kannst ihm aber gern sagen, dass es das jetzt mit uns war. Ich trenne mich von diesem Junkie.« Damit entfernte Klara sich mit schnellen Schritten.

52

»Ich bin geneigt, Klara zu glauben«, sagte Lena, als Mads den Wagen zurück zur Dienststelle steuerte.

»Ich auch. Das heißt, dass Rune weiterhin unser Hauptverdächtiger ist. Er hat selbst zugegeben, dass er am Tatort war.«

»Nachdem Celine ermordet wurde. Frau Döring hat ihre Wohnung nach 23 Uhr verlassen, um mit Samson Gassi zu gehen, und laut Obduktion wurde Celine zwischen 23 und 1 Uhr früh ermordet. Wir wissen, dass solche Berichte immer eine kleine Fehlerquote aufweisen. Zeitlich wäre es also sehr gut möglich, dass Rune tatsächlich erst nach dem Mord auf Celine gestoßen ist.«

»Stimmt. Es wäre aber genauso denkbar, dass er sie ermordet und in den Dünen versteckt hat, dann geflohen ist und von Frau Döring wie angegeben nach 23 Uhr gesehen wurde.«

»Beides wäre also möglich. Was sagt dein berühmtes Bauchgefühl?«

»Wenn ich das nur wüsste, mein Bauchgefühl sagt gar nichts«, antwortete Mads.

»Hätten wir doch nur mehr Zeugen.«

»Wir haben Jörn.«

»Jörn?« Lena sah ihn erstaunt an.

»Er war Samstag Abend auch am Strand.«

»Ist er das nicht täglich? Du meintest doch, er hätte nichts gesehen.«

»Schon, aber das muss bei Jörn nichts heißen, so vergesslich, wie der ist.«

»Was mit an seiner geistigen Behinderung liegen kann.

Wobei ich manchmal das Gefühl habe, dass er sich bestimmte Dinge sehr gut merken kann.«

»Klar, Dinge wie das Schnorren«, scherzte Mads.

»Jörn hat es nicht leicht. Ist doch bewundernswert, wie er sein Leben meistert.«

»Du hast recht. Ich sollte meine Wut nicht an Jörn auslassen. Mich nervt nur, dass wir ausgerechnet Rune als Hauptverdächtigen haben.«

»Weil das gegen deine These sprechen würde, dass die Tat geplant war?«, fragte Lena.

»Genau. Rune kann nur im Affekt gehandelt haben, er stand unter dem Einfluss von Drogen und Alkohol, das hat uns Klara bestätigt. So jemand plant keinen Mord. Er wollte sich mit Celine aussprechen, wenn es dann zu einem Streit gekommen ist und er sie abgestochen hat, rennt jemand wie er weg und versteckt die Leiche nicht extra in den Dünen.«

»Guter Einwand, aber das muss nicht so sein. Wir hatten schon Fälle, wo Leute im Rausch jemanden töten und die Leiche wegschaffen, statt einfach davonzurennen.«

»Das sind Ausnahmen und nicht vergleichbar mit unserem Fall«, entgegnete Mads. »Deswegen tendiere ich dahin, zu glauben, dass Rune tatsächlich erst am Tatort war, als Celine bereits tot war. Er wirkte im Verhör zum Ende hin sehr labil, er hat sich den Frust von der Seele geredet. Vermutlich hätte er in dem Zustand auch den Mord gestanden.«

»Was, wenn er sich nicht mehr an die Tat erinnert, weil er zugedröhnt war? Menschen machen gerade auf Droge dumme Sachen. Vielleicht weiß er nicht mal mehr, dass er es war, weil er sich nicht daran erinnert und sein Verstand sich weigert, das zu akzeptieren. Er ist davon überzeugt, dass er unschuldig ist.«

»Dann wäre er eh nicht schuldfähig, fürchte ich. Aber wie sollen wir das herausfinden, geschweige denn beweisen?«, erwiderte Mads.

»Sollen wir es mit Hypnose versuchen?«, schlug Lena vor.

Auch wenn das auf den ersten Blick seltsam klang, fand Mads den Gedanken seiner Schwester gar nicht so abwegig. Er nahm zwar keine Drogen, hatte jedoch die ein oder andere feuchtfröhliche Party gefeiert, nach der er am nächsten Tag einen Filmriss gehabt hatte.

»Können wir das denn so einfach machen, einen Verdächtigen unter Hypnose stellen?«, überlegte Mads.

»Das sollten wir mit Gustav besprechen«, antwortete Lena. Im selben Moment klingelte Mads' Handy, das per Bluetooth mit der Freisprecheinrichtung des Dienstwagens verbunden war.

Er nahm das Gespräch an, es war Emma.

»Moin, Emma. Du bist auf Lautsprecher. Lena und ich fahren gerade zur Dienststelle.«

Die Frauen grüßten sich.

»Warum rufst du an?«, fragte Mads. Er spürte, dass er ungeduldig war – allerdings nicht wegen Emma, sondern wegen eines Rollerfahrers vor ihm, den er nicht überholen konnte.

»Immer gleich zum Punkt, anders kennen wir den Herrn Johannsen nicht«, stichelte Emma. »Ich habe da zwei, drei Informationen, die euch nützlich sein könnten, wollte aber erst mal hören, wie es bei euch aktuell so steht.«

»Ehrlich gesagt, drehen wir uns gerade im Kreis«, antwortete Mads. Er hatte keine Lust darauf, Emma mit Informationen zu versorgen, und schon gar nicht, ihr zu erzählen, dass sie Rune festgenommen hatten. »Was gibt es denn bei dir Neues?«

»Wir haben zwei anonyme Hinweise.«

»Welcher Art?«

»Gestern kam einer rein wegen der zwei Unbekannten vom Strand, die Jungs aus Lübeck. Einer von ihnen heißt Robin Kirschke, der andere Pavel Orsic. Ich habe mich gestern mit Robin in Lübeck getroffen.«

»Warum erfahre ich das erst jetzt?«, fragte Mads, bemüht, sich zu beherrschen. Wie konnte es sein, dass Emma ihm diese Information einen ganzen Tag lang vorenthalten hatte, nur um für ihren Artikel daraus Kapital zu schlagen?

Mads überholte den Roller und ordnete sich wieder ein.

»Weil ich nicht dachte, dass es wichtig wäre«, versuchte sich Emma herauszureden. »Ich hätte dich auch gar nicht informieren müssen.«

»Das war sehr lieb von dir«, kam Lena ihrem Bruder mit einer Antwort zuvor. »Wie ist das Gespräch gelaufen?«

»Geht so. Marla hatte doch behauptet, dass Robin und Celine sich kannten, aber er bestreitet das. Weder Jule noch Paula können bestätigen, dass Marla die Wahrheit sagt.«

»Warum sollte Marla lügen?«, fragte Lena.

»Genau«, bestätigte Emma. »Es könnte sein, dass Robin ein unbeabsichtigter Fehler unterlaufen ist. Er hofft, dass er nicht in die Schusslinie gerät, wenn er leugnet, Celine zu kennen.«

»Aber genau das Gegenteil erreicht er damit«, beendete Lena Emmas Gedanken.

»Was kam bei dem Gespräch noch heraus?«, fragte Mads.

»Marla und dieser Pavel scheinen sich nähergekommen zu sein. Sie haben sich auch nach dem Abend noch mal getroffen.«

»Schickst du Lena bitte die Kontaktdaten von diesem Robin? Wir sollten uns mit ihm unterhalten.«

»Mach ich, wäre aber gut, nicht zu erwähnen, dass ihr sie von mir habt.«

»Werden wir nicht ausplaudern. Worum ging es bei dem zweiten anonymen Hinweis?«

»Um Jörn.«

»Wie das?«

»Er wurde Samstag Abend am Strand gesehen.«

»Mehr stand nicht in der Nachricht?« Mads runzelte die Stirn.

»Nein, und da sie über unser Kontaktformular verschickt wurde, können wir auch nicht sagen, wer die Person ist, die uns geschrieben hat. Wir haben weder E-Mail-Adresse noch sonstige Kontaktdaten. Amir und ich haben Jörn vorhin am Strand gesehen und ihn gleich damit konfrontiert.«

»Was hat er gesagt?«

Dass er von Jörn selbst längst wusste, dass er am Strand gewesen war, wollte Mads ihr nicht verraten. Lena warf ihm einen skeptischen Blick zu, als könnte sie seine Gedanken lesen.

»Er hat es bestätigt, nach kurzem Zögern«, berichtete Emma. »Ich weiß nur nicht, wie ernst wir das nehmen können, da Jörn dazu neigt, Märchen zu erzählen, was du besser weißt als jeder andere.«

»Hat er noch was gesagt?«

»Ja, und darum geht es mir. Er behauptet, eine Person in den Dünen beim Pinkeln gesehen zu haben. Die Person hätte ihn aber nicht gesehen.«

»Am Samstagabend?«

»Genau. Wie gesagt, wir alle wissen, dass Jörn gern Märchen erzählt, um sich wichtigzumachen. Er wollte es dir nicht sagen, weil du immer so streng zu ihm bist.« Emma lachte leise.

»Ich und streng zu Jörn?« Mads schüttelte ungläubig den Kopf.

»Der Freundlichste bist du ihm gegenüber wirklich nicht. Du erwartest einfach zu viel von ihm, was ihn ganz schön unter Druck setzt«, erwiderte Emma. »Deswegen traut er sich nicht, dir immer alles zu sagen. Gerade so was. Es ist ihm peinlich, weil du denken könntest, er würde Personen hinterherspannen.«

»So ein Quatsch.« Für ihn hörte es sich eher so an, als würde Jörn sich einen großen Spaß mit Emma erlauben.

»Ich glaube, Lena wird mir da recht geben.«

»Süße, ich halte mich aus euren Diskussionen raus, trotzdem muss ich dir bei einer Sache zustimmen: Mads erwartet manchmal zu viel von Jörn.«

»Sag ich doch.« Emmas Stimme klang siegessicher, als wäre der Streit ein Wettbewerb.

»Ist Jörn bei dir?«, fragte Mads.

»Nein, Amir und ich mussten zurück in die Redaktion. Er dürfte noch in der Nähe des Niendorfer Hafens sein, er wollte zu Olis und Alis Imbiss.«

»Wir fahren hin.«

»Soll ich dazukommen?«

»Nein. Danke dir für die Informationen.«

»Gerne«, erwiderte Emma, ihre Stimme klang plötzlich weicher.

»Danke, Emma«, fügte auch Lena hinzu und Mads beendete das Gespräch.

»Emma übertreibt mal wieder«, bemerkte er. »Bin ich wirklich so gemein zu Jörn?«

»Nein, Bruderherz, das Gespräch hatten wir doch schon, du erwartest zu viel von dem armen Jungen.«

»Möglich.« Mads straffte die Schultern. »Ich werde mich zusammenreißen. Trotzdem frage ich mich, ob er tatsächlich diese Person gesehen hat oder ob er sich einen Scherz mit Emma erlaubt. Uns gegenüber hat er nichts davon erwähnt.«

»Vielleicht eben, weil es ihm vor seinem mächtigen Freund Thor peinlich war. Bei Jörn liegt eine geminderte Intelligenz vor, er handelt manchmal wie ein Kind. Was für uns Erwachsene logisch und vernünftig ist, erschließt sich ihm nicht.«

»Du wirst recht haben.«

»Ich *habe* recht«, lachte Lena und berührte Mads' Hand.

Er grinste und sah kurz zu ihr rüber. »Ich gelobe Besserung.«

»Das hält so lange, bis dich Jörn wieder ärgert, du kommst nach Gustav, was die Emotionen anbelangt.«

Auch das stimmte, dennoch ließ Mads es unkommentiert. Er mochte es nicht, wenn er mit seinem Onkel verglichen wurde, denn sein Held und Vorbild war immer sein Vater gewesen.

Sie erreichten den Niendorfer Hafen und standen wenig später vor dem Imbiss von Oli und Ali.

»Moin«, grüßte Oli die beiden. Er stand am Fenster, wo die Bestellungen entgegengenommen wurden.

»Moin. Hast du Jörn gesehen?«

»Du und Jörn, ihr seid auch so ein unzertrennliches Paar«, witzelte der deutlich ältere Oli.

»Oli und seine schlechten Scherze«, hörte Mads Ali rufen. Er hatte in der Küche gewerkelt und trat nun ebenfalls ans Fenster. »Ihr habt Jörn gerade verpasst.«

»Weißt du, wo er hin ist?«

»Richtung Strand.«

»Hat der Kleine was verbockt?«, fragte Oli besorgt.

»Nein, aber vielleicht hat er am Samstagabend etwas gesehen, was uns helfen kann, den Mörder zu finden.«

»Sei lieb zu ihm.«

»Bin ich«, antwortete Mads. So langsam fühlte er sich ungerecht behandelt, augenscheinlich glaubte jeder, dass er Jörn gegenüber zu unnachsichtig war.

Er kann froh sein, dass Onkel Gustav ihn sich nicht vorknöpft, dachte er.

»Überzeugend klang das nicht«, erwiderte Oli.

»Ich passe auf«, versicherte Lena.

»Dann passt es.« Oli schmunzelte.

»Wollt ihr was essen?«, fragte Ali.

»Im Moment nicht, danke, wir müssen Jörn finden«, antwortete Mads und verabschiedete sich von den beiden, dann begaben er und Lena sich Richtung Strand.

»Wenn Jörn sich ein Fischbrötchen erschnorrt …«

»… oder gekauft hat«, unterbrach Lena.

»Oder das, dann wird er nicht am Strand entlanggehen. Jede Wette, dass er die Promenade Richtung Seebrücke runterläuft, um einen kurzen Stopp in der Eisdiele zu machen. Er ist süchtig nach Eis.«

»Möglich.«

»Dann los«, sagte Mads und Lena gab ihrem Rollstuhl einen Schwung in Richtung Seebrücke.

An der Terrasse der *Seaside Lounge* winkte ihnen Jule zu, sie grüßten sich.

»Hast du Jörn gesehen?«, fragte Mads.

»Ja, er ist vorhin Richtung Seebrücke gegangen«, antwortete Jule und Mads bedankte sich.

Jörn war eben leicht zu durchschauen.

Sie folgten der Promenade und kurz darauf sahen sie ihn auch schon, wie er genüsslich an einem Eis schleckte und langsam weiterging.

Mads übernahm die Griffe von Lenas Rollstuhl und schob sie, um zu Jörn aufzuschließen.

»Moin, Jörn«, machte sich Lena bemerkbar, als sie auf seiner Höhe waren.

»Moin, ihr Hübschen«, antwortete Jörn und leckte weiter an seinem Eis.

Mads ahnte, dass es nicht sein erstes Eis an diesem Tag war.

»Schmeckt's?«

»Ja, sehr sogar. Kann ich echt empfehlen. Die Kugel ist allerdings nicht billig, nur damit du vorgewarnt bist. Würde dich glatt einladen, nur leider bin ich etwas knapp bei Kasse.« Jörn grinste schief.

»Jörn, wir müssen kurz mit dir sprechen«, sagte Lena.

»Habe ich mir schon gedacht. Ihr beide zusammen, das bedeutet immer Ärger.«

»Ärger?«

»Na, für die bösen Jungs. Ihr jagt doch zusammen die Verbrecher. Wollt ihr, dass ich euch helfe?«

»Genau, Jörn. Thor braucht deine Hilfe«, bestätigte Lena.

Mads hielt sich zurück, wie es schien, drang Lena ganz gut zu ihm durch.

»Na, wenn Thor ruft, wie kann sein Schüler da Nein sagen«, antwortete Jörn und machte sich groß, so gut es ging. Bei seiner eher gedrungenen Statur sah das ein bisschen lustig aus.

»Es geht um Samstagabend«, fuhr Lena fort.

»Warum?«

»Du hast Mads doch erzählt, dass du da am Strand warst.«

»War ich auch. Thor ist mein Zeuge, dass ich nicht lüge.«

»Hast du da vielleicht jemanden gesehen?«

Jörn zögerte, er schaute erst zu Lena, dann hoch zu Mads. Er wirkte unschlüssig.

Mads holte schon Luft, um etwas zu sagen, hielt sich jedoch zurück, weil er seiner Schwester nicht dazwischenfunken wollte.

»Du kannst es uns gerne sagen. Wir sind doch deine Freunde«, sagte Lena sanft.

»Ich weiß.«

»Freunde sagen sich immer die Wahrheit.«

»Ich habe ja auch nicht gelogen.«

»Das wissen wir. Möchtest du uns nicht trotzdem verraten, was du an dem Abend am Strand gesehen hast?«

Jörn fasste sich sichtlich ein Herz, dann trat er an Lena heran und flüsterte ihr ins Ohr: »Das ist schon ziemlich peinlich.«

»Muss es nicht«, beruhigte Lena ihn. »Was soll denn so peinlich sein?«

»Na, jemandem beim Pipimachen zuschauen«, antwortete Jörn spontan. Als er merkte, dass er es einfach gesagt hatte, grinste er verlegen und kratzte sich am Kopf.

»Das kann passieren, Jörn. Ich habe auch schon mal jemanden dabei am Strand gesehen«, beruhigte Lena ihn.

»Echt? Und Thor hat nicht gesagt, dass du spannst?«

»Nein, hat er nicht. Auch der große Thor hat schon in die Dünen Pipi gemacht«, versicherte Lena, was Mads gar nicht passte, aber wenn es half, dass Jörn redete, musste er es wohl hinnehmen.

Natürlich hätte sie Jörn auch gleich damit konfrontieren können, dass Emma sie angerufen hatte, aber wie es schien, wollte Lena Emma aus der Sache heraushalten, was Mads nachvollziehen konnte.

»Ich habe auch schon Pipi in die Dünen gemacht«, sagte Jörn und lachte erleichtert.

»Hat die Person das am Samstagabend hier am Strand genauso getan?«

Jörn nickte und schleckte von seinem Eis.

»Weißt du, wie die Person aussah?«

»Na ja, es war dunkel und die Person hatte mir den Rücken zugedreht, als sie danach weggelaufen ist. Bestimmt, damit niemand sieht, dass sie gepinkelt hat.«

»Kannst du dich nicht an irgendetwas erinnern?«

Jörn verengte die Augen zu Schlitzen, als würde er angestrengt nachdenken.

»Sie war groß«, sagte er schließlich.

»Schlank?«

»Ja, schlanker als ich jedenfalls.« Er lachte und zuckte die Schultern. »Ich nasche halt gern, ich bin auf jedes Kilo stolz.«

Mads musste sofort an Rune denken. Hatte Jörn ihn vielleicht doch beim Verstecken der Leiche erwischt oder dabei, wie er über die Leiche gestolpert und dann weggelaufen war?

»Hast du noch was an der Person erkannt?«, fragte Lena weiter.

»Ich glaube nicht. Es war dunkel.«

»Versuch dich bitte zu erinnern, dann lade ich dich zu einem leckeren Eis ein, wenn du möchtest.«

»Hm, Eis hatte ich ja schon. Wie wäre es mit einem Käsekuchen? Wollte gerade zur Seebrücke und zu *Junge*.«

»Du bekommst zwei Stücke«, warf Mads ein.

»Echt, großer Thor?«

»Ja, echt.«

»Das aus deinem Mund zu hören, bedeutet mir die Welt, du strenger, aber gerechter Thor.«

Lena hatte Mühe, nicht zu lachen, denn Jörn machte eine tiefe Verbeugung.

»Hast du noch was gesehen?«, fragte Mads.

»Ehrlich gesagt nicht.«

»Sicher?«

»Leider, großer Thor. Ich habe nur den Rücken gesehen.«

»Trug die Person eine Jacke oder eine Mütze?«

»Nein, dann hätte ich die langen Haare ja nicht bemerkt«, erklärte Jörn.

»Lange Haare?« Jetzt kam Mads nicht mehr mit, weil er noch immer an Rune dachte.

»Ja, klar. Frauen haben doch lange Haare«, erwiderte Jörn, »deswegen war es mir ja auch so peinlich und deshalb habe ich mich nicht getraut, es dir zu sagen. Du bist manchmal so streng, und ich weiß, dass es nicht cool ist, Frauen beim Pipimachen zuzuschauen, das war mir echt megapeinlich.«

»Bist du sicher, dass es eine Frau war?«, hakte Mads nach.

»Eigentlich schon. Vielleicht war es auch ein Mann mit langen Haaren, der gerne Röcke trägt. Gestern erst habe ich am Strand einen Mann gesehen, der einen kurzen Rock trug, ich dachte echt, das wäre eine Frau, aber ein Freund meinte, das wäre ein Mann, der gerne eine Frau sein möchte.« Jörn kicherte verlegen und sah zu Boden.

»Hast du die Frau schon mal am Strand gesehen?«

»Ich sagte ja, es war dunkel. Aber so von der Figur her sieht sie dieser einen Frau ähnlich, die mich immer so komisch anschaut.«

»Welche?«, fragte Mads alarmiert.

»Ich habe sie vor ein paar Tagen am Strand gesehen, da,

wo die Polizei das Band angebracht hat, damit niemand drübersteigt. Seitdem habe ich irgendwie das Gefühl, dass sie mich beobachtet. Ganz komisch.«

Mads wusste, dass Jörn das Polizeiabsperrband meinte, das mittlerweile vom Strand entfernt worden war. Er musste unbedingt mit dieser Frau sprechen, wenn sie aus dieser Ecke kam und Jörn ihren Namen kannte. Er hoffte nur, dass Jörn sich keinen Scherz erlaubte.

»Kennst du ihren Namen?«

»Klar, sie hat sich mir vorgestellt«, antwortete Jörn und biss ein Stück von der Eiswaffel ab. »Lena, kann ich mein Geschenk ändern?«

»Was meinst du?«, fragte Lena.

»Kaufst du mir statt des Kuchens doch ein Eis?«

»Klar doch.«

»Darf ich drei Kugeln?«

»Hat dir dieses Eis nicht gereicht?«, fragte Mads. Er konnte nicht verstehen, wie man so viel Zucker in sich hineinschlingen konnte.

»Ehrlich gesagt nicht. Es ist das beste und leckerste Eis weit und breit. Soll ich Lena fragen, ob sie dir auch eine Kugel schenkt? Sie ist heute sehr spendabel«, sagte Jörn und zwinkerte Mads zu.

»Lass uns doch alle zu dritt ein Eis bestellen, okay, Jörn?«, antwortete Lena.

»Geile Idee.« Jörn strahlte übers ganze Gesicht.

»Dafür sagst du uns aber bitte, wie die Frau vom Strand heißt, die dich so komisch beobachtet«, forderte Mads.

53

Mittwoch!

So lange muss ich mich also gedulden, ausgerechnet ich.

Dabei bin ich sicherlich nicht bekannt für meine Geduld. Aber die paar Tage, genau genommen sind es nur fünf, sollte auch ich hinkriegen.

Was für ein Act, dass man seinem wohlverdienten Geld derart nachlaufen muss.

Ich verstehe das nicht. Wenn man eine Leistung erbringt, muss die ja wohl bezahlt werden. Andersherum wäre das genauso uncool: Auf Vorkasse machen und dann die Leistung nicht erbringen. Würde sicherlich niemandem gefallen.

In dem Moment wird mir klar, dass es noch schlimmer ist: Er überweist am Mittwoch, das heißt, in fünf Tagen habe ich die Kohle noch gar nicht.

Und wenn er gar nicht überweist?

Dann besuche ich das Schwein und hole mir mein Geld! Ich kriege meine Kohle, daran zweifle ich keine Sekunde, schließlich habe ich meinen Teil der Abmachung erfüllt.

In meinem Kopf beginnt es zu pochen vor lauter Nachdenken. Ich beschließe, nach draußen zu gehen.

Da blinkt mein Handy auf. Ich habe eine neue Nachricht bekommen, die als Voransicht auf dem Display erscheint:

Alles gut? Hast nicht geantwortet.

»Nichts ist gut, verdammt noch mal«, brülle ich.

Langsam verliere ich den Verstand, ich stelle wieder alles in Zweifel. Das kann es doch nicht sein!

Nein, ich muss mich zusammenreißen. Mit Wut ist niemandem geholfen, erst recht nicht mir.

Kurz überlege ich, ob ich antworten und fragen soll, ob die Person Lust auf einen Kaffee hat.

Ach nein, Sie arbeitet bestimmt.

Ich könnte sie aber bei der Arbeit überraschen. Immerhin ist heute mein letzter Urlaubstag, da sollte ich nicht die letzten Stunden zu Hause versauern.

»Die Sonne lacht, also weg mit den negativen Gedanken. Nächste Woche, Mittwoch, Donnerstag oder spätestens Freitag hast du dein Geld. Alles wird gut.«

Im Hinausgehen schaue ich kurz in den Flurspiegel und lächle mich an. Eigentlich bin ich ja ein guter Mensch, der obendrein noch attraktiv ist und gerade eine nette Person kennengelernt hat. Ich kann mir mehr mit ihr vorstellen.

Draußen beschließe ich, zur Niendorfer Seebrücke zu radeln, von dort werde ich weiter Richtung Niendorfer Hafen spazieren und Jule einen Überraschungsbesuch abstatten, danach werde ich zurück zur Seebrücke gehen.

Als ich mein Fahrrad an der Seebrücke abschließe, geht es mir schon viel besser. Ich atme tief ein und aus.

Wie erholsam und wohltuend ist doch unsere frische, gesunde Ostseeluft.

Herrlich.

Wie geplant gehe ich Richtung Niendorfer Hafen, doch dann sehe ich etwas, was mir den Atem verschlägt. Ich traue meinen Augen nicht! Mads und seine Schwester unterhalten sich mit diesem behinderten Jörn.

Ein Lächeln huscht mir über das Gesicht.

Ob Emma den anonymen Tipp weitergegeben hat und Mads diesen Mongo jetzt verhaftet?

Ein wohliges Gefühl durchfließt meinen Körper und meine Sorgen von vorhin scheinen wie weggeblasen.

Wenn Mads den Spast verhaftet, bin ich eine ganz große Sorge los und Ende nächster Woche kriege ich auch mein Geld. Alles fügt sich zum Guten. Jetzt freue ich mich darauf, gleich Jule zu überraschen.

»Hallo«, sage ich zu den dreien, setze aber meinen Weg fort, ich möchte nicht zu neugierig erscheinen. Ein paar Meter weiter bin ich davon überzeugt, dass sie Jörn verhaften und in den Knast stecken werden, doch plötzlich höre ich Mads' Stimme hinter mir: »Moin. Wartest du bitte kurz?«

Ich drehe mich um und bin wie erstarrt. Mads steuert direkt auf mich zu.

54

Niendorf

»Wie kann ich dir helfen?«, fragte Marla. Sie sah aus, als wäre sie einem Geist begegnet.

»Ich würde mich gern kurz mit dir unterhalten«, erwiderte Mads.

»Geht das auch später? Ich bin mit Jule verabredet, ich möchte sie ungern warten lassen.«

»Nein, es geht nicht später«, entgegnete Mads.

»Worum geht es denn?«

»Um Samstagabend.«

»Was ist damit?«

Die Nervosität in Marlas Blick war nicht zu übersehen. Kurz bevor sie aufgetaucht war, hatte Jörn ihnen verraten, dass es Marla gewesen sei, die er am Absperrband gesehen hatte, und dass es auch sie war, die ihn in den letzten Tagen so komisch angeschaut hätte. Als Marla an ihnen vorbeiging, hatte Mads gefragt, ob er diese Frau meinte, und Jörn hatte genickt. Diesen glücklichen Zufall wollte Mads nicht ungenutzt lassen.

»Wie lange warst du am Strand?«, setzte er seine Befragung fort.

»Das hatte ich dir doch gesagt. So bis etwa 23 Uhr, wenn ich mich nicht irre. Wir Mädels haben alle gleichzeitig den Strand verlassen.«

»Jule und Paula meinten, dass du als Letzte gegangen wärst.«

»Ja, eine Minute später oder so, da ich ja die leeren Flaschen dabeihatte. Was soll das?«

»Bist du danach gleich heim oder noch am Strand geblieben?«, bohrte Mads weiter.

»Ich bin gleich nach Hause, ich war müde. Das habe ich dir doch alles schon erzählt.«

»Sicher, dass du nicht am Strand warst?«

»Ganz sicher. Ich war zwar ganz schön angeschickert, aber nicht so sturzbetrunken, dass ich nicht wusste, was ich tat.«

»Marla, denk bitte genau nach, das ist sehr wichtig: Bist du nach der Strandparty ohne Umwege nach Hause gegangen? Wenn man betrunken ist, kann es doch sein, dass man irgendwo eine Pinkelpause einlegt.«

»Habe ich nicht. Langsam nervt das. Was willst du mir unterstellen?« Marla sah ihn kampflustig an.

»Du wurdest am Samstagabend bei den Dünen gesehen.«

»Ich? Das ist doch lächerlich«, widersprach Marla, aber ihre Körpersprache verriet sie. Mads glaubte ihr kein Wort, auch wenn es ihm schwerfiel, zu akzeptieren, dass ausgerechnet Marla, die beste Freundin von Celine, sie umgebracht haben sollte.

»Ist es nicht. Ich hoffe, du hast eine gute Erklärung dafür.«

Marlas Blick wanderte durch die Gegend und blieb bei Jörn hängen, der sie ebenfalls anschaute, dann jedoch den Blick eingeschüchtert zu Boden senkte.

»Hat der behinderte Spast das gesagt?«, empörte sich Marla.

»Er hat dich Samstag Abend am Strand gesehen, bei den Dünen, nach 23 Uhr.«

»Der lügt doch. Jede Wette, dass er Celine getötet hat und jetzt jemanden sucht, dem er es in die Schuhe schieben kann. Wie kannst du einem geistig Behinderten mit dem IQ eines Frosches mehr Glauben schenken als mir?«

»Weil Jörn nicht lügt«, antwortete Mads schlicht.

Jörn war sich zwar nicht hundertprozentig sicher gewesen, dass er Marla wirklich gesehen hatte, aber die Personenbeschreibung passte gut zu ihr, und Mads wusste, dass sie am Samstagabend einen kurzen Rock getragen hatte, das hätte sich Jörn unmöglich ausdenken können.

»Unglaublich«, zischte Marla. »Ich bin nach Hause gegangen, ich war danach nicht irgendwo anders. War's das?«

»Nein, das war es nicht. Ich möchte dich bitten, mir auf die Dienststelle zu folgen.«

»Nicht dein Ernst?«

»Mein voller Ernst. Entweder du machst das gesittet und wir verzichten auf die Handschellen, oder ich muss sie dir anlegen.«

»Lächerlich.« Marla fuhr sich mit der Hand ans Auge und damit brach ihre taffe Fassade. Sie begann zu weinen. »Das ist doch alles ein böser Albtraum.«

Mads sah ihr an, dass sie gegen ihre Gefühle ankämpfte und Mühe hatte, nicht hemmungslos zu schluchzen. Möglicherweise lag es daran, dass der Druck der letzten Tage von ihren Schultern abfiel. Jetzt war es an ihm, zu beweisen, dass sie ihre Mörderin gefunden hatten.

»Habt ihr euch gestritten? Ist es im Streit passiert?«, wagte Mads einen Vorstoß, er wollte den Moment ihrer Schwäche nutzen und hoffte, dass sie gestand.

»Nein, nein. Wie kann man mit Celine streiten, wenn sie jedem Streit aus dem Weg geht?« Marla schüttelte heftig den Kopf.

»Warum musste sie dann sterben?«

»Weil, weil …« Marla brach ab, schaute zuerst Mads an, dann Jörn, und mit einem Mal funkelten ihre Augen böse auf. »Dieser verdammte behinderte Spast.«

»Marla, warum musste Celine sterben?«

»Ich möchte nur meine Ruhe«, erwiderte sie und wischte sich die Tränen weg.

»Glaubst du nicht, dass Celine es verdient hat, dass wir erfahren, warum sie sterben musste?«

»Und wer denkt an mich? Warum denkt nie jemand an mich? Nichts geschieht ohne Grund«, reagierte Marla aufgebracht, dann schubste sie Mads unvermittelt weg und rannte los. Sie wirkte panisch.

Mads nahm sofort die Verfolgung auf. Rasch hatte er sie eingeholt, packte sie am Oberarm und stoppte sie unsanft, dabei wären beide fast zu Boden gestürzt.

»Marla, ich muss dich festnehmen wegen des Verdachts, Celine Bock ermordet zu haben«, sagte Mads.

»Sie ist nicht ohne Grund gestorben«, platzte es nun aus Marla heraus, ihre Augen waren weit aufgerissen.

Eine Stunde später klopfte Mads an die Bürotür von Gustav und trat ein.

»Was ist los?«, fragte Gustav. Er stand sofort auf und trat zu Mads, der informierte seinen Onkel kurz.

»Hat sie gestanden?«

»Nicht ganz, aber sie war es«, erklärte Mads. »Jörn hat uns nicht angelogen. Es war Marla, die er gesehen hat, und bevor ich sie festgenommen habe, ist ihr herausgerutscht, dass Celine nicht ohne Grund gestorben sei.«

»Wo ist Lena?«, wollte Gustav wissen.

»Mit Jörn ein Eis essen, als Belohnung, wie versprochen.«

»Sehr gut, das hat Lena hervorragend gemacht. Ihre einfühlsame Art hat geholfen, dass sich Jörn nicht nur erinnert, sondern euch die Wahrheit erzählt hat. Vor dir hat er manchmal zu viel Angst.«

»Jörn hat vor mir Angst?« Mads sah seinen Onkel ungläubig an.

»Gut, vielleicht keine Angst, aber er hätte sich niemals getraut, es dir zu verraten. Jörn ist sensibel. Lena und ich dringen eher zu ihm durch.«

»Du und sensibel?« Mads lachte auf.

»Lach nur, aber für diesen Blödsinn haben wir jetzt keine Zeit. Wir müssen diese Marla verhören, bevor sie dichtmacht. Deine Emma hat übrigens ganze Arbeit geleistet, ohne sie wären wir nicht so schnell auf Marla gestoßen.«

»Sie ist nicht meine Emma«, widersprach Mads umgehend.

»Trotzdem solltest du das Albert erzählen, damit er nicht wieder die ganze Zeit gegen sie schießt.«

»Ganz sicher nicht. Albert soll gesund werden, jedes Wort über Emma regt ihn nur auf.« Gustav klopfte seinem Neffen auf die Schulter. »Komm, lass uns das Geständnis holen.«

Mads nickte.

»Hast du ihr Handy?«

»Ja. Während der Fahrt habe ich schon Tim angerufen. Er kommt mit seinem Equipment nach Timmendorf, um es zu hacken, weil sie uns den Code nicht verraten will.«

»Hat er die israelische Software Cellebrite oder eine andere?«

»Tim und Kollege Fischer von der Kripo Köln haben ihre eigene Software geschrieben, die viel effektiver ist als die sieben, die der Polizei zur Verfügung stehen«, antwortete Mads.

Sein Onkel hatte so gar keine Ahnung von Software und manchmal bezweifelte Mads, dass Gustav überhaupt wusste, wie man das Internet bediente. Wobei er schon recht hatte, dass Cellebrite die effektivste war, die die deutsche Polizei nutzte.

Sie traten aus Gustavs Büro ins Vorzimmer.

»Petra, kannst du uns bitte Kaffee und einen Espresso für mich in den Verhörraum bringen?«, bat er seine Sekretärin.

»Sollte ich hinkriegen«, antwortete Petra. »Will noch jemand Schnittchen?«

Mads lachte. »Ich liebe deinen Humor!«

Gustav dagegen knurrte und schüttelte den Kopf.

Als sie den Verhörraum betraten, saß Marla am Tisch und heulte.

»Moin, Frau Patzel«, machte sich Gustav bemerkbar, während er und Mads ihr gegenüber Platz nahmen.

»Das ist doch alles nur ein ganz schrecklicher Albtraum«, sagte sie und wischte sich die Tränen vom Gesicht.

Mads fischte eine Packung Taschentücher aus der Hosentasche und reichte sie Marla. Sie nahm eines und fuhr sich damit übers Gesicht.

»Frau Patzel, wir müssen Sie darüber informieren, dass das Gespräch aufgezeichnet wird«, begann Gustav, Marla ihre Rechte darzulegen.

Wenige Augenblicke später klopfte es an der Tür und Petra trat mit einem Tablett ein. Sie stellte es auf den Tisch und verließ den Raum.

»Bedienen Sie sich bitte«, sagte Gustav.

Mads nahm sich einen Becher, Marla griff nach dem Espresso. Damit hatte Gustav augenscheinlich nicht gerechnet. Verärgert presste er die Lippen zusammen und zog den zweiten Kaffeebecher zu sich. Mads verkniff sich ein Schmunzeln.

»Der Espresso schmeckt richtig gut«, sagte Marla anerkennend.

»Das ist auch kein gewöhnlicher Espresso«, erklärte Gustav widerwillig. »Die Bohne kommt aus Tokio, dort wird der weltbeste Espresso geröstet.«

»Ich habe mal davon gelesen«, erwiderte Marla. »Tokio steht auf meiner Bucketlist. Das wird wohl jetzt leider nichts mehr werden.«

»Möchten Sie uns nicht erzählen, was am Samstagabend vorgefallen ist?«, fragte Gustav. Seine Stimme klang ruhig, beinahe väterlich. Eine Seite, die sein Onkel viel zu selten zeigte.

Marla zog die Nase hoch und sah Gustav an. Den Blickkontakt mit Mads vermied sie.

»Sie ist für eine gute Sache gestorben«, brachte sie schließlich hervor.

Weder Gustav noch Mads sagten etwas, sie wollten ihren Redefluss nicht unterbrechen. Marla sollte ihr Herz ausschütten, damit der Druck von ihren Schultern fiel. Dass sie eine eiskalte Mörderin war, wollte und konnte Mads nicht glauben. Doch Marla sagte nichts weiter, ihr Blick war leer.

»Frau Patzel, Sie sind Celine am Samstagabend nach der Party gefolgt. Was ist dann passiert?«

Marla schaute noch immer stumm ins Leere.

»Marla, warum bist du Celine gefolgt?«, fragte nun Mads. Er hatte Sorge, dass Marla dichtmachen könnte.

»Weil ich sie töten musste«, sagte sie beinahe gleichgültig. »Ich hatte keine Wahl. Es ging um meine Zukunft.«

Mads warf Gustav einen erstaunten Blick zu. Wenigstens hatten sie jetzt das Geständnis, auch wenn es eher wirr klang.

»Warum ging es um deine Zukunft?«, fragte Mads weiter.

»Wegen der Belohnung. Celine ist nicht umsonst gestorben. Sie ist für mich gestorben. Sie hat sich für mich geopfert.«

»Von welcher Belohnung sprichst du?« Mads konnte ihr noch immer nicht folgen.

Stand sie unter Schock, weil sie plötzlich realisierte, dass sie ihre beste Freundin ermordet hatte, oder spielte sie mit ihnen? Ihr starrer Blick verriet Mads, dass sie sich keinen Scherz erlaubte.

»Na, von der, die ich kriege, wenn ich Celine ermorde. Aber der Penner zahlt nicht, er hält mich hin.«

»Was meinst du damit genau, wovon redest du?«

»Von den 5 Millionen Euro, von dem Geld, mit dem ich ein freier Mensch geworden wäre und meinen verhassten Job hätte kündigen können. Siehst du nicht ein, dass ich Celine töten musste? 5 Millionen sind verdammt viel Geld, da würde jeder das machen, was ich getan habe.«

Mads konnte nicht glauben, was er da hörte.

»Sie haben Celine für 5 Millionen Euro ermordet?«, fragte Gustav ebenso fassungslos.

»Ja. Ich habe Schulden und das Geld hätte mir ein komplett neues Leben ermöglicht. Sie wissen nicht, wie es ist, wenn man Schulden hat und plötzlich Multimillionär werden könnte. Ich habe mich wie Chico gefühlt.«

»Sie erlauben sich hier aber gerade keinen Scherz?«

»Sehe ich so aus, als ob ich scherzen würde?« Marla sah ihm fest in die Augen. »Egal, dieser Penner zahlt eh nicht, er hält mich seit Tagen hin und jetzt kann ich nicht mehr. Ob Sie es glauben oder nicht, ich wollte mich schon vor Tagen ergeben«, sagte sie zu Gustav, dann sah sie wieder Mads an. »Du weißt, dass ich kein schlechter Mensch bin. Warum hätte ich meine beste Freundin einfach so töten sollen? Ich bin doch kein Monster.«

Für einen Moment wusste Mads nicht, was er darauf antworten sollte. Marla sprach so, als wäre es völlig legitim, jemanden für viel Geld zu töten.

War ihr überhaupt bewusst, was sie da angestellt hatte?

»Wer wollte dir fünf Millionen Euro zahlen, wenn du Celine ermordest?«, fragte Mads.

»Seinen echten Namen kenne ich nicht. Ich habe ihn vor ein paar Monaten im Chat kennengelernt.«

»Was für ein Chat?«

»Von einem Online-Rollenspiel.«

»Welches?«

»Fortnite.« Marla atmete tief durch. »Wir hatten gleich einen guten Draht zueinander, gute Vibes. Haben uns über Gott und die Welt unterhalten und irgendwie sind wir dann auf diese schräge Vereinbarung gekommen, wie ich schnell meine Schulden loswerden könnte.«

»Er wusste von deinen Schulden?«

»Klar, ich sagte ja, wir hatten gute Vibes und er ist reich.«

»Wie hoch sind deine Schulden?«, wollte Mads wissen.

»Keine Ahnung, irgendwas über 20.000 Euro oder so, ich verfolge das nicht mehr. Wie soll jemand wie ich mit einem Job wie meinem diese Summe je zurückzahlen? Da hat er mir halt diesen verrückten Vorschlag gemacht.«

»Was genau?«

»Dass ich jemanden töte, den ich gernhabe. Er wollte Fotos und Videos davon und im Gegenzug hätte ich dafür 5 Millionen Euro bekommen. Es sollte aber unser kleines Geheimnis sein.«

»Und Sie haben dem zugestimmt?«, fragte Gustav.

»Na ja, nicht sofort. Ich fand das schon schräg, und ich dachte, der veräppelt mich. Aber am nächsten Tag hat er mich erneut angeschrieben, und da habe ich gemerkt, er meint es ernst. Wir haben uns darüber unterhalten, wie so ein Mord aussehen sollte, was für Videos und Fotos er haben möchte. Wie gesagt ich fand es echt crazy, aber zugleich faszinierend. Wie sonst kann man so schnell so viel Geld verdienen? Ich habe ihm dann ein paar Fotos von meinen Freundinnen geschickt. Zuerst wollte er, dass ich Jule töte, deshalb bin ich ihr abends auch ein paar Mal gefolgt, aber es hat irgendwie nicht geklappt.«

Marla hielt inne und Mads musste diese Nachricht erst einmal verdauen. Auch wenn Jule seine Ex war und ihn viel zu oft nervte, dass sie dieser Wahnsinnigen zum Opfer hätte fallen können, beunruhigte ihn zutiefst.

»Warum dann Celine?«, fragte er.

»Ich habe dem Typen gesagt, dass Jule wie ein Fisch ist, der einem durch die Hände gleitet, deshalb meinte er, dass auch Celine passen würde. Ehrlich gesagt, war ich erleichtert, weil ich doch Schiss hatte, dass er abspringt. Am Wochenende ist es dann passiert. Es war viel einfacher, als ich gedacht habe.«

Marla holte einmal tief Luft.

»Jemanden zu töten ist nicht schwer, aber wie das anschließend deinen Kopf fickt, das habe ich echt unterschätzt«, gestand sie.

»Sie erlauben sich wirklich keinen Scherz mit uns?«, fragte Gustav erneut, er schien noch immer nicht glauben zu können, was er da hörte.

Mads dagegen nahm ihr jedes Wort ab, gerade weil es so unglaublich klang.

Marla zuckte die Schultern. »Nein, warum hätte ich Celine töten sollen? Wir waren doch Freunde, und wenn Sie mir nicht glauben, schauen Sie in mein Handy. Sie haben es ja.«

55

Timmendorfer Strand

»Das ist das Schrägste, was ich je gehört habe«, sagte Gustav. »Ich hoffe, dass sie uns nicht verarscht und einen Unschuldigen ans Messer liefert.«

»Das glaube ich nicht, das klang alles sehr authentisch. Außerdem hat sie doch gesagt, dass wir alles auf ihrem Handy finden«, erwiderte Mads.

Gustav nickte langsam. Er hatte schon mit vielen verrückten Dingen und unfassbaren Mordmotiven in seiner Polizeilaufbahn zu tun gehabt, aber dass jemand seine beste Freundin ermordete, nur weil eine Internetbekanntschaft ihr dafür ein Vermögen versprach, das war schon unglaublich.

Er und Mads hatten den Verhörraum verlassen und gingen jetzt zu Mads' Büro, wo Tim Marlas Handy hacken sollte.

Als sie eintraten, saß Lena neben Tim, der an einem Laptop beschäftigt war.

Die Runde grüßte sich.

»Hat sie gestanden?«, fragte Lena.

Ein Mitarbeiter hatte sie nach dem Eisessen mit Jörn zurück zur Dienststelle gefahren.

»Ja, das ist eine total kranke Geschichte«, antwortete Mads und klärte Lena und Tim kurz über das Ergebnis des Verhörs auf. »Tim, wir haben inzwischen den Code für das Handy.«

»Kommt genau eine Minute zu spät, ich habe es soeben gehackt«, gab Tim grinsend zurück.

»Dann zeig uns mal, was für Fotos und Videos sich im Speicher befinden«, bat Gustav. »Kannst du das auf deinen Laptopbildschirm spiegeln?«

»Genau das habe ich eben gemacht«, antwortete Tim und

auf dem Laptop erschienen die Fotos. Tim scrollte in der App runter, dann stoppte er.

Lena schlug sich die Hand vor den Mund. Das Foto zeigte, wie Celine auf dem Sand lag, das Messer steckte noch in ihrem Bauch, eine Blutlache hatte sich um sie ausgebreitet.

»Wie abartig ist das denn? Hat sie die Fotos und Videos etwa ganz normal auf ihrem Handy gespeichert?« Mads schüttelte den Kopf.

»Da ist noch mehr«, antwortete Tim und zeigte ihnen weitere Videos und Fotos, die die Tat dokumentierten.

»Sie hat nicht gelogen«, stellte Gustav erschüttert fest. »Kannst du bitte schauen, wem sie diese Fotos und Videos geschickt hat? Marla Patzel meinte, dass sie mit einem Holger alias Rangoo27 Kontakt gehabt und ihm die Fotos und Videos geschickt hätte.«

»Das haben wir gleich«, sagte Tim und tippte etwas in seinen Laptop. »Da haben wir die Chats mit ihm auf Telegram und WhatsApp. Patzel hatte auf beiden Kanälen Kontakt mit ihm.«

»Ist es wirklich dieselbe Person?«, fragte Mads.

»Es könnten zwei verschiedene sein, aber wenn der Name Holger und der Pseudo Rangoo27 auf beiden Diensten erwähnt werden, halte ich das für sehr unwahrscheinlich.«

»Wir sollten uns bitte auf WhatsApp konzentrieren, da können wir die Handynummer leichter einer Anschrift zuordnen«, bat Gustav.

»Das stimmt.« Tim öffnete den WhatsApp-Chat und wählte gleich die gesendeten Dateien an. »Ganz klar, er ist es.« Hier waren dieselben Videos und Fotos zu finden, die den brutalen Mord an Celine dokumentierten.

»Das ist doch einfach nur krank. Wie kann jemand seiner Freundin so etwas antun?«, fragte Lena entsetzt.

»Das müssen Psychologen beantworten. Wir müssen jetzt diesen Holger ausfindig machen, und zwar ganz schnell. Tim, kriegst du anhand der Handynummer die Anschrift heraus?«

»Klar, die Frage ist nur, ob wirklich diese Person dahintersteckt.«

»Wie meinst du das?«

»Es könnte ein geklautes Handy sein oder das von einem Kumpel, und wenn wir ganz viel Pech haben, ist es ein altes Prepaid-Handy, dann wird es noch lustiger.«

»Ich brauche die Anschrift, schnell«, erwiderte Gustav. »Zapf jede Ressource an, die notwendig ist, ich halte den Kopf dafür hin.«

Er wusste, dass Tim auch ein Hacker war und möglicherweise Technologien anwendete, die sich in einer Grauzone bewegten, doch momentan interessierte ihn nur, dass sie diesen Holger festnahmen. Wie sie das bewerkstelligten, war ihm gerade völlig egal.

In solchen Momenten, in denen er so schwierige Entscheidungen treffen musste, war die Freundschaft zu Albert Gold wert, weil sein Freund es hervorragend verstand, ihm die Politiker vom Leib zu halten. Schlipsträger aus dem Innenministerium, die von täglicher Polizeiarbeit keinen Schimmer hatten.

Tim nickte und öffnete ein Programm. »Wenn, dann klappt das nur mit diesem«, sagte er.

»Was kann das Programm?«, erkundigte sich Gustav.

»Es kann die IP aus WhatsApp auslesen, falls wir über die Handynummer keine Anschrift bekommen. Anhand der IP kann ich den Ort bis auf 20 Meter genau lokalisieren, es sei denn, es wird ein intelligenter VPN-Client mit Onion-Over-Servern gespiegelt benutzt. Ich meine damit jetzt nicht diese Standard-VPNs wie Nord-VPN.«

Gustav konnte dem ITler gerade nicht folgen, aber das war auch nicht nötig, ihn interessierte nur das Ergebnis.

»Tim, du musst wissen, unser Onkel kann mit solchen technischen Begriffen nicht viel anfangen«, witzelte Mads. »Sein Glück, dass er wenigstens die Webseite zur Ostseezeitung und der Polizei öffnen kann.« Bei diesen Worten klopfte er Gustav auf die Schulter.

»Während des Dienstes bin ich nicht dein Onkel«, murrte Gustav, er fand diesen Kommentar absolut unpassend. Da wunderte sich Mads, dass er immer mal wieder einen Einlauf von ihm bekam? Lena wäre es nie in den Sinn gekommen, so einen dämlichen Spruch loszulassen.

Tim kommentierte den Schlagabtausch nicht, er tippte wieder etwas in den Laptop.

»Unglaublich«, sagte er dann.

»Was ist unglaublich?«, fragte Gustav.

»Ich habe die Anschrift über die Handynummer lokalisieren können.«

»Wirklich?« Gustav konnte ihr Glück kaum fassen.

»Ja, aber es wäre theoretisch möglich, dass der Vertrag auf eine andere Person läuft. Unser Verdächtiger scheint sehr sorglos gehandelt zu haben.«

»Vermutlich weil er nicht damit gerechnet hat, dass Marla tatsächlich ihre Freundin töten würde. Die beiden haben schon vor der Tat Nummern getauscht«, suchte Gustav nach einer Erklärung.

»Wo wohnt dieser Holger?«, wollte Mads wissen.

»In Bad Schwartau, Sandkamp.«

»Da haben wir verdammtes Glück gehabt, er hätte auch irgendwo in Süddeutschland wohnen können.« Gustav atmete erleichtert aus.

»Das stimmt. Es gibt eben auch regionale Chats, wo sich Onlinegamer austauschen. Vielleicht hat Patzel ihn dort kennengelernt.«

»Mir egal. Mads, wir fahren nach Bad Schwartau.« Gustav stand auf.

»Ich habe die gemeldeten Namen zu der Anschrift gefunden«, sagte Lena, die sofort an ihren Computer gerollt war und die Anschrift über die Leitung zum Bürgerbüro abgerufen hatte.

»Sehr gut. Wer ist dort registriert?«

»Drei Personen. Sieht nach einer Familie aus. Gustav Schröder.«

»Gustav?« Mads lachte auf.

»Was ist daran so witzig? Glaubst du, du bist der einzige Mads in ganz Deutschland?« Gustav schüttelte den Kopf. »Wie heißen die anderen Personen?«

»Laura Schröder und Anton.«

»Anton?«, hakte Gustav nach.

»Ja, Anton. Vielleicht ist der Name Holger ein Fake.«

»Wollen wir's hoffen, sonst stehen wir mit leeren Händen da. Tim, prüf' bitte, ob es noch eine andere Anschrift geben kann. Mads und ich fahren erst mal zum Sandkamp.«

»Mach ich, obwohl ich es für ausgeschlossen halte. Ich prüfe rasch das Telegramprofil.«

»Danke. Solltest du wider Erwarten doch was rausfinden, ruf mich sofort an.«

»Was soll ich machen?«, fragte Lena.

»Unterhalte dich bitte mit Patzel. Vielleicht gibt sie dir gegenüber noch ein paar mehr Informationen preis.«

»Okay«, antwortete Lena.

»Danke.« Gustav sah seiner Nichte an, dass sie gern mitgekommen wäre, aber zwei Beamte waren genug und Gustav wollte sie nicht in Gefahr bringen. »Mads, Waffe einstecken und los geht's.«

»Ich hatte gestern Abend ein interessantes Gespräch mit Albert«, sagte Gustav, als sie im Auto saßen und er aus Timmendorfer Strand Richtung Bad Schwartau fuhr.

»Worüber?«

»Über Lena.«

»Worum ging es da genau?«

»Albert kennt einen Spezialisten in Berlin. Es wäre nicht verkehrt, wenn wir mal mit ihr dahin gehen, wegen ihrer Beine.«

»Albert soll einen Termin machen, ich fahre sie sofort hin«, erwiderte Mads ohne zu zögern. »Ich sehe täglich, wie sehr Lena darunter leidet, dass sie kaum gehen kann. Das alles macht ihr so zu schaffen, dass sie sich schon einredet, ein Idiot wie Christian wäre das Beste, was sie bekommen kann.«

»Du magst Christian nicht«, stellte Gustav fest.

»Nein, wie kann ich ihn mögen? Ich vergesse nicht, was er meiner Schwester in der letzten Beziehung angetan hat. Er hat gesoffen, Drogen genommen, Schulden gemacht, sie finanziell ausbluten lassen und er hat sie geschlagen. Wie kann ich das einfach ad acta legen?«, empörte sich Mads und knirschte mit den Zähnen. »Oder glaubst du, dass sich Christian geändert hat? Lena meinte, du hättest sie beide mal zum Frühstück eingeladen. Bei dem Gedanken, dass sie ihn heiratet, dreht sich mir der Magen um.«

»Das habe ich getan, weil Jutta es von mir wollte.« Gustav warf seinem Neffen einen Seitenblick zu. »Was willst du machen? Lena liebt ihn und ich bin ihr Onkel, ich kann ihr keine Steine in den Weg legen, gerade in ihrem aktuellen Zustand kann das ungeahnte Folgen für sie haben.«

»Christian ist nicht gut für sie«, beharrte Mads.

»Bist du fest davon überzeugt? Sie liebt ihn wirklich«, hakte Gustav nach.

»Ja.«

Gustav nickte nachdenklich. Erst vor Kurzem hatte er mit Mads über Christian geredet und Mads hatte erklärt, dass er Christian wenig sympathisch fand. Dass er ihn jedoch derart ablehnte, war in seinen Augen Christian gegenüber nicht besonders fair. Gustav wollte wie er, dass Lena nicht in ihr Unglück rannte, doch Mads' Behauptungen entsprangen allein seinem Bauchgefühl. Auf keinen Fall wollte er Lenas Glück im Wege stehen, sondern sich mit ihr freuen, dass sie glücklich war.

Allerdings musste er seinem Neffen zugestehen, dass er eine gute Menschenkenntnis hatte, daher sagte er: »Dann behalte ihn im Auge. Ich werde Tim und Albert bitten, ein paar Backgroundchecks zu machen und zu schauen, ob Christian doch Dreck am Stecken hat. Das darf Lena bloß niemals erfahren. Ich werde ihr weiterhin das Gefühl geben, dass ich hinter ihrer Beziehung stehe, und du machst, was du bisher machst. Aber …« Gustav brach ab.

»Aber?«, hakte Mads nach.

»Wenn wir nichts herausfinden, solltest du über deinen Schatten springen und Christian eine zweite Chance geben.«

»Menschen wie der ändern sich nicht. Das solltest du als Polizeichef doch am besten wissen«, schnaubte Mads.

»Stimmt, meistens, manchmal aber schon. Du kannst ihn weiter im Auge behalten, nur zeige ihm nicht so offensichtlich, dass du ihn ablehnst. Lena hat Jutta gegenüber geäußert, dass sie Christian noch dieses Jahr heiraten und schwanger werden möchte, und wenn Christian ihr keinen Antrag macht, würde sie es tun.«

Mads sog scharf die Luft ein. Gustav sah seinem Neffen an, dass er überhaupt nicht damit einverstanden war, aber Lena war volljährig und es war ihre Entscheidung, wen sie heiraten und von wem sie Kinder haben wollte.

Mittlerweile hatten sie Bad Schwartau erreicht und Gustav bog vor dem Kino Movie Star in die Ludwig-Jahn-Straße ab, anschließend in den Sandkamp, wo er kurz vor der Zielanschrift parkte.

»Schusssichere Weste nicht vergessen«, sagte Gustav beim Aussteigen.

»Nie ohne«, scherzte Mads.

Während sie die Westen unter ihre Oberbekleidung zogen, sagte Gustav: »Ich übernehme das Gespräch, du gibst mir Deckung, für den Fall der Fälle.«

»War mir klar«, gab Mads zurück. »Dabei wissen wir beide, dass eigentlich ich das Gespräch führen sollte.«

»Komm mir ja nicht mit dem Altersquatsch«, warnte Gustav.

»Ich sag ja nur.« Mads hob die Schultern.

Sie gingen zu dem Einfamilienhaus und Gustav klingelte. Kurz darauf wurde ihnen geöffnet.

Ein Mann um die fünfzig stand vor ihnen, etwas kleiner als Gustav und ebenfalls mit leichtem Bauchansatz.

»Moin. Gustav Johannsen von der Ostseekriminalpolizei«, begann Gustav mit der Vorstellung. »Sind Sie Gustav Schröder?«

»Der bin ich. Worum geht es denn?«, fragte der sichtlich überraschte Vater.

»Ist Ihr Sohn Anton zu Hause?«

»Nein, er ist draußen, müsste aber gleich reinkommen. Wollen Sie mir nicht verraten, worum es geht?«

»Wir müssen im Rahmen von Ermittlungen mit Ihrem Sohn sprechen«, antwortete Gustav.

»Was für Ermittlungen?«

»Da er volljährig ist, dürfen wir Ihnen darüber keine Auskunft geben.«

»Er ist doch erst neunzehn und wohnt noch zu Hause, ich bin sein Vater«, wandte Schröder ein.

»Tut mir leid, das darf ich von Rechts wegen nicht. Spielt Ihr Sohn Online-Rollenspiele?«

»Allerdings, der sitzt nur am Computer. Was hat er denn nun verbrochen?«

»Wir müssen uns seinen Computer anschauen«, erwiderte Gustav. »Dürfen wir eintreten?«

»Zuerst möchte ich Ihre Ausweise sehen«, sagte der Vater.

Gustav und Mads zückten ihre Ausweise, der Vater nahm sie entgegen, und als er sie gerade zurückreichte, blickte er zum Bürgersteig.

»Da kommt er ja«, sagte er.

Anton Schröder schaute in ihre Richtung, dann machte er plötzlich kehrt und lief weg.

»Mads, schnapp ihn dir, ich schau mich in seinem Zimmer um«, sagte Gustav.

56

Bad Schwartau

Mads ließ sich nicht zweimal bitten und nahm die Verfolgung auf.

Anton hatte zwar einen guten Vorsprung, aber er sah nicht so aus, als wäre er der Sportlichste. Mads' einzige Sorge war, dass Anton durch eine enge Seitengasse verschwinden könnte, noch lief er jedoch den Sandkamp entlang, schaute sich nicht um und bog dann in die Kirchenstraße ab.

Mads machte ein paar Meter gut.

Von der Kirchenstraße lief Anton in die Mühlenstraße.

Mads blieb ihm auf den Fersen und holte weiter auf. Hoffentlich würde dem Flüchtigen bald die Puste ausgehen.

Wie von Sinnen überquerte Anton die Straße und ignorierte den Verkehr. Mads wollte es ihm gleichtun, doch zwei Autos rasten dicht nebeneinander über die Straße, sodass Mads nichts anderes übrigblieb, als kurz zu warten.

»Mist«, presste er hervor, dadurch verlor er wertvolle Zeit.

Anton lief indessen Richtung Kino.

So nicht, dachte Mads und erhöhte das Tempo, als er die Straße überquerte.

Wieder kam er Anton näher, der immer weiterrannte, ohne sich umzudrehen. Mads blieb dran und verkürzte den Abstand.

Gleich habe ich dich. Inzwischen trennten sie nur noch maximal zehn Meter.

Am Kino lief Anton über den Eutiner Ring, wieder achtete er nicht auf den Verkehr.

Augen zu und durch, ermunterte sich Mads.

Das Hupen von mindestens zwei Autos, sagte ihm, dass das

verdammt knapp gewesen war, doch er konnte nicht riskieren, dass er Anton verlor.

Jetzt erreichte er die Fußgängerzone.

Mads holte erneut zu ihm auf, setzte zum Sprint an und kurz vor dem Rossmann stellte er Anton. Mit einem beherzten Sprung brachte er ihn zu Fall.

»Lassen Sie mich los, ich habe nichts getan«, brüllte Anton.

»Beruhig dich, du gehst nirgendwohin, ich bin …«, antwortete Mads und spürte im selben Moment einen Schlag auf den Kopf.

»Lass den Jungen los«, hörte er einen Mann brüllen.

Mads dachte überhaupt nicht daran, stattdessen packte er Anton und mit einem schnellen Ruck standen sie auf den Beinen. Anton war fast einen Kopf kleiner als Mads und von normaler Statur.

»Lass den Jungen los, ich bitte dich kein zweites Mal«, forderte der Mann, der ungefähr Mads' Statur hatte. »Leg dich mit einem an, der dir gewachsen ist.«

»Einfach mal die Klappe halten. Ich bin Polizeibeamter und Sie gehen mir jetzt aus dem Weg«, erwiderte Mads.

»Das kann jeder sagen. Anton, was will der Kerl von dir?«

»Keine Ahnung, der folgt mir schon ganz lange. Vielleicht so ein Kinderficker«, antwortete der Jugendliche.

Mads atmete genervt durch die Nase, fischte seinen Ausweis aus der Hosentasche und zeigte ihn dem Mann. »Jetzt geh mir aus dem Blickfeld.«

»Entspann dich. Was hat Anton denn verbrochen?«

»Das geht Sie einen Scheißdreck an«, antwortete Mads und schob Anton nach vorn. Der Mann schaute ihnen nach, griff aber nicht ein.

»Was habe ich denn gemacht?«, fragte nun auch Anton.

»Sie sind festgenommen, weil Sie Marla Patzel dazu gebracht haben, ihre beste Freundin Celine Bock zu töten«, antwortete Mads.

»Mist, da hat das Schwälbchen also doch gesungen«, sagte Anton in amüsiertem Tonfall, als hätte er gar nichts Schlimmes getan.

»Wo ist unser Onkel?«, fragte Lena, als Mads in ihr Büro trat.

»Er ist im Haus der Schröders, aus Sorge, der Vater könnte Spuren beseitigen.«

»Soll ich zu ihm fahren?«, fragte Tim.

»Nein, die Spurensicherung ist auf dem Weg nach Bad Schwartau, außerdem sind einige Mitarbeiter von Ole auf dem Weg nach Niendorf, um Marlas Wohnung zu durchsuchen. Du solltest schauen, ob du das Handy von Anton Schröder hacken kannst, damit wir sehen, ob sich belastendes Material darauf befindet.«

»Alles klar.«

Mads reichte ihm das Handy.

»Wir unterhalten uns dann mal mit Anton, Schwesterherz.«

Lena nickte und beide verließen das Büro.

»Hat Gustav schon einen Haftbefehl?«, fragte Mads auf dem Weg.

»Müsste jede Minute eintrudeln, er wollte sich darum kümmern.«

»Was für ein schräger Verlauf.« Mads schüttelte den Kopf.

»Wem sagst du das. Als Polizist wird man leider immer wieder mit den abartigsten menschlichen Abgründen konfrontiert.«

»Allerdings. Hat Marla noch was Verwertbares gesagt?«

»Nein, nichts, was ihr nicht schon wisst. Sie hat mir gegenüber nur immer wieder betont, dass ihr das Ganze wirklich leidtut und dass sie ziemlich naiv rüberkommen muss, weil sie einem Internetbetrüger auf den Leim gegangen ist. Normalerweise würden ja nur alte Leute auf so was reinfallen. Sie hatte wohl Schulden und stand mit dem Rücken zur Wand.«

»Hört sich nicht nach echter Reue an.«

»Stimmt.« Lena presste die Lippen zusammen.

Sie erreichten den Verhörraum, wo ein Kollege Wache hielt. Sie grüßten ihn und traten ein.

Anton Schröder saß verkehrt herum auf seinem Stuhl, den Rücken zum Tisch und der Tür gedreht.

»Moin«, machte sich Mads bemerkbar. Als Anton nicht reagierte, wurde Mads laut: »Setzen Sie sich bitte richtig hin.«

»Sie gönnen einem auch gar keinen Spaß«, maulte der Jugendliche und wandte sich um.

»Glauben Sie, das ist hier ein Scherz? Ihretwegen wurde eine junge Frau ermordet.«

»Ich habe nichts getan«, erklärte Anton unschuldig.

»Lassen Sie den Scheiß. Wir haben Ihr Handy und Ihren Computer, außerdem den Chat zwischen Ihnen und Marla Patzel. Begreifen Sie endlich, dass Sie aus der Sache nur dann mit einem blauen Auge herauskommen können, wenn Sie uns die Wahrheit sagen.«

Auf einmal wirkte Anton eingeschüchtert. »Woher sollte ich denn wissen, dass sie das wirklich tut. Es war ein Spiel.«

»Was für ein widerwärtiges Spiel soll das sein?«, fragte Mads und fixierte Anton mit seinem Blick.

»Ich habe echt nicht geglaubt, dass sie das macht. Wir haben uns im Chat kennengelernt, und da habe ich mir den Scherz erlaubt, ihr vorzuspielen, dass sie ihre Schulden bezahlen könnte. Dass sie gleich darauf anspringt, hätte ich nie für möglich gehalten.«

»Warum haben Sie dann nicht die Polizei kontaktiert?«

»Weil ich nicht glauben wollte, dass sie es tut.«

»Da sagen die Chatprotokolle aber etwas anderes. Sie haben sogar Fotos und Videomaterial angefordert.«

»Bloß weil ich sehen wollte, ob sie mich nicht anflunkert. Schließlich sollte ich ihr 5 Millionen Euro zahlen, da musste ich das Spiel doch mitspielen und seriös rüberkommen.«

Mads war sich sicher, dass Tim auf dem Handy belastendes Material finden würde, zudem hatte Anton soeben gestanden, die Videos und Fotos gesehen zu haben.

»Deswegen haben Sie sie auch gedrängt, jemand anderen zu töten, als es bei Jule Becker nicht geklappt hat.«

»Ein Spiel muss man halt richtig spielen«, entschuldigte sich Anton grinsend.

»Sie wollten, dass Marla jemanden für Sie tötet, das war kein Spiel mehr, sondern Befriedigung, weil ihr jämmerliches Leben damit plötzlich einen Sinn ergab«, erklärte Mads kühl. »Sie konnten sich dadurch groß, mächtig und begehrt fühlen, weil Marla unbedingt die fünf Millionen Euro als Belohnung haben wollte.«

»Was wissen Sie schon über mich?«

»Dass Sie jemand sind, der nur irgendwelche Ballerspiele spielt.«

»Das hat sicherlich mein Loser von Vater gesagt. Glauben Sie im Ernst, dass alle, die Ballerspiele mögen, Nerds oder eiskalte Mörder sind?«

»Sie schon.«

»Ich bin kein Mörder, ich bin ein Genie.« Anton verschränkte die Hände über seinem rundlichen Bauch. »Schaffen Sie es mal, einen Menschen dazu zu kriegen, jemanden für Sie zu töten, ohne dass er Sie wirklich kennt. Das ist die höchste Kunst der Manipulation, so was können nur Genies.«

Damit hatten sie ihn. Anton hatte gestanden, dass er jemanden hatte sterben sehen wollen.

»Sie widern mich an«, platzte Mads heraus.

»Nur kein Neid, Schönling. Ihnen ist im Leben sicherlich alles zugeflogen. Mir leider nicht, ich musste immer meinen Verstand benutzen. Ja, ich wollte, dass Marla jemanden für mich tötet, und ja, es hat mich befriedigt, die Videos und Fotos zu sehen. Ich habe mich nie besser gefühlt. Ist es das, was Sie hören wollen?« Anton sah Mads scharf an, dann schnaubte er und fügte hinzu: »Trotzdem bin ich kein Monster.«

»Sie sind ein Freak und das negative Beispiel dafür, was passieren kann, wenn man sein Leben nur mit Ballerspielen und am Computer verbringt, statt rauszugehen, Fußball zu spielen oder sich mit Freunden zu treffen.«

»Dafür müsste man erst mal Freunde haben«, entgegnete Anton.

»Haben Sie denn nie Reue empfunden?«, wollte Lena wissen, ihre Worte klangen sanfter als die von Mads.

»Reue?« Anton sah Lena ungläubig an.

»Ja, Reue. Eine junge Frau wurde ermordet. Sie haben sie aus dem Leben gerissen.«

»Nein, warum sollte ich?« Anton zuckte die Schultern. »Das ist das Gesetz der Natur. Die Stärkeren fressen die Schwächeren, das habe ich mein Leben lang in der Schule zu spüren bekommen, deshalb wollte ich jetzt ein Mal im echten Leben auf der anderen Seite stehen. Ich muss gestehen, es war schön, wirklich schön. Auch wenn ich dafür in den Knast muss, es hat sich gelohnt.«

Mads stand auf, er hatte genug gehört. Anton Schröder widerte ihn zutiefst an.

»Komm, Lena, um den Rest soll sich der Staatsanwalt kümmern.«

»Sie werden Menschen wie mich niemals verstehen, weil Sie nur die Sonnenseite des Lebens kennen, aber leben Sie mal auf meiner Seite, dann würden Sie es auch tun«, sagte Anton.

Das war zu viel. Mads platzte der Kragen, er packte Anton und scheuerte ihm eine.

»Mads, nicht!«, rief Lena, da Mads schon zum zweiten Mal ausholen wollte, doch die Mahnung seiner Schwester ließ ihn innehalten.

»Du hast recht. Er ist es nicht wert, dass ich mir die Finger schmutzig mache. Lass uns rausgehen.«

57

Eine gute Woche später, samstags, Niendorf

»Toller Artikel«, sagte Jule anerkennend.

»Danke, Maus«, antwortete Emma und trank einen Schluck Kaffee. Die beiden Frauen hatten sich mit Amir und Pietro zum Frühstück getroffen.

Emmas großer Artikel über Celine und die Hintergründe ihrer Ermordung war an diesem Morgen in der Ostseezeitung veröffentlicht worden.

»Ich hätte es nie für möglich gehalten, dass Marla die Täterin ist. Sie und Celine waren doch beste Freundinnen, sie kannten sich seit Kindestagen.«

»Das hat sicherlich viele überrascht.«

»Findet ihr den Grund dafür aber nicht vollkommen krank?«, fragte Amir.

»Absolut. Es will nicht in mein Hirn, dass Marla so naiv war. Ich bringe doch nicht meine beste Freundin um, nur weil mir ein Freak im Internet Millionen dafür verspricht, dazu noch jemand, den ich nicht mal kenne.«

»Marla hatte immense Schulden und glaubte wirklich, das wäre der Ausweg und ein Einstieg in ein besseres Leben«, erklärte Emma.

»Oh, das wusste ich nicht. Sie hat mir gegenüber nie erwähnt, dass sie Schulden hat, sie wirkte eigentlich immer recht ausgeglichen und mit sich im Reinen, sie war ja eher der lockere Typ und immer für einen Spaß zu haben«, erwiderte Jule.

»Niemand kann dem anderen in die Seele schauen, und viele schämen sich, ihren Freunden gegenüber einzugestehen, dass sie Schulden haben«, erklärte Amir. »Trotzdem ist das kein Grund, seine beste Freundin zu töten. Ein paar Schrauben müssen bei Marla schon ganz schön locker gewesen sein. Ich hoffe, sie wird für sehr lange Zeit in den Knast wandern.«

»Wenigstens ist Luca aus der Schusslinie, das wird Gregor sicherlich freuen«, bemerkte Pietro.

»Klar. Die beiden stoßen auch gleich dazu. Erwähnt bitte nicht, dass Luca verdächtigt wurde«, bat Emma ihre Freunde.

»Dem Einzigen, dem so was rausrutschen könnte, ist mein Schatz Pietro«, zog Amir seinen Freund auf und gab ihm einen Kuss.

»Ich reiße mich am Riemen«, versprach Pietro schmunzelnd.

»Hallo, meine Mädels«, hörte Emma da auch schon Gregors hohe Stimme.

Er und Luca betraten die Terrasse der *Seaside Lounge.* Wie gewohnt war Gregor ziemlich schrill gekleidet, während Luca ein schlichtes weißes T-Shirt und eine Jeans trug.

Die Runde grüßte sich und Emma sah Gregor an, wie glücklich er war, er strahlte bis über beide Ohren.

Um eine Liebe zu vergessen, hilft es nur, eine neue zu finden, dachte Emma einmal mehr.

»Seid ihr beide jetzt ein Paar?«, fragte Pietro.

Gregor sah Luca an.

»Ich glaube schon«, antwortete Gregor dann. »Oder?«

»Das sind wir, ich würde mich sehr freuen«, erwiderte Luca und lief dabei leicht rot an. Er war im Gegensatz zu Gregor, Amir und Pietro deutlich zurückhaltender.

»Na, wenn das kein Grund zum Feiern ist«, sagte Pietro. »Darauf sollten wir mit Champagner anstoßen.«

»Gib's zu, Schatz, du hast nur nach einem Grund gesucht, damit du um diese Uhrzeit Champagner trinken kannst«, scherzte Amir.

»Für Champagner kann es nie zu früh sein«, bestätigte Gregor und bestellte gleich eine Flasche, die umgehend von einer Kellnerin gebracht wurde.

Sie stießen an und schnell widmeten sie sich anderen Gesprächsthemen als dem brutalen Mord an Celine.

Emma sah, dass Luca immer entspannter wurde. Er und Gregor waren ein süßes Paar, und sie hoffte, dass ihre Beziehung lange halten würde.

Während die anderen scherzten und den Champagner leerten, wanderte Emmas Blick zum Strand, wo Mads Richtung Hafen ging. Er schaute nicht rüber zur Terrasse und sah sie deshalb nicht, was Emma kurz irritierte. Normalerweise hätte er doch immer zur *Seaside Lounge* geschaut, weil sie sich häufig hier trafen. Insgeheim hatte sie gehofft, dass er sie gesehen und ihnen Gesellschaft geleistet hätte.

Wohin er wohl geht?, fragte sie sich.

Es war Wochenende und dass er schon an seinem nächsten Fall arbeitete, glaubte sie nicht.

Bestimmt trifft er sich mit dieser Jil, gab sie sich selbst die Antwort.

»Was haltet ihr davon, wenn wir uns heute Abend zum Essen und Cocktailtrinken in der *Roof Bar* im *Seaside Hotel* treffen?«, schlug Gregor vor.

»Sehr gute Idee. Leiten wir die Sommersaison offiziell ein«, antwortete Pietro.

»Deal. Dann reserviere ich einen Platz für sieben Personen. Emma, du kommst doch mit Stefan, oder?«

Emma tauchte mit einem unmerklichen Ruck aus ihren Gedanken auf und sagte: »Klar, wir haben eh nichts vor.«

»Super.«

»Ich bin dann mal wieder die, die allein kommt«, maulte Jule schmunzelnd.

»Wer weiß, vielleicht lernst du gerade heute einen ganz süßen und lieben Mann kennen«, sagte Gregor. »Ich wünschte, ich hätte einen für dich in meinem Freundeskreis, aber die sind alle gay.«

»Ich suche mir schon selbst einen, Süßer. Ich brauche keinen Heiratsvermittler«, gab Jule lachend zurück.

»Du bist eine hübsche, tolle Frau, bei dir stehen die Männer Schlange. Wäre ich nicht schwul, wäre ich der Erste, der dich zu einem romantischen Date einladen würde«, sagte Gregor, der regelrecht aufblühte.

»Das hast du sehr süß gesagt.« Jule strahlte und nippte an ihrem Champagnerglas.

»Wie sieht es eigentlich mit Urlaubsplänen für den Sommer aus?«, fragte Pietro.

»Noch nichts geplant«, antworteten Jule und Gregor gleichzeitig.

Sofort war das nächste Gesprächsthema gefunden, man machte unverbindliche Pläne, unterhielt sich über alles Mögliche und bestellte sogar eine zweite Flasche Champagner.

Fast zwei Stunden später löste sich die Runde auf, nur Jule und Emma blieben zurück.

»Ich muss dann auch los. Stefan wartet schon«, sagte Emma.

»Bis heute Abend, Schatz. Ich bleibe noch ein bisschen hier«, antwortete Jule und umarmte sie zum Abschied.

Emma verließ die Terrasse und ging Richtung Hafen – nicht ohne Grund. Tief in ihrem Inneren wusste sie, dass das für ihre Verhältnisse ziemlich naiv war, aber sie hoffte, dass sie Mads noch sehen würde, auch wenn es schon fast zwei Stunden her war, dass sie ihn Richtung Hafen hatte gehen sehen.

Wenige Minuten später war sie angekommen, doch von Mads keine Spur.

Bestimmt ist er schon weg, dachte Emma und beschloss, nach Hause zu gehen, da Stefan in ihrer Wohnung auf sie wartete. Aber gerade als sie den Hafen verlassen wollte, sah sie Mads auf einer Bank. Allein.

Emmas Herz schlug höher.

Sie ging in seine Richtung, doch dann blieb sie plötzlich stehen, weil eine junge Frau auf Mads zusteuerte.

Eine, die sie noch nicht gesehen hatte und die garantiert nicht Jil war.

Sie war schlank, hatte dunkle Haare und einen dunklen Teint, in der Hand hielt sie zwei Kaffeebecher. Einen davon reichte sie Mads, dann setzte sie sich zu ihm.

Enttäuschung machte sich in Emma breit, obwohl das vollkommen irrational war.

Vergiss Mads, er wird sich niemals ändern, dachte sie und verließ mit schnellen Schritten den Hafen.

58

Zu seiner Überraschung hatte Victoria Mads am vergangenen Abend angerufen. Es war bereits einige Tage her, dass er ihr während der Ermittlungen seine Visitenkarte gegeben hatte. Falls sie Fragen zu Niendorf hatte, sollte sie sich gerne bei ihm melden, hatte er gesagt, da sie eventuell hierherziehen wollte.

Fast zwei Stunden lang hatten sie geredet. Mads wusste nicht, wann er das letzte Mal so lange mit einer Frau telefoniert hatte.

Victoria hatte ihn auf wundersame Weise in ihren Bann gezogen, sodass Mads ihr vorgeschlagen hatte, sich am Samstag am Hafen zu treffen. Sie hatte sofort zugesagt.

Jetzt saßen sie auf einer Bank und schauten zu den Booten. Jeder hielt einen Becher mit Kaffee in der Hand.

»Du hast echt nie daran gedacht, in eine Großstadt zu ziehen?«, fragte Victoria.

»Nein, es gab mal eine Zeit, als ich bei der Bundeswehr war, da habe ich kurz mit dem Gedanken gespielt, aber das habe ich schnell wieder verworfen. Ich liebe die Ostsee, vor allem diese Ecke hier.«

»Sie ist wirklich sehr schön. Ich könnte mir gut vorstellen, herzuziehen. Danke, dass du gestern ein offenes Ohr hattest. Ich hoffe, dass ich dich nicht zu sehr mit Fragen bombardiert habe.«

»Ganz sicher nicht. Es war ein schönes und lustiges Gespräch.«

»Fand ich auch«, antwortete Victoria und legte eine Haarsträhne hinters Ohr. »Humor ist wichtig, ich könnte nie mit einem Mann zusammensein, der nicht lacht.«

»Sind wir schon so weit?«, scherzte Mads.

Victoria lachte und sah ihn aus ihren braunen Augen an, ohne darauf zu antworten.

Mads gefiel das zarte Lächeln, das sie ihm schenkte.

»Glaubst du an Schicksal?«, fragte sie dann.

Mads überlegte kurz.

»Ehrlich gesagt, habe ich mir nie wirklich darüber Gedanken gemacht. Möglich. Allerdings bin ich allein wegen meines Jobs Realist. Du?«

»Ich schon. Eigentlich hatte ich ein Jobangebot aus Kiel, aber dann kam dieses aus Niendorf und mein Bauchgefühl hat gesagt, ich soll es annehmen. Hätte ich das nicht gemacht, hätte ich dich vermutlich niemals kennengelernt.«

»Also hat das Schicksal uns zusammengeführt?«

Der Gedanke gefiel ihm. Victoria war so ganz anders als Jil oder Daniela oder seine Ex Jule, sie schien tiefgründig zu sein. Er wusste nicht, wann er sich das letzte Mal in Gegenwart einer Frau so wohlgefühlt hatte.

Und noch etwas anderes fiel ihm auf: Er musste nicht mehr ständig an Emma denken.

»Könnte doch sein. Gefällt dir der Gedanke nicht?«

»Doch, sehr sogar. Du scheinst ein überaus interessanter Mensch zu sein.«

»Scheinst?« Victoria hob die Augenbrauen.

»Bist«, korrigierte Mads schmunzelnd. »Wie schaut es bei dir mit der Liebe aus?«

»Glücklicher Single. Du?«

»Ich auch«, antwortete Mads und musste an Jil denken. Sie hatten nur eine Affäre, er war nicht mit ihr zusammen, das wusste sie, es gab keine Exklusivität.

»Wie lange?«

»Schon eine ganze Weile.«

»Wie kommt's? Ich hätte vermutet, die Mädels rennen dir hinterher.«

»Mir ist noch nicht die Richtige über den Weg gelaufen. Optik ist nicht alles. Und du?«

»Seit zwei Jahren, und auch, weil Optik nicht entscheidend ist. Was soll ich mit einem Schönling, wenn er langweilig ist, nie lacht oder die Schönheit, die unsere Welt zu bieten hat, nicht sieht, weil er nur in seinem kleinen Mikrokosmos lebt?«

»Wann buchen wir die Weltreise?«, erlaubte sich Mads einen weiteren Scherz, ihm gefiel dieser Gedanke sogar.

»Morgen«, ging sie auf den Spaß ein. Dann sah sie auf ihre Uhr.

»Musst du los?«, fragte Mads.

»Ja, leider.«

»Schade. Wollen wir morgen zu Abend essen?«

»Lädst du mich zu einem Date ein?«

»Das würde ich sehr gern.«

»Dann nehme ich noch lieber an«, erwiderte Victoria und ihre braunen Augen blitzten freudig.

Sie standen auf, umarmten sich zum Abschied und küssten sich auf die Wange, dabei sog Mads ungewollt ihren Körperduft ein, er gefiel ihm sehr.

»Bis morgen. Ich freu' mich.«

»Ich mich auch.«

Victoria ging und Mads schaute ihr nach.

Dreh dich bitte um, dachte er, während er ihrem beschwingten Gang mit seinen Blicken folgte.

Nach wenigen Metern drehte sie sich um, lächelte und ging weiter.

Da geschah es.

Etwas in Mads' Bauch regte sich, ein Gefühl, das er so nicht erwartet und weder bei Daniela noch bei Jil je gespürt hatte. Etwas, was sich wie Schmetterlinge anfühlte.

59

Timmendorfer Strand

»Freiheit und Gesundheit sind kostbar. Wahnsinnig kostbar«, stellte Albert fest und atmete tief die Meeresluft ein, dabei schloss er kurz die Augen.

»Wann warst du denn gefangen?«, fragte Gustav.

»Meine Tage im Krankenhaus haben sich kein bisschen frei angefühlt.«

»Jetzt übertreibst du aber.«

»Liebster Freund, heute möchte ich mit dir nicht streiten. Ich sitze hier auf dieser wunderbaren Terrasse mit einer Aussicht auf die Ostsee, die ihresgleichen sucht, dazu ein leckerer Weißwein, und mir gegenüber sitzt mein ältester und bester Freund, der jeden störrischen Seemann in den Schatten stellt. Was kann ich mir mehr wünschen?«

»Ich und störrisch?«

»Da haben wir es wieder«, lachte Albert.

Es war offensichtlich, dass er Gustav aufzog.

»Ich sehe schon, wir haben den alten Albert wieder«, sagte Gustav und ließ seinen Blick über die Terrasse des Restaurants *Wolkenlos* wandern, das am Ende der Seebrücke lag.

Gustav mochte das Restaurant, es stand gefühlt mitten in der Ostsee, mit der Küste nur verbunden über eine Brücke, und bot somit einen unglaublichen Ausblick auf die Ostsee und die Lübecker Bucht. Mehr ging nicht.

Als er wieder zu Albert sah, merkte er, dass dieser nachdenklich wirkte.

»Ich fürchte nicht«, sagte sein Freund.

»Wie meinst du das?«

»Dieser komplizierte Bruch.« Alberts Blick wanderte zu seinem Fuß. »Die Tage im Krankenhaus haben etwas in mir verändert.«

»Du nimmst mich wohl auf den Arm?«

»Nein, alter Freund, ganz und gar nicht. Das Leben ist wirklich kostbar und ich muss gestehen, ich liebe es. Es ist schön, auf diesem Planeten leben zu dürfen. An der Ostsee leben zu dürfen. Diese Ecke ist meine Heimat, hier möchte ich sterben. Mir ist bewusst geworden, was für ein unglaubliches Glück ich habe, ich sein zu dürfen.«

»Selbstverliebt nennt man das«, unterbrach Gustav den Bürgermeister.

»Lass mich bitte ausreden. Ich weiß das alles hier wirklich zu schätzen, und ich habe mich die Tage ernsthaft gefragt, ob ich nicht etwas kürzertreten und mich vielleicht ausschließlich auf mein Amt als Bürgermeister konzentrieren sollte.«

»Wie meinst du das? Also keine unangekündigten Besuche mehr in meinem Büro oder Selbsteinladungen zu Polizeibesprechungen?« Gustav zog eine Augenbraue hoch.

»Höre ich da etwa Vorfreude heraus?«

»Nein, das ist nur eine Frage«, antwortete Gustav. Er konnte sich nicht vorstellen, dass Albert tatsächlich kürzertreten würde. Er war jemand, der sich mit seiner Arbeit identifizierte. Was sollte er mit all der neu hinzugewonnenen Freizeit anstellen?

»Du glaubst mir nicht?«, fragte Albert.

»Fällt mir schwer. Du bist gerade erst raus aus dem Krankenhaus, da ist es normal, dass man solche Gedanken hat. Aber jemand wie du wird sich nicht ändern, weil du – und da nehme ich mich nicht aus – nicht aus deiner Haut kannst.«

Albert schaute Gustav an, es lag Bewunderung in seinem Blick, was Gustav irritierte.

»Deswegen bist du mein bester Freund. Du hattest nie ein Problem damit, mir die Wahrheit ins Gesicht zu sagen, egal wie wenig ich sie hören wollte.«

»Nichts weniger erwarte ich von dir.«

»Habe ich dich je enttäuscht?« Albert schmunzelte.

»Nein, aber manchmal schießt du übers Ziel hinaus.«

Nun lachte Albert.

Der Kellner kam und fragte, ob sie noch etwas bestellen wollten, und Albert orderte eine Flasche Wein.

»Mads hat das sehr gut gemacht«, bemerkte er dann.

»Meinst du die Ermittlungen?«

»Ja. Es war wichtig, dass wir den Mörder schnell überführen, so gab es keine Unruhe in der Gemeinde.«

»Mit ›wir‹ meinst du sicherlich mein Team. Ja, Mads hat ganze Arbeit geleistet. Lena aber auch. Die manchmal etwas unkonventionellen Methoden meines Neffen haben zum Erfolg geführt.«

»Wird diese Welt eigentlich immer verrohter oder kommt mir das nur so vor, weil ich älter werde? Wann hatten wir je den Fall, dass jemand die beste Freundin umbringt, weil eine völlig fremde Person eine enorme Geldsumme dafür anbietet?«

»Ich kann mich an keinen solchen Fall erinnern.« Gustav seufzte. »Mein Gefühl sagt mir auch, dass die Hemmschwelle der Menschen geringer wird, ebenso wie das Alter der Täter. In den letzten zwei Monaten hatten wir allein zwei Fälle, wo Kinder unter vierzehn Jahren zu Mördern wurden.«

»Ganz schlimm, das mit der armen Luise ging mir sehr nahe. Gott bewahre, dass so etwas je in unserer Gemeinde passiert«, sagte Albert ehrlich erschüttert und Gustav nickte zustimmend.

Der Kellner brachte den Wein, öffnete ihn, schenkte ihnen nach und entfernte sich.

»Auf uns«, sagte Albert und stieß mit Gustav an. »Solange wir zusammenhalten, müssen die Psychos dieser Welt sich fürchten, und ich bin mir sicher, dass Mads ein würdiger Nachfolger auf deinem Posten sein wird. So wie du ja ein ganz guter Nachfolger deines Vaters bist.«

»Ein ganz guter?« Gustav runzelte die Stirn.

»Mikkel Johannsen, dein geliebter Vater und mein großes Vorbild, war schon eine andere Erscheinung, der hat das Polizeichefdasein neu erfunden. Wenn der einen Raum betreten hat, hat keiner einen Mucks gesagt.«

»Nicht mal du«, stimmte Gustav lachend zu.

»Nicht mal ich. Komm, gib's zu, bei dir war es nicht anders.«

Gustav nickte. Er dachte gern an seinen überdisziplinierten und strengen Vater, der ein unglaubliches Gerechtigkeitsbewusstsein gehabt hatte. Privat jedoch war er ein liebevoller Mensch gewesen, der zugleich viel Wert auf Disziplin und Ordnung gelegt hatte.

»Stimmt. Die Zeiten waren anders«, bestätigte er.

»Wenn es dich glücklich stimmt, dass Mads dich würdig vertritt, mache ich mir um unsere Gemeinde keine Sorgen.«

»Was ist mit deinem Nachfolger?«

Albert schüttelte sich kaum merklich. »Da wird mir derzeit angst und bange. Alles karrieregeile Flaschen, keiner, der sich wirklich um das Wohl unserer geliebten Gemeinde sorgt, das bereitet mir Kopfschmerzen. Es muss jemand sein, der sich mit Mads gut versteht und vor allem die Geschäfte in unserem Sinne weiterführt. Nur wenn Bürgermeister und Polizeichef Hand in Hand arbeiten, werden die Kriminellen einen Bogen um unsere Gemeinde machen.«

»Dann halte dich mal ran, in einigen Jahren wartet das Segelschiff mit der Weltreise auf uns.« Gustav zwinkerte ihm zu.

»Ich weiß, deshalb habe ich mir die letzten Tage auch darüber Gedanken gemacht. Vielleicht habe ich da sogar einen Kandidaten.«

»Kenne ich ihn?«

»Sehr gut sogar.«

»Sag nicht, Tackenberg, der Investor?« Gustav schwante nichts Gutes.

Albert winkte ab. »Nein.«
»Wer dann?«
»Lena Johannsen.«

60

Paris, Samstag

Gustav hatte Lena die Woche freigegeben, da es gerade nicht viel auf der Dienststelle zu tun gab und sie jede Menge Überstunden hatte, das hatte Christian zum Anlass genommen, sie für ein verlängertes Wochenende nach Paris einzuladen.

Das Wetter war phänomenal, die Sonne schien und sie brauchten keine Jacken mehr, wenn sie draußen waren. Lena hätte nicht glücklicher sein können, da sie mit der Liebe ihres Lebens in der Stadt der Liebe war.

Schon als Jugendliche hatte sie sich in Christian verliebt und seitdem hatte es keinen anderen für sie gegeben. Selbst nachdem sie sich von ihm getrennt hatte, weil die Drogen und der Alkohol einen Fremden aus ihm gemacht hatten, hatte es keinen neuen Mann in ihrem Leben gegeben. Sie hatte immer wieder an ihn gedacht und insgeheim gehofft, dass sie wieder zusammenkommen würden, dass Christian der Mensch werden würde, in den sie sich als Jugendliche verliebt hatte.

Dieser Traum hatte sich erfüllt.

Lena hatte sich an diesem lauen Frühlingsabend bereits umgezogen und saß auf dem Balkon ihres Hotelzimmers, der eine freie Sicht auf den Eiffelturm bot. Die Aussicht war spektakulär, Lena konnte sich an diesem Bild gar nicht sattsehen.

»Traumhaft«, sagte Christian, der zu ihr getreten war und hinter ihr stand.

»Wunderschön«, bestätigte Lena. »Ein Traum.«

Christian legte seine Arme um ihre Schultern. »Es ist schön, weil du bei mir bist. Du bist perfekt. Ich bin sehr glücklich.«

Lena neigte den Kopf und küsste seine Hand.

»Wir sollten langsam los, sonst kommen wir zu spät zum Abendessen.«

»Du hast recht«, antwortete Lena.

Sie drehte sich um und sah erst jetzt, dass Christian einen Anzug trug.

»Das steht dir richtig gut, Schatz, solltest du öfter anziehen«, sagte sie, da er sonst eher wie ihr Bruder T-Shirt und Jeans anhatte.

Im Anzug machte er jedoch eine beeindruckende Figur. Er war so groß wie Mads, nur schlanker und nicht so sportlich und muskulös wie ihr Bruder. Kurze braune Haare umrahmten sein hübsches, männliches Gesicht.

»Du siehst noch bezaubernder aus«, antwortete Christian und ließ seinen Blick auf ihrem Abendkleid ruhen.

Lena fand sich auch sehr hübsch in ihrem Kleid. In diesem Aufzug sahen sie wie das perfekte Traumpaar aus.

Christian beugte sich vor und gab Lena einen Kuss, den sie erwiderte.

Wie gern hätte sie jetzt laufen wollen, das fehlte ihr zu ihrem absoluten Glück, aber wenigstens hatte sie ihren Traummann an ihrer Seite, und sie wusste, dass sie eines Tages wieder würde gehen können. Sie musste nur Geduld haben.

Eine Stunde später saßen sie im Restaurant *Maison Blanche* mit Aussicht auf den Eiffelturm. Es war einmalig, ein Gänsehautmoment.

Christian hatte das Restaurant ausgesucht und sie damit überrascht.

»Das sieht sündhaft teuer aus«, bemerkte Lena.

»Für dich ist mir nichts zu teuer«, sagte er und griff nach ihrer Hand. »Gustav hat mir das Restaurant empfohlen, und wie es scheint, hat er nicht übertrieben. Dieses Wochenende ist meine Art, der Liebe meines Lebens Danke zu sagen. Danke dafür, dass du meine Freundin bist, dass ich Teil deines

Lebens sein darf und dass du jeden Tag zu dem schönsten Tag in meinem Leben machst.«

Lena war gerührt, sie gab Christian einen Kuss und versuchte, die Tränen der Rührung zu unterdrücken, dabei musste sie an Mads denken. Wie gern hätte sie ihn jetzt dabeigehabt, damit er sah, was für ein Mensch Christian wirklich war. Was für ein großes Herz er hatte und wie spendabel er sein konnte.

Die Reise hatte Christian komplett allein bezahlt, etwas, was sie nie von ihm erwartet hätte.

Jetzt stand er auf, stellte sich neben sie und ging auf die Knie.

Lena wurde plötzlich heiß und kalt.

»Du warst das erste Mädchen, in das ich mich verliebt habe, und seit diesem Tag warst du die einzige Frau, die ich je geliebt habe. Es verging und vergeht kein Tag, an dem ich mich nicht kneifen muss, um zu glauben, dass eine so tolle Frau wie du jemanden wie mich liebt.«

Christian holte kurz Luft.

»Schatz, ich liebe keinen Menschen so sehr wie dich. Ich möchte mit dir alt werden, eine Familie gründen, Kinder haben, die ganze Welt bereisen. Möchtest du mich heiraten?«

Nun weinte Lena, weinte vor Glück. Dann umarmte sie Christian und antwortete: »Ja!«

– Ende –

Anmerkungen des Autors

Hand aufs Herz, wer von Ihnen hat Schadenfreude empfunden, dass ausgerechnet der Bürgermeister vom Fahrrad stürzt, sich dabei das Sprunggelenk verletzt und sich nicht mehr in die Ermittlungen der Johannsens einmischen kann?

Aber wie Sie und ich Albert kennen, kann ihn dieser kleine Unfall nicht daran hindern, weiterhin alles für seine Gemeinde zu geben und Gustav das eine oder andere Mal auf die Nerven zu gehen. Wobei man feststellen muss, dass auch Gustav nicht ohne den Bürgermeister kann.

Es gibt hier zwei Fraktionen: Mads möchte Albert komplett aus den Ermittlungen heraushalten, Gustav dagegen braucht den Bürgermeister bei der Aufklärung seiner Fälle, gerade wenn es darum geht, einen kurzen Draht zu politischen oder städtischen Entscheidungsträgern zu nutzen. In dieser Hinsicht ist Albert ihm sehr nützlich, erwartet im Gegenzug jedoch, dass Gustav die Gemeinde schützt und ihn eng in die Ermittlungen einbindet. Norddeutscher Klüngel, wie er nicht besser sein könnte.

Von meinen Leserinnen und Lesern erhalte ich immer wieder Nachrichten mit dem Hinweis, dass Albert seine Kompetenzen überschreitet, weil er aktiv mitermittelt. Diesen Eindruck kann ich verstehen, allerdings erlaubt die Gemeindesatzung tatsächlich, dass auch dem Bürgermeister polizeiliche Rechte und Pflichten auferlegt werden können, gerade in kleineren Gemeinden ist das leicht umsetzbar.

Ein prominentes Beispiel, wie ein Oberbürgermeister polizeiliche Funktionen übernommen hat, ist Boris Palmer, OB in Freiburg, der vor einigen Jahren nachts einige Studenten kontrollierte mit der Begründung, dass er als Chef der Ortspolizeibehörde handele. Die Sache ging viral, über Google lassen sich die Berichte schnell finden. Juristisch war das sauber, politisch gesehen allerdings nicht besonders clever. Es ist nur ein Beispiel, das zeigt, dass es die Möglichkeit gibt, dem Bürgermeister mehr Befugnisse zu geben.

Am Ende darf man natürlich nicht vergessen, dass die vorliegende Romanreihe eine fiktive Geschichte ist, und die lebt von der Spannung und der Eigendynamik der einzelnen Charaktere. Wenn alle lieb und gut wären, wäre das wie eine Suppe ohne Salz und Gewürze. Langweilig, oder?

Dass Albert bei der Diskussion um seine Einmischung in Gustavs Bereich die TV-Reihe »Tatort Münster« als Beispiel heranzieht, spricht nur für Albert und seinen Dickschädel.

Genug über den Bürgermeister und seine Befugnisse, kommen wir zum Tatmotiv.

Glauben Sie, dass dem Autor dabei die Fantasie durchgegangen ist?

Wenn ja, muss ich Sie leider enttäuschen, auch wenn ich wünschte, dass so etwas im realen Leben nie passiert wäre. Der Romanhandlung liegt ein wahrer Fall zugrunde. Denali Brehmer aus den USA hat 2019 ihre beste Freundin erschossen, die Tat gefilmt und Fotos von ihr gemacht.

Unfassbar. Aber warum wird die beste Freundin zur Mörderin?

In diesem Fall, weil eine Internetbekanntschaft ihr 9 Millionen US-Dollar versprochen hatte, wenn sie jemanden töten und ihre Tat mit Bildern und Videos dokumentieren würde. So verrückt und krank ist die Welt.

Als ich über die Tat gelesen habe, war ich schockiert und sprachlos. Wie kann ein Mensch seine beste Freundin töten, nur weil ein Unbekannter aus der virtuellen Welt ihm viel Geld verspricht?

Bis heute habe ich dafür keine logische Erklärung, es können nur Gier und unglaublich viel Dummheit dahinterstecken, gepaart mit psychischen Störungen.

Wenn Sie mehr über den Fall in Erfahrung bringen möchten, googeln Sie den Namen: Denali Brehmer.

Nun ein paar Worte zu Jörn Hansen, der mir sehr ans Herz gewachsen ist. Vor einiger Zeit hatte ich geplant, dass Jörn einen Heldentod stirbt, aber in der Zeit, in der ich an besagtem Buch schrieb, lernte ich Matthias kennen. Einen unglaublich empathischen und freundlichen Mann mit einer geistigen Behinderung.

Matthias lebte in einem betreuten Wohnheim, dennoch war er jeden Tag mit seinem Bollerwagen in der Innenstadt von Lübeck unterwegs und sammelte Müll von der Straße auf. Wann immer wir uns getroffen haben, hat er mich freundlich gegrüßt und gefragt, wie es mir geht. Wir haben ein Pläuschchen gehalten und er hat mir erzählt, wie sehr er sich auf Weihnachten und die Weihnachtsmärkte freue, weil er den Duft von gebrannten Mandeln liebe und auf dem Markt aushelfen würde. Ich habe die Gespräche mit ihm und seine freundliche und fröhliche Art geliebt und geschätzt.

Nachdem ich nun Matthias kennengelernt hatte, war es mir unmöglich, Jörn sterben zu lassen, vielmehr wusste ich, dass er eine tragende Rolle in der Küstenkrimireihe bekommen sollte so wie Tolga aus den Köln-Krimis, der Trisomie 21 hat.

Leider ist Matthias letzten Herbst im Alter von fünfzig Jahren gestorben, mit ihm hat die Welt einen liebevollen und lebensfrohen Menschen verloren. Aber ich bin mir ganz sicher, dass Matthias oben im Himmel einen Ehrenplatz hat und uns gerade zuwinkt und lächelt. Nicht nur deshalb werde ich weiterhin Minderheiten in meinen Büchern positiv zeichnen, weil wir diese Menschen nicht ausgrenzen dürfen.

Kommen wir zurück zu Jörn und seiner Rolle in diesem Buch. Für manchen mag es vielleicht naiv erscheinen, dass er Mads nicht gleich offen berichtet, dass er in den Dünen jemanden beim Urinieren gesehen hat, aber glauben Sie mir, das ist es nicht. Menschen mit Behinderungen haben eine andere Wahrnehmung als Menschen ohne. Was für Sie selbstverständlich ist, muss es für diese Menschen nicht sein.

Wie weit man Menschen mit Behinderungen manipulieren kann, zeigt der Fall der ermordeten Peggy. Hier versteiften sich die Ermittler auf den geistig behinderten Ulvi K. und setzten ihn so sehr unter Druck, dass er am Ende einen Mord gestand, den er nie begangen hatte. Er bekam dafür eine lebenslange Gefängnisstrafe und saß zehn Jahre davon unschuldig ein. Glücklicherweise wurde er später freigesprochen. Auch seine Geschichte können Sie googeln, einfach nach dem Namen suchen.

Nun in etwas seichtere Fahrwasser.

Sie glauben, es klingt zu verrückt, dass ein Handy, das in die Ostsee fiel, noch funktioniert?

Hätte ich auch gedacht, bis einem meiner Freunde so etwas passiert ist. Er hat sein Handy am Strand auf Zypern im Meer verloren, als eine Welle ihn unglücklich erwischte. Trotzdem wurde das Handy Wochen später an den Strand gespült und im Surfshop abgegeben, wo mein Freund es sich abholte. Das Display war zersprungen, aber das Handy funktionierte noch. Schon da wusste ich, dass ich diese verrückte Geschichte in einem meiner Romane einbauen werde, und hier bot sich die Gelegenheit.

Die Anekdote, dass der Hund der Zeugin Simone Döring einen Menschen auf dem Handyfoto erkennt, mag bei manchen ebenfalls Stirnrunzeln hervorrufen. Doch auch das ist in der realen Welt möglich. In einem Experiment an der Uni Helsinki wurde bewiesen, dass Hunde auf Fotos ihnen bekannter Menschen reagieren. Bei Samson hat das mit der Person am Strand funktioniert, da er ein sehr aufmerksamer und wacher Hund ist.

Nun ein Hinweis zur *Seaside Lounge*, in der Jule arbeitet und die ein beliebter Treffpunkt ist. Bis vor Kurzem war es ein realer

Ort in Niendorf, doch mittlerweile wurde das Restaurant geschlossen und Ende April 2023 unter neuer Leitung als *Restaurant Bootshaus* wieder eröffnet. Ob ich der neuen Namensgebung in meinen Küstenkrimis folgen werde, weiß ich noch nicht.

Kommen wir zu Christian und seinem Heiratsantrag.

Lena könnte nicht glücklicher sein, sie liebt Christian und vertraut ihm bedingungslos. Mads hingegen traut ihm nicht über den Weg.

Übertreibt er? Hat sich Christian vielleicht doch geändert und möchte mit Lena eine glückliche Beziehung führen?

In den nächsten Folgen werden wir eine Antwort darauf erhalten.

Lena wäre es auf jeden Fall zu gönnen, dass sie wenigstens in der Liebe ihr Glück findet, nachdem ihre Beine einfach nicht gesund werden wollen und sie weiterhin auf den Rollstuhl angewiesen ist. Doch es gibt ja noch eine weitere offene Frage: Was ist mit Alberts Vorschlag, Lena zu seiner Nachfolgerin aufzubauen? Wird Gustav seiner Nichte das Angebot unterbreiten und wird Lena darauf eingehen?

Auch dazu kommen die Antworten in den nächsten Folgen.

Die wohl spannendste Frage ist aber: Was wird aus Emma und Mads?

Wie lange möchte der Autor die beiden noch quälen, bevor sie sich endlich lieben dürfen? Und was hat es mit Victoria auf sich?

Mads ist ihr sehr zugetan, sie scheint so ganz anders als Daniela oder Jil zu sein.

Kann sie sein Herz wirklich erobern?

Die Antwort darauf gibt es im nächsten Küstenkrimi.

Sie sehen, es bleibt spannend und dramatisch an der Küste!

Bis zum nächsten Buch,

Ihr *Salim Güler*

Wichtige reale Locations im Buch:

Buddle Bar, Timmendorfer Strand
Café Wichtig, Timmendorfer Strand
SEA LIFE, Timmendorfer Strand
Buchhandlung Belletrist, Timmendorfer Strand
Gosch, Timmendorfer Strand
Ahoi Kaffeerösterei, Haffkrug, Niendorf
Seaside Lounge, Niendorf (Seit April 2023 Bootshaus)
Peter Pane, Timmendorfer Strand
Bäckerei Seßelberg, Haffkrug
Bayside Hotel, Scharbeutz
Herder Center, Lübeck
Kaffeehaus, Lübeck
Hotel Hof Sierksdorf, Sierksdorf
Grande Beach Cafés, Scharbeutz
Restaurant 1921, Travemünde
Restaurants Wolkenlos, Timmendorfer Strand
Maison Blanche, Paris

Ausgedachte Location:

Olis und Alis Imbiss ist meiner Fantasie entsprungen.

Eine Bitte / Werke

Sollte Ihnen das Buch gefallen haben, würde ich mich sehr über eine kurze positive Bewertung im Internet freuen.

Weitere Bücher, als Ebook oder als Taschenbuch erhältlich:

Köln/Mannheim/Lübeck Thriller/Krimi:
Band 1: *Narben*

Köln Krimi:
Band 1: *Die Stillen müsst ihr fürchten* – Tatort Köln
Band 2: *Fürchte die Nacht* – Tatort Köln
Band 3: *Dann war Stille* – Tatort Köln
Band 4: *Wenn Tote nicht schweigen* – Tatort Köln
Band 5: *Sterben ohne Tod* – Ein Köln-Lübeck Krimi
Band 6: *Niemand* – Tatort Köln
Band 7: *Oh du Stille* – Tatort Köln
Band 8: *Gespalten* – Tatort Köln
Band 9: *Schmerz* – Tatort Köln
Band 10: *ELKE* – Tatort Köln/Lübeck
Band 11: *In der Nacht* – Tatort Köln
Band 12: *Totes Leben* – Tatort Köln
Band 13: *Der Herzenmacher* – Tatort Köln
Band 14: *Stille Wut* – Tatort Köln
Band 15: *Der Fremde* – Tatort Köln
Band 16: *Zorn* – Tatort Köln
Band 17: *Schuld* – Tatort Köln
Band 18: *Tödliche Lügen* – Tatort Köln
Band 19: *Gewagtes Spiel* – Tatort Köln
Band 20: *Abgründe* – Tatort Köln
Band 21: *Wut und Herz* – Tatort Köln / Paris (1)
Band 22: *Mord und Herz* – Tatort (2)

Küstenkrimi:

Band 1: *Küstenkind*

Band 2: *Küstenschmerz*

Band 3: *Küstenstolz*

Band 4: *Küstenherz*

Band 5: *Küstenträne*

Band 6: *Küstenhass*

Band 7: *Küstenkalt*

Band 8: *Küstennachbarn*

Band 9: *Küstengier*

Lübeck Krimi:

Band 1: MORD §78 – Ein Lübeck Krimi

Band 2: VERSTUMMT – Ein Lübeck Krimi

Band 3: SEBASTIAN – Ein Lübeck Krimi

Band 4: TOTENBLÄSSE – Ein Lübeck Krimi

Frankfurt Krimi:

Band 1: Das Fenster – Ein Frankfurt Krimi

Mannheim Thriller/Krimi:

Band 1: *Der Würger*

Band 2: *Unwürdig*

Band 3: *Lüge*

SNIPER – Kaltes Blut

Walters Weg

Pandemie: Der Beginn

1830: Ein Rémy Roman

Geh nicht mit – Thriller

Die Schuld in uns – Thriller

MORGEN LERNST DU WIE MAN WEINT – Thriller

Honigblau

Täuschung

Wüstengrab

Nächstenliebe (Das Jesus Sakrileg)

Thriller Miniserie: Peter Walsh

I Walsh Zurück – (Peter Walsh Thriller 1)
Wut – (Peter Walsh Thriller 2)
Abrechnung – (Peter Walsh Thriller (3)
Ein Tag zum Sterben – Ein Peter Walsh Thriller

Gerne können Sie auch direkt mit mir in Kontakt treten, alle Informationen dazu finden Sie auf Facebook und Instagram:

https://www.facebook.com/salimgueler.autor
https://www.instagram.com/salimgueler

oder auf meiner Homepage:

www.salim-gueler.de

Herzlichen Dank für Ihre Unterstützung

Ihr
Salim Güler

Der Autor

Salim Güler, aufgewachsen in Norddeutschland, studierte in Köln Wirtschaftswissenschaften und promovierte an der TU-Chemnitz.

Schon als Schüler begann er mit dem Schreiben von selbsterfundenen Geschichten und diese Leidenschaft ließ ihn bis heute nicht los.

In seinen Romanen finden sich immer wieder gesellschaftlich aktuelle Themen, die er geschickt in eine fiktive und hochspannende Geschichte einzubetten versteht.

Seine Bücher landen regelmäßig in den Bestsellerlisten der Amazon und Bild Verkaufs-Charts. Mit mehr als 2 Million verkaufter Bücher gehört er zu den beliebtesten und erfolgreichsten Krimi- und Thriller-Autoren Deutschlands.

Güler ist sehr am Austausch mit seinen Leserinnen und Lesern interessiert und freut sich daher über jeden Kontakt, entweder über Facebook oder über seine Homepage.

www.salim-gueler.de

https://www.facebook.com/salim.gueler.autor

https://www.instagram.com/salimgueler